내 생애 이야기 2

나남
nanam

한국연구재단 학술명저번역총서
서양편 444

내 생애 이야기 2

2023년 11월 10일 발행
2023년 11월 10일 1쇄

지은이 조르주 상드
옮긴이 박혜숙
발행자 趙相浩
발행처 (주) 나남
주소 10881 경기도 파주시 회동길 193
전화 (031) 955-4601 (代)
FAX (031) 955-4555
등록 제 1-71호 (1979. 5. 12)
홈페이지 http://www.nanam.net
전자우편 post@nanam.net

ISBN 978-89-300-4147-8
ISBN 978-89-300-8215-0 (세트)

책값은 뒤표지에 있습니다.

이 책은 2019년 대한민국 교육부와 한국연구재단이 우리 시대 기초학문의 부흥을 위해 펼치는 학술명저번역사업의 지원을 받은 책입니다(2019S1A5A7068983).

한국연구재단
학술명저번역총서
444

내 생애 이야기 2

조르주 상드 지음
박혜숙 옮김

나남
nanam

Histoire de Ma Vie

by

George Sand

내 생애 이야기 ②

차례

내 생애 이야기 ⑤

내 생애 이야기 ⑥

8. 쾰른에서

편지 2

파리, 혁명력 7년, 방데미에르 6일(1798년 9월)

나바레[1] 집에서 편지합니다. 오늘 아침 발표된 징집령에서 26일 안에 집합하라고 합니다. 그래서 저는 어머니 답장을 기다리지 못하고 말씀드린 대로 실행하려고 합니다. 오늘 아침 우리 두 사람은 이 일을 끝내기 위해 추격기병 대위 집으로 갔어요. 사랑하는 어머니, 너무 걱정하지 마세요. 브뤼셀의 부대로 가게 됩니다. 전쟁 같은 건 없어요.

아마도 곧 휴가를 얻거나 명령을 받아서 어머니를 곁으로 가게 될 거예요. 이곳에서 모든 젊은이는 고개를 돌리고 모든 젊은 여자들과 착한 어머니들도 슬퍼하지요. 하지만 분명히 말씀드리는데 그럴 이유가 없어요. 저는 줄무늬가 있는 초록 군복을 입고, 큰 칼을 차고, 수염을 기를 거예요. 이제 어머니는 조국을 수호하는 젊은이의 어머니가 되신 거지요. 수억의 재산을 갖는데도 누가 뭐라 할 수 없으니 너무나 좋은 거지요. 그러니 어머니 너무 슬퍼하지 마세요. 곧 만나게 될 거예요. 부대에 한두 달 있다가 친구에게 부탁해 노앙에 갈 일을 만들겠어요. 그러니 제 말을 믿으시고 제가 어디 볼일 보러 갔다고 생각하세요. 저의 슬픔은 단지 어머니와 얼마 동안 떨어져야 한다는 거지요. 일반병으로 떠나는 것 같은 일은 아무 상관도 없으니 제

---

1 삼촌인 보몽 사제의 집이 있는 곳이다.

발 저에 대해 조금도 걱정하지 마세요. 안녕, 사랑하는 어머니! 온 마음으로 포옹합니다. 제발 힘들어하지 마세요!

편지 3

파리, 방데미에르 7일(1798년 9월)

사랑하는 어머니! 왜 제 편지를 좀 더 일찍 받지 못하시는지 모르겠어요. 저는 우편물이 갈 때마다 아주 정확히 편지를 보내고 있는데 말이지요. 저는 매번 어머니 편지를 기다리는데 아직도 받지 못하고 있습니다. 이제 거리마다 젊은이들에 대한 징집령이 붙었어요. 사람들이 말하기를 이 법령은 젊은이들을 감옥에 넣거나 억지로 군대에 합류시키기 위한 거라고 합니다. 이 일로 너무 겁내실 필요는 없어요. 저는 더욱이 징집병이 아니고 자원병이니까요. 저는 큰 칼을 차고 붉은 모자를 쓰고 초록 군복을 입었어요. 수염은 아직 제가 원하는 만큼 자라지는 않았고요. 하지만 곧 자라겠지요. 사람들에게 "당신 모습만 보고 떨었다."는 말을 듣는 게 제가 원하는 바예요.

자, 사랑하는 어머니, 걱정하지 마세요. 부대에 합류하기 전에 어머니가 원하시면 노앙에 들를게요. 대위님도 제게 권했거든요. 그분은 아주 친절한 분이세요. 우물의 두레박줄처럼 차가운 분이지만 아주 좋은 분이지요. 곧 진급할 것 같기도 해요. 저는 줄곧 군인이 되고 싶어 했어요. 그래서 항상 어머니와 떨어질 생각을 해야만 했지요. 어머니도 알다시피 이제 드디어 때가 온 거예요. 기꺼이 용기를 갖고 이 기회에 성공하겠어요. 저는 지금 일반병이지만 삭스 원수님도 이런 경우 2년간 기꺼이 봉사하지 않았던가요? 어머니도 제가 그럴 나이가 된 걸 아시고 계셨지요. 제가 장래에 대해 머뭇거렸던 것은 어머니가 전쟁을 너무 두려워하셨기 때문이지요. 하지만 내심 저는 강제로라도 이 길을 가길 바랐어요. 그 일이 현실이 된 거지요. 어머니를 떠나야 하는 고통이 있고 제 마음을 찢는 어머니의 슬픔을 알지만 그래도 저는 지금 기뻐요. 하지만 분명히 말씀드리지만 지금 제가 가는 곳은 전쟁하는 곳이 아니에요. 그리고 자주 휴가를 내서 어머니를 보러 갈게요.

자, 한 병사가 어머니를 온 마음으로 포옹하고 고향의 부인들께 존경을 보냅니다. 부대에 트럼펫 자리가 비어 있다고 해요. 데샤르트르 선생님께 한번 제안해 보세요. 하녀에게도 안부 전해주세요.

어머니! 안녕, 사랑합니다.

편지 4

파리, 방데미에르 11일(1798년 9월)

어머니, 한꺼번에 2통의 편지를 받았어요. 첫 번째 편지에서 어머니는 제가 너무 급하게 서두른다고 걱정하시네요. 두 번째 편지에서는 제가 제시간에 도착하지 못할까 봐 걱정하시고요. 걱정하지 마세요. 포고령으로 저의 모든 것이 결정되었고 이미 말씀드린 것처럼 저는 지금 공화국의 병사에요. 저는 아주 좋은 추천서를 지니고 있지요. 그리고 제가 너무 전쟁을 하고 싶어 한다고 하시지만, 지금 저는 6개월 동안 주둔지에 처박혀 있어요. 그러니 6개월 동안은 편히 주무셔도 됩니다.

너무 길겠지만, 소식을 다 전해드릴게요. 저는 브뤼셀에 19일까지

가야 하니 이제 5일밖에 남지 않았어요. 제 부서까지 가려면 3일이 더 필요하거든요. 좀 차갑기는 하지만 친절한 대위님은 만일 제가 이곳에서 일 처리할 시간이 더 필요하면 기일을 좀 늦춰주겠다고 했어요. 저는 마차를 타고 갈 것이고 왕자처럼 도착하게 될 거예요. 정부는 우리에게 4킬로미터당 3솔을 줄 거예요. 그러면 파리에서 브뤼셀까지는 9~10리브르가 들지요. 아주 멋진 여행이 될 거예요! 하지만 그냥 가지 않고 어머니 바람대로 르푸르니에 씨를 찾아가 6루이를 빌릴게요. 제가 필요하면 더 주겠다고 하셨거든요. 그보다 더 정직하고 친절한 분도 없을 거예요.

숙박지에서 일어난 일인데 에피네이에서 사람들을 많이 놀라게 한 일이 있었어요. 저는 로디에와 함께 저녁 9시쯤 도착했는데 로디에는 제게 말도 하지 않고 먼저 들어갔지요. 저는 부엌 쪽으로 가면서 한 하녀에게 말을 걸었는데 그녀는 완전히 겁에 질려 살롱으로 갔었지요. 그곳에는 몽타귀 부인을 비롯한 몇몇 귀부인들이 있었는데, 하녀는 몽클루 부인에게 지금 부엌에 술에 취한 경기병이 숙박권이 있다고 하면서 물건들을 부수고 있어 어떻게 해야 할지를 모르겠다고 했지요. 곧 사람들은 집 안에 있는 모든 남자를 불렀고 그들은 제 앞으로 왔지요.

저는 어두컴컴한 복도에서 그들 앞에 서서 일부러 큰 목소리로 소리쳤지요. 불빛이 뒤에 있어서 보이는 거라곤 모자와 깃털 장식뿐이었어요. 이런 당당한 모습을 보고 사람들은 서로 의아스러워했지요. 그때 친구인 로디에가 화가 난 모습으로 나타나 저를 덮치려 하자 사람들은 그를 붙잡았고 격렬하게 저항하던 저도 붙잡으니 마침내 로디에는 절 알아보고는 함께 웃었지요. 하지만 부인네들은 너무 무서워서 모두 병이 날 지경이었어요. 이렇게 멋진 광경을 연출하며 그 집에 첫인사를 하게 되었답니다!

만약 어머니가 그곳에 계셨다면, 사랑하는 어머니, 그들이 무서워하는 모습을 보고 웃으셨을 거예요… . 하지만 슬퍼하고 계실 어머니가 눈에 선합니다. 그래서 이런 일로 웃으면서도 가슴이 늘 아파요. 용기를 내세요. 모든 것이 순식간에 지나갈 거예요. 걱정시키지 않을게요.

안녕, 어머니! 온 마음으로 포옹합니다. 포도 수확 중일 데샤르트르 선생님께도 안부 전해주세요. 바쿠스도 노아도 부럽지 않겠지요. 제 하녀에게도 안부 전합니다.

편지 5

파리, 혁명력 7년 방데미에르 13일(1798년 10월)

뵈르농빌 장군 댁에 가는 길에 편지합니다. 그는 저를 소개한 페렝 씨의 친구인데 제일 친한 친구이지요. 뵈르농빌 씨는 제가 속한 프랑스 영국부대의 장군이에요. 그 덕분에 제가 빨리 진급할 수 있길 기대하고 있어요. 그런데 어머니가 그에게 편지 한 통 써주셨으면 해요. 그에게 나라를 지키기 위해 좀 더 빨리 아들을 보내지 못한 것은 제가 귀족 계급이었기 때문에 법적으로 어쩔 수 없었다고 써주세요. 그리고 마침내 징집령이 내려 제가 입대한 것이니 저를 좀 도와주라고 말해주세요. 어머니가 열심히 저를 전쟁터에 보내고 싶어 하는 듯이 보이는 것은 거짓말이기는 하지만 반은 맞는 말이지요. 어쨌든 어머니도 좋고 저도 좋은 일이지요. 사람들은 여기서 전쟁이 끝날 거라고 해요. 그러면 제가 할 일은 아마도 산책하는 정도라고 해도 되겠지요.

어제는 동물원에서 코끼리와 사자와 야생동물들을 봤어요. 트리스탕 정도 되는 크기의 강아지 한 마리가 사자 우리에 있는 걸 봤는데 강아지가 사자를 막 물려고 했어요. 꼭 트리스탕이 라벨을 물려고 하는 것처럼 말이에요. 사자는 으르렁거렸지요. 하지만 이 착한 사자는 녀석을 발톱으로 잡고 끔찍한 아가리를 크게 벌려 물면서도 상처 하나 입히지 않았어요. 그리고 녀석을 너무나 사랑했지요. 우리 인간들에게는 정말 좋은 교훈을 주는 장면이었어요.

안녕, 나의 사랑하는 어머니! 뵈르농빌 씨 댁으로 갑니다. 일이 어떻게 되어 가는지는 첫 번째 우편으로 알려드리겠어요. 로디에가 곧 베리로 갈 거예요. 그 편에 어머니 가발과 데샤르트르 선생님의 구두를 보냅니다. 구두를 신고 멋진 발을 뽐내보시길! 온 마음으로 포옹합니다.

편지 6

방데미에르 16일

뵈르농빌 씨 댁에 갔는데 너무 잘 대해주셨어요. 베랑제 부인을 비롯한 대여섯 명이 저에 대해 미리 말해주어서 저는 이름만 대면 되었어요. 그는 내일 다시 들르라고 했지요. 그러면 제가 속한 마이앙스 부대의 장군에게 추천서를 써주겠다고 했어요. (일전에 제가 프랑스 영국 부대 소속이라고 한 것은 잘못 말한 거예요.) 곧 그의 추천으로 저는 이 장군 옆으로 가게 될 거예요. 그리고 6주 안에 그는 브뤼셀로 와서 사열할 거고요. 저는 그를 찾기만 하면 되고 기병대 일을 마치면 저는 진급하게 될 거예요. 안녕, 어머니! 이제 대위님 댁으로 가서 일정을 연장해야 해요. 사랑으로 포옹합니다. 이제 걱정은 안 하시겠지요?

편지 7

방데미에르 17일(1798년 10월)

뵈르농빌 씨가 추천서 2장을 주셨어요. 한 장은 제가 속한 10연대를 지휘하는 여단장을 위한 것이고, 다른 하나는 아르빌 장군에게 쓴 건데 그는 마인츠 부대의 기병대 감찰관이죠. 장군님은 그들에게 제가 "우리 모두의 우상"인 삭스 원수의 손자라고 소개했어요. 그는 우선은 순서대로 제 부서를 요구하면서 곧 제게 맞는 부서를 찾아주겠다고 했어요. 그는 여단장에게 아주 강력하게 저를 추천하면서 자신만큼이나 저를 잘 보살펴 달라고 했어요. 이렇게 제 일은 잘되어 가고 있습니다. 이런 추천서가 있으니 저는 병영에서 썩지는 않을 거예요. 그는 또 말하길 제 가족이 저를 돌볼 것이기 때문에 월급 같은 것도 주지 않아도 된다고 했어요. 이건 그리 좋은 말은 아니었지요. 왜냐하면 우리는 부자도 아니고 어머니가 모든 걸 부담하셔야 하니까요. 하지만 곧 제가 일을 할 테니 두고 보세요! 아무 걱정하지 마세요.

어머니! 이제 곧 저에 대해 사람들이 말하는 것도 듣게 되실 거예요…. 뮈리네 씨 댁에 갈 거예요. 그는 제게 일주일 안에 측량하는 법과 측량기 다루는 법을 가르쳐준다고 했는데, 제게 큰 도움이 될 거예요.

안녕, 온 마음으로 포옹합니다.

편지 8

방데미에르 19일(1798년 10월)

오늘 아침 쿠소 대위 집에 갔어요. 그리고 저의 도착 일정을 연장해서 30일쯤 브뤼셀에 도착할 수 있도록 전쟁 사무소에 갔지요. 만약 제가 이곳에서 신병 생활을 하길 원했다면 아주 운이 좋을 뻔했어요. 왜냐하면 극장이나 거리를 다니다 보면 젊은이들이 제게 어느 부대냐고 물어보면서 그곳에 들어가려면 어떻게 하면 되느냐고 묻거든요. 멋진 모습을 직접 보는 것만큼 효과적인 것은 없네요. 처음에는 모두 무서워 떨더니 지금은 모두가 군대에 들어가고 싶어 하네요. 저의 군복은 너무 멋져서 많은 젊은이를 유혹하지요. 장식줄과 단추가 여럿 달린 초록 외투에 목깃과 안감은 붉은색이지요. 검은색과 붉은색의 높은 모자에는 같은 색의 깃털이 달렸지요. 저는 아주 아름다운 기병대 칼을 샀는데 33리브르를 주었어요. 오늘은 낭퇴이유 부인 댁에서 잘 차려입고 저녁을 먹어요. 그녀는 저와 같은 부대에 들어오고 싶어 하는 한 젊은이를 제가 만났으면 해요. 우리는 브뤼셀로 함께 떠나게 되겠지요. 여행 친구가 생기게 될 거예요. 신문에서 말하기를 브뤼셀에서 가장 명망 있는 집들이 자식들을 10연대에 넣기 위해 난리들이라고 해요. 그러니 저는 행복한 동료들과 함께할 거예요. 이곳이 좋을 거라고 생각하는 사람이 저뿐만이 아니니 너무 걱정하지 마세요. 어머니, 저도 걱정하지 않을 거예요.

곧 휴가를 얻어 어머니를 보러 가겠어요. 이제 아셨을 거예요. 아무것도 시도하지 않고 아무 도움도 되지 못하는 사람은 바보라는 것을. 마를리에르 부인이 페렝 부인에게 데샤르트르 선생님이 항상 그의 바이올린에 화를 낸다고 썼더군요. 그래도 저는 선생님을 온 마음으로 포옹할 거예요. 그리고 어머니, 어머니를 군인이 된 이 아들의 가슴에 꼭 안아봅니다. 이제 쿠소 씨 댁으로 달려갈 거예요. 왜냐하면, 어머니도 아시는 것처럼 시인도 이렇게 노래하니까요. "무정한 연인에겐 때때로/ 불성실해도 되지만/ 그러나/ 대위님께는[2] 절대로/ 그래선 안 되지 ⋯ ."

편지 9

혁명력 7년 방데미에르 20일(1798년 10월)

27일에 떠나게 돼서 지금 작별 인사를 서두르고 있어요. 페리에르 부인댁에서 파르제 양을 보았어요. 그 언니가 브로스 부인이지요. 백작님과 다른 사람들이 브뤼셀에 가져갈 추천서를 써주실 거예요. 왜냐하면, 제 유니폼만 가지고는 아무 데도 들어갈 수 없으니까요. 어머니가 뵈르농빌 씨와 대위님에게 쓰신 편지들도 가져갈 거예요. 그리고 곧 대위님과 측량하러 갈 거예요. 그가 각도기를 사용할 줄 모른다는 것과 뮈리네 씨 덕분으로 제가 측량을 마치 평생 해 왔던 것처럼 잘하게 됐다는 말씀을 드리고 싶어요. 제 산수 도구들과 바이올린과 각도기를 꼭 보내주세요. 세상에! 맞아요! 도착하면 저는 병영에 머물며 막사에서 밥을 먹겠지요. 그게 뭐 어때서요? 세상에는 이보다 더 힘든 일도 있잖아요. 저 자신을 잘 돌보고 있다는 걸 어머니께 보여드리기 위해 이제 나가서 아주 두툼하고 멋진 초록 망토를 하나 사

2 그레트리(Grétry)의 오페라 〈탈영병〉(Déserteur)에 나오는 몽토시엘.

려고 해요. 겨울에 브뤼셀의 성벽 위에서 야간 순찰을 할 때 필요한 거죠. 우리 부대의 것은 반 망토 형식이라 한쪽만 가려줄 뿐만 아니라 낡시하는 천으로 만들어진 것이지요. 그래서 싼 물건이 있나 한번 찾아보려고요. 어머니께 그려 드린 저의 모든 장비는 모두 71리브르가 들었어요. 하지만 르푸르니에 씨가 어머니 대신 빚 갚을 돈을 주셔서 6루이를 더 빌려 달라고 하기가 어렵네요. 어머니가 경비병의 모자를 예쁘게 생각하시면 좋겠어요. 그걸 쓰면 모두가 다 똑같아 보이지요.

어머니는 베리 사람들이 제가 어떤 위치에서 군복무를 하는지 몰랐으면 좋겠다고 하시네요. 하지만 어머니 이렇게 생각해보세요. 우선 어머니의 아들이 공화국의 군인인 것을 보고 화를 낼 바보가 어디 있겠어요? 또 제가 없는 동안 다른 사람들이 어머니를 힘들게 하지 않으려면 제가 시청에 저의 군 복무에 대한 증명서도 보내야 해요. 안 그러면 저를 탈영병이나 이주병으로[3] 간주할 텐데 그건 말도 안 되는 소리지요. 들라투르 도베르뉴 씨는 지금 시골에 가 있는데 이제 돌아오시면 어머니 편지를 드릴 거예요. 파리에서 브뤼셀까지 마차로 48시간밖에 안 걸리니 저는 정확히 제 부서에 도착하게 될 거예요.

안녕, 사랑하는 어머니! 온 마음으로 포옹합니다.

---

3 〔역주〕 공화국에 반대하는 귀족들이 만든 군대를 말한다.

편지 10

혁명력 7년 방데미에르 23일(1798년 10월)

아! 나의 가엾은 어머니! 어머니의 다이아몬드를 보내시다니요! 제게 줄 것이 없어서 마치 로마의 여인들처럼 어머니는 조국을 위해 자신의 패물을 버리셨네요. 저는 그것을 가치 있게 하겠어요. 되도록 비싼 값으로 팔겠습니다.

편지 11

혁명력 7년 방데미에르 25일(1798년 10월)

어제는 들라투르 도베르뉴 씨와 함께 부용 씨 집에서 저녁을 먹었어요. 아! 어머니! 들라투르 씨는 얼마나 좋은 분인지요! 만약 한 시간만 그와 이야기하시면 제가 군인이란 것에 대해 절대 슬퍼하지 않으실 거예요! 하지만 지금은 어머니께 제 생각이 옳다는 것을 증명할 때가 아니지요. 어머니가 슬퍼하시니 제 생각 따위가 무슨 소용 있겠어요. 그에게 어머니의 편지를 드렸는데 너무나 아름답고 멋진 편지라고 하셨어요. 편지에 아주 반한 것 같아요. 그는 용감할 뿐 아니라 아주 마음이 따뜻한 분이지요. 고백하건대 혁명 때 이런 분들만 있었다면 저는 훨씬 더 적극적인 혁명가였을 거예요…. 그러니까 어머니의 감옥살이와 고통만 없었다면 그랬을 거란 말이지요.

그다음에 저는 이탈리앵 극장에 가서 〈몽테네로〉를[4] 봤는데 아주

4 〔역주〕 정확한 제목은 《레옹 혹은 몽테네로의 성》(*Léon ou le château de Montenero*)으로 호프만이 쓰고 달레라크(Dalayrac)가 작곡한 오페라이다.

형편없었어요. 〈유돌프의 신비〉 중 몇몇 장면이었는데 전체적으로 다 엉망이었지요. 대사도 형편없고, 음악도 그랬어요. 하지만 무대 배경은 근사했습니다. 다들 떠나갈 듯이 야유하며 작가를 불렀지요. 저는 목청을 다해 무대장치 담당자를 불렀어요. 너무나 지루한 로망스를 5개쯤 불렀을 때 1층 바닥에서는 난리를 치고 위층 박스석에서는 입이 찢어지게 하품을 할 때 저는 "앙코르"라고 소리 질렀지요. 이 소리에 박스석은 화가 나서 제게 휘파람을 불어댔고 저는 팔짱을 끼고 앉아 있었어요. 파리의 모든 귀부인이 다 와 있었지요. 타이리앙 부인, 랑쥐 양 등 수많은 사람이, 로마인들만큼이나 그리스인들도. 그래도 저는 너무나 지루했어요. 페렝 씨는 내일 공화국 극장표를 준다고 했어요. 그곳에서는 뒤시의 새로운 비극인 〈배우들〉이란 연극이 상연되고 있지요.

안녕, 사랑하는 어머니! 온 마음으로 사랑합니다.

들라투르 도베르뉴가 할머니에게 보낸 편지

파시, 프랑스 혁명력 7년, 방데미에르 25일

부인, 지금 현재 저는 송구하게도 부인께서 제게 보내주신 너무나 상냥한 편지만 받았습니다. 부인의 아들이 처한 어려운 상황에서 제가 해준 일에 고마워하지 않으셔도 됩니다. 제게 정말 감사해야 할 사람들은 그의 장교들과 동료들이지요. 동지인 젊은 모리스를 보낸 것에 대해 그들이 어떤 생각을 하고 느끼는지 제가 다 알고 있으니까요. 모리스는 벌써 할아버지가 이룬 불멸의 업적들을 언젠가는 이룰 것 같은 기대를 하게 만드는 청년입니다. 우리는 그가 기꺼이 즐거운 마음으로 봉사할 수 있도록 모든 주의와 관심을 아끼지 않고 있습니다. 그러니 부인! 군인으로서 경력을 쌓아가는 첫걸음에 대해 아무 염려 마시기 바랍니다. 저는 어떤 경우라도 항상 평화가 올 것을 믿는데, 아마도 그 평화가 부인의 생각보다 더 빨리 와서 곧 아들을 보시게 될 겁니다. 그러니 어머니로서 느끼실 당연한 슬픔에 대해 제가 감히 뭐라 할 수는 없겠지만 어머니가 자식을 처음으로 멀리 떠나보내는 슬픔 때문에 너무 큰 걱정과 염려에 빠지지 마시기 바랍니다. 저는 불행하게도 아버지가 될 행운은 없었습니다. 하지만 부인의 편지가 제게 감동을 주는 것을 보면 저도 아버지가 될 자격이 있다는 생각이 듭니다.

부인! 부디 저의 존경에 찬 마음을 너그러이 받아주시기 바랍니다.

시민 들라투르 도베르뉴

코레, 보병 대위

편지 12

혁명력 7년 방데미에르 27일(1798년 10월) 저녁

오늘 떠납니다. 어머니, 방금 대위님으로부터 휴가증을 받았어요. 대위님은 어머니 편지를 받고 너무 기뻐했고 소령님께 가져갈 휴가증을 하나 발급해줬습니다. 그리고 저를 아주 꼭 안아주었지요. 제가 뭘 한 건지는 모르지만 그렇게 차갑고 근엄한 사람이 저를 아들처럼 좋아해주네요. 뵈르농빌 씨는 모든 걸 도와주고 있어요. 그도 제게 너무 잘해줍니다. 그는 저를 "삭손"이라고 부르지요. 아마도 어머니의 편지와 저의 적극적인 태도 때문인 것 같아요. 제 입대증 복사본을 보낼게요. 보몽 삼촌이 저를 등록시키고 떼어줬지요. 이런 과정은

꼭 필요해요. 아니면 설사 제가 부대에 있더라도 벌금을 물어야 하지요. 이제 곧 제가 추격기병 훈련을 받는다는 걸 아시게 될 거예요. 그리고 제 키가 1미터 73이란 걸 보시고 놀라 한 달 새에 73쿠데가 자랐나 생각하실 텐데 이 치수는 5피에 3푸스와 같은 거예요.

어제는 마차 자리를 잡으러 가면서 등록소에서 저를 등록해주었던 사무원을 하나 데려갔었지요. 그런데 그는 내게 말하길 "아! 저는 등록소에서 일하고 있는데, 유니폼이 아주 멋지네요. 저도 당신 지휘관에게 데려가 주겠어요?" 하고 물었지요. 저는 "물론이지요. 지금 그의 집으로 가니까 함께 가요." 하고 말했어요. 또 마차를 예약하러 온 다른 젊은이도 우리 말을 듣더니 우릴 따라왔어요. 곧 저는 마부와 말들까지 데려갈 것 같네요. 이렇게 어머니, 이제는 군대를 좋아하는 사람이 저뿐만이 아니라는 것을 아시겠지요? 모두가 행복하게 자신을 자랑스러워하며 떠나니까요. 저는 떠나요. 사랑하는 마음으로 어머니를 포옹합니다.

데샤르트르 선생님과 제 방 하녀와 트리스탕에게도 어머니를 즐겁게 하고 안심시키고 잘 돌보라고 해주세요. 곧 다시 쓸게요. 안심하세요. 전 행복할 거예요!

모리스

편지 13

쾰른, 혁명력 7년 브뤼메르 7일(1798년 10월)

드디어 쾰른에 왔어요. 얼마나 멀던지. 브뤼셀에 와서 먼저 6대대로 들어갔지요. 모두 식사할 준비, 그러니까 군대 식당에 줄을 서려 하고 있었어요. 사람들이 예의 바르게 저도 초대해줘서 숟가락을 하나

들고 가 함께 잘 먹었지요. 가까이 냄새만 맡아도 스프는 진짜 너무 맛있었어요. 여기선 굶어 죽진 않을 것 같아요. 그다음 햄과 함께 맥주를 실컷 마셨지요. 파이프 담배도 함께 피우면서 우린 십년지기 친구가 된 것 같았어요. 그때 갑자기 벨이 울려서 마당으로 내려갔는데 소령님이 다가왔지요. 저는 그에게 가서 대위님의 추천서를 내밀었어요. 그는 내 손을 꽉 잡으며 말하길 중령님과 장군님이 다른 부대원들과 함께 마인츠 부대의 전초병으로 갔다는 거예요. 그래서 저는 브뤼셀에서는 할 일이 없어져 버렸고 그 말에는 그도 곧 수긍하는 것 같았어요. 그는 전초부대까지 가기 위한 통행증을 만들어주고 저는 친구가 된 지 18시간 만에 다시 그 친구들을 떠나게 됐어요!

하지만 치밀하게 계획한 것보다는 운명이 더 저를 돕는 것 같아요. 쾰른을 지나 제 부대가 있는 프랑크푸르트 근방으로 가는 중이었는데 그곳에서 마인츠 부대의 감찰관인 아르빌 장군이 이틀 후에 이곳으로 온다는 것을 알게 되었지요. 저는 가던 길을 멈추고 그를 기다렸어요. 모든 사람이 뵈르농빌의 추천서만 있으면 저는 단번에 그의 휘하로 들어가 근위병이 될 수 있을 거라고 했지요. 저는 일반병 막사에 있는 것보다 몸이, 아님 정신이라도 좀 더 자유로울 수 있을 거예요. 이렇게 제 일은 잘 풀리고 있어요. 그러니 안심하세요.

브라반트Brabant에서 징병 관계일로 소란이 있었던 것을 신문에서 보셨지요? 폭도들이 몇 시간 동안 도시와 말린 요새를 점령했었지요. 하지만 누구도 대적할 수 없는 프랑스 군대는 그들을 쫓아내고 300명을 죽였어요. 제가 브뤼셀에 있을 동안 27명이 끌려왔는데, 그들은 나이가 각양각색이고 그중에는 수도승도 있었지요. 징병은 핑계일

뿐이고 영국의 침략을 돕기 위한 거였어요. 왜냐하면 그들이 오스텐더와 헨트 쪽에서 점점 땅을 넓히는 중이었거든요. 우리 마차가 망가져서 루벤까지 8시간 걸려 갔는데 가는 길마다 사람들이 몰려나와 난리였어요. 브뤼셀에 폭동이 일어났다는 소문이 파다했지요. 마차가 오지 못했으니까요. 제가 브뤼셀을 떠나올 때 그런 일이 없었다고 아무리 말해도 믿지 않았어요. 마인츠 부대의 많은 부대원을 내려 보냈고 브라반트가 곧 평정되길 바라고 있어요.

어릴 적 어머니의 교육에 감사드려요. 독어가 얼마나 큰 도움이 되는지 모르겠어요. 여행하면서 모든 사람들의 통역을 했지요. 제가 쾰른에 내리게 돼서 이제 더는 통역관이 없으니 일행들은 너무 아쉬워했어요. 어머니 너무 쓸쓸한 겨울을 보내시겠네요. 그 생각이 저를 슬프게 합니다. 앵드르로 휴가를 갈 수 있길 바라요. 가서 어머니를 돌보고 어머니를 안고 웃게 하고 싶습니다.

어머니의 고통만이 저의 유일한 근심이에요. 제게 닥친 일들은 아무것도 아니고 얼마든지 극복할 수 있지요.

아르빌 장군을 기다리면서 우리의 추격병은 라인강 가를 산책하게 된다. 군인이 되어 기뻤지만, 어머니의 부재에 대한 생각이 늘 마음 한구석을 차지하고 있었던 것 같다. 아버지는 브뤼메르 9일 이렇게 쓴다.

"라인강 가는 파시의 센강 가를 생각나게 합니다. 그러면 저는 곧 슬퍼져요. 어머니를 꿈에 그리며 우리가 너무나 불행했던 그 시절처럼 어머니를 소리 내 부르면서 말이지요."

아버지는 자콥 장군의 캠프 부관을 만나게 된다. 그들은 음악에 대해 이야기하고 함께 연주도 하면서 친구가 된다. 아르빌 장군이 마침내 도착해서는 뵈르농빌이 추천한 자를 단번에 선택하게 된다. 그는 그에게 아주 잘 갖춰진 멋진 말을 가능한 한 빨리 주겠다고 약속한다. 왜냐하면 말들이 귀했고 더욱이 그런 말은 오래 기다려야 했기 때문이다.

오귀스트 아르빌이라고 하는 이 장군은 아르빌 백작을 말한다. 그는 전에 상원의원이었으며 조제핀의 근위기병이었다. 대혁명 전에는 캠프의 장군이기도 했다. 그 이후 뒤무리에 장군 아래 있으면서 저마프 전투에 대해서는 좀 냉정하고 소극적이었다. 그다음, 이 뒤무리에 장군의 배신으로 혁명재판소로 끌려갔지만, 무죄로 나왔다. 그의 나머지 일생은 명예보다는 오락거리를 즐기며 살았다. 1814년 황제의 하야 쪽에 찬성하고 이후 프랑스의 중신이 되었다. 그는 용감하고 사교성 있는 사람으로 평가될 수도 있었지만, 산전수전 다 겪은 인생의 발자취들은 사람들 기억에서 그리 좋은 평가를 받지 못한 것 같다.

사람들은 모든 순간에 그의 진정성을 의심하고 있다. 이 장군은 태생에 대해 매우 민감한 사람이었는데, 그의 캠프 부관이며 친척인 젊은 후작 콜랭쿠르가 그의 고속 승진에 도움을 주었고 혁명에 반대하는 생각을 하게 했다. 이 두 사람의 귀족 혈통에 대해서는 내가 다시 인용하려고 하는 아버지의 편지에서 자세하게 설명할 것이다. 왜냐하면 그 편지들은 부대에서 점점 더 커지는 반발에 대해 아주 특별한 설명을 하고 있기 때문이다. 사람들은 대혁명으로 정착된 평등한 권리가 군대에서는 더는 그렇지 못하다는 것을 알게 될 것이다.

편지 14

쾰른, 혁명력 7년 브뤼메르 26일(1798년 11월)

… 콜랭쿠르라는 시민도 있는 장군 캠프의 부관들이 어제 저녁에 저를 초대했어요. 식사는 너무 즐거웠고 화기애애했지요. 식사 후에는 장군의 방으로 갔는데 그는 다리에 큰 붉은 점이 있는 사람이었어요. 저는 그분과 둘이서만 30분 정도 있었어요. 그는 아주 편하고 상냥하게 대해주었지요. 그리고 군대에서 지내는 것과 먹는 것에 대해 걱정해주셨어요. 그리고 저의 과거와 태생과 친척 관계들에 대해 수많은 질문을 했지요. 마를리에르 장군의 부인과 딸이 지난여름 어머니 집에 머물렀었다는 것과 기베르 장군의 딸이 저의 조카와 결혼했고 뒤팽 드슈농소 부인이 할아버지의 부인이었다는 말을 듣자 그는 더더욱 태도가 부드러워졌는데, 제 생각에 그는 이런 쪽으로 매우 관심이 큰 것 같았어요.

이후에 우리는 함께 연주했고 쾰른의 많은 귀족, 귀부인들이 있었는데, 독일인들치고는 멋진 모습이었지요. 다들 장군에게 "저 추격병사는 누구지요?"라고 물었어요. 왜냐하면 독일에서는 근위병이 군대 간부들과 함께 살롱을 연다는 것은 생각할 수 없는 일이기 때문이지요. 이런 상식을 깬 모습들이 그들에게 충격이 되는 것 같았지만 저는 상관하지 않아요. 저는 제 길을 갈 테니까요. 더욱이 연주 후에 기막힌 간식이 나왔는데 어느 것 하나 맛없는 것이 없었지요. 그다음은 펀치가 나오고요…. 그다음은 왈츠를 췄지요. 그다음 부관은 그곳 지휘관인 트리니 장군의 부관들과 저녁을 먹는 데 저를 초대했어요. 우리는 샴페인을 마셔서 모두 거나하게 취한 데다가 펀치까지 마셔서 아주 만취했지요. 우리는 자정에야 헤어졌어요.

어머니! 이렇게 저는 돈 한 푼 없이도 왕자처럼 지내고 있어요. 여기 군 간부들 구성은 아주 좋아서 부관들은 모두 젊고 아주 멋지지요. 콜랭쿠르라는 시민은 제가 이제 서너 달 후에 장교가 될 거라는 장군의 말을 전해주었어요. 반란군들과는 계속 싸우고 있어요. 몽스와 브뤼셀 사이에 마을 몇 개를 태웠지만 쾰른은 평온해요.

제 하녀에게 이곳에 가게 자리가 하나 비어 있다고 말해주세요. 데샤르트르 선생님께 키스합니다. 제가 없는 것에 대해 아직도 말들이 많은가요? 이제 제가 이주병이 아니고 공화국 군인인 것을 다들 알게 되었나요? 우리의 착한 농부들도 다 떠났나요? 제가 어디 있냐고 묻진 않나요? 징병된 군인들이 몰려들고 있어요. 사람들은 그들을 마치 양을 세듯 숫자를 세고, 이리저리 몰고 다니며 부대에 배치시키고 있어요. 매일 아침 간부들의 거리가 가득 차지요. 누구는 노래하고 어떤 아이는 눈물을 글썽이는데 저는 그들을 위로하고 웃게 하고 싶어요.

이제 저는 이 도시를 아주 오래 살았던 곳처럼 잘 알게 되었어요. 이곳은 성당들과 수도원들과 오래된 벽돌집들이 옹기종기 모여 있는 우울하고 근엄한 곳이에요. 넓은 라인강은 대형 상선들로 네덜란드 상인들을 데려오고 있어요. 강을 6분 만에 건너게 해주는 공중 다리가 라인강 한복판에 있는 밧줄 하나에 달려 있어요. 그리고 밧줄을 여러 방향의 배들이 옆쪽으로 당겨서 원을 그리며 다리를 이쪽에서 저쪽으로 고정하고 있지요. 기병대 하나가 이곳에 주둔하고 있어요. 군인들과 개들은 공짜로 지나다닐 수 있어서 저는 재미로 왔다 갔다 하고 있지요.

편지 15

혁명력 7년 프리메르 7일(1798년 11월)

… 저는 우편물이 늦는 것을 견딜 수 없어요. 정말 인내심도 한계를 넘었어요. 매일 갔다가 빈손으로 돌아옵니다. 이렇게 어머니 편지를 받지 못하는 건 정말 견디기 힘들어요. 아무것도 즐길 수도 없고 집중할 수도 없습니다. 한군데 계속 있을 수도 없고요. 비가 오나 날씨가 추우나 방구석에 처박혀서 혹시 어머니가 어디 아픈가, 화가 나신 건 아닌가, 아니면 너무 슬퍼하시나 하는 생각을 하느니 차라리 밖에 나가는 것이 더 나아요 … .

11일

드디어, 어머니 편지를 받았습니다! 일주일 전부터 군대 우체국에 있었네요. 저는 독일 쪽 우체국에만 갔었는데 말이지요. 망할 놈의 독일 우체국 같으니! 이제 다시는 가지 않겠어요. 아! 얼마나 어머니 편지를 받고 싶었던지! 살다가 처음으로 낯선 나라에 와서 모든 익숙했던 것들과 멀리 떨어지고 사랑하는 사람들과도 헤어져 있으면 두려운 순간들이 있지요. 일들이 생겨도 강해지려 하고 사람들과도 친해지려고 하지만 어머니와 헤어짐을 생각하면 늘 가슴 아프고 용기를 잃어요. 하지만 어머니와 다시 만날 날을 생각하며 힘을 내보겠어요. 더는 파시에 있을 때처럼 어리광을 부리지는 않겠어요. 그때는 어머니께 힘들다는 말을 숨길 만큼 철이 들지 않았었지요. 그때는 아무것도 저를 달래줄 것이 없었어요. 하지만 이곳에서는 제가 몰두할 수 있는 일들이 있지요.

괴로운 생각들을 떨쳐 버리기 위해 밖으로만 돌아다니니 감기에 걸려 열이 나요. 하지만 이틀이면 나을 거예요. 이제 이렇게 제 앞에 어머니 편지가 있고 어머니가 잘 지내시고 또 어머니가 저를 계속 축복해주시고 힘드신데도 저를 격려해주시니 곧 나을 수밖에요. 오늘 저녁은 아주 기분이 좋아요. 그러니 아무 걱정하지 마세요. 어머니가 괜히 걱정하실까 봐 열이 난다는 말은 취소하고 싶네요. 아주 미열이니 걱정하지 마세요. 며칠이라도 저에게서 소식이 없으면 왜 편지가 없을까 하고 수만 가지 생각을 하게 되지요. 늘 정해진 날 정해진 시간에 편지를 받다가 그런 일이 생기면 정말이지 미칠 것만 같고 끔찍한 상태가 되지요. 편지를 받지 못하면 제일 먼저 떠오르는 생각이 사랑하는 이의 죽음이지요. 그러니까 우리는 병자들이고 진짜 미치광이들이에요. 저도 이번 일로 깊이 깨닫게 되었습니다.

어머니도 그렇게 될 경우를 대비해서 지금 제가 미리 준비를 시키는 거라고는 생각하지 마세요. 저는 매번 우편물이 갈 때마다 편지를 정확하게 보낼 거예요. 어머니와 편지를 주고받는 것이 제게는 큰 기쁨이니까요. 아무도 우리를 막을 수 없어요.

구체적으로 제가 맡은 일이 뭔지 물으셨지요. 가끔 멋진 독일제 난로에 가서 몸을 덥히고 비서들과 수다를 떠는 일이지요. 그 사람들도 별로 할 일이 없어 보여요. 그리고 우리는 함께 저녁 식사를 하고 산책을 해요. 나의 사랑하는 생장에게 내가 나의 말을 타는 꿈을 꾸었다고 전해주세요. 멋진 말을 받게 되면 그에게 알려주겠다고 하세요. G씨가 내가 중요한 부서에 있다고 생각한다고요? 그가 그렇게 멍청한 사람이 아닌 걸 명심하세요. 아마 속으론 그런 생각하지 않을 거예요. 그냥 빈정대는 소리지요.

안녕, 어머니! 제가 얼마나 사랑하는지요!

편지 16

퀼른, 혁명력 7년 프리메르 14일(1798년 12월)

장군님이 특별히 나무르의 군마 담당에게 모든 것이 갖추어진 최고의 말 중 한 마리를 믿을 만한 사람을 통해 제게 보내주라고 명령하셨어요. 그래서 저는 이제 멋진 말을 타게 될 것이고, 벌써 장군들의 마구간 담당자들이 저를 달리 보고 있어요. 장군이 저에게 말을 주기 위해 한 명의 경기병을 240킬로미터나 가게 했다는 사실에 마구간 지기와 마부들은 존경의 눈으로 저를 바라보고 있지요. 제가 부케팔로스의[5] 기사처럼 탈 수 있어야겠지만, 아마도 사람들은 저를 세상에서 가장 멋진 경기병으로 생각하게 될 거예요. 제 말은 정부가 돌볼 것이니 저보다 더 형편이 좋지요. 왜냐하면 제가 하루에 6수를 받게 된다는 말을 들었지만 아직 아무 말이 없고 지금 저는 징병서류들을 기다리고 있는 중이니까요. 저는 돈을 아주 검소하게 쓰고 있어요. 어머니가 보내주신 200리브르는 아주 큰 도움이 되고 있지요. 바도르프라는 사람 집에서 돈만 많이 들고 먹는 것도 형편없었는데 외상으로 먹고 있어서 떠날 수도 없었지요. 저의 지휘관님이 너무나 친절하게도 제 외상 빚을 미리 해결해주시며 그 마수에서 꺼내주지 않았더라면 저는 파산할 뻔 했어요.

---

5 〔역주〕 알렉산드로스 대왕의 애마 이름이다.

지금 저는 그리 비싸지 않은 어떤 부르주아 집에 머물고 있는데 좋은 사람들 같아요. 어쨌든 어떻게든 살게 마련이지요. 플랑드르 맥주를 마시는 것에도 익숙해지려고 하는데, 유명한 맥주지만 정말 형편없는 맛이에요. 독일 음식들은 정말 악마도 못 먹을 맛이지요. 프랑스에서 살면서 우리는 먹고 사는데 있어 너무 버릇이 나빠졌어요.

극장에서 플뢰리라고 불리는 기병 대위를 한 명 만났지요. 지난봄에 라샤트르에서 만나 같이 검술을 연습했던 분이었어요. 아주 좋은 분이지요. 우리는 오랜 친구처럼 서로 껴안았지요. 외국에서 고향 사람을 만나는 건 얼마나 기쁜 일이었는지! 그는 라인강 동쪽에 있는 뮐하임에서 숙영하고 있었어요. 그가 자기를 보러 오라 해서 제 말이 오면 바로 보러 갈 거예요. 저는 저를 보면서 그렇게 반가워하는 사람은 처음 봤어요. 그는 라샤트르에서 온 사람과 라샤트르에 대해 이야기할 수 있다는 것에 대해 너무나 행복해했어요! 우리는 함께 저녁을 먹고 베리를 위해 라인강 맥주를 두 병이나 마셨지요. 그의 모든 친척에게 우리가 이렇게 잘 만났다는 것을 전해주세요. 그가 아주 잘 지내고 있다는 것과 튀르키예인처럼 튼튼하다는 것도 전해주세요. 얼마나 용감한 남자인지!

하지만 이 만남은 얼마나 어머니를 그리워하게 했는지! 저는 마치 우리 집에 간 것 같아서 너무나 슬펐어요!

여기서 말하는 플뢰리 대위는 사실 너무나 훌륭한 최고의 군인이었다. 16살에 자진해서 군인이 되어 1792년에 라인강 부대에서 수많은 전투를 치렀다. 1798년에는 모로 장군과 다뉴브를 가는 동안 아주 큰 두각을 나타내었다. 그때 우리 아버지를 쾰른에서 만난 것이다. 기병대 지휘관으로 오스트리아 기갑부대 4대대를 막았는데 너무나 잘 싸워줘서 그의 부대는 라인강을 건널 수 있었다. 그는 1807년 작위를 받고 제 10기갑부대의 최고 간부로 군대를 떠났다. 그의 아들 알퐁스 플뢰리는[6] 나의 어릴 적 친구이다.

할머니가 소중하게 간직한 편지 뭉치 중에 아르빌 장군에게서 온 흥미로운 편지 하나가 있다. 그는 할머니에게 자신의 젊은 부하에 대해 마치 아버지처럼 충고를 하고 있다.

첫 번째 충고는 경제관념이 없다는 것이다. 그의 판단은 전적으로 옳다. 왜냐하면 나의 아버지는 자신이 너무나 착하고 좋은 사람이라는 순진한 생각에 빠져서, 또 모두가 그렇게 생각하는 바람에 어떤 계산도 없이 모든 일에서, 또 모든 사람과 마치 예술가처럼 되는대로 살았다. 그래서 결국 평생 빚만 지고 살아 왔다. 그의 편지 중에는 이것에 대한 많은 자세한 설명이 있지만, 이 부분은 그냥 지나치도록 하겠다. 그는 군인들이 쓰는 표현대로 하자면 부모에게 손을 벌리지 않는 그런 군인은 아니었다. 늘 엄마를 걱정하고 엄마에게 생활비를 주지 못하고 돈을 받는 것을 괴로워하면서도 그는 늘 너무나 세세하게 이 악마 같은 돈이란 놈이 어떻게 되어 가는지를 쩔쩔매며 설명하고 있었다. 늘 항상 돈이 부족했기 때문이다. 돈은 그도 모르는 사이에 그

---

6 이 친구는 공화국을 위해 가장 영예롭고 가장 용감한 행동을 한 후 사상 문제로 12월 2일 추방되었다(1853년의 노트).

의 손안에서 녹아 버렸다.

자신의 말을 명예롭게 지키지 못할지도 모른다는 두려움으로 그는 늘 즉시 어머니께 모든 것을 고백했고 그 고백은 늘 감동적이었다. 하지만 어쨌든 효자였던 아버지는 자기 때문에 어머니가 파산할 거라는 생각 그리고 자신의 명예에 대한 생각 때문에, 비록 자기 아버지를 닮아 태평하고 자유분방하기는 했지만, 결국 많은 갈등을 겪은 후에는 현명한 집안의 후손답게 지혜롭게 처신하게 되었다. 한마디로 말해 무분별하게 되는대로 살았음에도 자신의 평범한 가정의 재정 상태를 아주 심각하게 만들지는 않았다.

아르빌 장군의 두 번째 충고는 별로 근거가 없는 것이기는 하지만 할머니는 그곳에 밑줄을 쳐 놓으셨다. 아마도 할머니는 이 부분을 이해하기 힘드셨을 것이다. 그는 이렇게 썼다.

"저는 그의 음악적 취향에 대해 걱정이 됩니다. 그것 때문에 그가 질 나쁜 사람들과 쉽게 어울릴 것 같습니다."

이 사람 좋은 장군이 이런 무지한 말을 하다니! 할머니의 눈에도 또 그 아들의 눈에도 분명 이 말은 우스꽝스러운 모욕으로밖에 보이지 않았을 것이다. 하지만 어쨌든 할머니는 이 말을 사랑하는 아들 모리스에게 전하지 않은 것 같고 또 그의 바이올린 또한 보내지 않은 것 같다.

편지 17

쾰른, 혁명력 7년 프리메르 20일(1798년 12월)

어머니 우편물이 두 번이나 왔는데 아직 어머니 편지를 못 받았어요!

간부 비서인 친구 하나가 보통 어머니 편지를 갖다 주곤 했는데 극장에 빈손으로 왔어요. 저를 보자 멀리서부터 슬프게 고개를 저었지요. 우체국이 파산했다고들 말해요. 그래서 만약 정부가 나서지 않는다면 서신 교환이 당분간 중간될 거라고 합니다. 제게 이것보다 더 큰 일은 없어요! 어머니와 떨어져 있는 것도 힘이 드는데 편지도 받을 수 없다니 절망적입니다.

어제 성당을 지나며 너무나 아름다운 연주를 들었지요. 아름답고 우아한 부인들은 모두 그곳에 있었어요. 제가 기병대 옷을 입고 칼을 차고 들어가니 그들은 마치 악마를 보는 듯 눈이 휘둥그레져서 저를 보았지요. 그들은 프랑스 공화국 군인을 무슨 적赤그리스도 보는 듯 했어요. 저는 여러 번 그들을 두렵게 했어요. 왜냐하면 그곳의 오르간 연주자가 너무 훌륭해서 그곳을 지날 때 너무 아름다운 음악으로 가득 찬 걸 보면 저는 알 수 없는 힘에 이끌리듯 그곳으로 들어가게 되거든요.

그곳을 나와서는 극장에서 "니나"를 들었어요. 조금 듣자마자 어릴 때 어머니가 가르쳐주신 듀엣 곡이라는 걸 알았지요. "그는 나를 좋은 친구여 하고 불렀지 …"라는 곡 말이에요. 그러자 곧 저는 제가 잊어버렸던 모든 부분이 생각났지요. 아주 세세한 부분까지 말이에요. 저는 마치 루아드시실 거리의 어머니 곁에 있는 것 같았어요. 회색과 진주색 벽지의 어머니 방에 말이지요! 음악이 이렇게 우리를 추억에 잠기게 하는 것은 얼마나 놀라운 일인지!

냄새도 마찬가지지요. 어머니 편지의 냄새를 맡으면 마치 노앙에 있는 어머니 방에 있는 것 같지요. 그러면 자개가 박힌 상자를 여는 어머니를 보러 갈 생각에 가슴이 뛰어요. 그 상자에서는 너무 좋은 냄새

가 났는데 그 냄새는 예전의 좋았던 것들을 다 생각나게 하지요.7

극장에서 나오면서 그 녀석이(저의 비서 친구) 저녁 먹는 곳으로 데려갔지요. 이곳 와인은 너무 비싸 한 번 마시면 습관이 될까 봐 지난 일주일 동안 마시지 않고 있었어요. 하지만 포도주 병이 식탁 위에 있는 데다가 친구까지 권하니 어쩔 수가 없었어요.

오늘 아침에는 그렇게 맥주를 욕했었는데…. 아! 주정뱅이의 맹세란! 어머니는 "아니 어쩌다가 주정뱅이가 된 거냐!"고 소리치시겠지요. 아니, 저는 그렇지 않아요. 또 그렇게 되지도 않을 거고요. 하지만 이제 이해할 수 있을 것 같아요. 남자가 폭음하게 되는 것은 억지로 못 마시게 했기 때문이란 것을, 빵을 빼앗긴 불쌍한 악마가 빵을 보면 이성을 잃기 마련이니까요. 게다가 이 좋은 와인은 남자에게 너무 큰 위로가 되지요. 어제 저는 너무 슬펐고 스위스에서처럼 향수병에 걸려 더도 덜도 말고 알렉산드로스나 카이사르처럼 무슨 짓이든 할 수 있을 것 같았어요. 그들도 분명히 이 루벤의 맥주는 마셔 보지 않았을 거예요. 하지만 설사 그리스와 이탈리아의 모든 맥주를 다 마신다고 해도 어머니와 떨어져 있는 것을 위로할 수는 없겠지요.

지난번 편지에서 제 수염에 대해 물으셨지요. 지금 잉크처럼 검게

---

7 이 상감 세공 가구는 1793년에 할머니를 사형대로 보낼 수도 있을 서류를 없애기 위해 나의 아버지와 데샤르트르가 인장을 뜯었던 것과 같은 것이었다. 나는 아직도 23개의 작은 상자가 들어 있는 이 자개 상자를 가지고 있는데, 그중 일부에는 여전히 예전 공화국 인장의 흔적이 있다. 나는 최근에 사건의 의사록과 얼마 전 읽은 아버지의 편지를 발견하기 전까지는 이게 무엇인지 전혀 알지 못했다. 가구들은 모두 자신들만의 역사를 가지고 있다. 만약 그들이 말할 수 있다면 우리에게 얼마나 많은 이야기를 해줄 수 있을까!

나고 있어요. 100피트 뒤에서도 보일 정도지요. 안녕 어머니, 온 마음으로 포옹합니다. 제 하녀는 30피트쯤 공중으로 안아 올리고 데샤르트르 선생님은 주먹으로 머리를 치겠어요. 군대에서 하는 인사법이지요. 너무나 폼나는, 세상에!

편지 18

퀼른, 혁명력 7년 프리메르 23일(1798년 12월)

세상에 어머니, 감히 어머니께 불평합니다. 어머니 편지를 받지 못했는데 도대체 적응되지 않습니다. 장군의 우편물들도 다시 뒤져 보았지만, 또다시 슬퍼하며 돌아와야 했지요. 그제 용감한 고향 사람인 플뢰리 대위를8 보았어요. 그의 부대에 있는 또 다른 지휘관과 함께였지요. 우리는 라인강에서 뮐하임까지 돛단배를 타고 내려왔어요. 세찬 바람을 맞으며 왔는데 멋진 항해였지요. 그는 아주 맛있는 저녁을 대접해주었어요. 정말 제게 필요했던 음식이었지요. 세찬 바람을 맞으며 병사들처럼 식욕이 왕성해졌거든요. 이 용감한 사람은 우릴 두 팔 벌려 환영했지요. 그리고 줄곧 베리에 대해서만 이야기했어요.

조국에 대한 사랑에는 두 가지 종류가 있는 것 같아요. 먼저 그 땅에 대한 사랑이지요. 그것은 다른 나라에 발을 디디자마자 시작되지요. 그곳에서 그는 언어도, 얼굴들도, 매너들도 그곳 사람들의 성격까지도 모두 마음에 들지 않습니다. 그리고 도대체가 자기 나라에 대

---

8 어릴 적 친구의 아버지.

한 무슨 애국심인지 모르지만 자기 나라의 모든 것이 다른 나라 그것보다 더 아름답고 좋게 생각됩니다. 군대에 대한 생각도 마찬가지예요. 그 이유는 신만이 아실 거예요. 어린아이처럼 유치한 생각인지 모르지만 제 유니폼이나 제 부대에 대해 놀리기라도 하면 불같이 화가 나지요. 마치 나이든 병사가 칼이나 수염에 대해 놀림을 받을 때처럼 말이에요.

또 이렇게 땅에 대한 집착이나 물질적인 것에 대한 자부심 외에도 조국에 대한 또 다른 사랑이 있지요. 그것은 전혀 다른 차원이고 뭐라 정의할 수도 없어요. 어머니는 아마도 이런 생각들을 망상이라고 하실지 몰라도 저는 제 조국을 마치 탕크레드처럼[9] 사랑하는 것 같아요.

"그럴만하건 그렇지 않건/ 나는 그에게 나의 목숨을 준다!"

우리, 플뢰리와 저는 어처구니없게도 라인강의 맥주를 마시며 베리와 프랑스를 위해 힘차게 건배할 때 이런 사랑을 느끼지요.

어머니의 가엾은 소작인은 어떤가요? 그의 자식들은 떠났나요? 데샤르트르 선생님은 여전히 치료를 잘하고 계시는가요? 제 말을 타고 있나요? 바이올린은 여전히 긁어대고 계시는가요? 제 방 하녀에게 그녀가 없으니 저의 셔츠들의 상태가 형편없다는 걸 말해주세요. 제 속옷들을 보내면 꿰매주겠다니 그녀의 생각은 얼마나 착한지요! 하지만 보내고 받는 값이 옷값보다 더 비쌀 거예요.

---

9 〔역주〕 볼테르의 소설 《탕크레드》의 주인공이다.

편지 19

퀼른, 혁명력 7년 프리메르 27일(1798년 12월)

자꾸 말씀하시니 셔츠와 손수건을 사도록 노력해 볼게요. 하지만 그런 것들은 다 우리 돈으로 사야 해요. 장군이 곧 사열할 예정이라 콜랭쿠르 씨는 제게 부츠를 다시 만들라고 명령했어요. 제 것은 규정대로 두 개의 솔기도 없고 뒤축에 박차도 없기 때문이지요. 이런 문제에 대해서는 너무나 엄격해요. 제 모자는 벨벳으로 장식되어 있지도 않고 제 상모는 규정대로 18인치도 되지 않지요. 하지만 다행히도 제 외투에는 6개의 은단추가 제대로 달려 있어요. 하지만 저는 염소 털로 장식줄을 친 초록색 캐시미어 바지가 필요해요. 이게 행정부서의 특권이기도 하지요. 장군들을 모시려면 대단한 복장을 해야 해요. 만약 어머니의 아름다운 담비털이 있다면 저는 창기병의 모자를 만들 수 있을 거예요. 그게 지금 최고거든요. 저는 부대에서 아주 눈에 띄겠지요. 하지만 지금 보내지는 마세요. 장교가 되면 그때 하려고요. 지금도 충분히 저는 멋져요.

제가 정복을 갖추고 밖에 나가면 징집병들이 저를 지휘관으로 알고 경례를 하지요. 하지만 장군 사택에서 보초를 서는 고참병들은 그런 건 아랑곳하지 않고 제게 경례도 하지 않아요.

아니, 어머니 초상화는 가져오지 않았어요. 보몽 삼촌에게 맡겼지요. 누가 보고 사랑에 빠져 훔쳐 갈까 걱정했거든요. 하지만 파시에서처럼 줄은 목에 걸고 있어요. 아무도 모르게 하고 있지요.

그리고 안심하세요. 파는 것 말고 직접 땅에서 나는 걸 먹을게요. 어머니의 소작인이 죽은 것에 대해서는 유감이에요. 착한 이웃 농부들에게 안부를 전해주세요. 데샤르트르 선생님이 아프시다니 무슨 말이지요! 미지근한 물과 구토제를 먹으라고 하세요. 다른 사람에게는 늘 효과 좋은 처방을 하면서 왜 본인은 하지 않으시는지. 너무 아프시면 그가 다 나았다고 편지하실 때까지 놀리지는 않겠어요.

안녕! 사랑하는 나의 최고의 어머니 온 마음으로 포옹합니다.

편지 20

퀼른, 혁명력 7년 니보즈 3일(1798년 12월)

그동안 매일 장군의 사열식에 참석하러 가야 했지만 이제는 절대 사열 받으러 가지 않아도 되지요. 이곳에서 한 달은 더 있어야 해요. 우리 부대가 강 왼편을 다시 지나가라는 명령을 받은 후에 연대체제가 바뀌어서 이제 장군은 같은 수의 대대를 지휘하지 않게 되었어요. 저는 이 명령이 너무 화가 나요. 저는 여행도 하고 지방에도 가고 싶은데 말이지요. 제 말은 아직도 받지 못했어요. 하지만 다른 행정관의 것을 탈 거예요. 루즈 경기병 소속인데 병원에 있지요. 새로운 법령에 대해 걱정하지 마세요. 저와 상관없는 것이니까요. 사무소에서 일하는 사무병들에게 해당하는 것이지요. 그들은 이제 다른 부대에 합병되어야 해요. 하지만 저는 실질적인 일을 해서 여전히 장군에게 귀속되어 우리 부대의 일을 하게 될 거예요. 저는 월급도 받고 다른 군인들처럼 옷과 말을 배급받아야 하지만 진짜 여기에 대해서는 아무 말도 듣지 못했어요. 그래도 곧 명령이 떨어지길 기다리고 있어요. 저는 다른 사람들의 두 배로 일하는데 거기에 대해서는 걱정하지 마세요.

그리고 무슨 말씀이세요! 벽난로에 불을 낸 것이 혹시 제가 아니냐고요! 말도 안 되는 소리예요. 제가 그런 일을 얼마나 잘하는지 아시잖아요. 바이올린은 아직 보내지 않으셨다면 보내지 마세요. 만약 장군님이 부서를 옮기시면 나의 소중한 악기가 엄한 사람 손에 들어갈지 모르니까요. 그것은 악기에게 죽으라는 거지요. 데샤르트르 천재님께 제 바이올린이 녹슬지 않도록 가끔 연주해 달라고 해주세요. 참 행복한 부탁이네요! 하지만 어머니 귀에서 멀리 떨어져서 연주하라고 하세요. 지금도 여전히 안절부절못하고 계신다고요? 어머니가 그러시면 저도 불안해했던 것을 기억하세요? 왜 아직도 그러시는지 이해할 수가 없네요. 제가 여전히 쾰른에 있는 걸 모르시나 봐요.

편지 21

쾰른, 혁명력 7년 니보즈 8일(1798년 12월)

방금 아주 좋은 소식을 들었어요. 어머니. 이탈리아로 향하던 우리 부대가 도츠로 돌아오고 있습니다. 이곳에서 라인강만 건너면 있는 곳이지요. 지금 편지를 쓰는 동안 도착했을 거예요. 결과적으로 저의 장군님 휘하에 들어오게 되었어요. 극장에서 기발이라고 하는 특무상사를 알게 되었는데 장군이 저를 장교로 만들 생각이 있느냐고 제게 묻더군요. 아마 그러신 것 같다고 대답했지요. 며칠 후에 그가 장군님께 나에 대해 말하자 장군님은 이렇게 대답했다고 해요. 처음에는 제가 적응 못 할 거라고 생각했는데, 지금은 저를 잘 알게 되고 많은 관심을 두고 있고 계속 주시하고 있다고. 그리고 그의 계획은 최고의 교사와 최고의 말이 있는 자리로 저를 보내서 하루 빨리 기마술을 익히게 하는 거라고 했어요. 이 말을 끝으로 우리는 바로 이전 대화로 돌아갔지요.

그는 그제 아주 멋진 무도회를 열었어요. 장군님도 부관들과 함께 참석했지요. 제가 인사하니까 아주 잘 받아주셨어요. 그는 제게 왈츠를 출 줄 아느냐고 물으셔서 저는 바로 보여드렸지요. 춤추는 내내 지켜보시고는 장군님이 부관들에게 저에 대해 아주 만족스럽게 얘기하시는 것을 보았어요. 어머니는 싸우는 걸 싫어하시니 앙시앵 레짐의 나쁜 점에 대해서는 말하고 싶지 않아요. 하지만 어쨌든 저는 무도회에서보다는 전쟁에서 저를 증명해 보이고 싶네요.

제가 콜랭쿠르와 관계를 끊어 버렸냐고 물으셨지요? 그는 제가 관계를 끊어 버릴 수 있는 그럴 사람이 아니에요. 그는 장군 사택 분위기를 좌지우지하는 사람이지요. 저는 항상 그에게 존경심을 보이고 아주 세심한 주의를 기울입니다. 하지만 어쨌든 그는 정말로 끝없이 저를 불편하게 하는 아주 독특한 사람임은 분명해요. 어떤 날은 선뜻 돈을 돌려주다가 어느 날은 한없이 차갑게 대하지요. 데샤르트르 같은 사람에게는 한없이 부드럽게 대하지만 비서는 학생 다루듯이 꾸짖곤 합니다. 또 정말 시시한 대화를 하면서도 세상 모두에게 강의하듯 하지요. 가르치고 명령하고 싶어 하는 사람이에요. 그러니까 자기 말에 굴레를 씌우는 하인에게 말하듯 따뜻하게 혹은 차갑게 말을 한다는 거지요. 저는 다른 캠프 부관인 뒤로넬을 훨씬 좋아합니다. 이 사람은 정말 좋은 사람이고 행동거지도 꾸밈없는 사람이에요. 항상 솔직하게 우정을 가지고 대화하고 변덕스럽지도 않아요. 그제 이 사람도 무도회에 왔었는데 우리는 계급에 따라 순서대로 왈츠를 추었지요. 우선 콜랭쿠르 시민, 그다음은 뒤로넬, 그다음은 저 이렇게 해서 부관과 행정병들이 돌아가며 춤을 추는 거지요.

제 상황에 대한 어머니의 충고는 다 맞는 말씀이에요. 늘 염두에 두겠습니다. 그리고 잘하도록 최선을 다하겠어요. 어머니의 편지는 정말 좋아요. 세비네처럼 쓰신다는 말은 제가 처음이 아닐 거예요. 하지만 이 세상의 역경에 대해서는 더욱더 오래 견디셨지요.

사열을 받지 않는 것은 우리의 코를 위해 정말 다행스러운 일이지요. 베스트팔렌의 눈 덕분으로 사열을 쉬고 있어요. 그렇다고 이곳이 따뜻한 것은 아니에요. 어제 온도는 영하 34도였어요. 불쌍한 보초들이 파리처럼 죽어 나갔지요. 그러니 불도 없는 방에서 자고 아침이면 얼음이 언 수염을 하고 일어난다고 불평해서도 안 되겠죠. 이곳 겨울은 제가 본 중 가장 혹독한데 그동안 살면서 불을 본 적이 있었던가 하는 생각도 더는 하지 않기로 했어요.

9. 청년 모리스의 초상

편지 22

퀼른, 혁명력 7년 니보즈(1799년 1월 1일)

사랑하는 어머니, 평생 처음으로 어머니께 새해 축하 인사도 하지 않고 새해 첫날을 맞고 있네요! 모든 독일 사람들은 기쁘게 서로 모이고 껴안고 가족들과 함께 즐기는데 저만 마음을 졸이며 슬퍼하고 있어요! 오늘 저녁 잠깐 이곳 유지이며 부자인 중개인집에 있었어요. 8명의 자녀가 아버지를 둘러싸고 있었지요. 장남은 아주 재주가 많았어요. 그가 아침에 그린 고무 수채화 작품을 아버지가 제게 자랑스레 보여주었지요. 딸은 플라이엘의 소나타를 아주 꽤 잘 쳤어요. 가족 간에 즐거움과 행복이 넘쳤습니다. 저만 혼자 슬퍼하고 있었지요. 그들이 그걸 알고 제가 행복한 시간을 보낼 수 있도록 배려한 거예요. 그들은 더 큰 관심을 가지고 절 바라보고 더 많은 사랑을 표현해주었지요. 저도 더할 수 없이 편하게 지냈어요. 사실 그들을 만난 것이 이번이 두 번째였어요. 하지만 저를 배려해서 이렇게 행복한 시간을 갖게 해주고 저의 외로움을 달래준 것에 감사했지요.

이 나라에는 우리가 모르는 구애求愛방식이 있어요. 그것은 1월 1일에 사랑하는 사람 창문 아래서 폭죽을 터뜨리는 거지요. 사랑하는 사람의 잠을 깨우면서 자기가 그녀를 기다리며 잠 못 든다는 것을 알리는 거지요. 불쌍한 건 이웃들이고요! 저는 야간 근무를 하고 있었는데 아무도 이 말을 해주지 않아서 저는 무슨 강도떼가 나타난 줄 알았어요. 제 집주인한테는 아주 예쁜 딸이 있었는데 그녀를 좋아하는 남자들이 창문 아래서 밤새도록 폭죽을 터뜨렸지요. 시간마다 계속 터지는 폭죽 소리에 저는 놀라 잠을 깨야 했어요. 부대로 돌아오느라 뮐하임까지 아침 내내 걸어왔기 때문에 정말 자고 싶었는데 … .

저는 보급 장교를 찾았고 그는 아주 친절하게 저를 맞아 소령 집으로 데려다주었지요. 이 사람도 아주 예의 바르게 저를 맞아주었어요. 그리고 길까지 다시 바래다주었지요. 그들은 곧 도츠까지 갈 예정이고 그곳은 라인강을 사이에 두고 쾰른과 마주하고 있는 곳이에요. 그들은 제게 종종 저녁을 먹으러 오라고 했지요. 다른 부대원들도 곧 도착할 예정인데 뒤셀도르프 쪽 강의 얼음 때문에 지체하고 있어요. 쾰른 부대에 배치받기 전에 이렇게 조금만 기다려도 된다니 정말 그 행복한 우연이 감탄스러울 뿐이에요. 제가 부대에 늘 없다고 저를 나무라지도 않을 테지요.

사랑하는 어머니! 몇몇 사람들이 어머니를 '조국을 지키는 병사의 어머니'라고 불러주는 것에 너무 감격하셨군요. 하지만 그들이 왜 그러는지 진짜 의도를 아셔야 해요. 그들은 제가 무기와 군사 장비를 가지고 돌아올지도 모른다고 생각하는 거지요. 그래서 어떤 점에서는 경기병들과 한 형제 같은 추격병들과 잘 지내야 한다고 생각하는 거예요. 정부 공무원들보다 더 영악한 사람들은 없을 거예요!

레모네이드를 만드는 데 성공하셨다니 정말 기뻐요. 이제 어머니에게도 드디어 좋은 일이 있군요! 그렇다면 악마가 모든 쐐기풀과 고사리풀을[10] 다 가져가 버리고 하늘이 레몬을 보내주길! 안녕 어머니! 아무 걱정 마시고 늘 행복하시고 힘내세요. 이것이 일평생 어머니를 위한 저의 간절한 소망입니다. 온 영혼으로 어머니를 포옹합니다.

거장 데샤르트르 선생님의 청중들은 듣지 못하고 말도 못 하는 사람들이길 기원합니다. 선생님을 듣지도 비판하지도 못하게 말이지요. 루미에 시민과 존경하는 나의 하녀에게는 공화국의 마음을 보냅니다. 둘 모두에게 사랑한다고 전해주세요.

편지 23

쾰른, 혁명력 7년 니보즈 18일(1799년 1월)

… 장군님이 콜랭쿠르 씨를 통해 저녁 초대하셨어요. 그리고 장 자크 루소와 또 아버지와의 일화에 대해 얘기해 달라고 했지요. 그런데 너무 열심히 들으셔서 만약 제가 멍청하다면 아무 말이나 다 떠벌렸을 거예요. 하지만 저는 너무 많은 말을 하지 않기 위해 노력했고 묻는 말에만 대답하려고 했지요. 저녁 후에 장군님과 뒤로넬 씨는 멋진 말 2마리가 끌고 금빛과 초록빛 용이 그려진 굉장한 마차에 올랐지요. 저는 다른 마차에 콜랭쿠르 씨와 올랐고요. 루즈 경기병인 제 동료는 놀라 눈이 왕방울만 해졌지요. 마치 꿈을 꾼다고 생각하는 것 같았어요. 장군님은 내일 있을 퍼레이드에 초대하기 위해 마차를 타고 마을을 달렸지요. 장군님은 제가 가는 곳마다 함께하길 바랐어요. 그리고 헤르스타드 부인 댁에서는 따님들을 참여하게 해 달라고 사정하면서 갑자기 무릎을 꿇고 이렇게 말했지요.

"제 부관들과 저의 행정관인 삭스 장군의 손자 앞에서 제가 계속 이

---

10 〔역주〕 이 풀들은 당시 요로결석에 좋은 풀로 여겨졌다.

렇게 있도록 하시겠습니까?"

여자들은 눈을 크게 뜨고, 제가 이주병이 아닌 것에 놀라는 것 같았어요.

다음 날 아주 멋진 퍼레이드가 있었지요. 저녁 6시에 장군님의 집을 출발했어요. 모든 조마사들이 6피트 길이의 횃불을 들고 말을 타고 있었지요. 15대의 마차가 있었어요. 금빛 장식줄을 댄 붉은 옷을 입은 23연대 군악대가 연주하며 제일 앞장섰어요. 정말 아름다웠어요. 저는 정원에서 마차와 말들을 보고 있었지요. 장군님은 오셔서 이렇게 말씀하셨어요.

"이제 우리와 같이 가서 다음 무도회에 오도록 해요."

정말 제게 너무 잘 해주세요. 콜랭쿠르 씨만 내보낸다면 더할 나위 없겠지요. 정말이지 이 사람은 모든 것을 다 얼어붙게 만드는 사람이에요. 이 사람은 이 마을에서 연애도 많이 하고 질투도 많은 사람이지요. 언젠가 제가 P … 양이 진짜 예쁘다고 하니 그의 얼굴에 불안한 빛이 역력했지요. 그리고 그날 저녁 바로 그녀에게 저와 춤추지 말라고 했다고 해요. 그는 사랑을 받지 못해서 사랑이 너무 필요한 사람이지요. 그래도 저는 그가 바보도 아니고 나쁜 사람도 아니라고 생각해요. 하지만 그렇게 괴팍하고 그렇게 까칠하고 듣기 싫은 목소리를 가진 사람도 찾기 힘들 거예요. 비서들과 일할 때도 어느 때는 온종일 한마디도 안 하고 지날 때가 있지요. 그러다 누군가가 오면 계속 명령을 해 대던가 아니면 아이들 다루듯 막 야단치는 척을 하지요. 이틀 전부터는 어쩐 일인지 제게 아주 상냥하게 대하면서 저를 그냥 짧게 "뒤팽"이라고 불러요. 하지만 오래가지는 않을 거예요. 너무 극단적인 사람이에요.

안녕, 사랑하는 어머니! 어머니의 지난 편지는 얼마나 다정했던지요!

편지 24

퀼른, 혁명력 7년 니보즈 23일(1799년 1월)

뭐라고요! 집이 거의 다 탔다고요? 그런 일이 벌어지다니 정말 가슴이 떨리네요. 우리에게 그것 말고 더 잃을 것은 없는데요! 하지만 위로될 만한 해결책이 하나 있기는 해요. 어머니가 이 퀼른에 있는 제 방에 와서 함께 지내는 거지요. 이곳은 가난뱅이 시인의 누추한 방이에요. 거울과 서랍장, 난로가 다예요. 하지만 거울은 깨져 있고 서랍장은 흔들거리고 난로는 주인 말로는 불을 피울 수 없다고 합니다. 또 검정인지, 밤색인지, 노란색인지 도저히 무슨 색인지 알 수 없는 카펫이 있고요. 하지만 이 침울한 방에 어머니가 들어서는 순간 이곳은 환하고 따뜻하고 아름답게 빛나는 멋진 곳이 될 거예요. 어떤 성도 부럽지 않은….

초대받은 사람만 갈 수 있는 아주 큰 무도회가 있어요. 고급장교들과 지역 유지들만 참석할 수 있는 곳이지요. 그런데 그곳에 딸들을 데리고 오는 한 멍청한 독일 남작 부인이 제가 그곳에 가는 걸 아주 싫어해서 딸들이 저와 춤을 추지 못하도록 했다고 해요. 그녀 집에 사는 한 기병 대위가 제게 말해주었어요. 그는 화가 나서 당장 그 집에서 나오겠다고 했어요. 너무 격분해서 제가 오히려 달래줘야 할 판이었지요. 하지만 그날 저녁 저는 이 말을 프랑스 병사들과 다른 사람들에게 하지 않을 수 없었어요. 기병 대위와 몇몇 사람들과 저녁 식사 후 그곳에 도착했을 때 다른 장교들이 우리에게 와서 이렇게 말했지요.

"어떤 프랑스 군인들도 *** 남작 부인의 딸들과 춤을 춰서는 안 된다는 명령입니다. 꼭 이 명령을 지켜주시길 바랍니다."

저는 이유가 뭐냐고 물었지요. 그랬더니 남작 부인이 딸들과 춤추는 것을 금지했다고 했어요. 저는 이 모든 것이 저 때문인 것을 알았지요.

우리 부대는 지크부르크를 향해 출발합니다. 이곳에서 6리외 떨어진 곳이지요. 이곳 담당관과 기병 대위는 제게 너무 잘해주는데 장군님께 이곳 연대장에게 제가 절대적으로 필요하다고 말해주겠다고 했어요. 앵드르강 가의 방앗간 주인들에게 제가 그들의 건강의 위해 건배한다고 전해주세요. 그리고 그들에게 늘 감사하다고.

편지 25

퀼른, 혁명력 7년 니보즈 28일(1799년 1월)

우리는 내일 뒤렌으로 떠납니다. 우리는 제 25기병 연대를 열병할 거예요. 예전의 공화국의 용기병龍騎兵들이라 했던 부대이고, 사람들 말이 부대들 중 가장 못난 부대지요. 제 말은 아직 도착하지 않아서 저는 루즈 경기병의 말을 타고 있어요. 이 노란색 말은 어처구니없게도 오른쪽을 가리키면 왼쪽으로 가고 보통 승마법과는 완전히 반대되는 방식에만 길들었지요. 루즈 경기병의 제 친구는 이 말을 다루기 위해 발명해낸 특별한 방법을 가르쳐주었어요. 아니면 정말 저는 다룰 수 없었을 거예요. 이 교육 방식에 얼마나 고마워하며 그를 칭찬했는지 몰라요.

저는 그 유명한 남작 부인을 축복해주고 싶은 심정입니다. 그녀는 장교들이 무도회장에 있는 동안 행정병들은 마당에서 기다리길 원했는데 그 때문에 저는 *** 양의 너무나 매혹적인 시선을 받게 되었고 대화도 나누게 되었거든요. 우린 서로에게 관심과 감사를 표했고 저는 기대에 부풀게 되었지요. 이 젊은 아가씨는 샤노아네스이고[11] 아주 절도 있는 사람이에요. 그녀는 매력적이에요. 만약 성당 참사회의 세속 수녀가 제 군복 망토를 두려워하지 않는다면 늙은 남작 부인과 고약한 부인네의 딸들을 대수롭게 여기지 않을 수 있을 것 같아요….

뒤렌, 니보즈 28일

저녁 먹는 시간이 되어 여기까지 쓰다가 멈추고는 편지를 주머니에 넣고 다음 날 출발했지요. 아침부터 부츠를 신고 출발 시각을 알아보기 위해 본부에 갔지요. 콜랭쿠르 씨가 기분이 좋아서는 제가 가고 싶을 때까지 출발 명령을 하지 않겠다고 했지요. 그리고 제가 머물고 싶다면 제 말대로 하겠다고 했어요. 저녁에는 무도회가 있었고 거기 가면 나의 사랑하는 샤노아네스도 있었지요. 거기다가 너무 추운 날씨에 어디 갈 형편도 아니었고요. 저는 이 기회를 틈타 말을 다시 마구간에 넣고 비서의 뜨거운 난로 옆에 가서 몸을 덥히고 싶은 유혹에 사로잡혔지요.

하지만 저는 콜랭쿠르 씨의 간사한 두 눈에서 내가 그의 제안을 허겁지겁 받아들이는 꼴을 보고 싶어 한다는 생각이 들었어요. 또 일도

---

11 〔역주〕 세속 수녀를 의미한다.

하지 않는 행정관으로 불리는 것도 싫었지요. 그의 친절은 아무 소용없는 거였어요. 저는 바로 명령을 받들어 말에 올라 행정관의 기병총보병들과 함께 떠났지요. 그랬더니 콜랭쿠르가 너무나 친절하게 저를 불러 이렇게 말했어요.

"이번 원정은 아주 형편없는 곳이지. 지낼 곳도 말할 수 없이 누추하고."

그는 나의 용기를 시험하는 걸까요? 아니면 제가 *** 양에게 반해서 이제 P 양이 저를 좋아할 걱정이 없어져서일까요? 아니면 장군의 눈에 내가 젖은 닭처럼 보이길 원해서일까요? 암튼 뭔지 모르지만 내가 계속 여기 있기를 그가 원한다는 것을 아는 한 더더욱 떠나고 싶었지요. 그래서 제가 이렇게 말했지요. "깨끗한 곳을 찾도록 노력하고 아니면 참고 잘 지내겠다."고. 그러자 그는 아버지 같은 태도로 이렇게 덧붙였어요.

"너무 나쁜 집에 머물게 되거든 그곳 담당관을 찾아가 내가 자네에게 더 좋은 곳을 주라고 했다고 전해요. 만약 그렇게 하지 않으면 귀가 날아갈 줄 알라고."

일반병인 제게 장교에게 가서 이런 말을 전하라니 어떻게 생각하세요. 안 들어줘도 그만일 텐데 말이지요. 하지만 저는 "정말 감사합니다."라고 그에게 말했어요. 그리고 저는 암말, 아니 오히려 루즈 경기병의 붉은 당나귀라고 하는 편이 맞을 그 말을 타고 출발했어요. 저를 주인으로 여기지 않는 그 황당한 말을 타고 말이에요. 캠프의 일반 부관이 저를 보고 있었지요. 저는 경례를 하고 쾰른으로부터 뒤렌까지 32킬로미터를 보병들과 함께 구보로 왔어요.

도착한 후 지휘관에게 명령을 전하고 장군의 6마리 말들을 마병들에게 건네주었고 그들은 우리 뒤를 쫓아왔어요. 그다음 제 숙소를 찾았지요. 그곳은 정말 형편없는 곳이었어요. 이곳 벌레들은 겨울도 무서워하지 않는 것 같아요. 하지만 저는 아무 걱정 안 하고 보급 장교를 찾았지요. 그리고 아주 무게를 잡고 전하라고 한 말을 남자답게 하자 그와 그곳에 있던 모든 장교들이 웃음을 터뜨렸어요. 그는 땅에 머리가 닿도록 제게 인사를 하고는 저를 팔로 붙잡고 시청으로 데려가 아주 좋은 집을 찾아주었어요.

이 해프닝에 대해 어머니는 어떻게 생각하실지 모르지만 저는 제가 잘했다기보다 콜랭쿠르가 좋은 의도로 그렇게 했다고 생각하고 싶어요. 어쨌든 모든 일이 이렇게 보시는 것처럼 잘돼 가고 있고, 저는 아주 믿음 좋은 가족들 집에 기거하게 되었어요. 안주인은 40살쯤 된 과부인데 재채기를 하면 축복을 하는 사람이지요. 그의 오빠는 가발을 쓴 신사인데 음식을 먹기 전에 축도해요. 이들은 아주 잘 먹어요. 집은 아주 아늑하고 난로도 아주 따뜻하고 침대도 부드럽고 마치 우리를 초대한 손님처럼 잘 대해주지요. 마리보의 소설 《벼락부자가 된 농부Paysan parvenu》에 나오는 정숙한 부인들을 생각나게 해요. 그리고 저는 소설의 주인공처럼 지치고 배고픈 기병이고요. 얼마나 다행인지! 사람들이 기도할 때 저도 엄숙하게 '아멘'이라고 화답했어요. 신앙 깊은 사람들이여 잘 살기를!

아침에 쾰른에서 제 부대의 다른 보급 장교와 아침을 먹었는데 그는 세상에 더할 나위 없이 좋은 사람이지요. 그는 그 전날 지크부르크에서 와서 일어나자마자 우편담당 하사관을 온 마을로 보내 나를 찾게 했지요. 제가 일어나기 전에 말이에요. 그는 이 여행을 위해 제게 굴과 갈비를 잔뜩 채워주었지요. 하지만 모든 것들이 제가 묵고 있는 신앙심 좋은 가정의 음식과 비교하면 아무것도 아녜요. 그들의 슈크루트와 말린 자두와 배로 속을 채운 칠면조 요리에는 경의를 표하고 싶은 정도지요. 만약 노앙에서 그런 음식을 얘기했다면 인상을 썼겠지만, 뒤렌에서는 그런 음식조차 대단하고 마치 신이 내려주신 음식 같지요. 저는 독일어를 진짜 독일 사람처럼 말하는 모양이에요. 이들이 모두 저를 독일 사람으로 알고 있으니까요. 저도 프랑스 사람이란 걸 굳이 강조하지는 않아요. 그들의 친절함과 좋은 대접을 한순간에 다 잃어버리고 배를 곯고 싶지는 않으니까요. 이 사람들도 아주 사랑스럽고 용감한 사람들이지요. 오늘 아침 곧 장군님이 도착하실 거예요. 이제 수다를 끝내고 작별인사를 해야겠어요. 은혜로운 이 집 가족들의 난로 옆에서 말이지요. 여기 가족은 펜과 인장을 쓰고 있는데 거기에는, 세상에나, 가족 문장까지 있어요! 세 마리의 새가 있는, 아니 죄송! 닭이네요. 아니면 속을 채운 칠면조인지 …. 멋진 문장이에요!

편지 26

퀼른, 혁명력 7년 플뤼비오즈 7일

뒤렌에서 어머니 편지를 받았어요. 그래서 아주 따뜻한 저녁 시간을 보냈지요. 편지는 특별 행정관이 퀼른에서 보낸 장군님의 우편 속에 있었어요. 우리는 아침에 (니보즈 30일인 것 같아요) 공화국 용기병 사단을 열병했고 오늘은 제 25기병 연대를 사열할 거예요. 장군님은 금빛 찬란한 멋진 군복을 입고 금빛 술이 달린 붉은 실크 스카프를 하고 멋진 백마 위에 앉으셨어요. 두 명의 부관이 그를 따랐고요. 뒤로넬은 멋진 기병복을 입고 콜랭쿠르 뒤로는 기갑부대가 따르고 있었어요. 저는 뒤로넬 뒤에 있었지요.[12] 저는 너무 좋았어요.

25기병연대장이 우리 앞에서 연병장까지 우리를 인도했지요. 햇빛은 찬란하고 모든 장식줄들과 깃털 장식들이 빛나며 하늘거렸지요. 우리는 말을 타고 뒤렌시를 가로질렀어요. 우리가 대대 앞에 섰을 때 트럼펫 소리가 온 부대에 울려 퍼지고 우리는 대열을 가로질러 갔지요. 그다음 장군님은 중대별로 서게 하시고 4시간 동안 사열을 하셨지요. 그리고 비가 오고 날이 추워져 처음처럼 아름다운 광경은 아니었어요. 결국 우리는 젖은 채로 얼어붙어서는 돌아왔지요. 제가 철없이 멋이나 부리고 할 때는 당장에 감기에 걸렸겠지만, 이제는 춥건 덥건 건조하건 습하건 아무 상관없어요.

제 머리 스타일이 유행이냐고 물으셨지요? 부대 안에서 이런 머리를 한 사람은 없어요. 하지만 몇몇 멋진 장교들이 이렇게 하고 있고

---

12 뒤로넬 백작, 파리에서 태어나 전쟁부 기병대장의 아들, 무기에 대한 남다른 능력과 좋은 교육으로 그는 빠르게 진급했다. 그는 진급을 거듭하다가 1805년 12월 2일 아우스터리츠 전투의 공적으로 여단장 지위까지 올라갔다. 이때의 공적은 예나 전투 때 못지않았으며 그의 용맹스런 행동은 전쟁에 크게 기여했다. 이날 이후 오데르강에서 적군에 침투하는 작전을 성공시켜 1807년, 1808년, 1809년 전투에서도 두각을 나타내어 마지막 전투에서는 사단장으로 승격되었다. 사람들은 그가 이 전투에서 죽은 것으로 알고 있지만 그는 단지 부상당하고 포로로 잡혔을 뿐이다. 1813년 드레스덴 점령 후 그곳을 통치하기도 했는데 1815년 보나파르트는 그를 파리의 국가 근위대 부대장으로 임명했다.

또 보급 장교를 포함해 몇몇 사람들은 이 머리가 경기병 군복과 아주 잘 어울린다고 해요. 하지만 저는 머리를 길게 길러 꽁지머리를 하겠다고 약속했지요. 그런데 여기서는 머리가 길면 씻을 때 시간이 오래 걸리겠지요. 제가 장교가 되면 군복이 낡아져서 다시 군복을 갖추기 위해 1,200리브르가 들 거라는 것에 대해 걱정하고 계시네요. 걱정하지 마세요, 사랑하는 어머니. 우선 저는 아직 장교도 아니고, 저는 먼저 병참의 기마 관리부터 시작하고 싶어요. 왜냐하면 올라갈수록 진급하기가 더 어려우니까요. 장군님도 처음 하신 약속을 지키시기가 어려우신지 더는 말씀하지 않으세요. 그러니 1,200리브르 말고 150 정도만 생각하고 계세요. 장교복은 초록 연미복 모양에 어깨에 견장이 있고 가슴에는 주름이 접혀 있고 은으로 된 장식줄이 멋진 외투를 입지요. 조금 비싸기는 하겠지만 200리브르면 충분할 거예요.

저의 대령님 이름은 오르드네예요. 모든 사람이 말하길 아주 용감한 독일 태생이라고 해요. 이제 곧 대대 사열식을 하면 그를 보게 될 거예요. 제 부대는 지금 코블렌츠에 있어요. 에렌브라이트슈타인은 이미 항복한 건 아시지요? 라인강에서는 엄청난 재해가 있었어요. 쾰른항구는 네덜란드 상선들로 가득 차 있었지요. 그 배들은 처음에는 강이 얼어 꼼짝 못 했는데 그다음에는 항구에 있는 집들의 2층까지 강이 범람했지요. 그리고는 다시 강이 얼더니 그다음에는 집 안의 침대까지 강물이 들어왔어요. 얼음이 깨지자 그 아래는 텅 비어 있어서 집의 2층에 나란히 붙어 있던 상선들도 30피트 아래로 떨어져 박살이 나 버렸지요. 이런 건 진짜 희귀한 재난이고 아마 본 적도 없을 거예요.

어제 저는 하루 종일 포병대 장교와 같이 라인강 보루에서 강의 움직임을 지켜보고 있었지요. 그는 아주 능력 있는 젊은이고 저와 친하게 지내는 친구예요. 우리는 작은 포를 하나 가지고 있었고 얼음이 위험 신호를 보낼 때마다 포를 쏴서 사람들에게 경계령을 내렸지요. 저는 시실왕의 거리에서 하던 불놀이 생각이 났어요. 포에 불을 붙일 때마다 여전히 재미있다는 생각을 했지요. 사랑하는 어머니가 무슨 말씀을 하시든 간에 시끄러운 소리만큼 즐거운 건 없어요. 시끌벅적한 소리로 어머니를 다시 괴롭힐 수 있다면 얼마나 좋을까요! …

하지만 저녁을 먹으러 가자고 부르러 왔네요. 웃고 떠드는 소리 때문에 제 소리에 귀를 기울일 수가 없어요. 제가 소란스러움을 좋아한다고 해도 어머니와 대화가 제겐 무엇보다 더 소중합니다. 급히 편지를 끝내기 전 사랑으로 포옹합니다.

다음 편지를 올리기 전에 나는 몇몇 독자들에게 아버지가 콜랭쿠르 씨를 비난한 것에 대해 양해를 구해야 할 것 같다. 하지만 이분의 친척이나 친구들께 그리 심각하게 느껴질 부분은 없었던 것 같다. 비상스 백작 같은 유명한 사람의 경우 그의 특징, 매너, 구체적인 삶의 모습 등은 역사적 사실들이어서 내가 출판하는 편지들은 이미 하나의 역사라고 할 수 있는데, 요즘 사람들이 말하듯 다른 면모를 드러내는 것이 어떤 의미를 가질 수 있다. 하지만 이미 죽은 사람들에 대한 예의라는 것도 있을 수 있다. 특히 죽은 이의 친척들에게 말이다.

나는 아버지가 젊은 시절 싫어했던 사람들에 대한 좋은 얘기들도 빠짐없이 전할 것이다. 무슨 중대사가 아니라 그냥 마음속 생각을 있는 그대로 표현하는 것은 아버지처럼 솔직하고 외향적인, 그러니까 한마디로 말해 공화국의 젊은 병사에게는 당연한 태도였다. 더욱이 차갑고 냉정한 사람의 명령을 받는 처지에 있게 된다면 말이다.

편지 27

퀼른, 혁명력 7년 플뤼비오즈 16일(1799년 2월)

사랑하는 어머니! 저는 동화 속 구두 수선공처럼 이렇게 말하지는 않겠습니다.

"저의 노래와 저의 잠을 돌려주세요. / 그리고 당신의 100에퀴를 다시 가져가세요."

아니, 100에퀴가 도착하면 저의 수면과 노래를 되찾을 거예요. 하지만 지갑이 비었어도, 고백건대, 그리 괴롭지는 않았어요. 일주일 전부터 한 푼도 없었지만, 장군님께 손을 벌리지 않고 그냥 지내고 싶었어요. 그는 하나도 어렵지 않았지만 콜랭쿠르 씨를 통해야 한다는 게 힘들었지요. 이 인간은 늘 너무 심각하고 가르치려 드니까요. 저는 그의 보호를 받고 싶지도 않고 보호자 같은 태도도 너무 싫어요. 그래서 될 수 있으면 그런 경우를 피하려고 애쓰지요.

그에 대해 자세히 설명해 달라고 하셨지요. 콜랭쿠르 씨는 25살쯤 된 사람이에요. 저보다 엄지손가락만큼 키가 크고요. 좀 안짱다리이긴 하지만 서 있는 데 지장이 있을 정도는 아녜요. 각진 얼굴에 큰 코와 작은 눈을 가지고 있고 약간은 건방져 보일 때도 있지만 귀족 같은 품위를 가지고 있지요. 걸을 때나 춤을 출 때도 등을 꼿꼿이 하고 머리를 가식적으로 들어 올려 아주 특이한 모습을 보이지요. 그는 항상 큰 소리로 말하고 머리는 높이 쳐들어요.

어젯밤에는 그가 가장무도회에 가자는 말을 했는데 처음에는 승마에 대한 말을 하는 줄 알았어요. 말투가 내용하고 전혀 맞지 않았기 때문에요. 대여섯 번을 듣고서야 그 말이 노는 파티인 가장무도회라는 걸 알아들었어요. 오늘 밤 백작들이 공연하는 독일 극이 끝난 다음 있을 파티였지요. 부탁하지도 않았는데 어떤 귀부인이 제게도 표를 주었어요. 오늘 아침 본부에서 편지를 쓰고 있는데 콜랭쿠르 씨가 와서 늘 하는 말투로 어쩌면 가장무도회가 안 열릴지도 모른다고 했지요. 연극 상연이 너무 늦게 끝날 것 같다면서요. 그럼 좋지요!

뒤로넬은 아주 좋은 친구예요. 루이 15세 때 전쟁 장관의 아들이지요. 그는 아주 맵시 있고 잘생긴 장교예요.

오늘은 사육제의 마지막 날인데 이렇게 슬픈 날도 없을 거예요. 어쩌면 새해 첫날보다 더 슬픈 것 같아요. 가족들이 모이는 이런 날들은 저를 더 외롭게 하지요. 한동안 모든 감정을 다 발산하고 지냈던 영혼은 활짝 만개해야 할 때 오히려 위축되면 두 배로 더 힘들어하는 것 같아요. 하지만 노앙에 가면 저를 생각해주는 사람이 있다는 생각으로 위로받고 있지요. 노앙에는 나를 사랑해주는 사람이 있다는 생각, 또 지금 여기는 나를 위해 덕담을 해주는 사람도 없지만 노앙에는 많이 있다는 생각으로 자신을 위로하고 있어요.

연극은 끔찍했어요. 정말 형편없는 극이었지요. 하지만 그런 건 상관없어요. 다들 그저 체면치레로 참석하니까요. 거기는 장군이나 남작만 표를 받아 갈 수 있는 곳이거든요. 연극 중간에 콜랭쿠르가 저를 부르러 왔었지요. 저는 무슨 명령을 하러 오는 줄 알았어요. 그런데 그게 아니라 우리를 변장시키려고 온 거였어요. 저는 여자로 가장

했어요. 제 키는 10피트나 되는데 말이에요. 저는 한 손에는 우산을 들고 다른 팔로는 뒤로넬이 변장한 큰 키의 덴마크 사람을 붙잡았지요. 우리는 세 명이 한 팀이었어요. 콜랭쿠르는 제 남편이고 저는 퐁볼랑 부인이었지요. 저의 큰 부채와 큰 키는 앙시앵 레짐을 풍자하고 있었어요. 우리는 이렇게 하고 도시의 저택들을 방문했는데 아주 무례한 행동이었지요. 장군 집에도 갔었는데 저를 진짜 여자로 알고 안으려 해서 저는 남편 퐁볼랑 씨에게 살려 달라고 외쳐야 했죠.

편지 28

쾰른(날짜 미상)

지진 소식에 너무 놀랐습니다. 이제 화산 폭발만 있으면 되겠네요. 독일 잡지들은 이 일에 대해 아주 많이 웃기는 설교를 늘어놓고 있지요. 우리가 천벌을 받은 거라고 합니다. 하지만 이 경건한 도시, 3명의 왕과 11만 명의 처녀들의 도시라 불리는 쾰른은 얼음 때문에 프랑스 도시들이 지진으로 받은 피해보다 더 큰 피해를 보았지요.

4일 전부터 제가 이곳에서 아주 유명해진 것을 믿기 어려우실 거예요. 여기서 프랑스군과 독일군 사이를 틀어지게 할 뻔한 일에 제가 증인이 되었거든요. 저는 23기병대에 있는 젊은 징병관을 하나 알고 있었는데 그는 콜랭쿠르의 신임으로 쾰른에 머물고 있었지요. 우리는 극장에서 열리는 무도회에 마지막으로 참석하고 있었어요. 저는 장군님이 주신 표가 있었지요. 제가 아는 기병대 친구와 같은 여자를 좋아하고 있던 독일 병사 하나가, 그 친구가 그 여자와 대화를 하는 중에 둘 사이에 끼어들었지요. 급기야 둘은 관계가 험악해지고 독일 병사는 제 친구를 부랑아 취급했어요. 그들 주위로 사람들이 모여들고 저는 그 기병 친구가 사람들에게 둘러싸인 것을 보고 그에게 갔고 우리는 조용히 그 독일 병사를 불러 내일 다시 보자고 약속했지요. 그러자 그는 입을 헤 벌리고 우리 말을 듣고 싶지 않다는 태도를 보였지요.

다음 날 아침 무도회장을 나오면서 우리는 그의 집으로 갔어요. 그리고 기병 친구는 그에게 자기가 아직도 부랑아냐고 물었고, 독일 녀석은 "그럼, 그렇다마다요."라고 대답했고, "그럼 증인을 대동해서 결투장에 나오시지요."라고 제 친구는 말했고 그 녀석은 "나는 결투하지 않겠소. 절대로 그런 일은 하지 않소."라고 말했지요. 이 뻔뻔스러운 대답을 듣자 제 친구는 그의 따귀를 갈겼고 독일 녀석은 소리를 지르며 사람들을 불러댔어요. 그 집에 사는 사람들이 모두 순식간에 계단에 몰려나오고 저는 문 앞에 서서 그들이 들어오는 걸 막았지요. 독일 사람들이 자기들끼리 누구 편을 들까 한참 의논하는 동안 제 친구는 아주 정식으로 그 녀석의 뺨을 계속 후려쳤지요. 그는 소리를 지르고 결국 온 집안사람들이 경찰을 불러댔어요. 우리는 방을 나와 놀란 독일 사람들이 지켜보는 가운데 계단을 굴러 내려와 도망쳤지요.

따귀를 맞은 녀석은 옷을 입고 바로 자코베 장군을 찾아갔어요. 그는 자세한 내용을 듣고는 제 친구가 그를 죽이려 했다고 항의하는 서한을 보내왔지요. 장군은 제 친구를 소환했고 그는 모든 것을 솔직히 설명했어요. 장군은 이 일이 너무 큰 스캔들이 될까 두려워 그를 설득해 한시라도 빨리 그곳을 떠나게 하고 싶어 했어요. 또 다른 제 친구인 자코베의 부관은 제 친구 편에서 그가 이기도록 잘 변호했지요.

한편 이 사건은 온 도시에 퍼졌는데 따귀를 맞은 독일 녀석의 행동을 본 프랑스 군인들은 모두 우리 편이었지요. 하지만 녀석의 동포들은 수치스러워하면서 그에게 결투하라고 부추겼어요. 어떤 프랑스인은 스스로 증인이 되겠다고 나서기도 했지요. 더는 물러날 수가 없게 되자 녀석은 큰 종이에 독일식의 결투장을 보내왔는데 제 친구는 그것을 보고 어찌나 배꼽을 잡고 웃었는지 몰라요. 마치 롤랑이[13] 12명에게 결투를 신청하는 것 같았지요.

우리는 진지하게 수락하고는 어느 이른 아침 라인강 가에 섰지요. '일이 어떻게든 해결되겠지'라고 생각한 독일 녀석은 무기조차 가지고 올 생각을 하지 않아서 제 검을 빌려줬어요. 제 친구는 프랑스식으로 검을 휘두르기 시작했고 그 녀석은 되는대로 휘두르다가 강물 쪽으로 밀리게 되었지요. 거기서 단지 겁만 주려고 생각했던 제 친구는 그가 들고 있는 제 칼의 칼자루 반을 쳐서 날려 버렸어요. 이미 칼을 내리고 있던 독일 녀석은 하마터면 그 칼을 라인강 속에 던져 버릴 뻔했지요. 결국 그는 항복했고 우리는 받아주었어요. 그는 자신의 탄원을 취소하겠다고 했고 결투도 하지 않아 숨도 차지 않았던 저는 아주 멋진 충고를 했지요(데샤르트르 선생님처럼). 저는 그에게 탄원을 취소할 뿐 아니라 누구도 그를 죽이려고 한 적이 없다고 장군에게 말하라고 했어요.

그는 동의했고 같이 식사하자고 했지요. 그는 자코베 장군 집으로 달려가 우리가 합의한 대로 말하고 다시 돌아와 우리에게 설명하고는

---

13 〔역주〕 중세 서사시 《롤랑의 노래》에 나오는 기사 롤랑을 말한다.

아주 성대한 저녁을 대접했지요. 그리고 우리를 극장에 데려갔어요. 결국, 우리는 온종일을 적국에서 보낸 셈이 되었지요. 저는 이 이야기를 하나도 빠짐없이 콜랭쿠르와 아르빌 장군님께 했고 그들은 눈물이 나게 웃었어요.

하지만 이게 다가 아녜요. 제 독일 친구는 저를 마치 목숨을 구해준 사람처럼 여기며 제게 엄청 예의 바르게 행동하지요. 어제는 무도회장에서 두 번이나 자기 여자를 양보해주었어요. 펀치 술도 제가 다 마시도록 했지요. 그는 프랑스 군인을 존경하면서 저를 스스로 '므슈'라고[14] 불러요. 저는 이 이야기를 모두 저의 샤노아네스에게 했는데 그녀는 샐쭉 웃으며 이렇게 말했지요. "그렇게 아무것도 아닌 걸 가지고 싸우는 건 바보 같은 짓이고 또 그가 독일 사람이라 자기는 욕을 할 수 없지만 우리도 독일 남자들을 좋아하는 건 아니라"고. 저는 그 대신 우리는 독일 여자들을 매우 좋아한다고 말해주었지요. 그녀는 그 말이 아주 마음에 드는 것 같았고 우리는 화해를 했어요.

사랑하는 어머니는 평화를 갈망하시지요. 하지만 저는 이렇게 평화만 지속할까 아주 초조합니다. 왜냐하면 전쟁이 나야 제가 진급할 수 있거든요. 공로에 대한 보상으로 저는 쉽게 명예로운 장교가 될 거예요. 어떤 상황에서 잘 처신하면 전장에서 이름을 날릴 수가 있지요. 그러면 얼마나 행복하고 영광스러울까요! 그 생각만 해도 가슴이 두근거려요. 그러면 휴가를 얻어 노앙에서 행복한 시간을 보낼 수도 있지요. 그러면 정말 작은 일로 너무 큰 보상을 받는 게 아니겠어요?

---

14 (역주) monsieur. 프랑스어로 남자를 부르는 호칭이다.

요즘 병법을 공부하고 있어요. 모든 지휘명령을 머릿속에 암기하고 있지요. 그래서 실제로 조금만 연습하면 곧 적용할 수가 있어요. 어머니 편지가 너무 긴 것은 아니냐고 말씀하시는데 저는 더 길면 좋겠어요. 그 편지를 한 시간 동안 읽을 때가 제겐 가장 행복한 시간이지요…….

여기서는 더는, 시투아앵citoyen이나 시투아옌citoyenne이라고15 부르지 않아요. 군대에서도 '므슈'라는 말을 더 많이 쓰고 있어요. 그리고 부인들께도 여전히 담dame이라는 말을 쓰지요. 너무 잠을 많이 자는 데 샤르트르 선생님께 돼지 같다고 말해주세요.

안녕, 사랑하는 어머니! 온 마음으로 포옹합니다.

편지 29

퀼른, 혁명력 7년 플뤼비오즈 20일

어머니가 있어서 사랑받을 수 있다는 건 참 행복한 일입니다! 복 받은 사람이지요. 오직 자신만을 사랑해주는 그런 행복을 알게 될 테니까요!

사랑하는 어머니! 어머니의 편지로 하루의 마지막이 아주 충만합니다. 오늘은 친구 르콩트(지난번 제가 증인으로 섰던 기병의 이름이지요)와 라인강 건너편을 산책하고 오는 길에 어머니 편지를 받았습니다. 그 친구는 자기 친구들이 거래하는 상인의 배를 보여주었지요. 이 배

15 〔역주〕 혁명 후 사람들끼리 부르던 호칭으로, '시민'이라는 뜻이다. 계급이 없는 평등을 상징한다.

는 얼음으로 파손되지 않았어요. 아주 예쁘고 선실들도 아주 깨끗했지요. 우리는 이곳저곳을 둘러보았어요. 물건들로 가득 차 있었지요. 상인은 사람들과 함께 네덜란드로 가져갈 물건들을 싣기에 바빴지요. 다리 위에는 주인과 노동자들이 가득 차 있었고요. 날씨도 세상에서 가장 아름다웠어요. 단지 저와 제 친구 기병, 우리만 아무것도 하지 않고 이 바쁜 사람들 틈에 있었지요. 저는 손으로 칼을 집고 입에 파이프를 물고 멍청하게 이 광경을 바라보며 혼자 이런 생각을 했지요.

'나는 이 살찐 상인들보다 더 부자고 더 높은 가문에서 태어났지. 이들은 마을에 집이 있고 정박한 배들이 있고 상자는 금화로 가득 찼지만, 나는 공화국의 군인으로 단지 칼과 파이프뿐이군. 하지만 얼음도 화재도 도둑도 세관원도 내 잠을 방해하지 않으니 아무 걱정 없이 살지! 도시가 무너지고 항구와 그 안에 있는 모든 것이 무너져도 나와는 상관없지 …. 오히려 나는 이렇게 소리칠 테다! 천민들이여 너 자신을 위해 일하고 돈을 벌어라. 우리는 나라를 위해 일한다. 그리고 우리는 명예롭게 살 것이다. 그러니 내가 하는 일도 너희들만큼이나 값지다.'

그리고 상인 친구와 술병을 비우고 있던 기병 친구를 배 밖으로 밀어내며 저는 저의 샤노아네스를 만나러 갔지요. 그녀는 아프다는 핑계를 대고 극장에 가지 않고 있겠다고 했거든요. 그러면 저녁 내내 혼자 있을 수 있으니까요.

달라고 하지도 않았는데 제게 남작들만 가는 극장표를 준 귀족 부인이 누군지 물으셨지요. 제 여자 친구 샤노아네스의 친구지요. 이름은 오귀스타 드프랑첸이에요. 키가 크고 아름다운 마치 황후 같은 모습의 여자지요. 지난번 무도회에서 장군님이 그녀에게 춤을 추자고 했었는데 멋진 군복을 입고 금줄로 장식된 붉은 스카프를 맨 장군과 함께 둘은 너무나 우아하고 품위 있고 격조 있었지요. 상상할 수 없을 정도로 말이에요. 하지만 그런 품격 있는 자태는 제가 사랑하는 샤노아네스의 아름다운 눈처럼 사랑과 신뢰를 불러일으키지는 못했지요. 그녀의 눈은 그저 호기심을 가지고 우리를 바라보는 그런 눈, 방의 이쪽 끝에서 저쪽 끝까지 훑어보면서 우리가 슬픈지, 왜 그런지를 생각하는 듯한 그런 눈, 끊임없이 우리의 눈과 마주치면서 우리와 같은 생각으로 생기가 돌다가는 곧 또 감상에 젖기도 하는 그런 눈이지요. 만약 어떤 바보 같은 장교가 그 앞을 으스대며 걷기라도 하면 "저기 장교, 네가 마음에 드나 보네." 하고 말하는 듯한 그런 눈이지요.

또 아르빌 장군도 어떤 사람인지 알려 달라고 하셨지요. 바로 아시게 될 거예요. 5피트 5인치의 키에 약간 살이 찌고 튼튼한 다리와 흰 머리, 약간 벗겨진 이마, 매부리코, 조금 치켜 올라간 턱을 가지고 있고 너무 귀족적인 태도와 궁정 귀족 같은 여유로움으로 자기보다 못한 계층 사람들에게 지나칠 정도로 친절하지요. 45도 각도로 경례하면서 짧고 높은 톤의 목소리에 늘 웃음 짓는 얼굴, 질문하고는 거의 듣지 않거나 듣는 척하면서 감동을 주려고 하지만 진짜로 듣는다고 생각해서는 안 되지요. 속물들은 그가 먼저 다가와 말을 걸면 우쭐해하지요. 그걸 보고 대부분의 사람들은 장군님의 친근함이나 다정함의 표현으로 여길 테니까요. 하지만 감히 자기에게 말을 걸 수도 없는 신분의 사람에게 먼저 말을 거는 거야말로 자신의 너그러움을 과시하는 것이지요. 그는 공석에서보다 사석에서 제게 더 잘해주지요, 당연한 일이지만. 그는 대체로 인정받는 사람이고 또 은혜를 베풀기도 좋아하는 사람이에요. 한마디로 그는 좋은 사람이고 만약 콜랭쿠르 같은 조카가 없었다면 더 좋을 수도 있지요.

친애하는 이 조카는 드디어 3일 후 떠납니다. 하늘이시여 제발 이 사람을 데려가서 아주 오랫동안 우리에게 데려오지 마시기를! 그는 며칠 전에는 제게 말을 빌려준 붉은 경기병 친구를 혼냈지요! 그건 결국 저를 야단친 거예요. 그러니까 제가 사열에 간 것이 마음에 들지 않았던 거지요. 왜냐하면 그놈의 말이 없었다면 저는 걸어 다녔을 테니까. 제 경기병 친구는 부상을 당해서 만약 제가 한 달 동안 그의 말을 산책시키지 않았다면 마구간에만 있던 말은 아주 상태가 안 좋아졌을 거예요. 하지만 콜랭쿠르는 제가 성벽 위를 지나가는 걸 보고는 제게는 아무 말 않고 제 친구에게 있는 대로 소리 지르며 야단쳤지요. 제가 그의 말을 산책시킨 게 아니라 그의 말을 탔다고, 그러니까 안장을 얹고 타면 안 되고 그냥 덮개만 덮고 걷게 해야 한다는 거지요. 참 그걸 말이라고 하는지! 제 친구를 이렇게 면박 주면서 제게는 왜 한마디 말도 하지 않을까요? 제가 좀 있는 집 자식이라 그럴까요? 어쨌든 저는 그가 진짜 싫어요. 이 말을 해준 건 몰누아르라는 용기병 부대의 젊은 장교며 부관인 자이지요. 그도 어이없어했어요. 그런 자리에 있는 사람이 이런 유치한 행동을 하는 것을 보고 놀라는 것 같았지요.

말에 대해서는 저는 여전히 제 말을 기다리고 있어요. 창고의 기병이 제게 말을 데려다줬어야 했는데 보충대에 착오가 있는 모양이에요. 어쨌든 저는 지금 말이 없이 걸어 다니니 할 일도 없지요.

제가 사랑에 빠졌고 사랑받는 건 사실이에요. 그것도 아주 많이요. 하지만 관계를 맺으려고 애를 쓰고 있지는 않아요.

소작지의 일들은 너무 슬프네요. 그 용감한 농부 아저씨들이 한둘씩 돌아가시는군요! 저도 어머니만큼 안타깝네요.

라샤트르 사람들이 제 상태가 몹시 나쁘다고 해서 어머니가 많이 걱정하셨다니 정말 어이가 없네요. 그렇게 겁을 준 놈들을 패주고 싶네요. 하지만 어머니 제가 어떤 상황에서도 '끄떡없는 놈'인 것을 기억하세요. 샤토루의 성에서 그랬던 것처럼 쾰른의 성에서도 상처 하나 입지 않고 떨어질 거예요.

아버지는 여기서 어릴 적 사건에 대해 말하고 있다. 겨우 3살이었을 때, 당시 징세관이었던 할아버지가 가지고 있던 샤토루의 오래된 성의 지붕 창문에서 그 아래 있던 해자垓字로 떨어진 적이 있었다. 사람들은 피투성이가 된 아버지를 들어 올렸는데 씻고 보니 상처 하나 없었다고 한다. 아버지는 방금 전 정육점 요리사들이 내다 버린 가축들의 내장 더미 위에 떨어져서 그것들이 침대처럼 아버지를 구해준 거였다. 아니면 그는 아주 끔찍하게 죽을 운명이었다. 그래서 불쌍한 할머니는 이 끔찍하고 기적적인 사건 이후로 늘 그런 예감을 갖고 계셨다.

이제 읽게 될 편지는 한 초상화에 대한 얘기다. 그런데 지금 내가 그 초상화를 눈앞에서 보고 있으니 이 젊은이의 모습이 어떤지 말해보고 싶다. 지금껏 읽은 편지가 보여주듯 너무나 선하고 순수한 마음을 지녔으며 너무나 솔직하고 쾌활하며 또 정의로운 이 젊은이의 모

상드의 아버지 모리스 뒤팽의 초상.

습을 말이다. 간단히 설명하기 위해서 아버지가 그의 장군님이나 콜랭쿠르를 묘사할 때 사용한 방식을 이용해보겠다.

5피트 3인치의 키, 날씬하고 우아하고 균형 잡힌 몸매, 창백한 얼굴, 약간 굽었지만 기막히게 잘생긴 코, 야무진 입, 잉크로 그린 듯이 또렷한 눈썹과 귀밑머리, 크고 검은색의 부드러우면서도 빛나는 눈, 상상할 수 없을 정도로 아름다운, 무심한 듯 이마로 떨어지는 숱이 많고 파우더를 뿌린 머리, 이마에 달라붙지 않고 이마를 다 덮고 있는, 이 파우더를 뿌린 머리는 흑옥 같은 검은 눈썹까지 멋지게 내려와서 눈을 더 초롱초롱하게 빛내고 있다.

한마디로 당시 아버지의 자태는 최고로 우아한 모습이었고, 키가 컸음에도 불구하고 가장무도회 때 아르빌 장군이 그를 여자로 생각했던 것은 너무나 당연한 일이었다. 게다가 그는 아주 작은 발과 너무나 예쁜 손을 가지고 있었다.

이 초상화 속의 아버지는 아주 잘생겼다. 검은색에 가까운 녹색에 검붉은 깃과 하얀 장식줄이 달린 기병의 복장은 근엄하고 깨끗한 인상을 주는데 꿈꾸는 듯 멜랑콜리한 모습과 자연스러운 쾌활함이 아버지의 모습과 아주 잘 어울린다.

얼마 후 아버지는 살이 좀 찌셔서 우아함은 좀 덜해지지만, 풍채는 더 좋아지고 당당해져서 부대의 가장 잘생긴 장교 중 하나가 된다. 하지만 내게 있어 가장 아름답고 이상적인 모습은, 가장 내 마음을 파고 드는 매력은 지금 내가 말한 이 모습이며, 이제 곧 아버지 자신이 말해줄 그런 모습이다.

편지 30

쾰른, 혁명력 7년 플뤼비오즈 26일(1799년 2월)

어때요 어머니, 잘 완성된 것 같은가요? 제가 어때 보이세요? 좀 닮아 보이나요? 여기 있는 사람들은 모두 다 "대단하다"고 평합니다. 그리고 저도 지금까지 본 것 중 저랑 닮았다고 생각한 초상화가 있었다면 바로 이 초상화예요. 보는 순간 곧 저라고 느꼈으니까요. 시작한 지는 아주 오래되었는데 어머니께 새해 선물로 보내드리고 싶었지요. 그런데 화가 선생이 그림을 막 그리는 중에 코블렌츠로 떠났다가 얼마 전 돌아왔어요.

돈은 잘 받았어요. 셔츠와 손수건 등도 사고 이제 가구도 좀 갖추었어요! 카니발이 끝날 때가 되어 일주일 전부터는 저녁마다 노는데

6~8리브르 정도를 쓰고 있어요. 독일 여자들은 얼마나 잘 먹는지요. 춤을 추려면 늘 뭔가 먹을 걸 줘야 해요. 마시고 나자마자 바로 큰 빵에 달려들지요. 엄마가 오면 "아! 엄마 어서 크림빵 좀 드세요."라고 하고, 오빠가 오면 "오빠, 우리 같이 펀치 한 잔 마실까?"라고 하지요. 만약 개가 오면 아마 개도 포식시킬 게 분명해요. 그게 여기 관습인 것 같아요. 만약 저녁 5시쯤 어머니가 여기 도착하면 기운을 차리시라고 포도주와 햄을 내놓을 거예요. 그러면 어머니는 필히 그런 것들로 위가 가득 차 당이 올라갈까 걱정하시게 되겠지요.

전에 말했던 그 누추한 방 사람들이 떠나서 이제는 아주 멋진 곳에 살고 있습니다. 제 방에는 난로도 있고 아침마다 차와 빵과 버터를 가져다주지요. 거주증을 가지고 살고 있지만 정말 좋은 곳이에요. 주인도 사람 좋은 의사이고 피아노도 잘 치는 아주 예쁜 딸도 있지요. 장군의 비서인 라보르드가 이곳에 살았는데 떠나며 제게 물려주었고, 저는 제가 살던 곳을 다시 시에 돌려주었지요. 저는 칼을 차고 손에 거주증을 들고 마치 알마비바 백작처럼16 집 앞에 서서는 이렇게 말했지요.

"이곳이 … 의사가 사시는 집입니까?"

그러자 사람 좋은 주인은 웃으며 말했어요.

"아니 바르톨로가 아니라 다니엘입니다. 만나서 정말 반가워요."

보세요. 어머니 행운이 늘 저를 따라다녀요. 어디서든 항상 친구를

---

16 〔역주〕 알마비바 백작과 뒤에 나오는 바르톨로는 모두 보마르셰의 희극 〈세비야의 이발사〉에 나오는 인물들이다.

만나고 친구가 되고 싶은 사람들뿐입니다.

우리 본부에도 변화가 많이 있어요. 뒤로넬이 아쉽게도 떠나고! 콜랭쿠르도 역시 떠났는데, 그건 잘된 일이지요! 뒤로넬은 소령이었는데 제 10경기병연대에 소령으로 합류하게 될 거예요. 콜랭쿠르도 다시 간부로 지명되었고요. 잘된 일이지요! 장군님은 이제 부관 없이 지내시게 될 거예요. 보름 전부터 장군님이 너무 아끼고 보살피는 젊은 장교 하나가 용기병 부대로부터 와 있어요. 18살쯤 되는 장교였던 청년이지요. 하지만 본부에서 그걸 허락하지 않아서 이 청년은 부대에서 1년을 장교로 보냈음에도 불구하고 그의 자리를 떠나야 했고 지위를 잃게 되었어요. 이렇게 진급이 어렵다는 걸 아시겠지요? 후견인도 별수 없고요. 사실 뭔가 역할을 해야 하고 옛날 기사들처럼 진정한 공적을 통해 박차를[17] 얻기 위해 노력해야지요. 이 젊은이도 이곳에서 우리처럼 어떤 행운을 바라고 있어요. 어쨌든 그는 여전히 계급장을 달고 있고 장군님은 그를 우편담당 장교로 쓰고 있지요. 하지만 이 모든 것은 불법이라 오래 계속할 수는 없을 거예요. 어쨌든 이 청년이 우리와 오래 머물지 못하게 되고 또 너무 순탄하게 장교로 데뷔하는 바람에 경력이 늦어지게 된다면 참 아쉬운 일이에요. 왜냐하면 그는 아주 좋은 녀석이라 우리와 아주 친하게 지내고 있거든요. 저녁때 장군님과 부관이 어디 가느라 비서랑 저랑 셋만 있을 때는 우리는 마치 가정교사 없는 아이들처럼 힘자랑을 하고 베개 싸움을 하곤 하지요.

---

17 〔역주〕 말을 탈 때 신는 구두의 뒤축에 달려 있는 물건으로, 당시 귀족의 상징이었다.

온 사방에 먼지가 날리고 즐거운 난장판이 벌어져요. 그럴 때 누가 오면 우리는 양초를 끄고 큰 서랍장 뒤에 숨어 있지요. 그럼 아무도 없는 줄 알고 사람들이 가버리고, 그럼 우린 다시 시작하지요.

우리 밀 농사에 대한 것은 정말 좋지 않은 소식이네요. 여기는 우리 동네보다 추운데도 밀 농사는 아주 잘되고 있어요. 혹시 정말로 얼지 않은 건 아닌가요? 어쩌면 데샤르트르 선생님의 생각은 아닌가요? 선생님은 워낙에 염세주의자시라, 한 알만 그래도 다 그렇게 생각하시니까 말이에요.

우리 부대는 아그노로 떠났어요. 행군으로 초주검이 되게 하는데 왜 그렇게 하는지는 신만이 아시겠지요. 안녕, 어머니! 제 걱정은 하지 마세요. 저는 건강히 잘 지내고 있으니까요. 추운 것도 모르겠어요. 여기 온 후로 약간의 두통이 있을 뿐이에요. 온 마음으로 포옹합니다. 데샤르트르 선생님과 제 하녀에게도 안부 전해주세요. 제가 그녀를 잊은 것 같다는 건 거짓말이라고 말해주세요.

할머니가 아르빌 장군에게 보낸 편지

노앙, 혁명력 7년 방토즈 7일

장군님! 저의 고통을 함께하시고 저를 위로하길 원하신다고 말씀하셨지요. 저는 그 말씀을 여전히 제 가슴과 생각 속에 간직하고 있습니다. 그래서 장군님의 안위를 흔들리게 하는 일은 제게도 염려가 됩니다. 제 아들 녀석으로부터 장군님께서 부관도 없으시고 특히 가족 같은 콜랭쿠르 부관과 곧 헤어지게 되어 상심이 크시다는 말을 들었습니다. 그래서 혹시 제 아들 녀석이 그 자리를 대신할 수 있을까 여줘봅니다. 아직 신참이니 계급을 높여서가 아니라 단지 장군님의 일을 좀 덜어드리는 정도로 말이에요. 조금만 그 아이에게 관심을 주시면 그 아이는 장군님의 명령하에 자기가 무슨 일을 해야 하는가를 배울 수 있을 것 같습니다. 아마도 장군님을 기쁘게 하려고 노력할 것이고, 장군님의 인정을 받을 만한 부하가 되기 위해 온 힘을 다할 것입니다. 그 아이는 아직 비서직 같은 것에 익숙하지 못하지만 잘하기 위해 온 열정과 머리로 장군님의 명령을 수행할 것입니다. 그 아이가 일을 아주 잘해서 회계담당을 시켜야겠다고 말씀해주셔서 얼마나 기뻤는지 모르겠습니다. 그래서 가끔 제 아이가 장군님 일을 도와드릴 수도 있겠다고 생각했습니다. 그것에 대해 너무 감사드리고 한 어머니의 감사가 장군님께도 기쁜 일이라 생각합니다. 왜냐하면 장군님도 어머니에 대해 아주 따뜻한 추억을 가지고 계시니까요.

어머니에 대한 추억을 일깨우는 것은 제 아들 모리스에 대한 장군님의 애정을 조금이라도 더 일깨울 수 있을까 해서입니다. 아! 장군님, 25년 전에는 장군님도 불쌍한 징병 군병이셨지요. 그 가여운 어머니가 장군님의 운명을 편안하게 하려고 뭔들 못하셨겠습니까! 장군님처럼 아들을 거두어주고 있는 분께 무슨 일인들 마다하겠습니까! 아마도 장군님의 어머니께서는 그를 아들의 두 번째 아버지로 또 자신에게는 귀한 친구로 여기셨을 것입니다. 만약 저도 같은 희망을 품는다면, 장군님, 저를 나무라실는지요?

저에게 해주신 좋은 말씀들이 얼마나 큰 위로가 되는지 모르겠습니다. 또 제 편지가 장군님께 방해가 되지 않는다고 안심시켜주셔서 감사합니다. 그리고 제가 사랑하는 제 아들에 대해 마음 놓고 얘기할 수 있다는 것도 얼마나 큰 위안인지 모르겠습니다. 다시 한 번 감사와 애정을 보냅니다.

아르빌 장군이 뒤팽 드삭스 부인에게 쓴 답장

퀼른, 혁명력 7년 방토즈 20일

방금 어머니가 7일 보내신 편지를 받았습니다. 그리고 이렇게 바로 답장 드리는 것이 실례가 되지 않을 줄로 믿습니다. 왜냐하면 어머니의 아들 모리스에 대한 소식을 전하는 것이니까요. 저는 그를 곧바로 불러 어머니에 대해 이야기도 하고 어떤 일을 하고 싶은지도 물어보았습니다. 사실 말씀하신 것처럼 지금 당장은 그에게 그렇게 많은 능력이 있지는 않습니다. 병영의 감독 조사 같은 사무직에서는 군대 쪽 일에 닳고 닳은 사람을 필요로 하지요. 또 글씨체가 빠르면서도 정확해야 일을 맡길 수 있습니다. 그런데 아드님은 본인의 글씨체가 그리 정확하지 못하다고 하는데, 실은 그런 종류의 일을 별로 하고 싶어 하지 않는 것 같았습니다. 그런 일은 그가 바라듯 두각을 나타내고 공적을 떨칠 수 있는 그런 일이 아니거든요. 오늘 그와 저녁을 먹을 것입니다. 우린 가족 같고 아드님과는 대화도 잘 됩니다. 그의 시간을 잘 관리하도록 하겠습니다. 하지만 군대 생활이라는 게 쓸모없이 허비하는 시간이 태반입니다.

제 글을 읽으시면 제가 어머니의 소중한 아드님에 대해 관심이 있다는 것을 아시겠지요. 또 "장군님의 어머니께서는 그를 아들의 두 번째 아버지로 또 자신에게는 귀한 친구로 여기셨을 것입니다. 만약 저도 같은 희망을 품는다면, 장군님, 저를 나무라실는지요?"라고 물으신 것에 대해서 마음 깊은 곳에서 우러나는 진솔한 대답을 드리겠습니다. 제가 나무라다니요, 오! 절대로 아닙니다. 저를 친구로 여겨주세요. 아드님에 대한 사랑과 따뜻한 글 그리고 제게 보여주시는 너무나 솔직한 감사의 마음을 보면 저 역시 더욱더 어머니를 알고 싶고 또 어머니의 칭찬에 보답하고 싶은 마음입니다.

서투른 글씨를 용서해주세요. 너무 많이 써서 절대 다시 쓸 수가 없습니다. 마음으로부터 우러나는 저의 순수한 존경심을 받아주시기 바랍니다. 경애하는 부인께 인사합니다.

오귀스트 아르빌

10. 추격병

편지 31

아버지가 할머니께

쾰른, 혁명력 7년 방토즈 24일(1799년 3월)

콜랭쿠르가 드디어 떠났습니다. 떠날 때 건강을 빌고 좋은 여행이 되길 바란다고 했지요. 그는 아주 유별나게 냉정한 태도를 보이며 경례로 화답했습니다. 저는 눈물을 흘리지 않았는데 좀 이상했지요. 비서도 졸병들도 내가 아는 모든 사람도, 심지어 그가 진짜로 지루하게 했던 그의 애인조차도 울지 않았던 것 같습니다. 단지 사람 좋은 장군님만 섭섭해하셨지요.

그리고 어머니, 장군님께 다시 편지하셨나요? 저를 위해 그렇게 애써주셔서 정말 감사합니다! 어머니의 편지에 대해서는 한마디도 하지 않았지만, 그날 불려가 저녁 먹을 때 그의 태도로 보아 그런 것 같았지요. 그는 제가 사무직 일을 할 수 있을 것 같은가 물었지요. 세상에나! 저는 솔직하게 글씨가 개발새발이라고 말씀드렸어요. 저는 그렇게 배우는 것도 이루는 것도 하나 없이 베끼기만 하는 지겨운 일에는 전혀 관심 없어요. 그는 어머니의 재산과 친지들과 인생관에 대해 많은 것을 물었어요. 어머니에 대해 너무 많은 관심을 보이고 있었지요. 꼭 어머니를 본 적도 없는데 사랑에 빠진 것 같았어요. 그는 제가 엄마를 닮았냐고 묻더군요. 저는 자신만만하게 그렇다고 답했지요. 그랬더니 그는 저도 듣기에 좋은 소리를 하려는 듯 엄마가 아주 미인

일 것 같다고 하더군요. 그래서 저는 저보다 훨씬 예쁘시고 영원히 그러실 거라고 대답하지 않을 수 없었지요. 그러자 그는 어머니께 존경의 마음을 표하고 싶다고 했어요. 사랑하는 어머니, 조심하지 않으시면 그가 어머니를 생각하느라 저는 염두에도 없을 것 같습니다.

어머니가 그런 의도가 없으시다는 것은 물론 잘 알고 있지요. 만약 어머니가 살아가시다가 어느 날 남자의 환심을 사려고 하는 날이 온다면 그것은 분명 저를 위해서일 거라는 걸 너무나 잘 알고 있습니다. 하지만 지금 문제가 좀 심각해요. 장군님은 지금 상황에서 제게 해주는 것이 아무것도 없어요. 장군님 자리는 모든 것이 너무 편안한 곳인데 저는 이런 사무직이나 하며 썩고 싶지는 않아요. 기회를 기다려야만 하지요. 장군님은 제게 좀 더 노력하지 않는다고 하시지만 할 일도 없으니 뭘 노력하라는 건지 모르겠어요. 아직 제가 탈 말도 없는데 말이지요. 그리고 여기서 하는 일이란 늘 누군가를 방문하거나 무도회장에 가거나 아님 공연장에 가는 일뿐 아닌가요? 만약 음악에 대한 취미마저 없었다면 저는 정말 이곳에서 지루해 죽을 뻔했어요.

지금 이곳에서 지휘와 승마에 대해 배우고 있지만 별것도 아녜요. 의사 집에서 머물기 시작하면서부터 그 집 딸과 종종 함께하고 있어요. 저의 아름다운 샤노아네스는 저의 간절한 부탁으로 음악을 다시 시작했는데 아주 재능이 있어요. 마인츠 피아노를 들여왔는데 아주 경쾌하게 잘 치고 있지요. 저도 가끔 바이올린을 연주하고 마레 부인 댁에서 노래도 부르지요. 그녀는 쾰른 경찰서장의 부인이에요. 그는 프랑스 사람들 일이라면 발 벗고 나서는 사람이에요. 장군님도 가끔 이곳에 오시지요.

우리는 아주 좋은 기회에 멋진 사열을 했어요. 모자의 깃털과 군복의 자수들이 너무나 멋지게 빛났지요. 정말 멋진 순간이었어요. 열병을 마친 뒤 말에 오르라는 명령이 떨어지자 부대 전체는 순식간에 말에 올랐지요. 장군님으로부터 500보 정도 뒤에 있었던 저는 전속력으로 달려가고 제 뒤로 마술무관이 이끄는 말들이 따랐어요. 이렇게 우리는 말을 타고 부대를 사열하고 이후 부대는 우리 앞에서 〈로도이스카〉의 '타타르'를 연주하며 행진했지요. 너무 멋진 연주여서 눈시울이 붉어질 정도였어요. 너무나 행복했지요…. 하지만 이런 멋진 광경만으로는 만족할 수 없어요. 선전포고를 한 것은 아니지만 이제 전쟁은 시작되었지요. 제가 진급할 기회가 온 거예요. 이런 희망에 찬 저의 모습이 어머니를 두렵게 하지 않으면 좋겠어요. 부대 안에 간부들의 자리 교환이 있게 되면 제 순서도 올 거라는 걸 생각해보세요. 라슈타트 협상만큼18 웃기는 것도 없다는 걸 아세요? 양편에서 너무 예의를 차리는 통에 우정의 맹세를 하면서 서로 대포를 날리는 거지요. 잘하는 짓이에요!

콜랭쿠르가 떠나서 본부의 무겁고 건방진 분위기도 사라졌어요. 무례하고 기를 죽이는 말들로 기분이 상하는 일도 없어졌지요. 뒤로넬은 너무 일이 많아 아직 떠나지 못하고 있어요. 얼마나 다행인지! 두 사람은 얼마나 다른지요! 그는 너무나 다정하고 사랑스럽고 즐겁게 대화하고 명령도 정확하지만, 절대 딱딱하지 않아요. 그는 열병식 때만 기마대장이고 그 외의 시간에는 일어나서 잠들 때까지는 다른 사

18 〔역주〕 프랑스-독일 간 협상을 말한다. 평화협상이 너무 늦어지는 바람에 프랑스-오스트리아 간 전쟁이 그 사이에 일어났다.

람들과 마찬가지지요. 제 생각에 콜랭쿠르는 사실 보나파르트의 권위 있는 태도를 흉내 냈던 것 같아요. 항상 그에 대해 얘기를 했거든요. 하지만 콜랭쿠르와는 너무 먼 얘기지요. 그런 태도는 설사 지휘관의 집에서라도 거슬릴 것 같아요. 그런 태도는 대단한 능력을 갖춘 권위와 함께해야 하는데 콜랭쿠르는 설사 그런 능력이 있다고 해도 최고의 자리에 오른 사람들을 흉내 내기에는 역부족이지요.

용기병 장교인 몰누아르라는 친구가 있는데 브리에 있는 쿨로미에의 공증인의 아들이지요. 행정부가 그의 승진을 거부했는데 그것은 장군님 잘못 때문이 아니라 오주로의 잘못 때문이지요. 그가 추천하는 사람들은 행정부가 다 거부하고 있어요.

안녕, 어머니! 어머니가 네리Néris에 좀 들르실 수 있다면 좋겠어요. 그러면 어머니도 좋으실 테고 또 아르장통과 부르주의 우리 친구들을 보러 가실 수도 있고요. 이렇게 한 바퀴 도시면 아주 좋으실 거예요. 파리의 아파트를 처분하신 것은 정말 잘하셨어요. 그러면 노앙의 재산이 좀 늘어나겠지요. 다음 추수에 대한 말씀은 좋은 소식이 아니네요. 하지만 저의 낙관적인 생각으론 밀이 귀해지면 값도 오르겠지요. 그러면 잃을 것도 없으신 거지요. 그런데 가난한 사람들이 어려워지면 그들을 도와야 하는 어머니 부담도 늘어나는 거니 저의 낙관적인 생각도 틀린 생각이네요. 착한 사람들은 결코 부자가 될 생각만 하지는 않지요….

이제 저녁 먹으라고 부르네요. 장군의 비서들인데 어찌나 시끄럽게 부르는지 이웃 사람들이 창가로 몰려드네요. 온 마음으로 포옹합니다, 어머니.

생장에게 부대에서 50세에서 65세 되는 사람들도 모두 징집한다는 소문이 있으니 그를 부대요리사로 넣어보겠다고 하세요. 그에게는 부엌의 불이 전쟁터의 불보다 더 어울릴 테니까요.

아버지가 자주 농담처럼 말하는 이 '생장'이란 사람은 우리 집 마부였던 사람이고 요리사인 오들랑의 남편이다. 이 오래된 부부는 우리 집에서 생을 마감했다. 남편은 할머니보다 몇 달 전에 죽었는데 할머니는 마비 상태여서 그것을 알지 못하고 돌아가셨다. 생장은 너무 웃기는 주정뱅이였다. 그는 일평생 못 말리는 겁쟁이였다. 특히 술에 취하면 유령이나 누아르 계곡의 악마인 조르종이나 르브레트 블랑슈나 그랑 베트나, 시골 사람들이 미신으로 믿는 귀신들이 자기를 공격한다고 했다. 라샤트르에 우편물을 찾으러 가는 일을 하게 될 때는 매번 단숨에 다녀오기 위해 매우 거창한 준비를 했다. 특히 겨울에 초저녁까지 꼭 돌아와야 할 때는 더했다. 아침부터 포도주로 속을 단단히 채우고 그는 프롱드 시절부터 신었을 법한 부츠를 신고 색이 바래 무슨 색인지도 알 수 없는 코트를 입었다. 그는 그것을 자기의 로크만이라고 불렀다. 어디서 그런 단어를 들었는지는 신만이 알 일이다! 그다음 아내에게 입을 맞추면 아내는 아주 정중하게 의자를 갖고 왔다. 그래야 그가 늙고 차분한 흰 말 위에 올라탈 수 있기 때문이다. 이 말은 적어도 두 시간 안에 그를 마을에 데려다주었다. 거기서 그는 일을 하기 전후로 카바레에서 2~3시간을 보내곤 했다.

그리고 날이 저물면 집으로 출발했는데 한 번도 사고가 나지 않은 적이 없었다. 어느 때는 강도를 만나 얻어터지고, 어느 때는 불덩어리가 날아와 놀란 말이 그를 들판 건너 쪽으로 처박고 어느 때는 악마가 말의 배아래 들러붙어서 말이 가는 걸 방해하고, 어느 때는 안장 뒤로 올라타는데 너무 무거워 말이 쓰러지고 하는 등 늘 사고가 났다. 그래서 노앙에서 아침 9시에 출발해서는 저녁 9시에야 겨우 도착했다. 할머니의 편지와 신문을 꺼내기 위해 천천히 가방을 펼치면서 그는 너무나 진지하게 온갖 유령에 대한 이야기를 해주었다.

그가 별로 얘기하고 싶어 하지 않는 재미있는 이야기가 하나 있다. 어느 어둡고 안개 낀 저녁, 술에 취해 정신 줄을 놓고 돌아오는 중에 두 명의 말 탄 사람들을 미처 피하지 못하고 맞닥뜨리게 되었는데 그들은 꼭 강도처럼 보였다. 너무 무서웠지만, 그는 용기를 내 말을 멈추고 마치 자기가 도둑인 것처럼 그들을 위협하려고 떠나갈 듯이 큰 소리로 소리쳤다.

"거기 서라. 지갑 아니면 목숨을 내놓아라!"

말 탄 자들은 이런 대담함에 좀 놀라, 강도들에게 포위된 것인 줄 알고 칼을 빼 들고 불쌍한 생장을 처리하려고 하다가 그를 알아보고는 웃음을 터뜨렸다. 그들은 그를 야단치고 만약 다시 이러면 감옥에 보내겠다고 위협하며 그를 떠났다. 그가 위협한 사람들은 바로 경찰들이었다.

그는 젊은 시절 루이 15세의 마구간 꼴지기의 보조였다. 그는 아주 엄격하고 신중한 태도로 계급을 존중했다. 혁명 후 역마차 마부로 일할 때 할머니가 그를 채용했다. 그런데 약간 어려운 문제가 있었다. 그는 절대로 은단추가 달린 붉은 조끼를 벗으려 하지 않았다. 어떤 사람들의 의견도 무시하지 못하는 할머니는 그가 하자는 대로 하였고 평생 그는 역마차 마부로 할머니를 모셨다. 때때로 말 위에서 조는 바람에 마차가 뒤집힌 적도 여러 번이었다. 어쨌든 그는 할머니를 25년 동안 정말 말도 안 되는 태도로 모셔서 내쫓는 것이 너무나 당연했지만, 믿을 수 없을 정도로 인내심 있고 맘 좋은 할머니는 그런 생각조차 하지 못하셨다.

아마도 그는 아버지가 50세도 징집한다고 했던 농담을 진담으로 받아들인 것 같다. 그가 오들랑과 결혼을 서두른 것도 공화국의 징집을 피하기 위해서였다고 한다. 20년 뒤에 사람들이 군대에 갔다 왔느냐고 물으면 그는 "아니요. 그런데 갈 뻔했지요."라고 대답하곤 했다.

이탈리아와의 마렝고 전투에서 아버지가 처음으로 휴가를 얻어 왔을 때 그는 아버지를 알아보지 못하고 도망병으로 알았다고 한다. 그런데 그가 할머니 집으로 향하는 것을 보고는 데샤르트르에게 달려가 어떤 이상한 군인이 '그의 만류에도 불구하고' 집으로 들어가 아마도 할머니를 죽일 것 같다고 말했다고 한다.

이런 것만 제외하면 그는 아주 좋은 사람이었다. 한 번은 할머니가 아들에게 돈을 보낼 수 없어 걱정하고 있을 때 기꺼이 자기의 1년 치 월급을 내놓았다고 한다. 그것은 기적이었다. 아직 술로 탕진하지 않고 있었다니 말이다. 어쩜 바로 그 전날이 돈 받은 날인지도 모르겠다! 하지만 어쨌든 그런 생각을 한 건 사실이니 술주정뱅이에게 그런 생각이 났다는 것은 대단한 일이다. 그는 아버지가 말을 조금 빨리 모는 것은 허락했지만 말년에 내가 그렇게 하는 것은 참지 못했다. 그리고 종종 말을 타기 위해서는 내가 직접 안장을 올리고 고삐를 매야 했다. 어떤 때는 말에 편자를 달기 위해 걸어서 먼 마을까지 가야 했는데 그는 고약하게도 내가 말을 타고 달리지 못하도록 그것을 빼 버렸다.

아버지는 그에게 한 쌍의 은 박차를 선물했는데 그는 하나를 잃어 버렸지만, 다시 사라고 아무리 말해도 평생 다른 박차를 구하지 않았다고 한다. 그는 말을 탈 때마다 아내에게 이렇게 말하는 걸 잊지 않았다. "부인, 내 은 박차를 잊지 말아요."

서로 '므슈'와 '마담'이라고 불렀지만 그들은 싸우지 않고 지내는 날은 하루도 없었다. 마침내 남편 생장은 술에 취해 죽었다. 생전에 그랬던 것처럼 말이다.

또 다른 편지들이 있다.

편지 32

퀼른, 혁명력 7년 제르미날 1일(1799년 3월)

저는 몽스로 출발합니다. 이곳에서 장군님은 제게 말을 주려고 애쓰셨지만, 부대로부터 말을 받는 게 너무 어려워 저를 보급부대로 보내기로 했습니다. 그는 페랑 장군에게 추천서를 써서 제게 최상의 말을 주라고 하셨지요. 그래서 저는 제 안장을 가지고 출발합니다. 며칠 뒤에 제 말을 타고 돌아올 거예요. 하지만 이 일은 제게 경제적으로 큰 부담이 됩니다. 장군님은 제게 보상금으로 60리브르를 주시고 돌아올 때는 정부가 숙소와 사료를 준다고 합니다. 하지만 가는 마차만 해도 50리브르가 들고 군대 숙소로 말할 것 같으면 많은 군인들이 다녀가기 때문에 옴이 걸리기 십상입니다. 그래서 장군님께 100프랑을 빌렸다가 돌아와서 갚을 생각이에요. 그때쯤 제 월급이 나오거든요.

제가 돌아오면 장군님은 짐을 싸실 거예요. 왜냐하면 우리가 코블렌츠나 마인츠로 떠날 예정이거든요. 쾰른의 장군본부가 다뉴브 부대에서 너무 멀기 때문이지요. 쾰른을 떠나는 것은 정말 화나는 일이에요. 왜냐하면, 군대식으로 말하자면 저는 이곳에서 정말 알아주는 사람이니까요. 다시 말하자면 저는 이곳에서 제 삶을 행복하게 해주는 매력 있는 여자로부터 사랑받고 있으니까요. 그녀의 친구들도 모두 저를 때로는 음악으로, 때로는 산책하며, 때로는 비스킷으로, 때로는 크림 한 사발로 환영해주지요. 사람들은 정말 끔찍하게 저를 잘 대접해주고 있지요. 그런데 너무나 사랑받던 응석받이가 이제 옴에 걸리게 된 거지요! 영광이여 즐거움이여 이제 안녕! 그리고 만약 마인츠로 가게 된다면 이제 웃음도 놀이도 사랑도 끝이에요. 감미로운 보살핌은 악마에게나 가 버리겠지요!

하지만 결국 군대는 한 마리의 철새예요. 샤노아네스와 사랑에 빠진 것도 결국에는 다 소용없는 일이에요. 제가 처음도 아니고 마지막도 아니지요. 그녀는 프랑스 사람이라면 사족을 못 쓰는데 제가 그것을 모른 척할 수가 없었던 거지요. 게다가 그녀는 오랫동안 오쉬라는 자의 맘을 사로잡아 그는 쾰른을 떠나며 그녀를 위해 멋진 파티를 열어주었지요. 두 부대의 열병식부터 시작했던 이 축제는 마지막에 무도회로 끝났는데 이 지방에서는 아직도 이 축제가 대단했다고 칭송이 자자하지요. 저도 사람인지라 질투가 좀 나기도 하지만 생각해보면 한 장군이 그렇게 큰 축제까지 열어주었던 여자로부터 사랑을 받는다는 것은 정말 감사할 일이란 생각이 들어요. 저같이 아무것도 아닌, 또 아주 작은 파티나 기병대 열병식조차 베풀어주지 못하는 일개 사병인 주제에 말이에요. 과거에 대해 질투할 자격도 없고 또 미래에 대해 질투할 자격도 없다면 저는 이성을 잃을 정도로 그녀를 사랑하지는 않으려고 노력할 생각이에요.

이 매력적인 여성이 어떻게 생겼는지 물으셨지요. 그건 아주 간단한 일이에요. 가지고 계시는 헤르쿨라네움에 대한 고서적에서 나폴리와 시칠리아 여행에 대한 부분을 펼쳐보세요. 제일 위쪽에 구름 위에서 춤추는 두 여성이 있지요. 그 여자들은 아니고요. 그 아래 어깨 위에 옷자락을 올리는 여자가 있는데 그 여자도 아니고요. 그 옆에 등나무 왕관을 쓴 여자가 있지요. 한 손에 접시인가 성반聖盤인가를 들고 다른 손에 물병을 든. 바로 그 여자의 자태, 키, 우아함이 저의 샤노아네스의 모습이지요. 그것이 바로 그녀의 초상화이고 그것을 보시면 그녀를 본다고 생각하셔도 돼요.

그녀의 마음에 대해서 말하자면 그녀는 일단 아주 영악해요. 사람 마음을 지나치게 꿰뚫어 보는 능력이 있고, 섬세하며 다정하지만 사악한 면도 있지요! 그녀 옆에 있으면 저는 멍청이 같아요. 그녀가 몰랐으면 하는 것을 만약 그녀가 알고 싶어 하면 그녀는 나를 함정으로 내몰아 저의 몸짓하나 시선하나도 놓치지 않고 결국 제가 모든 걸 다 고백하게 하지요. 그녀는 아마도 제 마음을 읽는 것 같아요. 저는 마치 애완동물처럼 그녀에게 사로잡히게 되지요. 그래서 지금도 저는 묻지도 않았는데 그녀에게 모든 걸 다 털어놓고 있어요. 그리고 만약 어떤 집에서 좀 좋았다고 하면 그녀는 자기 없이는 그곳에 가지 못하도록 하지요. 그녀의 치밀함과 뜨거운 질투에 대해 말하자면 끝이 없을 거예요. 이 모든 행복을 버리고 정말로 아무것도 아닌 병사가 되어 이가 들끓는 동료와 함께 자고 말 먹이를 주고 말똥 냄새에 절어서 지내야 한다니요!

만약 장군이 그렇게 하라고 하면 저는 차라리 저를 전쟁터의 경기병으로 보내 달라고 애걸하겠어요. 그곳은 힘들기도 하겠지만 보람도 있고 명예도 있으니까요. 저는 정말이지 명예 없는 수고 따위에는 정말 아무 관심도 없어요. 어머니는 분명 그런 영웅들에 대한 미움으로 저에게 실소를 금치 못하게 하시겠지요. 아마도 이런 시를 읊으실 것 같네요.

"나는 모든 영웅을 증오하네. 키루스 대왕부터/ 렌툴루스 그 빛나는 왕까지/ 사람들은 그들의 공적을 치하하지만/ 나는 그들을 피해 달아나고 그들은 악마에게나 가라지."

장군님은 정말 용감하고 인간적으로 좋은 분이시죠. 말씀이 좀 냉정하고 잘 알아듣기 힘들기도 하지만 그래도 장군님을 좋아해요. 한번은 마량馬糧 징발대에서 일하던 사람의 부인이 면직된 남편을 복직시키기 위한 진정서에 추천해 달라고 부탁했지요. 그 부인을 알지 못한 장군은 추천서를 써줄 수가 없었지만, 그녀가 너무 딱한 처지인 것을 보고 뒤로넬을 통해 4루이를 보냈지요. 그 여자는 그것을 감사히 받고는 일주일 후에 품위 있게 그것을 갚으러 왔다고 해요.

콜랭쿠르에 대한 이야기도 있어요. 그는 장군에 대해 많은 영향력을 미치고 있는데, 어느 날 장군이 낮에 할 일에 대한 명령서를 사무실로 가져왔지요. 그랬더니 콜랭쿠르는, 책상 위에 있던 이 명령서를 보고는 화가 머리끝까지 나서 장군에게 달려가서는 그가 보는 앞에서 이 명령서를 찢으며 사무실 일이라면 자기도 잘 알고 있으니 장군이 하려면 자기는 손을 떼겠다고 했지요. 그건 정말 너무 무례한 거였어요! 그는 몰누아르에게도 저와 너무 친하게 지내지 말라고 하면서 아무것도 아닌 기병이 반말하도록 내버려 두지 말라고 했다고 해요. 그래서 몰누아르는 근무 시간 외에는 저와 친구이자 동료일 뿐이며 또 부대에서 장군님 곁에 우리가 앞뒤로 서 있을 때 내가 그를 그냥 "몰누아르"라고 소리쳐 부를 정도로 지각없는 사람은 아니라고 말했다고 하지요. 콜랭쿠르는 장군을 설득해서 본부에 비서 하나를 두게 했는데 그는 콜랭쿠르에게 연애편지를 갖다 주는 일을 하고 또 우리가 하는 얘기를 다 일러바치는 사람이지요. 그는 아주 여자처럼 호기심이 많아요! 장군은 실제로 아주 좋은 곳에 콜랭쿠르의 연애 메신저이며 스파이인 그를 임명할 거예요. 그래서 온종일 몰누아르와 저는 그를 돌아가면서 놀려대며 괴롭히고 있어요. 그는 우리에게서 벗어날 날만 기다리고 있을 거예요.

안녕, 어머니! 온 마음으로 포옹합니다. 이제 몽스로 떠나요. 거기에서도 어디서나 그랬듯이 어머니의 큰 바보 아들은 어머니를 생각할 겁니다.

편지 33

제르미날 8일

어머니, 몽스에 왔는데 모든 것이 생각과 다르네요. 브뤼셀에서 만난 마필 보충 담당 기병대장은 장군님의 명령대로 아주 최상의 말을 골랐다고 했었지요. 아주 최고 중에서도 최상인 말을 자기가 직접 안장까지 얹어 데려왔다고.

그래서 기대에 부풀어 몽스에 왔지요. 게다가 브라반트에서 환전하느라 돈도 줄어들어 그곳에서 머물 수도 없는 형편이었어요. 그래서 저는 보급대로 달려갔는데 그곳에서 받은 말은 예쁘장하긴 했지만 피부병으로 다 죽어가는 말이었어요. 아르빌 장군이 추천서를 써준 페랑 장군은 파리에 가고 없었고, 설사 다른 말을 받을 수 있다고 해도 지금 다시 돌아갈 역마차 값도 없어서 저는 죽든 살든 이 말을 타야 했고, 그 말이 빨리 걸을 수 있기만을 바랐지요.

그런데 다행스럽게도 어디서나 저를 따르던 행운 덕분으로 이곳에서도 지루함을 면하게 되었어요. 쾰른에서 일하던 한 젊은이가 자기 누이에게 저를 위한 추천서를 한 장 써주었는데, 그녀는 부아델이란 사람의 아내였지요. 그리고 그녀의 여동생이 있었는데 아주 예쁜 여자예요. 언니는 크고 아름답고 사랑스럽고 동생은 작고 귀엽고 이지적이지요. 이 자매는 음악을 너무나 사랑하고요. 그들은 매일 점심을 먹으러 오라고 했고 그다음에는 저녁, 그다음에는 공연도 함께 보자고 했지요. 남편은 아주 열정적으로 저를 환영했어요. 비록 신세만 지고 있긴 하지만요. 만일 저의 샤노아네스가 이것을 안다면! 그녀가 이것을 알게 되는 날에는! 언젠가는 꼭 다 말할 수밖에 없을 거예요. 하지만 제가 엄청난 환대를 받는 게 제 탓은 아니지요. 또 그럴 수밖에 없었어요. 왜냐하면 떠날 수도 없는 형편이었으니까요.

하지만 형편이 어렵다고 생각도 없는 건 아니에요. 내일 저마프에 가서 전투지도 보는 법을 배울 거예요. 그러면 전에 그곳에 있었던 아르빌 장군과 대화가 잘될 거예요. 플랑드르의 이 벌판은 많은 군사적 추억이 있는 곳이지요. 저는 퐁트네이에서 멀지 않은 곳에 있는 그곳에 한번 가볼 생각이에요. 저의 망할 놈의 말이 걸을 수만 있다면 어머니의 아버지가 죽어가면서 적들과 싸워 프랑스를 구한 그 모든 장소에 며칠 내로 가볼 수 있을 텐데요. 장군님께 허가증을 써 달라 하면 분명히 거절하시지는 않을 거예요. 할아버지의 이름을 제일 유명하게 하고 또 아무리 작은 것이라도 할아버지의 행적에 대해 모든 사람이 다 알고 있는 곳이 바로 그곳이니까요.

안녕, 어머니! 사랑합니다. 계속 쾰른으로 편지를 써주세요. 되도록 빨리 그곳으로 돌아가겠어요.

편지 34

에르베, 혁명력 7년 제르미날 25일(1799년 4월)

세상에나, 어머니의 소식을 듣지 못한 지 너무나 오래되었네요! 이것만이 제가 몽스에 있으면서 가장 괴롭게 느끼는 일입니다. 만약 오늘내일 떠날 생각이 아니었다면 이곳으로 편지를 보내라고 했을 거예요. 지금 쾰른에 가서 어머니의 편지들을 받아 단숨에 서너 통을 읽어 버리고 싶은 마음이 굴뚝같습니다. 그런데 말씀드린 것처럼 이곳 몽스에 계속 머물 수밖에 없었어요. 병든 말을 탈 수도 없었고 돈을 빌릴 데라곤 고양이 한 마리도 없어서 마차를 탈 수도 없었으니까요. 물론 제가 빨리 사람들과 친해지기는 하지만 그런 사람들일수록 예의를 지켜야 하는 걸 어머니도 아시잖아요.

제가 소개받은 한 부인의 남편인 부아델 씨가 저와 친한 사이가 돼서 그의 집에서 떠나지를 못하게 한다는 건 말씀드렸지요. 그곳에서 저는 마치 물 만난 고기처럼 지내고 있어요. 그는 아주 유쾌하고 사랑스러운 사람이에요. 하지만 파리의 극장에 한 번 질려서 몽스의 극장에는 절대로 가지 않고 항상 제게 그의 아내와 처제를 데려가도록 하지요. 제 군복에 대해 무덤덤한 주민들은 어떻게 저런 졸병 기병 따위가 파리에서 온 두 명의 귀부인, 그래서 이 지방에서는 가히 최고 상류층에 속한 귀부인들의 기사 역할을 하는지 알아내기 위해 무진 애를 쓰고 있어요. 농담을 좋아하는 부아델 씨는 그들에게 제가 일반병인 것은 맞지만, 엄청난 공적을 쌓은 병사라고 떠벌리고 있지요. 내가 이집트 전투에서 상처를 입어 보나파르트의 부관과 함께 돌아왔고, 또 나폴레옹이 라인강의 메세나로 가라고 해서 가는 중 부상이 심해져 자기 집에 머물게 되었다는 둥 말이에요. 그러면 멍청한 남자들은 감격해서 제게 와서 이집트 전투에 대해 물어보지요. 그러면 저는 할 수 없이 먼 나라 이야기를 웃지도 않고 그 자리에서 지어낼 수밖에 없지요. 저는 그들에게 푸른 광야 이야기를 해주지요. 마치 제가 그곳에서 평생 산 것처럼 말이에요. 그리고 제 말이 제 눈앞에서 악어에게 물려 죽었다는 이야기를 지어내지요. 이야기는 완전 대박이 나서 어느 때는 하루에 10번도 더 할 때가 있어요. 제 부상에 대해 이야기할 때는 상처를 보고 싶어 하지요. 그러면 저는 마스카릴처럼[19] 될까 봐 부인네들 뒤로 숨어 버리지요. 심지어 어떤 사람은 이야기를 듣다가 너무 감동해서 눈물을 흘리며 저를 한 번 안아줘도 되냐고 묻는 사람도 있었어요. 이건 정말 연극감이에요. 앞으로 어머니가 들으실 제 얘기들도 마찬가지고요.

이 집 여자들은 저의 허풍스러운 이야기를 듣고는 몇 번이나 배를

---

19 〔역주〕 몰리에르 연극에 나오는 허풍쟁이 하인을 말한다.

잡고 웃곤 했지요. 제가 만들어낸 이야기를 듣고 제가 아주 재주가 많다고 믿고 있어요. 음악도 잘하고 젊고 아무튼 저는 잘 모르지만! … 지금 제가 두 자매 사이에서 어느 쪽과 친해질지 알 수 없지만 샤노아네스도 여전히 제 마음 한편을 차지하고 있어요. 옆에 있지도 않은 여자 때문에 눈앞에 있는 미인 둘을 거부한다는 건 정말 말도 안 되는 거지요. 저는 부아델 부인의 아름다운 눈을 택하기로 했어요. 그녀는 상아색 서판에 제가 병든 말을 타고 쾰른으로 돌아가는 모습을 그려 달라고 했지요. 그래서 진짜로 해주었어요. 뒤로는 꽃들과 나무들을 남겨두고 앞으로는 마른 강과 눈으로 덮인 바위들을 향해 가면서 지옥의 다리를 저주받은 기분으로 건너는, 그러니까 마치 따뜻한 봄을 떠나 쾰른의 차가운 겨울을 찾아가는 듯한 모습을 말이에요. 오! 나의 샤노아네스! 이렇게 당신을 모욕하다니, 이런 생각 없는 거짓말을, 만약 당신이 그곳에 있었다면 저는 당신의 발아래 몸을 던지고 "당신이 오셔서 저의 고통은 끝이 났네요!"라고 노래했을 텐데.

어쨌든 저의 망할 놈의 그림, 저의 연애질, 저의 이집트 이야기, 상모 깃털, 군복 외투 이 모든 것이 끝나가고 있었고, 저와 더 친해진 부아델 씨는 드디어 제 말이 두 발로 선 것을 보고는 눈물까지 흘리며 여행경비를 좀 보태주겠다고 했지요. 혹시 여행 중 무슨 불상사가 생겨서 돈이 필요하게 될지도 모른다면서요. 그건 당연하지요. 지금도 돈이 없고 멍청한 말은 겨우 몸을 질질 끌며 갈 정도니까요. 하지만 우정을 그렇게까지 이용해서는 안 되겠지요. 저는 그에게 경비가 충분하다고 말하고는 240킬로미터의 거리를 병든 말과 함께 단돈 12프랑을 가지고 떠났지요.

어쨌든 별문제는 없을 거예요. 지금 저는 엑스Aix와[20] 리에주 사이의 에르베에 있고 아직 여비가 좀 남아있으니까요. 뭔가 했다는 말을 듣기 위해 할 일도 딱히 없고요. 여행이 좀 힘들었던 건 사실이에요. 하지만 아프지도 않았고 피곤하지도 않고 감기에 걸리지도 않았어요. 겉으로 보기에는 아주 근사한 모습이지요. 제 말도 아주 멋지고요. 하지만 이놈은 4살밖에 안 돼서 코를 흘리며 달리고 하루에 겨우 24킬로미터 정도를 갈 수 있을 뿐이에요. 차라리 걷는 게 나을 정도지요. 노앙에서 생샤르티에로 가는 길 같은 곳에서는 제가 고삐를 잡고 가야 하니까요.

가는 길도 너무 힘들어요. 눈이 오지 않으면 비가 오고, 아니면 길이 얼어 있지요. 어제는 이놈이 세 번이나 넘어졌어요. 그래서 이놈을 좀 쉬게 하려면 여기서 하루를 지내지 않으면 안 되게 되었어요. 가는 길에 죽지 않게 하려면요. 가끔은 정말 죽었으면 싶을 때도 있어요. 아, 노앙의 제 말이 있었더라면! 하지만 이런 힘든 과정들을 어머니께 편지 쓰는 것으로 위안 삼습니다.

브뤼셀을 지나가면서 자캥 소령을 만났어요. 그는 제가 처음으로 군대 생활을 시작할 때 그곳에 있던 사람이지요. 그는 점심, 저녁을 챙겨주면서 부대가 지금 많이 힘든 상황이라고 했어요. 지금 우리는 정찰부대에게 퇴각명령을 내렸지요. 우리의 전초기지는 아직 움직이지 않고 있고요. 그들은 지크부르크와 카이저베르트와 엘버펠트에 있어요. 라인강으로부터 1,040킬로미터 떨어진 곳에서 전선을 이루

---

20 〔역주〕 Aix-la-Chapelle, 즉 아헨을 의미하는 것으로 추정된다.

고 있지요. 이곳은 적들이 결코 공격할 수 없는 곳이지요. 독일 황제도 역시 샤프하우젠과 바젤 지역을 공격하려고 하지만 그곳을 통과하기는 힘들 거예요. 그들의 전술은 너무 멍청해서 자신들의 이점도 활용하질 못하지요. 그들은 우리처럼 협로를 이용할 줄 모르고 늘 긴 대열로만 행진하지요. 정찰대 본부는 곧 쾰른으로 올 거예요. 그러면 도시도 활기를 띨 거고요.

제 걱정은 하지 마세요, 어머니. 우리는 군대에서 정말 참사원 귀족처럼 지내고 있어요. 안녕히 계세요. 온 마음으로 포옹합니다. 저는 정말 침대를 데워주는 우리 하녀가 그리워요. 하지만 데샤르트르 선생님의 설교를 들으며 잠들고 싶지는 않아요. 피곤만으로 충분하지요.

편지 35

쾰른, 플로레알 4일

마침내, 어머니 쾰른의 벽들과 성벽들을 다시 보게 되었습니다. 정말 힘든 여정이었어요! 이건 마치 항해사가 오랫동안 힘든 항해를 마친 후에 드디어 땅을 밟는 것 같은 기분이에요. 이 한심스러운 말을 마구간에 데려가느니 차라리 뗏목을 항구로 가져가는 게 낫겠어요. 결국, 여기서 이 녀석은 아래턱에 다시 종기가 나서 하루만 더 걸었다가는 제 품에서 죽을 것 같아요.

오는 내내 계속된 추위와 비 때문에 녀석의 습진도 더해져서 저는 처음 출발 때처럼 걸어가고 있어요. 가진 돈은 100프랑도 안 되고 무릎도 아픈데 류머티즘인 것 같아요. 다리가 마치 의족義足처럼 느껴져요. 하지만 이제 곧 쾰른의 좋은 음식들을 먹으면 다 낫겠지요. 몽스에서 12리브르를 가지고 떠났는데 성공적이게도 쾰른까지 252킬로미터나 걸어오며 24수나 남겨 왔네요. 그저 그런 병영 숙소에서 묵었고, 가게에 직접 가서 사료를 어깨에 메고 와 말을 먹이고 아이처럼 돌봐줬지요. 또 저는 기병대에 가서 빵과 치즈와 맥주로 저녁을 먹었어요. 그리고 천사처럼 잠들었지요. 모든 것이 그리 나쁘지는 않았어요.

그리고 제게는 늘 행운이 따라서 좋은 집에서 지낼 때도 있었어요. 신트트뤼던에서는 라크루아 장군의 침대에서 자기도 했지요. 집주인들은 부자고 좋은 사람들이었는데 제게 아주 근사한 음식을 제공했고 그때 저의 인생관은 뭐든 거절하지 않는 다였거든요. 아헨과 베르크하임에서는 쾰른에 살던 사람들을 만났는데 같은 고향 사람이라고 잘 대해주었어요. 그래서 아무리 누추한 잠자리에 아무리 힘든 여정이었다고 해도 부아델 씨의 돈을 받지 않은 것은 정말 잘한 것 같아요. 만약 받았다면 정말 창피한 일이었을 것 같아요.

이곳 날씨는 정말 기막혀요. 갑자기 겨울에서 여름으로, 비참한 생활에서 호화로운 생활로, 마구간에서 살롱으로 온 것 같아요. 어머니가 뭐라고 하시건 저는 마구간 냄새가 많이 나지는 않아요. 말을 먹이는 게 제가 하는 일의 전부지요. 단지 옷만 잘 갈아입으면 되요. 그리고 이런 냄새가 좀 난다고 해도 우리의 사랑스러운 부인들은 별로 그런 내색을 하지 않아요. 어쨌든 그녀들도 이 냄새에 적응해야 할 테니까요. 만약 군사작전이라도 한다면 이보다 더한 냄새도 나니까요. 그리고 제 연금을 올리셔서 제가 하인을 하나 둘 수 있도록 하시겠다는 말씀은 정말 안 될 일이에요. 우선은 어머니의 재정상태가 그리 넉넉하지 않기 때문이고, 또 저 같은 졸병이 하인한테 구두에 왁스칠을 하고 줄을 서게 한다는 건 부대원들에게 비웃음을 살 일이지요. 저 같은 상황에서 제 방에 하인을 둔다는 생각만 해도 웃음이 나오네요. 하지만 어머니의 따뜻한 마음은 정말 감사해요. 혹시 제가 글겅이나 쇠갈퀴를 손에 들고 말을 돌보는 것을 보는 것이 괴로우시다면 저는 원하기만 하면 언제든 한 달에 6프랑으로 마부를 구할 수 있어요.

돌아온 다음부터 장군님은 제게 아주 잘해주세요. 콜랭쿠르는 더는 없고요. 제 말을 타고 쾰른에 들어서니 장군님은 창밖으로 저를 보시곤 창문을 두드리며 제게 다정하게 인사하셨지요. 제가 너무 늦게 왔다고 혼내실까 걱정했는데 제 말의 상태를 보시고 제 말을 들으시고는 오히려 저를 불쌍히 생각하셨지요. 그래서 장군님이 대체 나를 위해, 나를 데리고 뭘 하실지는 모르겠지만 장군님은 제가 사무실 일을 했으면 하셨어요. 그리고 너무 간절히 부탁하셔서 사무직은 제가 정말 싫어하는 일이지만 할 수 없이 명령대로 등기우편 담당관이 되었어요. 장군님은 자신의 지역으로 곧 떠나실 텐데, 뒤로넬과 몰누아르에게 저를 데려가시겠다고 말씀하셨어요. 또 너무나 특별한 부탁을 받으셔서 저를 잘 돌보지 않을 수가, 그러니까 저를 사랑하지 않을 수가 없다고도 말씀하셨다고 해요. 하지만 다른 데서는 자기 아랫사람에게 나를 쾰른에 두고 갈 거라고 했다고 해요. 그러니까 저에 대해 어떤 계획인지는 모르겠어요. 아마 그도 모를 거예요. 지금 저는 붕 떠 있는 상태인 것 같아요. 21

진짜로 우리 고향 베리는 좋은 사람들의 마을인 것 같아요. 저는 정말 생장의 우정에 감격하고 있어요. 그는 어머니가 제게 돈을 보낼 수 있도록 자기 봉급도 늦추고 있네요. 장군님의 하인도 역시 베리 사람이에요. 샤토루에서 왔고 이름은 바릴리에지요. 하인이라기보다는 친구예요. 뒤무리에 사건으로 장군님이 체포되셨을 때 정말 헌신적으로 장군님을 보필했지요. 그도 저를 동향 사람이라고 좋아해요. 장군님 댁에서 저녁을 먹을 때도 저를 엄청나게 먹이고 사람들이 생장에게 하듯 술을 부어주지요. 정신 놓고 마시다 보면 술에 취해 정신을 잃어버릴 정도예요. 안녕, 어머니! 이제 마레 부인댁에 저녁 먹으러 가야 해서 이만 줄입니다.

편지 36

퀼른, 플로레알 27일(1799년 4월)

어머니, 뭐라고 야단치지 마세요. 저의 잘못이 아니니까요. 그 시간이면 벌써 제가 몽스와 에르베와 퀼른으로 오는 길에 쓴 편지들을 받으셨어야 하니까요. 정말 우체국이 원망스럽네요. 어머니를 그렇게 걱정하게 하다니. 그러니 다시 한 번 더 말씀드리지만, 편지가 늦는 것은 제 탓이 아녜요. 저는 어머니께 편지 쓰는 것을 절대 잊을 수가 없어요. 그리고 사고를 걱정하시는데 아시다시피 저는 '죽을 수 없는 운명'이니 그런 일은 절대 일어나지 않을 것이고, 이런 건장한 경기병

---

21 뒤에 보게 되겠지만, 지휘관님의 태도가 불분명하다는 말은 아버지가 약간 지어낸 이야기이다. 아버지는 다음 전투 때 대대병들과 합류할 것을 염두에 두고 장군이 자기를 전쟁터에서 빼내길 원치 않았으니까.

이 주머니 속 손수건처럼 사라질 리도 없지요.

장군님은 어머니 말을 들으시고 제게 많은 직책을 맡기셔서 무슨 일을 해야 할지 모를 지경이에요. 아주 장군님 집의 집사 같다니까요. 장군님이 누구에게 말하길 원하시나? 행정명령에 보내야 하는지? 비서에게 말해야 하는지? … 일은 두 배로 많아서 마치 티보디에 씨처럼 무슨 일이든 다 할 수 있는 사람 같지요. 친구들, 여자 친구들께 답장 쓰기에 장보기까지 …. 정말 숨 쉴 시간도 없어요. 장군님은 저의 글에 아주 완전히 반하셨어요. 그건 어렵지 않은 일이지요. 게다가 저는 어머니의 간곡한 말씀대로 최선을 다하고 있어요.

그런데 편지를 쓰는 것보다는 전달하는 일이 더 좋아요. 한 번은 여기서 24킬로미터쯤 떨어진 본이란 곳에 있는 위리옹 장군께 속달 편지를 전하러 간 적이 있었는데 저는 하루 만에 돌아왔어요. 아침 내내 끔찍한 날씨여서 아주 만신창이가 돼서 돌아왔지요. 기병총을 메고, 탄약 주머니를 달고 진흙투성이의 가죽 가방에 귀까지 진흙을 뒤집어쓰고 있었어요. 이런 꼴로 귀하신 오귀스타 부인의 팔짱을 끼고 다른 부인네들과 산책하는 장군을 만났는데 저를 보자마자 친근하게 인사하셨어요. 저도 다가가 경례를 했지요. 부인들은 제 몰골을 보더니 재미있다는 표정이었어요. 저의 샤노아네스도 거기에 다른 사람 뒤편에 서서 표정을 감추고 있었는데 저는 그녀의 눈이 눈물에 젖어 빨갛게 되어 있는 걸 보았지요. 그걸 보고 모든 피로가 사라지는 듯했어요. 좀 전에 거의 죽을 것처럼 기진맥진했지만 산토끼처럼 뛸 수 있을 것 같고 염소처럼 펄쩍펄쩍 뛰어오를 수 있을 것 같았지요.

여자들은 이 세상에서 모든 상처를 위로하기 위해 태어난 존재 같아요. 그렇게 정성스럽고 사랑이 넘치는 보살핌을 줄 수 있는 건 여자들뿐이지요. 그건 그들의 은혜롭고 여린 마음에서만 나오는 거예요. 어머니 곁에 있을 때 저는 어머니께 그런 걸 배웠어요. 그리고 지금 또 제 마음을 울리시네요. 오! 만약 모든 어머니가 어머니와 같다면 결코 가정의 평화와 행복이 깨지는 일은 없을 텐데요. 어머니께 편지를 받을 때마다, 하루하루 지날 때마다 어머니께 대한 사랑과 감사가 더해갑니다. 오! 아니에요. 그 가여운 존재를 저버릴 순 없지요. 어머니가 그렇게 하지 않으시라는 걸 잘 알고 있어요. 새들의 노래라는 이런 노래의 가사처럼 끔찍한 인간이 될 수는 없지요.

"우리의 엄마는 우리가 몇 마리이건/ 모두 다 키워주지/ 하지만 인간으로 태어났다면/ 우리는 모두 문 밖에 버려졌을 거야."

어머니의 생각에 정말 가슴이 뭉클합니다. 좀 더 일찍 제가 그랬어야만 했는데요! 이번 일에 대한 어머니의 행동에 저의 철모르는 행실들이 고쳐지지 않았더라면 아마도 저는 정말 쓸모없는 인간이 되어 고통스러운 삶을 영위했을 거예요. 늘 올바르게 살라 하시고 몸소 그렇게 사셨지요. 안녕, 어머니, 최고로 사랑스러운 나의 어머니. 장군님께 가봐야 합니다. 온 마음으로 키스하며 편지를 마칩니다.

모리스

방금 읽은 편지에 대해 설명해야겠다. 집에서 일하던 젊은 하녀가 어느 날 아들을 하나 낳았는데 그 아이는 나중에 나와 친한 소꿉동무가 되었다. 이 여자는 유혹에 빠져 희생된 게 아니라 그녀도 나의 아버지처럼 젊은 나이의 열정에 빠져 버렸다. 할머니는 그녀를 조용히 멀리 보내고 그 아이를 데려다 키웠다.

할머니는 옆집에 사는 한 단정한 부인을 그 아이의 유모로 두었다. 아버지의 편지에서 아버지가 할머니로부터 이 소식을 들었다는 내용이 나온다. 둘은 그들만이 아는 말로 이 일을 '프티트 메종'이라고[22] 불렀다. 이것은 당시 방탕한 남자들의 그 프티트 메종은 결코 아니다. 이 일은 자애로운 할머니와 이웃의 정직한 유모가 시골의 한 농가에서 고아원에 버리지 않고 친자식처럼 정성껏 키운 한 튼튼한 아이에 대한 이야기다. 단 하루의 결정은 평생의 배려로 보상받게 된다. 할머니는 장 자크 루소를 읽고 좋아했는데 그가 말하는 진리뿐 아니라 그의 실수까지도 따라 하게 되었다. 왜냐하면 나쁜 일로 좋은 기회로 삼은 것은 악이 선이 되게 한 것이니 말이다.

편지 37

쾰른, 혁명력 7년 프레리알 19일(1799년 6월)

어머니, 장군님은 그만두시는 게 아니니 걱정 마세요. 그냥 매년 한두 달씩 영지에 가서 지내시는 거지요. 늘 저를 지켜보고 계시고 조금 전에도 제가 보급대로 가야 한다고 아주 다정하게 말씀하시고 가셨어요. 기병대 훈련을 위해 제게 꼭 필요한 것이거든요. 그리고 그런 훈련들은 오래 걸리지는 않을 거예요. 왜냐하면, 보노빌이 지금 장군님과 함께 있고 또 본부에는 보몽 삼촌도 있어서 제가 진급할 수

---

22 〔역주〕 '작은 집'이라는 뜻이지만 '첩의 집'이라는 뜻도 있다. 상드의 아버지가 하녀와 사이에 난 아들을 일컫는 암호다.

있도록 도와주고 있으니까요. 장군님은 제가 보급대에 가는 것을 어머니가 마땅치 않게 생각하실 거라고 하시지만 또 다른 한편으로 어머니는 제가 장군님의 보호 아래 있기를 바라시잖아요. 그런데 보급대에 가는 것만이 장군님 휘하에 있을 수 있는 유일한 방법이에요. 그것은 티옹빌에 있고 장군님은 메츠나 그 근방으로 가시게 되니까요. 장군님은 이동을 위해 필요한 경비를 빌려주실 거예요. 그러니 아무 걱정하지 마세요. 언제 어디서든 저는 잘하고 있으니 아무 염려 마세요.

어머니가 불행해하시면 제가 아무리 돈이 많고 호화로운 삶을 산다고 해도 저 역시 그렇게 된다는 것을 잊지 마세요. 언젠가는 제가 머리부터 발끝까지 멋진 장교복을 입고 나타나는 걸 보시게 될 거예요. 그러면 라샤트르의 유지들이 어머니께 땅에 머리가 닿도록 인사하겠지요. 조금만 참으세요, 어머니. 여행도 하시고 강에도 놀러 가시고 재미있게 지내도록 노력해 보세요. 가끔은 저도 잊어버리세요. 제 생각 때문에 너무 힘드시면 말이지요. 아니! 아녜요. 저는 잊지 마시고 제게 필요한 용기를 주세요.

저도 이제 하기 힘든 작별인사를 해야 하거든요! 그녀는 아직 제가 떠나는 걸 모르지요. 오늘 저녁 이야기할 생각이에요. 눈물이 행복한 순간들을 대신하겠지요. 술에 취했을 때도 어머니를 생각하듯 고통 중에도 어머니를 생각할 거예요. 다음에는 좀 더 길게 편지하겠어요. 장군님이 보노빌 장군이 떠나기 전에 편지를 쓰라고 하시네요.

'프티트 메종'에 대한 모든 처사는 정말 대단하세요. 무너진 제 자존심을 살려주셨네요. 어머니보다 저 스스로 저 자신을 더 질책하고 있어요! 가여운 것을 보호하시고 불행을 막으셨네요! 너무나 사랑하는 어머니는 얼마나 좋은 어머니이신지요!

편지 38

퀼른, 프레리알 26일(1799년 6월)

어머니, 슬퍼하고 계시지요. 저도 그래요. 어머니의 고통 때문이지요. 저 자신은 용기가 넘칩니다. 스스로에게 늘 이렇게 말해 왔지요. 사랑도 내게 의무를 저버리지는 않게 한다고. 그런데 어머니가 고통스러워하시는 것에는 어쩔 수가 없네요. 어머니는 정말 끊임없이 계속되는 걱정, 너무 지나친 걱정들로 죽어 가시는 것 같아요. 오, 하나님, 어쩌면 어머니는 끔찍한 공상들로 자신을 괴롭히시는지요? 어머니 제발 눈을 뜨세요. 그리고 아무것도 그렇게 두려울 것은 없다는 것을 제발 아셨으면 해요. 뭐가 큰일이지요? 저는 장군님의 따뜻한 보호를 받으면서 이 세상에서 가장 평화로운 전선에서 멀리 떨어진 티옹빌로 떠날 텐데 말이에요. 장군님은 저를 담당 소령에게 추천해주셨지요. 그러니까 장군님 명령을 받아야 이곳을 떠날 수 있는데 결코 어머니가 두려워하시는 그런 곳으로 보내시진 않을 거예요.[23] 어머니를 잠깐이라도 경기병이 되게 해서 이게 얼마나 별일이 아닌지 알게 하면 좋겠네요. 이 유니폼을 입고 하는 일들이 얼마나 시시한 일들인지!

제가 퀼른을 어떻게 떠날지 아세요? 눈물을 흘리며 떠날 거라고 생각하세요? 아니요. 눈물을 삼키고 축제 속에 떠날 거예요. 친구들에

---

23 아버지는 거짓말을 하고 있다. 그래야만 하니까.

게 저의 출발을 알렸을 때 모두가 "우리 모두 예의를 갖춰 그와 함께 술에 취해 헤어집시다. 맨 정신으로 헤어지기는 너무 힘드니까!"라고 소리 질렀지요. 마침내 그들은 본으로 가기 위한 3대의 이륜마차와 2대의 사냥용 마차와 5마리의 말을 준비해주었지요. 저는 우리 식구들뿐 아니라 경보병 부대의 젊은 장교의 에스코트를 받았지요. 그는 파리 사람으로 매력적인 사람이에요. 교육도 아주 잘 받았고요. 또 몰누아르와 장군의 비서들과 생필품 수비병과 젊은 특무상사와 함께했는데 특무상사는 우리 무리들이 잘 놀 수 있도록 배려하고, 너무 소란스러워 즐거운 시간을 놓치지 않도록 해주었지요. 정말로, 사랑받는 것은 좋은 것이에요. 그리고 보시다시피 가문이나 부는 여기서는 아무것도 아니지요. 우정은 그런 건 상관하지 않아요. 특히 젊은이들 사이에서는요. 젊음은 진정한 평등과 형제애의 친구니까요. 우리는 벌써 20여 명이나 되고 시간이 지날수록 새로운 사람들이 합세하고 있어요. 이 도시는 다뉴브 좌측부대의 모든 병사들이 모이는 중심이지요. 그들 중에 아주 우수한 젊은이들이 많아요. 저는 모든 사람들과 친하지요. 우리는 함께 수영도 하고 무기도 다루고 공놀이를 하기도 해요. 함께 동고동락한 친구들로 그들은 저와 제대로 된 예식도 없이 헤어지길 원치 않아요. 또 마차사업을 하는 아주 잘생긴 청년도 있어서 그는 공짜로 이륜마차와 사냥마차를 빌려주었지요. 저는 말을 타고 무게를 잡을 거예요. 아마도 바빌론에 들어가는 알렉산드로스 대왕보다 본으로 들어가는 제가 더 신날 것 같네요.

수영에 대해서 말씀드리자면 저는 이미 저 유명한 라인강을 두 번이나 건넜지요. 강물은 정말 차갑고 빨라요. 그러니까 제가 이 강을 참

여러 가지 방법으로 건넜네요. 얼마 전에는 얼음 위로 건넜으니까요.

모레 출발합니다. 이제 헤어지는 게 문제예요. 내일이면 이제 그녀를 마지막으로 보게 됩니다! 두려워하던 순간이 온 거지요! 그다음은 함께 갈 사람들과 저녁을 먹으면서 다음 날 기마행렬에 대한 계획을 짤 거예요. 사람들은 수천 가지의 기상천외한 방식들을 이야기할 것이고 멍하니 있는 저를 놀려대겠지요. 저의 속마음을 숨기려면 웃어야겠지요. 자! 정신을 차려야지요. 포도주를 마시면 슬픔도 잊을 수 있겠지요.

하지만 어머니의 슬픔은 마음속에서 지워지지 않네요. 어머니가 그 슬픔으로부터 벗어나려 하시지 않으니까 더 그러네요. 가면서 편지할게요. 어머니를 사랑하고 온 마음으로 포옹합니다. 데샤르트르 선생님과 제 방의 하녀에게도 안부 전해 주세요.

11. 거짓 편지

편지 39

루체라트, 혁명력 7년 메시도르 2일(1799년 6월)

말씀드린 것처럼 젊음의 광채로 빛나는 마차와 수레들의 멋진 에스코트를 받으며 쾰른을 떠났어요, 어머니. 행렬 앞에는 몰누아르와 르루아와 장군의 부관이 앞장섰지요. 저는 그들 사이에 가죽 주머니와 기병총을 메고 경기병의 군마로 치장한 제 말 위에 앉았지요. 지나갈 때마다 보초들이 경례하고 바람에 날리는 깃털과 사륜마차를 본 사람들은 이 행렬이 아무것도 아닌 병사 한 명을 위한 예식이란 건 상상도 못할 거예요.

계획한 대로 본으로 가는 대신 우리는 브륄로 갔어요. 그곳은 아주 멋진 성이고 예전 선제후選帝侯의 처소이기도 했지요. 이곳은 본보다 이별 의식을 거행하기에 더 적합한 곳이지요. 사람들은 신이 나서 점심을 먹고 성을 방문했지요. 성은 베르사유궁을 흉내 낸 곳이었어요. 방들은 황폐했지만 프레스코화畵로 가득한 천장은 여전히 아름다웠지요. 넓고 밝은 계단은 여인상으로 된 기둥이 떠받치고 있었고 저부조로 장식되어 있었어요. 하지만 아무리 장식이 화려하다 해도 독일식의 조악한 취미를 벗어나지는 못하고 있었지요. 우리 것을 따라 하면서 너무 지나치게 과장하고, 그냥 단순히 모방만 하는 것이 아니라 이상한 흉내를 내고 있어요. 저는 저처럼 예술에 대한 열정을 가지고 있는 젊은 장교 한 명과 그곳을 한참 거닐었어요.

그리고 우리는 다른 사람들과 공원에서 합류했지요. 공원을 구석구석 둘러본 다음에는 운동 시합을 하기로 했어요. 공원에는 멋진 잔디가 깔려 있고 주변은 울창한 숲으로 둘러쳐 있었지요. 모두 웃통을 벗고 머리를 쳐들고는 공만 '뚫어져라' 바라보며 소리 지르고 있을 때 저 멀리서 식사 준비가 됐다는 소리가 들려왔지요. 사람들은 경기를 내팽개치고 모두 달려갔어요. 허겁지겁 말이지요. 그리고 작은 파테들을 상 위에 오르기도 전에 먹어치웠지요.

미친 듯이 신나게 저녁 식사를 한 후에 사람들은 제게 옆에 있는 큰 나무 껍질 위에 사냥 나팔과 칼을 조각한 다음 그 사이에 제 숫자를 넣으라고 했지요. 제가 조각을 끝내자마자 그들은 모두 와서 "우리의 아쉬움을 그에게 보내며"라는 글귀 옆에 자기 이름을 썼어요. 그리고 모두 손에 손을 잡고 나무를 둘러싸고 둥글게 돌며 포도주를 마시고 또 나무에 포도주를 부었어요. 그 모양이 마치 저의 군모軍帽 같았는데 사람들은 이것을 우정의 잔이라고 불렀지요.

시간이 늦었기 때문에 사람들은 제 말을 데려오고 제가 말을 타기 전에 모두 포옹했지요. 또 제가 말에 오른 다음에 다시 또 포옹했어요. 그리고 눈물을 흘리며 헤어졌습니다. 저는 큰 걸음으로 멀어져 갔지요. 그리고 곧 그들은 시야에서 사라졌어요.

드디어 혼자가 되어 본으로 향했지요. 한꺼번에 친구도 애인도 모두 잃어버린 채 말이에요. 너무나 찬란하게 시작했던 하루가 너무나 암울하게 저물고 있었어요. 이렇게 정신없는 이별은 제가 아는 이별 중 가장 고통스러운 이별인 것 같아요. 이별에 대한 어떤 마음의 준비도 할 수가 없지요. 생각할 시간을 주지 않으니까요. 모두 식탁에 둘러앉아 마치 영원히 계속될 듯이 떠들어대다가 갑자기 혼자가 되는 거지요. 그리고 마치 꿈에서 깬 듯 화들짝 놀라게 되는 거예요….

본에 도착해서 저는 쾰른에서 알게 된 전쟁 무관의 비서인 젊은 친구를 찾아갔지요. 그는 다음 날 제게 포펠스도르프를 산책시켜 주고 선제후의 성을 구경시켜주고 고데스베르크 온천을 보여주었지요. 천국 같은 곳이었어요. 본으로 돌아오며 선제후가 이 작고 예쁜 마을에 세운 궁전을 방문했지요. 정원은 아름다웠어요. 맑은 물과 오렌지나무 산책로가 있고 라인강과 강 위로 산들이 보였지요. 아름다운 풍경은 저를 위로하지는 못했지만 아픈 마음을 좀 달래주긴 했어요. 다음 날, 코블렌츠로 가기 위해 라인강 변을 따라갔어요. 강변은 위험한 바위들과 깎아지른 산들이 둘러쳐 있었지요. 강 가운데 몇 개의 예쁜 섬들이 꽃다발처럼 떠 있었어요. 가는 길 풍경은 아주 다채로웠고 걸음을 옮길 때마다 생각지도 못했던 광경을 선물해주었지요. 수도원이 있는가 하면 곧 마을이 있고 그다음 가축 떼들이 나타나는가 하면 돛단배가 나타나고 저 멀리는 성채와 방호벽이 보였어요.

코블렌츠에 도착해서 거리를 이리저리 돌아다니다가 전쟁 무관의 형제를 만났어요. 그는 에렌브라이트슈타인을 관리하는 사람이었지요. 사람들이 많이 이야기하는 이 유명한 요새를 보기에 아주 좋은 기회였어요. 우리는 인사를 나누고 그는 저를 자기 집으로 데려가 저녁을 함께 했지요. 그리고 해질녘에 모두 함께 요새로 올라갔어요. 상상이 되세요, 어머니!

그곳은 오사산 위에 펠리옹산을[24] 올려놓은 듯했어요. 한마디로 타이탄들의 성 같았지요. 200개의 총구멍이 쭉 늘어선 보루로 둘러싸인 거대한 돌들, 폭탄과 탄환들이 가득한 창고, 적군을 쓸어 버리기 위해 모든 경사지마다 쌓인 돌무더기들. 넓고 평평한 가운데 정원은 8개의 성벽으로 둘러싸여 있고 그곳에서는 코블렌츠를 한눈에 내려다볼 수 있었지요. 라인강은 마치 리본처럼 성을 둘러쳐 흐르고 있었어요. 이곳은 주인이 바뀐 적이 없었는데 우리가 처음으로 이곳을 탈취했지요. 저는 이곳을 보기 위해 16킬로미터나 돌아왔는데 결코 후회되지 않았어요.

제가 많은 사람을 만나게 되는 게 놀랍다고 하셨지요. 세상에, 어제 저녁에도 또 그랬어요. 마치 낭떠러지를 내려오듯 훈스뤼크의 협곡 중 하나를 건너오는데 날은 벌써 어둡고 울창한 숲속은 한층 더 어둠이 깊었지요. 그때 사냥 마차 한 대가 옆으로 지나치는데 누군가 저를 불렀어요. 돌아보니 어떤 젊은 여자 옆에 쾰른의 무도회에서 몇 번 보았던 장교 한 명이 있었지요. 우리는 곧 대화를 시작하고 무도회에서 서로 알게 된 사람들이 이 끔찍한 곳에서 다시 만나게 된 걸 반가워했어요. 지옥처럼 지루했던 오페라도 이 협곡들에 비한다면 정말 대단한 것이었으니까요. 이곳은 깎아지른 듯한 숲과 시커먼 급류 아니면 메마른 들판뿐이지요. 아무튼 우리는 서로 잘 가라고 하며 헤어졌어요.

그리고 저는 카이저리히라 불리는 마을에 도착했지요. 오! 어머니가 독일어를 배우게 한 것은 얼마나 잘하신 것인지! 저는 모든 집 문을 두드렸지요. 하지만 틈새 창으로 제 군복을 보고는 모두 급히 문

---

24 〔역주〕 그리스 신화에 나오는 산 이름이다.

을 닫고 덧문까지 닫아 버렸지요. 이들은 억지로 할 수 없을 때만 우리를 받아들이는데 우리를 무슨 악마 보듯 해요. 솔직히 저는 그런 오두막에서 자느니 차라리 밖에서 자는 게 더 좋지만 제 불쌍한 말은 아직 병이 다 낫지 않은 데다가 배고프고 힘들어 죽을 지경이었지요. 그래서 저는 독일 창기병처럼 꾸미고 마을 끝에 다다라서는 황실 근위대라고 속였어요. 그리고 독일 이름들을 댔지요. 슈트롬베르크 남작 대령 이름도 대고, 무슨 왕자 이름도 댔어요. 그랬더니 착한 농부 하나가 문을 열어 저와 말을 아주 잘 대접해주었지요. 나중에 속은 걸 알게 되겠지만 그건 그 사람 사정이고요.

저는 해뜨기 직전 집을 떠났어요. 지금 루체라트에서 편지 쓰고 있는데 내일은 트리어에 갈 거예요. 이제 곧 아르빌 장군님을 보게 될 거예요. 열병식을 보러 티옹빌에 오셔야 하거든요. 헤어질 때 얼마나 따뜻하게 해주셨던지, 어디로 편지를 보내야 한다는 것도 알려주셨고, 이곳 병참장교와 보급 지휘관에게 추천서를 써준다고도 하셨지요.

안녕! 사랑하는 어머니께 입맞춤합니다, 이제 또 떠나야 해요.

편지 40

티옹빌, 혁명력 7년 메시도르 14일(1799년 7월)

세상에! 어머니, 이제 제발 더는 놀라지도 말고 당황하지도 마세요. 저는 다른 데서처럼 여기서도 아주 행복하니까요. 모든 것이 제 생각대로 되어 가고 있어요. 마을로 들어오며 한 가발가게 앞에서 넘어져 제 말은 문 앞에, 저는 가게 안쪽으로 떨어졌는데 역시나 저는 조금도 다치지 않았어요. 제가 말보다 더 빨리 일어났지요. 저는 이 일이 아주 좋은 징조로 생각돼요. 저는 아무 상처도 입지 않고 제 말에 다시 올랐지요.

부대로 들어가 병참장교 부르시에를 찾으러 갔는데 저를 아주 반갑게 맞아주셨지요. 아직 장군의 추천편지를 받지는 못했지만 저 자체로 추천하기에 충분하다고 하셨어요. 그리고 뒤프레라고 하는 보급지휘관에게 데려갔지요. 그는 예전 군대의 장교였고 우리 친구인 라도미니에르를 닮았어요. 저는 그에게 제가 누구며 어디에서 왔는지를 말했더니 그도 저를 안아주었지요! 그리고 밥을 먹으러 오라고 하면서 부대에 가서 자지 말고 장교들과 함께 생활하라고 했지요. 실제로 저는 매일 저녁 그들과 같은 테이블에서 함께 식사하고 있어요. 식사는 한 달에 36프랑이지요. 자는 데는 15프랑이 들고요. 비싼 것은 아니니 잘 해결하고 있어요. 곧 제 지위도 거의 장교와 같아질 거예요.

이들은 모두 너무 좋은 사람들이에요. 특히 훈련을 지휘하는 사람이 제게 아주 잘해주지요. 어제 처음으로 훈련을 받았는데 칭찬을 많이 해주었어요. 저는 절대로 기병대의 가운데에는 서지 않았어요. 거기는 쉬운 곳이 아녜요. 저는 첫째 줄에 있었는데 앞으로 전진할 때 실제 전투에서 양쪽 날개에서 좁혀오면 오른쪽 왼쪽으로부터 50여 마리의 말들로 압박을 당하게 되지요. 내일 또 훈련할 거예요. 뼈와 근육이 단단해졌고 금방 다시 한다 해도 할 수 있을 것 같아요.

낮엔 병참장교 사택에서 보내고 있어요. 지금 그의 사무실에서 어머니께 편지 쓰고 있지요. 밥 먹을 때 또 한 명의 젊은 징병군이 왔는데 저 같은 일반 기병이지요. 그는 리에주의 명문가 출신이에요. 바이올린도 게냉이나 메스트리노만큼이나 잘하고요. 게다가 그는 너무 사랑스럽고, 똑똑해서 지휘관님도 아주 좋아하시지요. 지휘관님도 플루트를 연주하고 음악을 아주 좋아하거든요. 다방면에 재주도 많고 교육도 많이 받으신 분이에요. 계급 특권이 다 없어졌다고 해도 사람마다 차이는 여전히 남아 있는 것 같아요.

철학자들이 꿈꾸는 평등은 서로서로 사랑스럽고 사교적으로 만드는 어떤 문화를 모든 사람이 교육받을 수 있을 때만 가능한 것 같아요. 제가 일반 병사여서 상스럽고 저속한 사람들과 함께 생활할까 봐 겁이 나시나 봐요. 하지만 어머니가 생각하시는 것만큼 그렇게 저속한 사람은 많지 않다는 것을 명심하세요. 그리고 속물이고 아니고는 단지 사람들의 기질적 문제이고 원래부터 거칠고 반항적으로 태어난 사람들은 교육도 어쩌지 못하는 것 같아요. 이런 성격을 타고난 사람들이 겉으로 번지르르하게 예의를 지킨다 해도 교육을 못 받은 사람들보다 더 상처를 주지요. 그래서 저는 콜랭쿠르 같은 사람들과 사느니 차라리 시골 농부 출신의 병사와 사는 게 더 좋아요. 저는 독일 남작들보다 우리 고향 베리의 농부들이 더 좋아요. 어리석기는 모두가 마찬가지지만 농부의 순박함은 모든 걸 감싸주지요.

그런데 예술을 모르는 사람들과는 오래 친할 수 없을 것 같아요. 생각이 없는 사람들을 보면 저는 생각을 잘 하며 살아야겠다는 걱정을 하게 되지요. 이런 것들이 다 어머니 교육 덕분이에요. 만약 제게 모든 걸 잊고 빠져들 수 있는 음악 같은 것이 없었다면 저는 아마도 많은 사람들과의 만남 속에서 지루함으로 죽어갔을 거예요. 그런데 어머니는 여전히 쓸데없이 제 생각을 하며 슬퍼하고 계신 것은 아니지요? 슬퍼하실 이유가 없어요. 어디서나 저는 저를 환대해주고 일개 병사라고 해도 아주 동등하게 대해주는 좋은 사람들을 만나고 있으니까요. 삭스 장군의 손자라는 사실도, 저는 별로 말하고 싶지 않지만 벌써 이곳에서 소문이 파다한데, 저를 아주 좋게 보이게 하고 제 앞길도 쉽게 열어주고 있어요. 하지만 여기에도 어떤 책임감이 따라서 만약 제가 무례하고 건방진 놈이었다면 출신성분은 저를 구해주기는 커녕 저를 더 미워하고 증오하게 했을 거예요. 그러니까 우리를 가치 있게 하는 것은 우리 자신이고 더 정확히 말하자면 우리가 받은 교육이지요.

사랑하는 어머니! 제가 만약 좋은 평판을 받는다면 그것은 전적으로 저를 어머니께 걸맞은 자식으로 키워주신 어머니 노력 덕분이에요. 또 좋은 사람들에게로 인도해준 운명의 별 덕분이기도 하지요. 예를 들어 지금 여기에 있는 숌베르그 용기병 부대 같은 경우는 우리 부대와 아주 달라서 장교들은 아주 거만하고 교육을 잘 받은 일반병들과도 거리를 두거든요. 우리 부대는 반대로 장교들은 우리가 잘 하기만 하면 모두 아버지나 동료처럼 대해주지요. 우리와 팔짱을 끼고 함께 맥주도 마셔요. 그러면 우리는 각자 자기 자리로 돌아가서 더 순종적으로 그들에게 존경심을 표하게 되지요.

그런데 장군님이 특별히 저를 추천한 숌베르그 용기병의 장교 중 한 명은 달라요. 바로 파베 씨인데 여기 병참장교지요. 장군님은 제게 그를 자기처럼 생각하라 하시며 혹시 돈이 필요하면 꿔 달라고 하라 하셨지요. 파베 씨는 아직 장군님 편지를 받지 못했지만, 저를 아주 잘 맞아주시고 자신의 아름다운 부인에게도 소개하고 시골에 있는 자기 아버지 집에도 데려가 주었지요.

그리고 어떻게 된 노릇인지 모르지만 여기서 제가 부자라는 소문이 파다해요. 오늘 아침에는 집주인이 제게 10루이를 꿔 달라고 했고 뒤프레 씨는 제게 자기 말을 사라고 했지요. 사실 저는 1루이도 없는데 말이에요. 도착했을 때 2루이가 있었는데 1루이는 벌써 군수담당 하사관과 집주인의 배 속으로 들어가 버렸지요. 그들과 친하려면 엄청나게 잘 먹여야 하니까요. 그들은 저를 좋아하는 걸 넘어 아주 흠모할 정도인데 그건 제게도 아주 좋은 일이지요. 그들은 제가 장군님의 후원을 받고 있다고 들어서 자신들의 후원도 부탁할 정도예요. 저는 저부터 진급해야 한다고 아무리 말해도 그들은 제가 자신들을 후원해 줄 수 있다고 굳게 믿고 있지요. 저는 그저 취미로 군인을 한다고 생각하면서 말이에요.

그들은 아주 작은 일에도 저를 신경 써주고 마치 제가 상관이나 된 듯 처신해요. 완전 반대가 된 거지요. 그들은 내게 명령하거나 나를 경찰서에 넣거나 할 수 있는 자리에 있으면서도 마치 제 하인처럼 행동한다니까요. 훈련 때도 제일 좋은 말은 제가 타는데 안장도 굴레도 다 갖춰진 상태에서 건장한 마부들이 직접 끌고 와 저를 태워주지요. 훈련이 끝나면 그들은 제 손에서 말을 데려가 그다음은 제가 신경 쓸 일이 없어요. 그들이 다루는 모습이 어느 때는 너무 웃겨 배꼽을 잡고 웃을 때가 있어요. 군수담당 하사관은 특히 원칙을 준수하는 사람이지요. 졸병들에게는 데샤르트르 선생님 같은 사람이에요. 소작농 출신인데 절대적으로 최상의 품위를 강요하지요. 그는 원반던지기 같은 놀이도 못 하게 하는데 그게 너무 촌스럽기 때문이래요. 그는 말하는 것에도 신경을 쓰는데 어제는 어떤 군인 하나가 그에게 "말들에게 모다 안장을 얹었습니다."라고 말하자, 그는 화를 내며 "뭐라구? '모다'라고 말하면 안 된다고 내가 백번도 더 말했지? 이렇게 말하라고 했잖아. '하사관님, 준비 완료되었습니다. 나머지는 제가 처리하겠습니다.'라고." 이렇게 야단을 치고는 가 버렸지요.

날씨도 좋은데 산책하시면 좋겠어요. 여기는 몹시 더워요. 하지만 저는 이것도 좋아요. 이번 겨울 너무 추워서 아직도 몸이 덜 녹은 것 같아요. 데샤르트르 선생님은 네리에 갈 때 뭘 타고 가실 생각이지요? 혹시 당나귀를 타실 생각은 아니시겠지요?

사랑하는 어머니! 노앙에 대해 말해주세요. 그곳에 있을 때는 관심도 없었던 모든 것들이 지금은 모두 소중합니다. 모두 어머니의 일이고 또 어머니의 즐거움이니까요. 온 마음으로 포옹합니다.

편지 41

티옹빌, 메시도르 16일(1799년 7월)

어머니, 쾰른에서처럼 이제 드디어 티옹빌에서의 삶이 시작되었어요. 지난 편지에서 말한 그 젊은 예술가 병사 아르디는 저와 함께 매주 우리의 지휘관님이 주최하는 콘서트에서 처음으로 무대에 올랐어요. 공연은 결혼해서 마을에 사는 어떤 군대장 집에서 열리지요. 엄청난 박수갈채를 받았어요. 지휘관님은 우리를 또 다른 집에도 데려갔는데 그곳에서는 아주 엄청난 다과를 대접받았지요. 예쁜 여자들도 많았는데 작은 게임들을 하고 있었어요. 지휘관님은 겉으로는 근엄하고 차갑지만 아주 똑똑하고 영악한 사람인데, 멍청한 소리들을 지껄이며 저를 공격해서 저도 농담처럼 맞대응하니 어찌나 다정하고 친근하게 저를 대하던지 제 마음이 다 녹아 버렸지요. 장군님은 만약 자리가 난다면 저를 기병 하사에 임명하라고 편지하셨어요. 그런데 그 자리에 있던 사람이 병에 걸리는 바람에 진짜 자리가 하나 나서 첫날부터 임명을 기다리게 되었지요. 그리고 그동안 가능한 한 빨리 모든 규율을 빨리 익히려 노력하고 있고 매일 아침 훈련에도 참여하고 있어요. 지휘관은 저를 측면 기병 하사 자리에 세우라 해서 제가 중심을 잡고 부대 왼편을 담당할 수 있도록 했지요. 이런 훈련들은 별로 어렵지 않아요. 게다가 어머니가 어릴 때 제게 시키신 운동들이 말에서 기병총을 다루는 데 많은 도움이 되고 있어요. 제가 늘 잘 대접하는 군수담당관은 저를 무척 좋아해서 '나의 기병님'이라고 부르지요. 꼭 '나의 장군님'처럼 말이에요. 기병대에서는 제가 해야 할 일에 대해 넌지시 잘 알려주지요.

어쨌든 이제 곧 제가 할 임무에 대해 다 잘 알게 될 것이고 소매에 계급장을 붙이게 될 거예요. 승진에 대해 고마워해야 할 사람은 보노빌이지요. 왜냐하면 아르빌 장군이, 정말 좋으신 분이긴 하지만, 그가 매번 재촉하지 않았다면 아무 결정도 못했을 것이기 때문이지요. 보노빌은 심지어 장군님께 저를 중사로 임명하라고 했어요. 하지만 그건 불가능한 일이었던 것 같아요. 제게도 아주 다정한 편지를 한 통 보내셔서 오늘 답장을 써야 하지요. 그래서 이제 편지를 멈춰야겠어요.

사랑하는 어머니! 온 마음으로 포옹합니다.

편지 42

티옹빌, 혁명력 7년 메시도르 20일(1799년 7월)

몽토시엘은 말했지요. "만약 내가 읽을 줄 알았다면 난 10년 전에 기병 하사가 됐을 텐데 ⋯ ." 그런데 읽고 쓸 줄 아는 저는 장군님의 명령에 따라 이 빛나는 자리에 오른 후 드디어 임무를 수행하고 있습니다.

제 아래에는 차렷 자세로 손에 칼을 들고 제가 하는 모든 명령에 복종하라는 명령을 받은 부하가 서 있지요. 이 기념할 만한 날부터 제 소매에는 2개의 갈매기 계급장을 달았어요. 저는 분대장인데 한 분대는 24명이지요. 저는 그들의 복장과 머리를 점검하지요. 그런데 제 개인 시간은 전혀 없어요. 새벽 6시부터 저녁 9시까지 재채기할 시간도 없어요. 6시부터 7시 반까지는 붕대감기, 8시부터 11시 반까지 훈련, 12시에 점심, 오후 2시 일반병들에게 안장 얹기와 굴레 씌우기 가르치기, 오후 3시부터 4시 반까지 말 먹이기, 5시부터 7시 반까지 구보 연습, 8시 저녁, 9시 마지막 점호, 10시 완전히 지쳐서 뻗기, 다음날 다시 시작 ⋯ . 게다가 열흘씩 돌아가며 새벽 4시에 일어나 보급 창고에 가서 말들에게 귀리를, 병사들에게는 빵을 보급해주는 일을 해야 하는데 이번이 제 당번이었지요. 그래서 영광스러운 기병 하사가 된 지난 9일 동안 편지 쓸 시간조차 없었어요.

이제 제 당번이 끝나서 그렇게 바쁘지는 않을 거예요. 저는 6명의 기병을 데리고 메츠에 가서 병역 기피자들을 데려오는 일도 했어요. 온전히 제 일에 전념할 수 있다는 게 자랑스러웠고 바닥에서 질질 끌려 다니는 대신 말 위에서 명령한다는 것도 자랑스러웠지요. 하지만 이 끔찍한 더위에 먼지 속을 걸어가는 불쌍한 녀석들을 보자니 마음이 아팠어요. 우리는 녀석들을 양을 몰 듯 우리 앞에 몰고 갔지요. 얼마나 슬퍼하던지! 저는 가능한 한 힘들지 않은 길을 택했고 되도록 천천히 걷도록 했고 너무 힘들면 쉬도록 했지요.

메츠에 대해서는 설명하지 않을게요. 요새들은 어머니도 아시다시피 멋졌지요. 하지만 어머니가 모르시는 게 하나 있는데 바로 주민들이 우리에게 보여주는 '사랑'이지요. 기병들은 아주 크고 아름다운 집에 기거하고 있어요. 기병들이 보급소에서 준 빵과 고기를 먹을 때 마실 것을 주문하자 주민들은 방 한가운데서 물 양동이를 가져다주었지요. 그런데 그것을 떠먹을 그릇을 주려고 하지 않았어요. 우리를 동물 취급한 거지요. 기병 중 연장자 한 명이 양동이를 들고 그것을 가져온 주방장의 코앞에 던졌고 그는 물벼락을 맞았어요. 그 소동 중에 제가 도착했지요. 주방장은 울부짖으며 제게 항의했어요. 하지만 양쪽의 이야기를 들은 나는 주방장을 나무라고 옷을 갈아입든가 아니면 그냥 젖은 채로 있으라고 말했지요.

장군님은 저를 너무 빨리 승진시키시면서 좀 무리를 하신 것 같아요. 뵈르농빌의 간청에도 불구하고 저를 기병 하사로 임명하는 일은 쉽지 않았던 것 같아요. 그는 뒤프레 지휘관에게 저의 승진을 자기에게 요구하라고 시켰고, 장군님은 제게 그의 요구에 따라 저를 승진시킨 거라고 말씀하셨죠. 아마도 장군님은 저를 승진시킨 것이 자신이 아니라는 것을 일찍부터 사람들께 인식시키고 싶었던 것 같아요. 그리고 그것을 제게 말해준 뵈르농빌의 편지를 보니 저한테까지 그렇게 인식시키려고 하신 것 같고요. 그건 좀 심하신 거죠. 어쨌든 저는 기병 하사가 됐고 보시다시피 처음 시작이 쉽지는 않네요. 트럼펫이 울려서 급히 인사드려야겠어요. 어머니, 안녕! 여기선 아무도 기다려 주지 않아요.

편지 43

티옹빌, 테르미도르 25일(1799년 8월)

보잘것없는 도시 티옹빌에 대해 말씀드리지 않은 것 같네요. 이곳의 요새들은 아주 아름답고 전략적이지요. 내부는 아주 잘 지어졌어요. 하지만 얼마나 작은지! 7분이면 다 돌 수 있지요. 일요일마다 지휘관의 친척인 기요 씨 댁에서 야회가 열리지요. 라샤트르에서처럼 여기서도 이 모임이 최상류 사교계예요. 4, 5명의 꽤 괜찮은 여자들과 말 많은 늙은 여자들, 서너 명의 남의 뒷얘기만 하고 다니는 사람들, 그리고 태어나서부터 이 마을을 한 번도 떠나본 적이 없을 것 같은 촌스러운 두 명의 젊은이가 있지요. 그들에게 말도 안 되는 소리들을 떠벌려대도 모두 진짜로 믿어요.

이곳에는 참 이상한 관습이 있어요. 한 가정에서 16살도 안 된 아이가 죽으면 다른 곳처럼 땅에 묻기는 하지요. 그런데 여기서는 즐거워하며 아이를 묻어요. 그리고 모든 친구와 친척들을 불러 모아 대단한 저녁을 대접하고 마실 수 있는 데까지 술을 마시지요. 우리 베리에서도 이런 마을 축제가 있기는 하지만 여기서는 이것이 자식을 땅에 묻은 다음 멀리서 온 사람들을 대접하기 위한 것이란 게 다른 거지요. 이곳 족장사회의 특징 같아요. 뭔가 야만스러운 풍습이지요. 사람들은 웃지만, 꼭 그래야만 하기 때문이고, 식사 후에는 밤새도록 춤을 추지요. 어제는 두 눈으로 보면서도 믿을 수가 없었어요. 어떤 구두

수선공 집에서였는데 결혼식보다도 더 시끄럽고 즐거운 잔치였지요.

수비대 장교들이 아주 멋진 무도회를 열었는데 저도 초대를 받았어요. 제가 앙트르샤와 강바드 춤을 좀 추었더니 이곳에서 저는 베스트리로25 유명해졌어요. 그래서 얼마 전부터 제가 눈짓을 보냈지만 아는 척도 하지 않던 한 아름다운 부인에게 큰 인상을 준 것 같아요. 춤 덕분에 얻은 명성으로 그녀에게 가는 길을 연 셈이지요. 불행하게도 그동안 잘 보일 시간이 통 없었거든요. 늘 말들과 병사들과 함께 있으니 말이에요. 또 조금 남는 시간은 훈련 이론과 지휘법을 익히는 데 사용해야 하지요. 소대라도 인솔하게 됐을 때 실수하지 않으려면 말이에요. 다른 일은 생각할 수도 없고 또 기질상 저는 너무 집중력이 약한 것 같아요. 지난번에는 저보고 기병대의 오른쪽으로 가라고 했는데, 머릿속으로 무슨 뚱딴지같은 생각을 하고 있었는지 저는 바로 왼편으로 갔지요. 다행히 장교님은 자기 일에 몰두하고 있어서 제가 먼저 실수를 깨닫고 얼른 자리를 바꿨어요.

저는 하사라 제 말을 직접 먹이지 않지요. 하지만 그렇다고 그만큼 시간이 남는 건 아니에요. 왜냐하면 장교들의 명령을 전달하고 잘 하는지 점검하는 일이 내가 직접 그 일을 하는 것보다 더 시간이 걸리는 일이기 때문이지요. 너무나 쉬운 일을 어쩌면 그렇게 힘들게 배우는지 놀랄 따름이지요. 그래서 억지로 가르치느니 직접 해 버리는 게 나은 듯해요. 이곳 규율은 아주 엄격해요. 장교님들이 좋은 분들이기는 하지만 상하 관계는 매우 엄격하지요. 군대의 기상도 훌륭하고요.

---

25 〔역주〕 유명한 무용수 이름이다.

사람들은 떠버리들이나 허풍쟁이들을 싫어하지요. 임무에 대해서는 복종과 정확함과 존경심을 가지고 임하지요.

무기를 들면 우리는 모두 프로이센 군대 같아요. 프로이센 이야기가 나왔으니 말인데, 어머니, 아세요? 하사 중에 저처럼 멋진 머리 모양을 한 하사가 없다는 걸? 오랫동안 저는 가짜 꽁지머리를 달고 있었지요. 하지만 이제 머리가 자라서 제 머리로 꽁지머리를 하고 있어요. 옆머리는 귀 위쪽으로 깎고 흰 파우더를 뿌리고 2인치쯤 되는 꽁지머리를 하고 있지요. 옷걸이처럼 버클과 단추가 달린 옷을 입고 손에 지팡이를 드는 것이 제 복장의 특징이며 특권이지요.

1년 전에 제가 슐라그 부대의 하사가 될 걸 누가 생각했을까요? 1년 전만 해도 어머니 곁에 있었는데 이제 헤어진 지 거의 1년이 돼 가네요. 그때 어머니의 이름을 노래 부르고 어머니 생일이면 어머니께 시를 짓고 축복해드렸었지요. 저는 죽을 때까지 그렇게 할 거예요. 어머니 행복을 빌어드릴 거예요. 돌아가면 어머니 곁에서 꼭 그렇게 할 거예요. 예전에 아무것도 모르는 아이처럼 천방지축으로 놀던 그때보다 더 어머니 사랑을 받을 만한 사람이 될 거예요. 우리의 헤어짐은 고통스러웠지만, 삶이 너무 편해서 타고난 기질대로 걱정도 없이 게으르고 이기적으로 살았던 제게는 꼭 필요한 일이었어요. 어머니는 저를 너무 사랑하셔서 모르실지도 모르겠어요.

어머니는 어머니가 제게 주시는 사랑을 그저 받아 즐기는 저를 보고 아마도 제가 하는 모든 일을 어머니의 기쁨이라고 여기셨는지도 모르겠어요. 하지만 저의 어리석음을 제가 모른다면 전 배은망덕한 놈이지요. 그래서 이렇게 강압적이고 강제적으로 저의 무가치한 삶을 끝내야 했어요. 이 모든 것은 운명적인 것 같아요. 약해 빠지고 겁 많은 정신을 뒤흔들어 놓은 이 운명을 받아들이는 사람은 구원받는 거지요. 크리스틴 드쉬에드는 "운명이 나의 길을 인도한다."고 말했지요. 저는 라블레의 말을 인용하겠어요.

"운명은 그것을 받아들이는 사람은 인도하지만, 그것에 저항하는 사람은 질질 끌고 간다."

이제 이것이 저의 운명인 것을 아시게 될 거예요. 혁명 동안은 어려움을 극복하기 위한 싸움이었지만 이제 여기서는 철학적 신념을 지켜내기 위해 적과 대치하고 있어요. 우리의 칼은 승리할 거예요. 어머니의 친구인 볼테르와 루소는 이제 우리의 날선 칼을 필요로 하지요. 아버지가 장 자크 루소와 이야기할 때 어느 날 아버지의 아들이 농부도 아니고 세금 징수원도 아니고 부자도 아니고 학자도 철학자도 아니고, 자진해서 공화국의 병사가 될 거라는 걸 누가 알았겠어요? 그리고 그 공화국이 바로 프랑스라는 걸? 이렇게 생각은 사실이 되고 우리가 생각한 것보다 더 먼 곳으로 우릴 데려가지요.

안녕, 사랑하는 어머니! 이런 심오한 얘기는 그만 끝내고 이제 가서 나눠진 귀리를 먹고 남은 것들을 치우러 가야겠어요.

편지 44

티옹빌, 혁명력 7년 프뤽티도르 13일(1799년 9월)

계속 티옹빌에 있어요, 어머니. 새벽 4시부터 저녁 8시까지 구보연습과 승마연습을 하지요. 또 하사로서 여기저기서 후비병 임무를 연습하기도 해요. 밤에 기진해서 돌아오면 책을 읽을 힘도, 놀거나 웃을 힘도 없지요. 아름다운 파티들도 그리워요. 제일 아름다운 여자들에게도 관심을 보일 수 없고 음악조차도 거의 못 하고 있어요. 정말 말 그대로 병참 하사예요. 전술에 몰두해서 정확성과 활동성에 있어 완벽한 하나의 화석이 되어야 해요. 그런데 재미있는 것은 제가 그 일을 즐기고 있고, 지난날의 편하고 자유로웠던 삶이 전혀 그립지 않다는 거지요.

뵈르농빌 장군의 약속대로 저는 곧 중사로 진급하길 희망하고 있어요. 제가 결정적으로 "므슈 명령"이 되는 것은26 정말 획기적인 일이지요. 뵈르농빌 장군처럼 좋은 분도 없을 거예요. 제가 이곳에 온 이후로 두 번이나 편지를 쓰셨고 저와 군대장과 뒤프레 지휘관에게 편지하셨어요. 그는 저의 진급을 위해 다른 사람들에게 대신 쓰게 하지 않았고 전혀 몸을 사리지 않으셨지요. 아르빌 장군님도 제게 정말 잘해주려고 하시는 건 의심의 여지가 없지만, 장군님은 무슨 일이든 앞장서시는 것을 아주 두려워하시는 것 같아요. 아마도 공포정치와 감옥에 가셨던 일로 너무 충격을 받으셔서, 무슨 일에든 장군님은 정부로부터 좀 잊히고 싶어 하시고 눈에 띄지 않으려고 하시는 것 같아요. 그리고 오늘 우리 부대가 이제 더는 장군님의 휘하에 있지 않다는 것을 알게 되었어요. 장군님은 스트라스부르를 지휘하시게 될 거예요. 지금은 파리에 계실 텐데 어디로 편지할지는 저도 잘 모르겠어요.

어머니가 직접 쓰신 편지가 장군님을 감동하게 해서 저를 그렇게 예뻐하시는 것 같아요. 아마도 장군님은 저를 병에 담을 수 있다면

---

26 〔역주〕 명령권자가 된다는 뜻이다.

그렇게 하고 싶으실 거예요. 하지만 저의 장래를 막으실 수는 없는 거지요. '프티트 메종'에 대해 하신 일은 정말 잘하셨어요![27] 아! 모든 어머니들이 어머니와 같다면 배은망덕한 불효자식은 존재하지 않았을 거예요!

돈은 잘 받았고 모든 비용을 다 지불했어요. 그래서 지금 제로 상태, 그러니까 1수도 남지 않고 모두 다 지출한 상태가 되었어요. 하지만 더 줄 사람도 없으니 이달 말까지 더 보내지는 마세요. 여기서 이제 모든 신용이 회복되었고 더 필요한 것도 없어요.

안녕, 사랑하는 어머니! 온 마음으로 사랑하고 포옹합니다. 데샤르트르와 저의 하녀에게 우정을 전해주세요.

방금 읽은 편지는 '티옹빌'이라고 되어 있지만, 실제는 '콜마르'에서 쓴 것이다. 왜 거짓말을 했는지는 다음 편지에서 밝혀진다. 아르빌 장군에 대한 마음이 바뀐 것도 다음 편지에서 설명하고 있다. 이 편지에 관심 있는 독자들을 위해 나는 이 보름여 기간 동안 이 젊은 하사의 머릿속에서 무슨 일이 있었는지를 미리 말함으로써 이제 밝혀지게 될 놀라운 사실들이 주게 될 재미를 반감시키고 싶지 않다.

---

27 〔역주〕 하녀를 임신하게 하여 상드의 할머니가 그 아이를 데려다 키우게 된 일을 말한다.

12. 승리의 영광

편지 45

바인펠덴, 투르가우주,

혁명력 7년 방데미에르 20일(1799년 10월)

지난 20일 동안, 월계관과 영광과 승리의 도가니 속에서 러시아를 물리치고 스위스로부터 쫓아냈지요. 그리고 지금 우리 부대는 이탈리아로 돌아갈 준비를 하고 있습니다. 라인강의 반대편에서 쫓겨난 오스트리아 군대 소식도 또 다른 멋진 소식이고 행복한 공적이지요!

네, 사랑하는 어머니! 어머니의 아들이 이 영광스러운 전투에, 이 보름간의 행보에 함께해서 얼마나 행복한지요. 어머니의 아들이 이 결정적인 전투에 참전했습니다. 그리고 지금 아주 건장하게 마시고 웃고 노래하고 있어요. 이제 다음 1월 어머니를 만나 품에 안을 수 있다는 생각에 뛸 듯이 기뻐하고 있지요. 이제 곧 노앙에, 어머니 방에, 어머니 발아래 당당하게 획득한 월계관을 놓아드릴 거예요.

이 글을 보시고 놀라 정신이 혼미하실 테지요. 수백 가지 질문이 떠오르시고 수천 가지가 궁금하시지요? 제가 왜 스위스에 있는지, 왜 티옹빌을 떠났는지 … . 이제 곧 다 말씀드리겠어요. 그리고 제가 왜 그랬는지 모든 행동에 대해 해명해드릴게요. 어머니를 괜히 걱정시켜드릴까 봐 상황을 말씀드릴 수가 없었어요.

저는 군인이고 저는 이 일을 계속 따라가고 싶어요. 저의 운명의 별, 저의 이름, 사람들이 저를 소개하는 방식, 저의 명예와 어머니의 명예, 이 모든 것이 제가 지금 이 길을 잘 가고 있고 또 제가 받은 도움들이 결코 헛된 것이 아니라고 말해주고 있어요. 어머니는 제가 병사들과 섞이지 말고 장교가 되길 바라셨지요. 사랑하는 어머니, 프랑스 군대에서 전쟁도 하지 않고 장교가 될 수는 없어요. 그건 마치 15세기에 세례도 받지 않은 튀르키예인을 사제로 모시는 것과 같지요. 이것을 꼭 명심하셔야 해요. 어떤 남자건 간에 전쟁의 포탄도 보지 못하고 군대에 장교라고 온 사람이 있다면 그는 비웃음을 받고 조롱거리가 될 거예요. 그의 능력을 잘 알고 있는 친구라면 모를까, 그의 부하들은 그의 능력을 모르니 오직 용기 있는 사람인가 아닌가만을 보고 그를 인정하고 존경하게 되지요.

이 두 가지 분명한 사실, 즉 장교가 되려면 전쟁을 경험해야만 하고, 더 나아가 명예로운 장교가 되려면 전쟁을 꼭 경험해야만 한다는 것을 너무나 잘 알기 때문에 되도록 저는 마음속으로 되도록 빨리 전투에 참여해야만 한다는 원칙을 가지고 있었던 거예요. 제가 주둔지나 보급 창고에서 편하게 있으려고 군대에 온 거라고 생각하지는 않으시겠죠? 절대로 아녜요. 저는 늘 전쟁을 꿈꿔 왔어요. 제가 거짓말한 것은 저를 너무나 사랑하시는 어머니가 걱정하실 것에 대한 두려움 때문이에요. 용서하세요, 어머니.

장군님이 떠나라고 하기 전에, 그러니까 다시 전투가 시작되기 전에 저는 이미 전투 기병대에 합류하게 해 달라고 부탁하고 있었어요. 처음에는 기꺼이 제 제안을 받아들이셨지요. 그런데 이후 어머니 편지를 받고 감동하셔서는 혹시나 제 운명을 자기 마음대로 처분하며 어머니를 실망하게 할까 두려워 저를 다시 불러 보급대로 가라고 했지요. 어머니는 제가 전투를 하는 걸 원치 않으셨으니까요. 하지만 제가 모든 어머니가 다 그런 것이니 남자로서는 당연히 그런 말은 따르지 않는 것이 남자의 의무라고 말씀드리자 제 말이 맞다고 하셨지요. 그리고 장군님은 "보급대로 가면 전투 기병대로 떠나는 첫 번째 파견병과 함께 갈 수 있을 걸세. 군의 어머니도 나를 나무라지는 않으시겠지. 군이 스스로 결정한 일이니 말이야."라고 말씀하셨어요.

저는 티옹빌에 도착했는데 당분간은 파견부대가 없다는 걸 알게 되었어요. 저는 파견부대와 합류하고 싶은 저의 조바심을 감출 수가 없었지요. 저는 초조하게 한 달을 기다렸고 결국 출전 명령이 떨어져 저도 합류하게 되었지요. 저는 매일 부대와 연습에 동참하고 베테랑 기병대원들과 전쟁에 대해 많은 이야기를 나눴지요. 그래서 그들도 제가 얼마나 그들과 생사고락을 또 영광을 함께하고 싶은지 알게 되었지요. 그래서 어머니, 그들이 저를 그냥 환영해주는 것을 넘어 그렇게 친근하게 대해준 거였어요. 드디어 출발 날짜가 정해지고 이제 8일만 지나면 출전일이었지요. 그때 저는 어머니께 허튼소리들을 써서 편지했던 것이고요. 그런데 어머니, 설사 제가 전쟁터에 나갈 생각이 없었다고 해도 제가 말먹이나 주고 멋진 제복을 입고 하는 것에 그렇게 열광한다고 진짜 믿으셨나요?

그런데 생각지도 못한 순간에 장군님으로부터 편지 한 통을 받았지요. 편지에서 장군님은 아주 친근한 말투이지만 단호하게 새로운 명령이 떨어질 때까지 제가 부대에서 기다리고 있길 원한다고 하셨지요. 이건 정말 저를 갖고 노신 거였어요! 함께 출전하지 않는다고 부대원들에게는 대체 뭐라고 설명해야 하는지, 제 잘못도 아닌데 말이지요? 정말 절망스러웠지요. 저는 이 끔찍한 편지를 모든 친구에게 보여주었지요. 장교들은 저를 옥죄는 이 상황과 고통을 이해해주었어요. 하지만 읽을 줄도 모르고 생각도 없는 병사들은 믿지 않았고 제 뒤에서 "안 떠날 줄 알았어. 명문가 자식들은 겁쟁이들이지. 빽이 있으면 절대로 전쟁터엔 나가지 않는다구…."라고 떠들어댔지요. 저는 진땀이 나고 너무나 치욕스러워서 몸이 피곤한데도 불구하고 잠도 못 자고 정신도 피폐해져 갔어요. 그리고 어머니도 느끼셨는지 모르지만 어머니께 편지도 잘 쓰지 못했고요. 어떻게 이 모든 걸 쓸 수 있겠어요? 아마 믿지도 않으셨겠지요!

결국, 절망 속에 저는 뒤프레 지휘관을 찾아갔지요. 저는 그놈의 편지를 보여주면서 지휘관님께 장군님의 명령을 따르지 않겠노라고, 그래서 부대를 떠나야 한다면 그렇게 해서 아무 부대에든 가서 지원병으로 참전하겠노라고 말했어요. 하사 계급 같은 것도 다 버리고 말이지요. 저는 꼭 미친놈 같았어요. 지휘관님은 저를 안아주시며 제 뜻을 따라주셨지요. 그는 저를 기병대장과 부대의 몇몇 장교들에게 알리고 추천해주었어요. 만약 이 기회에 전투에서 제가 두각을 나타내지 못하면 저의 미래는 기약할 수 없고 또 망치게 될 거라는 걸 잘 알고 계셨지요. 그는 자기가 장군님께 저의 참전을 알리겠다고 했고 또 그럴 리는 없겠지만 만약 이 일로 장군님의 후원과 관심을 제가 잃어버린다 해도 어쩔 수 없다고 제게 말했지요.

저는 이런 결정에 너무 기뻐서 전장으로 떠나는 아침, 출정대와 함께 말에 올랐어요. 모든 장교가 와서 저를 포옹해주었고 저는 놀란 병사들과 함께 스위스로 향했어요. 첫 번째 전투를 치르기 전까지 어머니께 저의 이런 결심을 말하고 싶지 않아서 저는 '콜마르'에서 편지하며 '티옹빌'이라고 적었지요. 그리고 편지를 그 예술가 아르디에게 맡겨 부치도록 했어요.

우린 20일간 행군했지요. 바젤 지역을 지나간 후로 글라루스 지역에서 부대와 합류했어요. 검은 소나무 숲으로 덮인 깎아지른 산들을 본 것은 바로 그곳이에요. 만년설로 산 정상은 구름 속에 가려 보이지 않았지요. 바위들 사이로 흘러가는 격류들의 굉음 소리와 숲을 가로지르는 바람 소리가 들렸어요. 하지만 목동들의 노랫소리도 양떼들의 울음소리도 더는 들리지 않았지요. 우리를 보고는 모두가 피난가고 오두막집 사람들도 모두 황급히 떠나갔어요. 주민들은 가축들을 데리고 산속으로 들어가 버렸지요. 마을에는 살아 있는 것은 아무것도 없었어요. 이 지역은 정말 음울한 광야 같았지요. 과일 하나 우유 한 잔 남아 있지 않았어요. 열흘 동안 우리는 끔찍하게 맛없는 빵과 정부에서 주는 것보다 더 맛없는 고기를 먹었지요. 이동 중이었던 열흘간은 거의 익히지도 않은 감자를 먹었는데 익힐 시간도 없었기 때문이지요. 술은 눈에 뜨일 때만 마셨어요.

방데미에르 3일에 전투가 시작됐지요. 우리는 사방으로 적을 공격했어요. 그들은 리마트와 린트 뒤로 후퇴했지요. 새벽 3시에 공격이 시작됐어요. 처음 들은 대포소리에 대해서는 익히 들었었지요! 모두가 말을 했지만 아무도 그 인상이 어땠는지는 말해주지 않았었어요. 저는 저의 인상을 말하고 싶네요. 분명히 말하지만, 그 소리는 두렵기는커녕 멋졌어요. 뭔가를 기다리는 엄숙하고 고요한 순간 그리고 갑작스럽게 지축을 흔드는 그 광경이란! 그것은 마치 막이 오르기 전

깊은 명상에 빠져 있을 때 처음으로 들려오는 현악기 소리 같았어요. 하지만 규칙적으로 울리는 집중포격 소리는 얼마나 아름답던지! 한밤중에 소리를 더 크게 울리게 하는 바위들 사이로 터지는 대포들의 포격소리는 (제가 시끄러운 걸 좋아하는 건 아시지요.) 정말 대단했어요. 태양이 떠오르고 소용돌이치는 연기가 금빛으로 빛날 때 그것은 세상의 어떤 오페라보다 더 아름다웠지요.

날이 새고 왼쪽에 있던 적군은 퇴각했지요. 그들은 모든 것을 오른편의 우츠나흐에 총집결했어요. 우리도 그쪽으로 갔지요. 하지만 그날은 아무것도 하지 않았고 보병들 뒤에서 대기하고 있었지요. 보병들은 강을 건너야 했어요. 병사들은 총격이 날아오는데도 다리를 건설했지요. 우리가 싸울 적은 러시아 놈들이었지요. 놈들은 싸움을 아주 잘했어요. 다리 건설이 끝나자 3개의 대대가 다리를 건너갔지요. 하지만 다리를 건너자마자 우리보다 훨씬 많은 어마어마한 적이 나타나 다리를 건넌 부대는 다시 다리를 건너오려고 우왕좌왕하며 난리를 쳤지요. 반쯤 건너왔을 때 다리는 견디지 못하고 무너졌어요. 다리 오른편에서 건너오지 못한 자들은 다리가 무너진 것을 보고 절망적으로 용기를 내 싸울 수밖에 없었어요.

20걸음쯤 뒤에는 러시아 놈들이 있었고, 곧 끔찍한 대량학살이 벌어졌지요. 솔직히 많은 사람이 쓰러지는 걸 보고 저는 두려움에 떨었어요. 비록 그동안 제가 프랑스군의 영웅적인 승리에 대해 그렇게도 열광했음에도 말이지요. 12문의 포대가 지원 포격을 했어요. 다리도 빠르게 복구되어 구원병들이 투입되고 상황은 제압되었지요. 만약 다리가 무너지지 않았다면 적은 우리의 혼란을 틈타 우릴 이겼을 거예요.

늪 같은 땅에서 기병들은 옴짝달싹할 수도 없어서 우린 캠프에서 야영하고 있었는데 부상병들을 옮기려면 우리 야영지를 지나야 했어요. 야영지의 어마어마한 불빛은 주위를 대낮처럼 환하게 했지요. 나라의 운명을 쥐고 있는 사람들은 이곳에 단 한 시간 만이라도 좀 있어 봤으면 좋겠어요. 전쟁과 평화를 손안에 쥐고 있는 사람들 말이지요. 신성한 이유에서가 아니라 개인적 이득을 위해 비열하게 전쟁을 일으키는 자는 자기 눈으로 이 끔찍한 장면들을 보고 벌을 받아야 할 거예요. 정말 끔찍한 장면이고 저는 그게 그렇게 고통스러운 장면일 줄은 생각도 못 했었지요.

그날 저녁은 제가 한 사람의 목숨을 구한 기쁜 날이기도 했어요. 그 사람은 오스트리아 사람이었어요. 우리 막사 옆에 늘어져 있는 사람이 하나 있었어요. 가만히 보니 다리 부상만 당한 사람이었지요. 하지만 피로와 배고픔으로 겨우 숨만 쉬고 있었어요. 저는 술을 몇 모금 주고 정신을 차리게 했지요. 우리 편 군인들은 모두 자고 있었어요. 저는 그들에게 가서 이 불쌍한 사람을 의무대까지 함께 데려가자고 제안했지요. 하지만 그들도 피곤함에 지쳐서 거절했어요. 그들 중 어떤 사람은 그 사람을 아주 죽여 버리자고까지 했지요. 이 말을 듣고 저는 격분했어요. 저 또한 피로와 배고픔에 지쳐서 어떻게 무슨 말을 해야 할지 몰랐지요. 저는 화가 나서 분노에 찬 목소리로 그들의 몰인정함을 욕했지요. 결국, 그들 중 두 명이 나를 도와 이 부상자를 데려가러 왔어요.

우리는 널빤지 하나와 기병총 두 개로 들 것을 만들었지요. 그리고 또 한 사람이 우리를 도우러 왔어요. 우리는 그 남자를 들고 늪지를 건너고 무릎까지 차오르는 강물을 건너 2킬로미터쯤 떨어진 의무대까지 데려갔지요. 가는 도중 그들은 무겁다고 불평하며 저 혼자 부상자를 데려갈 수 있으면 데려가라고 투덜대기도 했어요. 그래서 "용기를 내요!"라고 소리 질렀지요. 그리고 한바탕 군인의 말로 우리에게 정복당한 자들에 대해 동정심을 가질 때 우리도 똑같이 그런 동정을 받을 수 있게 된다는 멋진 설교를 했지요. 사람들은 근본적으로 나쁜 사람들은 아니었어요. 단지 일이 너무 힘들었기 때문이었지요. 불쌍한 동료들은 제 말에 설득되었어요. 마침내 우리는 이 환자가 안심하고 있을 수 있는 곳에 데려가 직접 인계하고는 3명의 기병들과 돌아왔지요. 기분은 어떤 멋진 무도회나 어떤 멋진 콘서트를 보고 나온 것보다 더 즐겁고 만족스러웠어요. 숙소에 도착해서 불 앞에서 제 망토 위에 길게 누워 저는 아침까지 평화롭게 잠들었지요.

다음 날 우리는 적군들이 있는 글라루스에 갔어요. 공격을 지휘하는 몰리토르 장군님이 부대 내에서 똑똑한 사람을 불러 제가 갔지요. 그는 저녁때 적군의 위치를 알기 위해 정찰을 나갈 예정이었는데 제가 함께 갔지요. 다음 날 우리는 공격을 하고 마을에서 적들을 몰아냈어요. 그동안 저는 장군님의 부관 노릇을 했지요. 정말 너무 재미있는 자리였어요. 저는 거의 모든 명령을 모든 부서에 전달했지요. 적들은 16킬로미터 뒤로 후퇴하면서 린트강의 모든 다리에 불을 질렀어요. 이틀 후에 그들이 우리의 오른쪽을 공격해 와 몰리토르 장군님은 저를 취리히의 마세나 장군에게 보내 지원병을 요청하는 편지를 전달하게 했지요. 저는 통신 임무를 수행해야 했어요. 글라루스에서 취리히까지는 80킬로미터인데 저는 9시간 만에 갔지요. 그리고 다음 날 작은 배를 타고 호수를 건너왔어요. 저는 취리히에서 28킬로미터 떨어진 라이쉐르빌Reicherville로도[28] 내려갔는데, 강에 발을 담그며 제가 처음 만난 사람이 누군지 맞춰보세요! 바로 들라투르 도베르뉴 씨였어요! 그는 움베르 장군님과 함께 있었지요. 그는 나를 알아보고 반가움에 달려왔고 저도 격하게 포옹했어요. 그는 움베르 장군에게 저를 삭스 원수님의 손자라고 소개했지요. 장군님은 저를 식사에 초대하고 그의 집에서 자게 했어요. 저는 너무 지쳐서 정말 감사했지요. 다음 날 곧 파리로 돌아가야 하는 들라투르 도베르뉴 씨는 저와 얘기를 나누고 또 어머니에 대해 이야기도 하면서 제가 어머니의 마음을 너무 배려하지 않고 아르빌 장군님의 배려도 너무 무시했다는 얘기를 했지요. 그는 본부에서 1년에 50명의 장교들을 뽑아 휴가를 보내니 제가 30일 휴가를 얻어 이번 겨울 어머니를 보러 가는 건 어렵지 않을 거라고 말해줬어요. 그는 이것에 대해 뵈르농빌에게 말할 거예요. 뵈르농빌 자신도 본부의 신임을 얻고 있어서 그가 직접 제 휴가를 담당하지요. 그러니 어머니 제가 어머니를 품에 안을 수 있는 건 어머니의 그 '저주받을 놈의 영웅'이 되었기 때문이에요!

저는 이 생각에 빠져 있어요. 저는 노앙에 도착해 어머니 품에 안기는 저를 상상하지요. 뵈르농빌이 저를 자기 참모로 앉히게 되면 저는 더 자유롭게 어머니를 자주 보러 갈 수 있지요. 이번 겨울에 이 모든 계획을 실행할 거예요, 어머니. 시작은 힘들겠지만 헤쳐 나가야지

---

28 〔역주〕 우츠나흐, 취리히 등 함께 언급된 지역과의 위치로 보아 스위스의 지명 라이헨부르크(Reichenburg)를 Reicherville로 표기한 것으로 추정된다.

요. 제가 잘하고 있다는 걸 믿으세요.

우리는 글라루스를 떠났어요! 이제 콘스탄츠까지 가려면 4일이 남았지요. 여기서 72킬로미터는 프랑스의 100킬로미터와 같아요. 우리는 멈추지 않고 행군하며 비를 맞고 물이 가득한 벌판에서 야영했지요. 하지만 너무나 피곤해서 어디서나 잠에 곯아떨어졌어요. 우리가 도착했을 땐 전투가 한창이었고, 저녁때는 마을을 손에 넣었지요. 전쟁도 끝나 가는 것 같았어요. 우리는 마을에 들어가 20일 동안 야영 중인데 지금 거기서 편지를 쓰고 있지요. 편지는 여기서만 쓸 수 있어요. 예정했던 목표는 달성되었지요. 스위스에서 적군을 몰아냈고요. 지금은 기력을 회복하고 있어요. 그러니 사랑하는 어머니, 제 걱정은 조금도 하지 마세요. 저도 가능한 한 자주 소식을 알려드릴게요. 그동안 저의 근황을 오늘에야 알려드리는 것에 대해 너무 화내지 마시고요. 군대에 합류한다고 했다면 어머니는 절대 동의하지 않으셨거나 아니면 너무 지나치게 걱정하셨을 테니까요.

전쟁은 무슨 장난 같아요. 저는 어머니가 왜 그렇게 두려워하시는지 모르겠어요. 정말 아무것도 아네요. 맹세코 말하는데 글라루스 전투 때 러시아 놈들이 산을 오르는 것을 보고 얼마나 재미있어했는지 모르겠어요. 그들은 정말 너무나 가볍게 오르더라고요. 그들의 척탄병들은 꼭 오페라 〈카라반〉에 나오는 병사들 같은 머리를 하고 있었어요. 그들의 기병 중에는 타타르족이 많았는데 마치 오셀로의 바지처럼 접힌 반바지를 입고 짧은 외투에 절구 모양의 모자를 썼지요. 제가 그림으로 보여드릴게요. 글라루스 마을에 6천 명 정도가 있었는데 그들의 말 중 갑옷으로 무장되어 있지 않은 말은 대부분은 길에 버려졌지요. 피곤으로 말들도 거의 죽어 가고 있었어요.

그때 어머니가 프뤽티도르 6일과 9일에 쓰신 편지를 받았지요. 얼마나 기쁘고 반가웠던지요. 어머니! 테르미도르 25일에 쓰신 편지를 6일 전에 받았었는데, 그때 저는 발렌슈타트 호숫가에서 야영하고 있었지요. 저는 아름다운 호숫가의 바위 위에 앉아서 그 편지를 읽었어요. 날씨도 너무 좋아서 제 앞의 광경은 너무나 아름다웠지요. 조국을 위해 저의 의무를 다한 것 같은 자부심으로 마음이 가득 차서 어머니의 편지를 들고 있으니 그 순간은 제 일생 중 가장 행복한 순간 중 하나였습니다!

제가 가르질레스에서 근무하다니 샤브릴랑 씨는 대체 무슨 말도 안 되는 소리를 하는 거죠? 저는 그분을 본 지 1년도 더 넘었어요. 사람들은 정말 말도 안 되는 소리를 하네요.

여기 대대장에 대해 알고 싶으세요? 이름은 오르드네고 40살인 알자스 사람인데, 키가 크고 차갑고 아주 무서워 보이는 인상으로 전투할 때는 끝내주는 사람이지요. 부대의 최고 지휘관이며 자기 일에서는 역사, 지리 모든 면에 통달한 사람이에요. 처음 봤을 때 마치 강도들의 대장 로베르 같았지요. 뵈르농빌의 추천으로 그는 나를 아주 잘 받아들여 주었어요.

말씀드린 것처럼 어머니께서 티옹빌로 보내주신 150프랑은 잘 받았어요. 그리고 떠날 때 빚을 다 청산했지요. 단지 2달치 포도주값만 제외했는데 그게 30리브르로 올랐어요. 저는 그것을 아르디에게 지불할 거예요. 그가 저 대신 다 청산해주었거든요. 제가 동료들과 함께 마신 덕분으로 이런 도움도 받고 있지요. 저는 빚을 남겨 두고 떠나느니 차라리 한 푼도 없이 떠나길 원했어요. 사실 전쟁 중에는 돈을 벌 수가 없지요. 왜냐하면 지난 넉 달 동안 부대는 봉급을 지급하지 않았으니까요. 하지만 어디로 돈을 보내 달라고 할지도 모르겠어요. 그래도 안심하세요. 다른 사람들처럼 잘 헤쳐 나갈 테니까요. 가능하시면 아르빌 장군님 주소나 좀 알아봐주세요. 어디로 편지해야 알 수 없으니까요.

안녕, 어머니! 긴 편지를 썼네요. 언제 또 이렇게 긴 편지를 쓸 수 있을지 모르겠어요. 하지만 기회만 되면 바로 쓰겠어요. 걱정하지 마세요. 온 마음으로 천 번 포옹합니다! 어머니를 보게 된다니 얼마나 기쁜지요! 데샤르트르 선생님께 포격전을 하는 동안 선생님을 생각했다고 전해주세요. 제 방 하녀에게는 그녀가 이곳 야영장에 와서 제 옷에 수를 좀 놓아야 할 것 같다고 말해주시고요.

스위스 전투에 대한 이야기들이 말하고 있는 당시의 유럽 상황에 대해 상기할 필요가 있을까? 아마 몇 마디 말로 충분할 것이다. 라슈타트 의회의 전권사절은 모두 비열하게 암살되었고, 전쟁이 다시 발발했다. 25일 만에 마세나는 프랑스를 취리히에서 구하고 스위스에서 적들을 몰아냈다. 슈바로우는 헬베티아의 절벽에서 공격당해 망연자실한 러시아군들을 내 버리고 겨우 라인강 뒤로 후퇴했다.

같은 시기에 보나파르트는 이집트를 떠나 막 프랑스로 향하고 있었다. 나의 아버지가 방금 읽은 방데미에르 25일의 편지를 쓰던 날과 같은 날에 나폴레옹은 파리의 원로회 앞에 나타났고, 이미 브뤼메르 18일의 사건들이 하나씩 준비되고 있었다.

불행하게도 할머니가 아버지에게 보낸 편지들은 거의 없는데 그래도 여기 하나가 남아 있다. 편지는 아주 누렇고 시커먼데 아마도 전쟁 중에 젊은 군인의 품속에 있었을 것이다. 그는 그것을 집안의 보물처럼 가지고 돌아왔을 것이다.

노앙, 혁명력 8년 브뤼메르 6일

아! 나의 아들아, 대체 무슨 일을 하고 있는 거니! 내 허락도 없이 네 운명을, 나의 것이기도 한 네 생명을 네 마음대로 했다는 거니! 6주 동안 너의 침묵은 정말 말할 수 없이 고통스러운 시간이었다. 너의 가엾은 이 어미는 더는 살아 있는 목숨이 아니었지. 너에 대해 말도 꺼낼 수 없는 지경이었고, 우편물이 오는 날은 죽음의 순간처럼 고통스러웠지. 편지를 기다리지 않는 날들은 오히려 마음이 편했지만, 생장이 우편물을 가져오는 날은 정말 견디기 힘들었단다. 그가 문을 여는 소리가 들리면 가슴은 세차게 뛰기 시작하지만, 그가 아무 말도 없이 들어오면 그때부터 나는 거의 죽어 갔단다. 오 나의 아들아! 너는 제발 이런 고통을 받지 않았으면!

마침내 어제 너의 긴 편지를 받았구나. 아! 나는 얼마나 빨리 그 편지를 낚아채서 열어볼 생각도 하지 못한 채 가슴에 한참을 품고 있었는지! 정작 편지를 읽어보려고 했을 때는 눈물이 앞을 가려 읽을 수도 없었단다. 그런데 오, 하나님 아버지! 나는 그런 상상은 한 번도 해보지도 않았다! 나는 네가 혹시 네덜란드로 보내진 것은 아닌지 걱정하고 있었단다. 이유를 모르겠지만 나는 그 나라와 군대가 정말 싫었지. 그곳에서 죽은 병사들과 부상당한 병사들을 생각하면 가슴이 얼어붙는 듯했단다. 하지만 다시 생각하기를 만약 그랬다면 네가 떠나기 전에 내게 알렸을 거라 생각하며 위안 삼았었지. 그래서 네가 마세나 장군과 승리한 부대에 있었다는 생각은 꿈에도 하지 못했다. 너의 편지를 보기 전에는 그렇게 크게 승리했다고도 믿을 수 없었구나.

나의 아들아, 네가 그곳에 있어서 행운을 가져다준 것 같다. 그 승리의 영광은 너 때문인 것 같구나. 15일 동안 3번의 전투라니! 그런데도 하나님의 은혜로 너는 건강하고 아무 탈이 없구나! 하나님께 영광을! 오 하나님! 그것이 마지막이었다면! 너처럼 나도 웃고 노래할 수 있으련만, 아직도 평화는 오지 않았구나. 너는 곧 이탈리아로 돌아간다고 하는구나. 그렇다면 우리의 불행이 아직 끝나지 않은 것이구나. 이제는 우리 땅도 아닌 그곳에서 서로 살육을 멈출 때가 아닌지.

내 아들아, 네가 선택한 길을 나도 충분히 이해할 수 있을 것 같다. 아르빌 장군이 네게 후방에 남아 있으라고 한 것도 분명 나를 위한 배려지. 그는 신중하게 너를 하사로 임명했고 그가 할 수 있는 일은 거기까지였어. 그리고 뵈르농빌에게 너를 부탁함으로 그가 할 일을 다 한 거다. 잠깐 너를 돌봐주었지만, 그에게 고마워해야 한다. 그가 너에게 빚진 것은 없어. 그는 드러내고 돌봐주는 사람도 아니지만 노골적으로 자신이 돌봐줘야 할 사람을 내치는 사람도 아니다. 장군님에 대한 너의 생각은 맞는 말이다. 콜랭쿠르가 그에 대한 모든 것에 관여하면서 그는 앙시앵 레짐의 높은 지위와 새로운 지위체제의 엄중함을 모두 겪어내고 있지. 들라투르 도베르뉴 씨는 너의 공적을 인정받도록 할 수 있는 사람이다. 라이쉐르빌에서 배를 타고 내려오며 그를 만난 것은 얼마나 큰 행운인지! 그는 네가 전투를 하는 걸 직접 보았다고 말할 것이고 그는 자기 일에 대해선 무심해도 다른 사람들의 공적은 열성적으로 치하할 줄 아는 사람이지. 그런데 너의 휴가가 아르빌 장군에게 달려 있는 것은 아닌지 걱정이구나. 그렇다면 장군님이 너에 대해 신임하고 있다 해도 그것은 쉽지 않은 일일 거야. 어쨌든 이제 나는 모든 정보를 모으기 위해 편지도 쓰고 여기저기 수소문도 해야겠다.

지난 한 달 내내 나는 거의 죽은 사람과 같았는데 이제 희망으로 부활한 것 같구나. 그리고 네가 돈이 한 푼도 없다는데 어디로 돈을 보내야 하는지도 모르다니 정말 절망적이다. 나는 뒤프레 지휘관이나 네 친구 아르디에게 전달하도록 노력해 보겠다. 왜냐하면, 그들이 내 편지를 잘 전달해주었으니 네게 돈도 좀 조달해줄 수 있겠지. 하지만 기다리는 동안 너는 주머니에 한 푼도 없이 그 황량한 폐허에서 머물러야 하는구나! 부대의 회계담당이나 지휘관님께 돈을 꿀 수만 있다면 내가 곧 갚을 수 있을 텐데. 그런 주변머리도 없어 더 걱정이구나.

감자와 브랜디로 살고 있다니! 그렇게 힘든 전쟁을 치르고 그런 걸 먹이다니, 끔찍한 날씨에 행군하고 물이 가득한 늪지에서 야영하다니! 내 불쌍한 아들아, 무슨 나라가, 무슨 직업이 그런지! 전쟁 중에 사람에게 하는 것이 평화로울 때 말이나 개한테 하는 것보다도 더 못하구나! 그리고 그 힘든 전투를 견뎌내야 하는구나! 그리고는 운명적으로 만난 어떤 사람을 살리기 위해 너는 너의 피곤함까지 잊었더구나! 너의 그 선행이 얼마나 내게 큰 감동을 줬는지. 너의 고운 마음, 너의 진실한 마음이 불쌍한 부상병을 죽이자는, 짐승만도 못한 이들을 감동하게 했구나. 그리고 지친 너는 너의 두 팔로 그를 안고 너의 마지막 남은 힘으로 그를 살렸구나. 그리고 돌아와 네 망토 위에서 잠들었구나. 내가 네게 주었던 그 어떤 즐거운 시간보다 더 행복하게 말이다!

오직 선善만이 그런 기쁨을 준단다. 그것을 모르는 자들은 불행한 자들이지! 너는 네 마음속에서 그것을 발견한 거지. 왜냐하면, 너는 결코 그런 선행을 뽐내기 위해, 아니면 사람들에게 보이려고, 아니면 누굴 흉내 내려고 한 것이 아니니 말이다. 오직 신과 너의 엄마만이 그 이야기를 알고 있구나. 너를 인도한 것은 선에 대한 사랑이다. 너는 늘 너의 행운의 별에 대해 이야기했지. 행운을 가져오는 것은 선한 행동이란 걸 명심해라. 그리고 선한 행동은 하나님 앞에서 절대 잊히지 않는다. 나는 어쩔 수 없이 네가 선택한 길이 더 현명한 길이라고 믿는다. 이 예기치 않았던 승리가 그것을 믿게 하는구나. 너는 봉사하기를 원했고 그것이 너의 기쁨이었고 그것이 너의 첫 번째 행보였구나. 이 정부하에서 다른 때보다 너는 더 빨리 너의 길을 갈 수 있을 것 같다.

요즘 사람들은 사회정의는 영웅의 혈통만이 하는 일이라고 여기는 것 같다. 하지만 여기에서 중요한 것은 귀족이냐 아니냐가 아니고 사회정의에 대한 개념이지. 나는 결코 편파적인 사람은 아니지만 가난한 사람들이 높으신 분들보다 사회정의에 대한 개념을 더 잘 알 수 있다고 확신한다. 평생을 두고 느낀 생각이지. 가난한 사람들은 나와의 관계에 있어서 훌륭하고 위대한 사람들에 대한 기억만을 간직하고 있어서 그들의 공공을 위한 봉사에 감사한 생각을 하고 있지. 하지만 높은 분들은 자기들이 받았던 특별한 혜택들은 곧 잊어버리고는 질투심이나 배은망덕한 생각으로 위대한 사람들의 영광을 지워버리고 싶어 한다. 그들은 내가 가난하고 신용도 가족도 없는 걸 보고서도 전혀 동정조차 하지 않았다. 황태자비 그녀조차도, 나의 아버지 덕분으로 결혼했으면서도 내가 그녀의 이름을 언급하는 걸 못마땅하게 여겨서 아마도 내가 그 이름을 사용한다면 못하게 막았을 거다. 허영심 때문에 은혜도 잊고 배은망덕하게 된 거지.

그러니 너는 더는 그런 장애물 없이 너의 길을 갈 수 있을 거다. 너는 그런 힘과 용기와 선함이 있다. 네 인생은 고쳐야 할 것도 없고 출신을 의심받아야 할 부모도 없다. 너의 첫걸음은 오직 공공을 위한 것이니 그 길로 달려가 월계관을 받고 노앙으로 가져오려무나. 나는 그것을 가슴에 안고 내 눈물로 그것을 적시련다. 그 눈물은 지난 15일간 내가 쏟은 눈물처럼 쓰디쓴 눈물은 결코 아니지!

1월에 너를 품에 안을 수 있다니, 오 하나님! 두 달밖에 안 남았구나! 믿을 수가 없지만, 오직 그것만이 나의 바람이다. 3번의 전투라니 나도 힘을 내야지! 소리 높여 말할 테다. 모든 사람이 네가 적군을 만나 무찔렀다는 것을 알도록 말이다. 라샤트르 사람들은 너를 칭송할 것이다. 그들은 모두 나와 함께 마음을 졸이고 있었지. 전투 장비들을 손에 들고 돌아오는 너를 본다는 것은 여기 모두의 기쁨이 될 거다. 생장은 의기양양해서 그것을 들고 오겠지. 사람들은 길에서 그를 멈춰 세울 거다. 너는 여기 이 라샤트르에서는 보나파르트와 다름없지….

그러니까 너는 나의 편지를 스위스의 아름다운 호숫가에서 읽었구나. 그것이 네 일생에 가장 아름다운 날의 영광을 더 완벽하게 빛내주었다고? 사랑스러운 나의 아들아! 너무나 달콤한 너의 말에 내 가슴은 너에 대한 감사로 넘치는구나! 너는 내게 얼마나 귀한지! 너와 함께하지 못한 그 황홀한 순간들이 부럽기만 하구나! 그때 너의 모습을 본다면 얼마나 행복했을까? 오직 엄마에 대한 생각과 자랑스러운 기억들 속에서 행복해하던 너의 모습을 말이다. 오직 너만을 사랑하고 오직 너만이 나의 행복이며 기쁨이며 내 평생의 사랑 전부인 것이 너무나 당연하구나. 너를 다시 만나 입 맞추고 내 품에 꼭 안을 생각을 하니 정말 행복으로 죽을 것만 같다.

그러니 곧바로 내가 어디로 돈을 보내야 하는지 말해 다오. 바인펠덴 마을에는 네가 더는 머물지 않을 테니 보낼 수 없지. 네 부대가 어디 머물게 되면 네가 부탁하는 걸 소포로 보내줄게. 그동안 오늘 뒤프레 씨에게 보내는 40에퀴를 받게 될 거다. 돈이 제대로 가지 못하면 정말 화가 날 것 같다. 돈이 너무 귀해서 요즘 6루이는 정말 귀한 돈이란다. 아르빌 씨가 어디에 있는지는 나도 모르겠다. 너를 위해 그에게 빨리 편지해야겠구나. 나는 '파리, 뇌브데카푸신가 531번지'로 편지할 생각이다.

안녕, 나의 아들! 잘 지내라 네 삶이 바로 나의 삶이야. 제발 물속에서 자지 마라. 네가 고통스러우면 내가 아프다. 처음 대포 소리를 듣고 전혀 동요하지 않았다니, 세상에나 하나님, 나는 그 말이 내 가슴을 뚫고 지나가는 것 같은데! 아마도 엄마를 위해 아들들은 그렇게 떠벌리는 거겠지. 너는 그 불쌍한 러시아군들이 산속으로 도망가는 걸 보고 웃었고 전쟁의 포탄 소리를 듣고 아이처럼 좋아했다고 하는구나. 하지만 밤에, 환한 섬광 속에서 너는 무얼 보았니? 너는 끔찍한 광경을 잘도 미화하지만 나의 상상력은 그 베일을 벗기고 너처럼 나도 두려움에 떤다.

이제 쉴 수 있다니 너무 좋구나! 나도 소원하는 바다. 하지만 내게 이 한마디 써서 보내는 것마저 게을리하지는 말아다오. "살아 있어요."라고. 이것만이 이 가엾은 어미의 부탁이다.

왜냐하면 너의 긴 편지를 읽는 즐거움은 곧 사라지고 만약 6주 동안 또다시 소식을 듣지 못하게 되면 곧 새로운 근심 속에 휩싸이게 되니까 말이다. 너처럼 나도 이렇게 편지를 마칠게.

"이번 겨울에 볼 수 있다니 너무 행복하다!"

여기 내 방에서, 벽난로 옆에서 말이다! 맛있는 간식들을 만들 때 늘 모든 것이 너를 위해서라고 생각한단다. 가정부 아줌마는 "이건 모리스를 위한 거예요. 그가 이걸 아주 좋아하지요"라고 말하지. 데샤르트르 씨가 만든 포도주는 자기는 맛있다 하지만 형편없는데, 그는 네가 아주 좋아할 거라고 하는구나. 그는 네 말을 할 때마다 눈물짓는다. 생장은 네가 전장에 3번 나갔다고 말해주니 비명을 지르더니 "아! 정말 용감한 우리 도련님!"이라고 소리치며 다닌다. 네가 돌아온다는 소식에 이곳 사람들은 기쁨에 취해있다.

작별의 입맞춤을 보낸다. 내 아들아! 내 목숨보다 더 사랑한다. 내 건강은 늘 그렇고 그렇다. 비시에 가서 가끔 온천을 하는데, 아주 도움이 된단다. 네가 올 때를 생각해서 빨리 더 건강해지고 싶다. 네가 빨리 참모 본부로 가기를 간절히 바란다.

아르카드가에 사는 우리의 불쌍한 이웃 여자는 아주 힘든 불행을 겪고 있단다. 그의 큰 아들은 포로로 잡혀 있고 작은 아들도 실종되었지. 그녀는 거의 죽어 가고 있고, 나는 차마 네 말은 꺼내지도 못하고 있다. 뚱뚱한 갈르피 주임사제님은 마차 위에서 떨어진 상자에 깔려 돌아가셨단다. 그가 우리 지역으로 온 것이 이번에 네 번째인데 여전히 늘 집행관들한테 쫓기고 사방에 빚을 지고 있었단다.

'프티트 메종'은 잘 있다. 아주 대단한 녀석이야. 웃을 때 너무 사랑스럽다. 내가 매일 찾아가 돌봐주니 나를 아주 잘 알아본다. 내가 네게 소개해주마. 안녕, 안녕!

내 편지가 네 편지의 2부쯤 되는 거 같구나. 이제 날이 어두워 잘 보이지도 않는다. 아직도 몽스에서 받은 그 말을 타고 있니? 아직도 아름답고 멋지니? 이제 망아지도 곧 가져갈 거라 이제 곧 당나귀만 남을 것 같다…. 이제 촛불을 가져오니 조금 더 쓸 수 있겠구나. 몇몇 사람들에게는 네가 이렇게 급히 이 전쟁에 참전한 걸 숨겨야 할 것 같다. 왜냐하면 너는 결국 퐁지보와 당드르젤과 테르몽[29] 앞에서 어쩔 수 없이 그들과 싸워야 할 수도 있었으니 말이다. 나는 단지 이렇게 말하려고 한다. 네가 억지로 참전한 것뿐이라고. 왜냐하면 너 같은 출신은 공화국을 위해 그렇게 열성적이어서는 안 된다고 다들 생각할 테니 말이다. 참 난처한 상황이다. 어떤 사람에게는 큰 소리로 자랑해야 할 것이 어떤 사람에게는 숨길 일이니 말이다.

너는 칼로 모든 난관을 헤쳐 나가고 있는데, 미래는 불확실하기만 하구나! 너는 결과에 대해서는 아무 생각 없이 적에 대항해서 나라를

---

29 〔역주〕 공화국에 저항해서 프랑스 밖에서 싸우는 이민병들, 뒤팽의 친구들이기도 하다.

지키는 것이 의무라고 생각하지만, 나는 오로지 너의 미래와 네가 얻을 이득만 중요할 뿐이다. 하지만 그 모든 것이 내 힘으로 되는 것이 아니고 운명에 맡길 수밖에 없는 것이구나.

편지 46

아펜첼 지역, 다뉴브 부대 3대대

혁명력 8년 방데미에르 28일

사랑하는 어머니! 안개가 가득한 오늘, 지금 저는 빛나는 정상 봉우리가 구름 속에 감추어진 산 아래 라인탈 계곡에서 편지를 쓰고 있습니다. 이런 멋진 풍경 속에 정말 사람이 살 수도 없고, 비참하고, 끔찍한 곳이 존재한다면 바로 이곳일 것 같습니다. 이곳 주민들은 정말 거의 미개인 수준이에요. 가진 것이라곤 오두막집 하나와 가축들뿐이지요. 문화 예술이나 장사 같은 건 생각할 수도 없고, 오로지 나무뿌리나 유제품으로 살아가면서 1년 내내 바위 속에 갇혀 살면서 이웃 마을과는 소통도 하지 않지요. 얼마 전에는 우리가 스프를 만드는 것을 보고 놀라더라고요. 그리고 스튜를 좀 맛보게 했더니 맛이 없다고 했어요. 제겐 너무나 맛이 있었는데 말이지요. 왜냐하면 이틀 전부터 우리는 빵도 고기도 없이 목동들의 음식만 먹어야 했거든요. 그 음식들은 아무리 좋게 생각하려고 해도 제 나이에, 저만 한 식욕을 가진 사람에게 우리 같은 직업을 갖은 사람에게는 정말 악마와 같은 음식이었지요.

지난번 마지막으로 편지 쓰던 바로 그날 우리는 바인펠덴을 출발해 28킬로미터 떨어진 장크트갈렌으로 갔지요. 그다음 지금 이곳으로 보내졌어요. 그리고 이틀 전부터 브뤼네 장군 곁에 있던 기병 두 명과 함께 전출 명령을 받고 알트슈테텐의 오른쪽에 있는 감스에 있어요. 참모 본부에서 굶어 죽지는 않겠지만 산사람들과 목동들의 검소한 음식들은 정말이지 유감스럽지요. 어제는 온종일 장군님과 말을 탔어요. 장군님은 우리보다 앞서 있는 라인강 위의 부대들을 방문했지요. 이 강은 이곳에서는 샤토루의 앵드르강보다 넓지 않아요. 저는 쾰른에서 오랫동안 자주 다녀봐서 꽤 잘 알고 있지요.

오늘은 조용히 쉬는 날이고 저는 이 틈에 어머니께 편지 쓰고 또 어머니의 편지 두 통을 다시 읽고 있어요. 또 오르드네 대대장님께도 어머니가 부탁하신 편지를 전해주었어요. 헤켈 씨에게 오랫동안 편지를 쓰지 않았다고 뭐라 하셨지요. 사실 그동안 골치 아픈 일들이 많았던 것도 사실이에요. 하지만 쾰른에서 2번이나 편지했어요. 그리고 지난 며칠간 저는 단지 어머니께만 편지할 수밖에 없었어요. 제가 마음을 빼앗긴 여자가 있었던 것 아시지요. 하지만 제가 떠날 수밖에 없었던 …. 그녀도 어머니보다는 못하지만 제가 전쟁에 참여하는 걸 말렸었지요. 자신의 어머니와 싸우고 자신의 애인에게 반대하며 한 사람과는 이별하고 다른 한 사람에게는 불효하며 그것이 나의 의무다, 전쟁터에서 명예롭게 죽는 게 수치스럽게 편히 사는 삶보다 더 가치 있다고 생각하는 것은 너무 큰 갈등이었어요. 저는 지금 겨우 20살이잖아요. 어머니!

제발 어머니, 어머니의 고통과 근심으로 저의 이 갈등을 더 힘들게 하지 말아주세요…. 제 친구 얘기를 하자면 제가 편지를 썼어야 마땅하겠지요. 그는 분명 제게 좋은 충고와 용기를 주었겠지요. 하지만 그가 어머니께 비밀을 지켜주었을까요? 하지만 전장에서라면 양해해 줄 거라 생각하고 어머니 편지를 받기 전에 편지를 썼었지요.

뒤루르두에 씨가 제게 받았다고 하는 것은 그가 날짜를 혼동하고 있는 것 같아요. 저는 어머니를 떠난 후로는 그에게 편지 쓴 적이 없었으니까요. 아르빌 장군님께 편지 쓸 생각인데 그가 조금 원망스러운 건 사실이에요. 왜냐하면 시간이 지날수록 군인이 아무것도 하지 않고 진급하기를 원한다는 것이 멍청한 일이란 걸 깨달았기 때문이지요. 그래서 만약 제가 명령에 불복하지 않았더라면 정말 바보였을 거예요. 이제 저는 장교가 될 자격이 있지요. 적에게 총도 쏴 봤고 귓전에서 귀청을 찢는 대포소리도 들어 보았고 또 베테랑 군인들과 당당하게 전투에 대한 이야기도 나눌 수 있으니까요. 아르빌 장군님에 대해서도 그리 배은망덕했다고는 생각하지 않아요.

이제야 말이지만 사실 저는 장군님을 떠나 지금보다 덜 힘들게 전투에 참여할 수도 있었지요. 쾰른에서 뵈르농빌 장군님께 편지를 써서 정말로 전투 기병대에 들어가고 싶다고 했을 때, 그는 제 뜻을 알아주시고 오풀 장군이나 클라인 장군 부대 중 하나를 택하라고 했었지요. 저는 감사하다고 했지만, 결코 아르빌 장군님을 떠나 다른 장군에게 가고 싶지는 않았어요. 저는 단지 전투에 참여하고 싶었을 뿐이고 부대원들과 함께 군인이 겪는 모든 비참함을 겪고 싶었을 뿐이니까요.

분명 지금 저는 그때처럼 편한 군대 생활을 하고 있지는 않지요. 수많은 부역과 보초서기, 야영들, 비상소집들…. 말을 먹이고 마량 징발대에 가고 급식소에 가고, 먹을 게 있으면 다행이고…. 이보다

10배나 더 힘든 일을 한다고 해도 저는 제가 한 것을 후회하지 않아요. 왜냐하면 이제는 누구도 나를 욕할 수는 없을 테니까요. 아르빌 장군님도 저에게 뭐라 하시면 안 되지요. 어쨌든 뵈르농빌 씨와 들라투르 도베르뉴 씨는 저를 인정하고 후원하니까요. 그들은 이제 제가 단지 삭스 원수의 손자라는 것뿐 다른 아무 공적도 없을 때보다 저를 더 잘 후원할 수 있을 거예요. 이제 저는 당당한 공화국의 자랑스러운 군인으로 모든 걸 다 해냈으니까 말이에요.

어머니도 이제 더는 예전 구시대의 부인으로 의심받지 않으셔도 되지요. 이제는 조국을 수호한 자의 어머니시지요. 그래요. 어머니! 이제 프랑스에서는 그렇게 받아들여야 해요. 그것을 외면한다는 것은 불가능한 일이지요. 저는 부대에서 '자코뱅'이 될 수는 없지만, 이제는 알아요. 뒤를 돌아보지 말고 조국을 위해 자기 길을 곧장 가야만 한다는 것을. 예전에 공화국이 우리로부터 뺏은 부와 지위를 이제는 쉽게 얻을 수 있어요. 예전에는 출생으로 인해 저절로 얻어지던 것을 이제는 우리 스스로 획득할 수 있다는 걸 기뻐해야지요.

데샤르트르 선생님도 이제 우티카의 카토처럼[30] 일어나셔야 해요. 더는 제게 과거를 말하지 마세요. 저는 혹독한 군대 체제 아래서 결코 쓰러지지 않았고 한 달 만에 본 사람들은 한눈에 제 키가 자란 걸 알아보지요. 마르기는커녕 몸은 더 건장해졌고 매일매일 더 강해지는 것 같아요. 이제 곧 어머니도 제가 얼마나 크고 건장해졌는지 아시게 될 거예요. 칼에 카쉐를[31] 새겼느냐고 물으셨지요. 네, 이제 티

30 〔역주〕 로마 집정관의 증손자, 카이사르에 대항해 로마공화정을 수호했다.

옹빌에 가서 새길 참이에요. 그걸 좋아하시니 정말 기뻐요. 그것을 우리 가문에서 없애 버린 문장보다 더 좋아하시니 얼마나 기쁜지.

내일은 브뤼네 장군님과 멜스에 갑니다. 여기서 오른쪽으로 16킬로미터 떨어져 있어요. 그곳은 술트의 구역이지요. 친구 몰누아르의 부대가 이 마을에 있어서 그를 만났으면 해요.

여기 사람들은 이제 보나파르트가 오면 평화 회담에서 누가 뭘 얻게 될지 결정될 거라고 해요. 러시아군은 거의 전멸했고 오스트리아군은 그들을 아주 싫어하지요. 그 둘 사이에는 1792년 프로이센과 그랬던 것 같은 적의敵意가 있어요. 그들은 라인강 건너에서 우리와 마주하고 있지요. 그들은 그라우뷘덴의 산들을 지키고 있는데 아무도 그들을 공격할 생각도 하지 않고 있지요. 왜냐하면 그곳은 오로지 눈뿐이거든요. 거기서 어떻게 생존하고 있는지 정말 귀신이 곡할 노릇이지요.

우리는 아름다운 보덴호의 끝자락에 있는 라이네크 쪽을 향해 왼쪽으로 빠져나갈 수도 있지요. 지도를 보시면 라이네크부터 멜스까지 우리의 위치를 아실 수 있을 거예요. 라이네크 쪽으로 간다면 슈바벤 지역으로 들어가겠지요. 하지만 그건 아직 문제가 아니지요. 양쪽 모두 꼼짝도 안 하고 있으니. 며칠 전 휴전 사절단을 보내왔어요. 우리 쪽 트럼펫이 화답했었는데 오스트리아 쪽 트럼펫도 아주 화려하게 응수했지요.

---

31 월계수를 조각한 검에 "이 검을 들 자격이 있는 자"라는 문구를 새기는 것을 말한다.

안녕, 사랑하는 어머니! 제발 부탁이니 제 걱정은 마세요. 온 마음으로 포옹하고 사랑합니다.

13. 이탈리아 원정

편지 47

알트슈테텐, 다뉴브 부대 4대대

혁명력 8년 브뤼메르 7일(1799년 10월)

제 일에 많은 변화가 있었어요. 운 좋은 일들도 아주 많았지요! 늘 말씀드린 것처럼 열심히 하는 것보다 모든 것이 운 같아요. 지금부터 하려는 말도 한마디로 이 말이지요. 8일인가 열흘쯤 전에 우연히 저는 브뤼네 여단장의 임시 부관이 되었지요. 저는 그와 함께 술트의 본부로 갔었어요. 그런데 그곳에서 우연히 모르티에 장군을 만났어요. 쾰른에서 아르빌 장군님과 있을 때 만났던 사람이지요. 그는 아주 멀리서 창문을 통해 나를 보았는데도 바로 알아보았어요. 몰누아르도 그때 부대에서 파견된 병사와 함께 본부에 있었는데 그는 장군님께 제가 브뤼네 장군의 임시 부관이 된 지 이틀 되었으며, 또 어떻게 아르빌 장군의 명령에 불복종했는지 말했지요. 그래서 저녁 먹는 내내 사람들은 저에 대해 이야기했고 모르티에 장군은 브뤼네 장군에게 제가 누구이며 제가 뭘 했는지를 알려주었어요. 몰누아르도 아주 좋은 친구 역할을 톡톡히 해서 저를 추켜세우고 제가 독일어도 완벽하게 한다는 말을 했지요.

어찌나 제 칭찬을 늘어놓았던지 식사를 끝내고 나오며 브뤼네 장군은 제게 함께 전투하자고 하면서 식사도 자기와 함께 하자고 했어요. 또 기병대장에게 저를 요구하겠다고 하면서 만약 거절하면 강력하게 나를 곁에 두겠다고 요구하겠다고 했지요. 또 제 독일어 실력이 자기에게 아주 유용할 것 같고, 또 만약 좀 더 일찍 제가 누구고 어떤 행동을 했는지 알았다면 더 잘 대해주었을 거라고 했지요. 결국, 저는 너무나 황송해하면서 진심으로 절 칭찬하는 장군님과 아주 흡족한 마음으로 말에 올랐지요. 실제로 그는 기병대장에게 저를 달라고 요구했어요. 하지만 기병대장은 파견대원은 열흘 후에 다시 데려가야 한다는 핑계를 대고 거절했지요. 그러자 장군은 그에게 아주 냉정하게 자기가 아는 명령은 오직 자기가 내린 명령뿐이니 나를 데리고 있겠다고 썼지요.

저는 일이 순조롭게 해결되지 못해 화가 났어요. 왜냐하면 장군이 부대를 바꾸면 기병대장은 저를 소환할 것이 분명하기 때문이지요. 그가 거절한 것은 분명 저를 데리고 있는 것이 그에게 이득이 되기 때문이지요. 지금이야말로 누가 "내 친구를 잘 부탁하네."라고 말해주었으면 좋겠어요. 장군 두 명의 후원을 받으면서 여기 이 비참하고 괴롭기 짝이 없는 전장의 한복판에 억지로 남아 있어야 한다는 것은 정말 웃기는 일이에요. 저는 최선을 다해 다시 돌아가지 않도록 하겠어요. 제가 의무를 저버리느니 차라리 모든 고통을 다 감수하는 게 좋겠다고 했지만 저는 전쟁을 해도 장군님과 하고 싶어요. 좋은 걸 먹고 삶이 편해서가 아니에요. 모든 작전을 알고 적들의 동태를 알면 전쟁은 마치 예술처럼 매력적인 일이지요. 그것은 과학이고 부대 안에서 기계처럼 있을 때는 결코 알 수 없는 감정을 느끼게 되지요. 그러니까 저는 무슨 까다로운 걸 원하는 게 아니라 이 일에 있어 최고의 것을 원하는 거예요.

그제는 장군의 부관과 트럼펫을 들고 오스트리아 평화협상단에 끼었었지요. 우리는 트럼펫을 불며 라인강 가로 전진했어요. 혹시 실수로 적이 대포라도 쏠지 모르니까요. 오스트리아 쪽 장교들은 우릴 맞이하러 오겠다고 하면서 우릴 매우 정중하게 대했지요. 그리고 실제로 작은 배가 와서 우리를 태워 반대쪽으로 데려갔어요. 우리의 일은 그쪽에 포로로 잡힌 들라투르라는 특무상사에게 가서 편지 한 통과 그의 재산 처분에 대한 복잡한 서류를 전달해 일을 바로잡는 일이었지요. 회의에는 그라니츠의 경기병 장교 한 명과 브뤼네 장군의 부관 한 명과 통역자로 제가 참석했지요. 일이 끝나고 우리는 환담을 나누고 편한 마음으로 함께 웃었지요. 오스트리아 쪽 경기병 장교는 우리에게 술을 권했고, 우리는 보나파르트와 샤를 왕자와 군주님과 모든 사람의 건강을 위해 건배하며 웃음을 터뜨렸지요. 헤어질 때는 악수도 하며 우리는 세상에서 제일 친한 친구들처럼 헤어졌어요.

저는 여전히 장군들과 기병대장과 함께 생활하고 있어요. 주머니에는 돈 한 푼 없지만 좋은 포도주를 마시며 편하게 지내고 있어요. 단지 생활이 좀 불편한 것뿐인데 높으신 분들과 함께 지내려면 머리에 파우더도 뿌려야 하고 기름도 발라야 하고 분도 발라야 하거든요. 돈을 보내주시려면 제 3여단의 브뤼네 여단장 앞으로 보내주세요. 만약 그가 저를 중사로 임명해준다면 대단한 진급이지요!

하지만 먼저 휴가를 받는 게 더 중요해요. 달려가 어머니를 얼싸안고 제가 없는 동안의 괴로움을 위로해드릴 수 있다면 얼마나 좋을까요! 그 생각만 하면 얼마나 마음이 따뜻해지는지 몰라요. 제가 도착하는 순간이 눈에 선해요. 모두가 야단법석이겠지요. 저와 어머니는 기뻐서 어쩔 줄 모르고 데샤르트르 선생님도 무게를 그만 잡으시고 하녀도 정신없이 소리 지르겠지요. 개들도 입을 벌리고 짖어댈 테고 나의 가엾은 트리스탕은 저를 겨우 알아볼 테고, 사람들은 끊임없는 질문을 해대겠지요. 이날은 아마도 제 평생에 가장 아름다운 날일 거예요. 어머니가 감옥에서 나오신 날 이후로 말이에요.

어머니는 저를 머리부터 발끝까지 유심히 살펴보시겠지요! 어머니는 완전히 바뀐 저의 복장을 보실 것이고 더는 각진 모습을 저속하다 하지 못하실 거예요. 왜냐하면, 우리 복장은 아주 멋지게 꽉 조이고, 꼭 달라붙은 모습이니까요. 노앙에 가면 저는 나가지 않고 어머니와 함께 마주 앉아 칩거하며 어머니가 물으시는 모든 질문에 답하고 그동안 제가 겪은 일들은 하나도 빠짐없이 말씀드리겠어요. 그리고 한순간도 놓치지 않고 어머니하고만 지내겠습니다. 얼마나 행복할까요?

안녕, 어머니! 편지를 못 받은 지가 한참 되었네요. 예전 편지들을 다시 읽으며 초조하게 기다리며 살고 있습니다. 산을 넘고 절벽을 넘어 아주 멀리서 포옹합니다. 하지만 조금 후에는 아주 가까이서 어머니를 안을 수 있겠지요.

당시 군인들 이름을 들을 때 우리는 그때를 전후한 그들의 인생 이야기들을 알고 싶을 것이다. 마세나와 술트와 모르티에의 이름들은 공화국과 제국이 했던 모든 전쟁 이야기들을 상기시키지만, 다른 이름들은 대부분 독자 기억 속에 별로 남아 있지 않을 것이다.

영예로운 몇 번의 전투 후에 부대에서 '멋진 장군님'이라 불렸던 움베르 장군은 나폴레옹의 총애를 잃게 된다. 그는 1794년 방데 전투에서 두각을 나타냈고 1798년 아일랜드 파병부대의 지휘를 맡았고 그곳에서 영국군과 싸웠다. 1802년에는 포르토프랭스에서 흑인들을 몰아냈고 1814년에는 부에노스아이레스의 반란군과도 합세했다.

브뤼네 장군으로 말하면 그는 아주 유능한 고급장교로 공화국의 장군이었던 그의 아버지는 1793년 단두대에서 죽었다. 1794년 대령이 된 젊은 브뤼네는 1801년 생도맹그에 파병되어 1802년 투생 루베르튀르에게 승리하게 된다.

편지 48

알트슈테텐, 혁명력 8년 프리메르 3일(1799년 11월)

어머니! 4시간 전 저는 브뤼네 장군을 떠났어요. 이유를 말씀드리자면 기병대장이 저를 중사로 임명하기 위해 부대로 복귀시켰거든요. 정말 떠나기 싫었고 장군님도 정말 섭섭해 했지만 저는 그날 저녁 장군님과 그의 부관과 비서와 심지어 집안 하인들과도 포옹하며 작별인사를 하고 그곳을 떠났지요. 하인들은 "말도 안돼! 우리의 경기병님이 우릴 떠난다고? 그렇게 재미있는 이야기들을 들려주고 우리 장군님을 그렇게도 웃게 했던 그가?"라고 소리쳤지요. 사실 저는 장군님을 기분 좋게 만드는 재주가 있었던 것 같아요. 그는 매우 용감하고 성미가 좀 급한 사람이지요. 모르는 사람들에게는 무조건 거칠게 대하지만 자기 주변에 있는 사람들에게는 아버지처럼 너그럽지요. 그래서 저도 그 옆에서 행복했고 그 순간이 오래 지속하길 바랐었지요.

제가 쾰른에서 아르빌 장군에게 했던 것처럼 이번에도 진심으로 서운해하며 떠난다는 것을 말하러 갔을 때, 저의 경례가 끝나기도 전에 두 손으로 다정히 저를 잡고 안아주시더니 이렇게 말했어요.

"뒤팽, 정말 자네를 떠나보내는 것이 너무나 슬프네. 하지만 승진을 위해 간다니 나도 보내줄 수밖에 없군. 하지만 우리의 이별이 오래갈 것 같지는 않네. 중요한 건 자네가 빨리 중사로 임명되기만 하면 내가 자네를 다시 부르겠다는 걸세. 자네 부대는 내 지휘하에 있지 않지만 내가 자네 부대 지휘관에게 부탁해보겠네. 그래도 안 되면 내가 이 장군을 통해 기병대장에게 부탁해보겠네."

이건 정말 저를 사랑하시는 거지요! 어머니 말처럼 귀족들보다 보통 사람들이 더 정이 많은 것 같아요.

다시 제 부대로 돌아와 고단한 야영 생활을 시작했습니다. 하지만 얼마 가지 않아 다시 좋으신 장군님 곁으로 돌아갈 거예요. 그곳에 가면 저와 서로 마음이 맞는 좋은 사람들이 많이 있지요. 그중에는 신문의 헬베티 전투 승전보에서 한두 번 보셨을 만한 이름도 있어요. 그중 한 명은 시민 고디노인데 25기병 연대 지휘관이고 다른 한 명은 시민 로쉐인데 최전선 94연대의 지휘관이지요. 이 사람이 린트에서 오는 길에 다리가 무너졌을 때 부대를 총집결해서 맞서 싸우게 했던 사람이에요. 키는 5피트 10으로 완전 헤라클레스인데 얼마나 잘 웃고, 웃기는 얘기도 잘하는지 몰라요. 우리는 그의 얘기를 '파르스'라고[32] 부르지요.

장군과 함께 식사할 때 그의 영웅적 이야기를 들으며 한번은 내가 참지 못하고 찬사를 보냈더니 저를 각별히 생각하는 것 같아요. 그는

---

32 〔역주〕 소극, 희극을 뜻하는 말이다.

아주 진지하게 손을 들어 마치 병사처럼 거수경례를 하더니 "나의 하사님, 그곳에 계셨었나요?" 물었고, 저는 "네 지휘관님."이라고 대답했지요. 그때부터 그는 저를 '하사님'이라고 부르지요. 식탁에서도 꼭 하사님의 건강을 위해 건배하고 길에서 제가 지나가면 모자를 벗어 땅에 닿도록 인사하지요. 그 모습은 정말 배꼽 잡게 웃기는 장면이고 지금도 저는 늘 하사라는 이름으로 불려서 브뤼네 장군님도 저를 꼭 '나의 하사님'이라고 불러요.

전에 한번은 저녁을 먹고 있는데 오스트리아 놈들이 느닷없이 강을 건너려고 한 적이 있었지요. 보고를 받자마자 장군들은 전투태세에 돌입하고 말에 오르라는 트럼펫이 불리고 개들은 짖어대고 주민들은 문을 닫아걸고 여자들과 아이들은 소리를 질러댔지요. 완전히 아비규환이었어요. 저도 급히 말에 안장을 얹고 장군 곁으로 갔지요. 장군님은 제게 전속력으로 공격받은 곳으로 가서 그곳을 지키는 로쉐 장군에게 라인강에서 지원군을 보낼 때까지 적의 전선을 붕괴시키라고 전하라 했지요. 저는 8킬로미터쯤 되는 길을 달려갔어요. 산 위에서는 포탄 소리와 폭음 소리가 터지고 있었지요. 제 말은 바람처럼 달렸어요. 저는 마치 지옥 속을 가로지르고 있는 것 같았어요.

숨이 턱에 닿아 도착했을 때 로쉐 지휘관은 저를 알아보고 제게 와서는 전처럼 모자를 벗고 "나의 하사님, 무슨 일이신가요?"라고 물었고, 내가 "지휘관님, 오스트리아 놈들을 라인강에서 섬멸시키라고 하십니다."라고 대답하자, 그는 "나의 하사님, 알겠습니다. 포도주 한 잔을 대접해도 될까요?" 라고 해서 저는 "그럼요. 지휘관님."이라고 대답했지요. 술을 마시는 동안 그는 적들이 배에서 내렸지만 몇 명이 죽고 포로가 된 후 다시 배를 타고 도망쳤다고 말해주었지요.

저는 이 소식을 가지고 돌아왔어요. 하지만 제 말은 급히 달려오느라 지친 데다가 원래부터 전쟁터에 나가기에는 너무 어린 나이에 차출된 거여서 제 말을 듣지 않았지요. 몇 걸음 걷고 나더니 완전히 기진해서 저는 고삐를 잡고 겨우 끌고 오고 있었지요. 하지만 저녁이 되자 다리가 너무 부어서 걸을 수조차 없었어요. 우리가 후퇴하지 않아도 되는 상황인 것은 너무 다행이었어요. 전에 우리와 코를 맞대고 있는 코사크33 사람들에게 잡힌 적이 있었는데, 그들은 포로들을 돌보지 않는 전통이 있어 그들 손에 떨어지면 아주 재수 없는 거였지요. 그래서 계속 경계 자세를 해야 했고, 말에서 내려 걷는 것은 아주 위험한 일이었어요.

장군님이 이 사실을 알고 너무나 고맙게도 말을 살 돈을 주셨지요. 어머니 이것은 꼭 해야만 하는 일이에요. 모든 것이 불행한 전쟁 탓이지요. 저는 6루이를 받아 코사크 사람들에게서 가져온 예쁘고 작은 말을 부대의 한 대위로부터 샀지요. 가볍기가 공기 같고 분처럼 훨훨 날아요. 거기다 안장과 고삐까지 덤으로 받았으니 거의 거저지요. 하지만 어머니가 부담하시기에는 늘 큰돈이지요. 그러나 제가 제 말을 보급소로 돌려보냈으니 다음 말 보급 때 새로 말을 받게 되면 이번에 산 제 소유의 말을 되팔 수가 있지요. 그래서 이제 제 빚이 6루이이니, 사랑하는 어머니, 브뤼네 장군님께 보내주시기 바라요. 어제 모든 전선의 부대에 새로운 결의를 전달하러 다녔어요. 여기 모든 이들

33 〔역주〕 우크라이나와 러시아 지역의 민병대를 말한다.

은 이것을 매우 만족스럽게 생각하고 있지요.

드디어 어머니의 편지 두 통을 한꺼번에 받았네요. 이 행복을 빼앗긴 지도 한참 되었지요. 하지만 제게는 단지 편지를 못 받는 것이 힘들 뿐인데 어머니께는 그것이 근심 걱정이 되는군요. 그런 고통을 드리는 절 용서하세요! 어머니를 고통스럽게 하는 저 자신을 욕하고 싶습니다…. 어머니가 힘들어하시면 저는 늘 그것이 제 잘못인 것만 같아요.

기병대장 오르드네는 어머니가 생각하시는 것처럼 들라투르 도베르뉴 씨의 친구가 아니예요. 전혀 모르는 사이지요. 들라투르 씨가 우리 부대에서 아는 사람은 쿠소드 대위뿐이에요. 파리에서 저의 입대에 대해 말했던 사람이고 겉으로는 냉정하지만 제게 아주 잘해주신 분이지요. 그가 지금 특무상사가 되어 이곳 부대에 있지요. 얼마 전 장군님 집에 저녁을 먹으러 왔었는데 그때 우리는 아주 즐겁게 어울렸어요. 휴가는 무조건 아르빌 장군에 달린 문제예요. 휴가를 얻기 위해 어머니가 편지하셔야 할 곳은 전쟁부戰爭府 장관이나 마세나 장군이지요. 그러면 뵈르농빌이나 들라투르 도베르뉴 씨를 통해 받을 수가 있어요. 만약 제가 장교가 되면 저는 제 3기병대로 가겠다고 요구하려고 해요. 할 수 있으면 저는 지금 연대를 떠나려고 애쓰고 있어요. 왜냐하면, 기병대장은 한번 그곳에 오면 나갈 수 없다고 생각하는 것 같으니까요. 그는 본부에 있는 사람들을 좋아하지 않아요. 그런데 저는 본부에 가는 것이 목적이니 늘 그와 부딪히게 될 것은 눈앞에 보듯 뻔한 일이지요.

제가 편하게 어머니를 볼 수 있도록 전쟁부에 제가 파리로 갈 수 있는 허가증을 얻도록 해주세요. 이것이 부대의 휴가증과 통행증보다 나을 것 같아요. 통행증은 시간과 장소도 엄격하게 제한하고 있으니까요.

안녕, 어머니! 빨리 중사로 진급하여 어머니를 보러 가고 싶어요. 저는 그 생각만 하고 그것만 꿈꾸고 있어요. 안녕, 안녕, 온 마음으로 사랑합니다.

할머니가 나의 아버지에게

노앙, 혁명력 8년 브뤼메르 22일(1799년 11월)

네가 부대로부터 편지를 보내지 않았다면 나는 정말 걱정과 근심으로 죽었을 것만 같구나. 왜냐하면, 뒤프레 씨에게 네 소식을 물어보았지만, 여전히 답장이 없었기 때문이지. 오, 하나님, 르푸르니에 씨에게 부탁해 너에게 보낸 돈만이라도 전달되었기만을 바랄 뿐이다! 그 6루이를 마련하는 것도 쉬운 일이 아니었단다. 불쌍한 이는[34] 내게 그것을 마련해줄 방법이 없으니 내게 말도 하지 않고 자기 물건을 팔아 그 돈을 마련했단다. 편지를 보낸 모든 사람 중에서 오로지 들라투르 도베르뉴 씨만 내게 편지를 보내왔구나. 아주 따뜻하고 너와 또 나에 대한 배려가 가득 담긴 편지였지. 그는 말하길 너의 처신과 너의 예의바름, 신중함, 성품 등을 보면 너는 만나는 모든 상관의 인정을 받을 수밖에 없다고 했지. 정말 잘했다. 아들아, 이런 칭찬이 내 마음까지 울리는구나.

34 〔역주〕 데샤르트르 선생님을 말한다.

그런데 하나 걱정인 건 장군님 말이 움베르 장군이 너를 아일랜드 전투까지 데려가겠다고 했다는구나. 설마 가겠다고 한 건 아니겠지, 아들아! 너는 절대 그렇게 말해선 안 된다! 움베르 장군은 네가 이 어미의 하나밖에 없는 자식인 걸 모르는 모양이다. 네가 그처럼 전쟁광戰爭狂은 아니기를 바란다! 너는 국가에 봉사하길 바라지만 또 평화를 사랑하기도 하잖니, 모든 사람의 행복이며 이 슬픈 어미의 바람이기도 한 평화 말이다… .

보나파르트가 원로원 전체를 다시 장악하게 되었단다. 그가 시리아에서 죽었다고 모두가 믿었는데 이집트에서 돌아왔다는 것은 우연이 아닌 것 같다. 이것은 또 다른 혁명이고 아마도 큰일이 벌어질 것 같다. 나의 관심사는 오로지 평화와 안전뿐이구나. 너의 쿠소드 대위는 아주 좋은 사람 같아 보인다. 그가 내게 너무 좋은 편지를 보내주었는데, 만약 그가 너를 도와준다면(들라투르 도베르뉴 씨는 의심의 여지가 없다고 하는데) 마세나는 분명 너를 장교로 만들어줄 수 있을 거다. 왜냐하면 이제 총재정부에 대해서는 생각할 필요가 없어졌으니 말이다. 오직 시에예스만이 남았고 이제 임명되는 사람은 (만약 다른 사람을 임명한다면) 다른 리더를 따르게 될 거다. 얼마나 헛된 희망이고 계획들이었는지! 너를 위해 요구한 휴가가 여기에 영향을 받지 않으면 좋겠구나.

아들아, 너는 내게 안심하라고만 하는구나! 나는 너를 품에 안기 전에는 그럴 수가 없다. 하지만 너를 품에 안을 수 있는 것도 잠시뿐이니 안심할 수 있는 시간도 너무 짧을 것 같구나. 하늘 같은 사랑으로 안아주마. 내 생명보다 천 배로 더 많이 너를 사랑한다.

오늘 저녁 신문을 아직 보지 못했는데, 읽은 사람들이 말하길 원로원들이 공격당해 50여 명 정도가 남았고 보나파르트 측 한 장교가 그를 방에서 쐈지만 맞지 않았고 총을 쏜 장교는 그 자리에서 체포되었다고 하는구나. 모두가 좀 나아지기를 희망하는데 내 생각에 이보다 더 나빠질 것 같지는 않다. 이제 좀 숨을 쉴 수 있을 것 같구나. 이제 이 모든 고통스러운 상황들도 끝이 나겠지! 이 사건에 프로이센도 관계되어 있다고 한다. 이번은 프뤽티도르 18일 때와는 반대상황이구나. 총재정부와 원로원이 지금은 한배를 타고 있다.

편지 49

알트슈테텐, 프리메르 13일(1799년 12월)

세상에! 어머니 저는 아직 임명되지 못했어요. 이 망할 놈의 진급 때문에 저는 브뤼네 장군님을 떠났는데 모든 계획이 틀어져 버렸어요. 방금 편지를 받았는데 장군님은 이탈리아 부대로 떠났다고 합니다. 너무 아쉬워요! 저는 장군님과 함께 멋지게 동행했어야만 했는데요! 처음에 그 망할 놈의 기병대장 생각을 거부하고 "자네는 나의 기병 하사를 데리고 있을 수 없네. 나는 모르티에 장군과도 의논했지만 자네에게 보낼 생각은 없네. 그는 정말로 내게 필요한 부하라네."라고 말한 것은 잘하신 거였어요. 그러다 저를 진급시킨다는 약속을 받고 저를 양보하고는 이탈리아로 떠나시니 오르드네에게 아주 좋은 핑계를 준 거지요. 그는 다른 사람들이 질투할까 걱정 되서 약속을 지킬 수 없다고 핑계를 대더군요. 그러면서 그가 신임하는 어떤 의사의 부탁으로 저를 군수담당 하사관으로 임명했지요. 괜히 헛발질만 한 셈이에요!

하지만 이것도 감사할 일이지요. 이제는 총을 들지 않아도 되지요. 엄청 무거웠거든요. 또 내 말을 먹이지 않아도 되고 말뚝을 세우지 않아도 되고 말과 무기와 안장과 다른 것들을 점검하는 일도 하지 않아도 되지요. 이런 일들은 전쟁으로 기진맥진한 불쌍한 병사들에게는 정말 고역이에요. 그러니까 조금 편해진 건데 그래도 그놈의 알자스 놈에게 당한 것 같아 화가 나요. 그렇게 나쁘게 보이지는 않아서 저는 바보처럼 좋아하기만 했네요.

어머니가 뭔가를 보내주시길 간절히 기다리고 있어요. 어머니 돈으로 말을 타고 있어서 달리 돈을 마련할 길이 없거든요. 저는 손수건 한 장 없고 넥타이도 누더기고 부츠도 구멍이 났고 옷은 팔꿈치가 헤졌고 머리에 묶을 리본 살 돈도 없지요! 하지만 너무 걱정은 마세요. 너무 심각하게 생각하지도 마시고요. 저는 젊고 건강하고 멋도 많이 부리지 않는 편이니까요. 또 어머니가 부족한 게 없이 지내시는 걸 생각하면 제 문제쯤은 아무것도 아니에요. 저는 예전에 호화롭게 살았던 때를 생각하면 꿈을 꾸는 것 같아요. 지금 제 처지와 얼마나 다른지! 어머니가 지금 저의 모습을 보신다면 어떠실까 생각하면 제가 더 미칠 것 같아서 차라리 지금 혼자 궁핍하게 사는 것이 오히려 행복한 것 같아요. 이렇게 저는 이상한 논리로 저 자신을 위로하고 있어요.

악마의 다리는 보지 못했어요. 이것을 보려면 생고타르까지 가야 하지요. 하지만 취리히 호수, 보덴 호수처럼 노앙의 두꺼운 책들 속에서 본 많은 장소를 다시 볼 수 있었어요. 글라루스 근처에서 빙하도 보았지요. 무오타탈에서는 급류 위로 1,500피트쯤 되는 곳을 지나가는 다리도 보았어요. 너비는 12피트쯤 되었지요. 우리 부대는 지난번 전투 때 후퇴하며 이곳을 지나갔어요. 많은 병사가 아주 위험하게 뛰어내려야 했지요. 저도 계곡을 굽어보고 있는 황폐한 산들을 타고 올랐지요. 지평선도 보이지 않고 사방을 기괴한 바위들이 에워싸고 있었어요. 총 한 자루도, 산 사람 한 명도 없이 끔찍한 고요만이 있었지요! …

친구 페르농이 노앙에서 겨울을 보낸다니 정말 기뻐요. 어머니도 덜 지루하시겠지요. 저도 어서 가서 함께 놀 수 있다면! 하지만 지금 모든 것이 너무나 불확실해서 계획을 세운다는 것이 불가능하네요. 하지만 노력할 거예요. 어머니를 보면 얼마나 기쁠까요! 온 마음으로 입맞춤합니다.

들라투르 도베르뉴가 나의 할머니에게 쓴 편지

파시, 혁명력 8년 프리메르 23일

시민 뒤팽 부인에게(드삭스 출생의)

부인! 몽트뢰유에서 며칠 지내고 돌아오는 길에 부인께서 기쁜 마음으로 친히 써주신 귀한 편지를 받았습니다. 저는 행복한 마음으로 부인을 도우려 한 것뿐인데 분에 넘치는 고마움을 표시해주셨네요. 뵈르농빌 장군님의 부탁을 받고 기꺼이 돕기를 바랐던 사람들에게는 너무 과분한 말씀입니다. 뵈르농빌 장군이 언급한 모든 사람에게, 부인의 아들을 돕기 위해 나선 그들 모두에게 너무 황송하게도 수천 배의 감사를 표하셨네요.

존경과 감사 없이는 그 이름을 떠올릴 수 없는, 조국을 위한 소중한 사람들의 목록 속에 포함된 우리의 위대한 모리스 드삭스의 명예를 실추시키지 않고 국가는 그의 손자가 전쟁에서 돌아오면 공로를 인정해 줄 거라고 생각합니다. 뵈르농빌 장군도 그런 확신을 주었다니 더욱 더 믿음이 갑니다. 또한, 데페르농 씨가 아르빌 장군을 보았는데 그가 그날 모르티에 사단장에게(브뤼네의 상관이지요) 아드님께 임시 휴가증을 주라고 부탁하는 편지를 썼다고 합니다. 이렇게 다들 우정 어린 격려를 하는 중에 기병대장의 행동은 얼마나 실망스러운지요!

기병대장이 자기 부하에게 그렇게 야비하게 할 수 있다니 정말 분개하게 되네요. 그렇게 야만적인 사람은 바로 떠나야 할 것 같습니다. 그는 앞으로 아주 큰 낭패를 보게 될 거예요. 부인은 그를 아주 어둡게만 묘사하셨지만, 저의 눈에는 그가 아주 이상한 인간으로 보여 더 화가 납니다. 그런 우울한 생각에서 얼른 고개를 돌리시고 사랑하는 아들이 벌린 두 팔을 향해 달려오는 것을 상상하시기 바랍니다. 생각만 해도 가슴이 뛥니다! 저는 부인보다 먼저 이 행복을 만끽하고 싶네요.

두 분이 행복하게 만나는 것만이 제가 바라는 바입니다.

편지가 너무 길어 방해되지는 않을까 걱정됩니다. 그래도 편지를 끝내기 전에 부인께서 쓰신 옛 추억에 대한 감사를 전하고 싶습니다. 또 지휘관에게 보여주신 존경과 감사의 마음에 무한 감사를 보냅니다.

글씨가 엉망인 것을 용서해주시기 바랍니다. 하지만 다시 쓰려면 곧 떠날 우편배달 시간을 놓칠 것 같습니다.

들라투르 도베르뉴-코레

이 편지를 통해 휴가는 누군가의 도움 없이는 받기가 힘든 것을 알 수가 있다. 또 방금 읽은 편지에 좀 과장이 있다 해도 기병대장 오르드네는 하사 임명에 대해 전혀 호의적이지 않았다는 것을 알 수 있다. 어쨌든 이제 전쟁은 끝나 아버지는 스위스의 험준한 계곡을 떠나 파리로 달려와 어머니에게 다음과 같은 편지를 쓰게 된다.

편지 50

파리

어머니, 저는 보나파르트를 만날 때까지 파리에 아주 칩거해 있을 생각이에요. 들라투르 도베르뉴 씨의 성화 때문이기도 한데 고집이 너무 센 분이라 듣지 않으면 정말 의가 상할 지경이지요. 그분은 제가 장교가 돼서 어머니를 만나길 원하세요. 저의 성급함으로 일을 그르쳐 버렸지만! 꼭 해내고 말 거예요. 사나흘 내로 보나파르트를 만나게 될 거예요. 그러면 그다음 어떻게 될지 모든 것이 분명해지겠지요.

어머니는 파리에 오시는 계획을 계속 추진하시면 좋겠어요! 어머니 친구분들은 모두 어머니를 소리 높여 찾고 계시지요. 사람들은 말레테스트 부인 소유의 아파트에서 지내라고 권유하고 또 그분 또한 정말 친절하게 제게 그곳을 권했지만 괜찮을지 모르겠어요. 저는 로디에 가족이 사는 집 2층에 방 둘에 거실, 규방, 식당 등을 갖춘 아주 아름다운 아파트를 하나 보아두었어요. 월세는 300리브르이고 루아얄 거리 근처에 있는 생토노레가에 있지요. 우리가 곧 연금을 받게 되면 가능할 거라 생각해요. 어머니가 이곳에 오셨을 때나 제가 노앙에 갔을 때 제가 장교 계급장을 달고 만날 수 있다면 얼마나 좋을까요! 만약 안 된다면 저의 계획은 부대를 바꿔서 저 망할 놈의 오르드네 기병 대장과 결별하는 일이에요. 라퀴에 장군은 제게 많은 희망을 주고 계세요.

어머니가 여기 오시면 제 일에도 많은 도움이 될 거예요. 저는 어머니의 태도나 말씀을 싫어하는 사람을 본 적이 없으니까요. 어쨌거나 저는 어머니가 보고 싶어 미칠 지경이에요. 그래서 어느 때는 이거저거 다 때려치우고 어머니를 보러 가고 싶을 때가 있어요. 처음 그 험한 전장에서 돌아왔을 때 이곳에서 꿈처럼 여겨졌던 온갖 즐거움과 호사스러움도 이제는 소용없어요. 가장 소중한 것이 빠져 있으니까요. 바로 어머니이지요. 오세요. 어서 오세요. 아니면 제가 어머니를 보러 가겠어요.

어머니가 말씀하시는 것처럼 제가 이제 결혼할 나이이기도 하지요. 하지만 그런 일이 곧 생길 거라고 너무 걱정 마세요. 어떻게 일개 군수담당관이, 세상에서 가장 보잘것없는 그런 남자가 한 가정을 책임지고 한 가정의 아버지가 된다는 말도 안 되는 생각을 할 수 있겠어요. 정말 천박해요! 요즘 여자들의 생각이란…. 여자들을 위해 머리 손질이나 하느니 차라리 전쟁터로 파병되는 게 더 낫지 않을까요…? 그게 차라리 감사할 것 같아요!

안녕 어머니! 타오르는 그리움으로 어머니를 그리워합니다.

할머니는 정말 파리로 가셨다. 보나파르트를 만나는 것도 실현되었다. 그리고 전쟁에 참여한다는 조건과 그곳에서 두각을 나타낸다는 조건으로 언질도 받고 격려도 받았다. 젊은 청년은 더 바라지도 않았다. 라퀴에 장군은 그가 부대 참모의 부관으로 임명될 것을 요청했다. 우리는 젊은이들의 야망을 불러일으키는 이 참모 본부가 어떤 곳이며 또 처음부터 누군가의 행복을 위해 급히 만들어진 그 참모 본부가 어떤 곳인지 곧 알게 될 것이다. 나의 젊은 아버지는 파리에서 할머니와 겨우내 음악을 듣고 친구들을 만나며 보내게 된다.

보나파르트의 권력은 놀랍게 자리를 잡았다. 그것도 아주 물 흐르듯이 말이다. 10년 동안 끔찍한 싸움과 해체된 무정부적 상태에서 받은 상처들은 모두 보상받았다. 모두는 이 천재적인 인물이 1800년도가 시작되자마자 1년 동안 프랑스를 정신적 물질적으로 얼마나 공고히 했는지 잘 알고 있다. 러시아와 점령한 스페인과 연합하여 라인강 전선은 모로가 벌인 지혜로운 전투들과 르쿠르브와 리슈팡스의 기사도적 공훈으로 튼튼하게 구축되었다. 우리의 부대는 그들과 함께 전선을 빈 입구까지 밀고 갔다. 생베르나르도 해방되고 오스트리아인들은 몬테벨로와 마렝고에서 격퇴되었다. 마세나는 영광스럽게도 여러 곳을 정복한 후 보름 전 나왔던 제노바로 재입성하여 승리자가 된다. 프랑스군은 토스카나를 점령하고 교황과도 연합하고 나폴리는 자비를 구하는 지경에까지 이르게 되고, 민치오는 통과되고 오스트리아는 영국으로부터 떨어져 나와 격렬한 논쟁 끝에 결국 평화 조건을 수락하게 된다. 마침내 이집트 헬리오폴리스에서 클레베르의 대단한 반격이 시작되고, 미국은 우리와 화해하고 스웨덴과 러시아와 함께 영국에 대항하는 해안 전선을 형성하게 된다.

이것이 이 기념할 만한 해에 나폴레옹과 그를 도운 대단한 장군들이 한 위대하고 영웅적인 사건들이다. 나는 이 일들을 순서 없이 나

열했지만, 순서 같은 건 그리 중요한 일이 아니다. 나는 '역사'를 기록하려는 것이 아니라 실제 이 유명한 사건들을 직접 눈으로 본 사람들의 이야기를 적어 나간 것뿐이다. 그리고 젊음의 열기로 몸소 체험한 이 증언들은 정식 출판물에서는 느낄 수 없는 순박한 매력을 보여준다.

1800년도는 3명의 영웅을 배출하였다. 클레베르, 드세 그리고 들라투르 도베르뉴이다. 처음 두 명은 군사 작전의 귀재들이다. 세 번째 사람은 자신의 선택에 따라 스스로 혼란스러움 속에 삶을 던져, 앞의 사람들보다는 덜 화려하고 그 영예라는 것도 더 순수하고 겸손했던 사람이었다. 그것은 참으로 이상적인 삶의 모습이었는데 그 자신이 그런 것에 완전히 무관심했고 또 전쟁의 소용돌이 속에서도 늘 학자로서의 성숙함을 지니고 있었기 때문이다. 공화국 부대의 첫 번째 정예병은 뇌부르 전투 전이었던 1800년 6월 28일[35] 영예롭게 전쟁터에서 전사했다. 부대 전체가 슬퍼했고 나의 아버지도 이탈리아의 마렝고 전투 며칠 후 그 소식을 듣고 애도하게 된다.

플로레알 말에 아버지는 뒤퐁 장군과 참모 부관 자격으로 전투에 참여한다는 약속에 따라 제 1추격연대로 가서 장군과 다시 합류하고 자신의 추천서들을 전달하게 된다.

---

35 〔역주〕 클레베르가 죽은 날짜는 공식적으로 6월 14일로 되어 있는데 상드가 잘못 기억하고 있는 것 같다.

편지 51

리옹, 혁명력 7년 플로레알 25일(1800년 5월)

어머니, 저는 어제저녁 도착했어요. 마차의 요동이 어찌나 심했던지 우체부조차도 병이 날 지경이었지요. 그리고 파리를 떠날 때보다 더 피곤하지는 않아요. 자러 가기 전에 저는 로제 봉탕도36 부러워할 풍성한 저녁을 먹고 아주 좋은 여관에 머물면서 내일 제네바행 우편마차가 출발하길 기다리고 있어요. 그래도 어젯밤은 아주 길게 느껴졌어요. 잠이 깰 때마다 어머니 곁에서 어머니께 작별 인사를 하는 착각을 했지요. 그러다 갑자기 멀리, 너무나 멀리 와 있다는 것을 깨닫고는 다시 돌아가고 싶었어요. 왜냐하면 어머니께 입맞춤을 하지 않았다는 생각이 들어서요. 사실 이제는 너무 멀리 왔고 이제 더 멀리 가야 하는데 말이지요. 느낌은 너무 큰 변화에 익숙해지지 못하는 것 같아요. 특히 너무 좋은 기억들이 여전히 현실처럼 느껴질 때는 말이지요!

이곳의 모든 사람이 참모 장교가 제네바에 없고 로잔에 있다고 해요. 저는 별로 상관하지 않아요. 어차피 제네바를 거쳐 가는 길이고 그곳에서 조금만 더 가 추천서를 전달하면 되니까요.

지금까지는 리옹을 별로 좋아하지 않았는데 론강 변은 무척 아름답네요. 하지만 마을 안쪽은 높은 집들과 좁은 길들로 조금 슬프고 어둡고 더러워요. 인구도 꽤 되고 인구 비율도 적당하게 있고 파리만큼이나 활력이 있지만 모두 다 우울한 돈벌이들이지요. 즐기기 위한 활

---

36 〔역주〕 속담 중에 나오는 인물, 아주 편하게 잘 먹고 잘 지내는 사람을 뜻한다.

력이 아니라 돈을 위한 활력이에요. 제 마음이 우울해서 그런 건지도 모르지요. 저는 어머니와의 이별에 대한 생각뿐이니까요. 더는 아침 저녁으로 어머니를 포옹할 수 없고… 어머니 없이 어디를 간들 뭐가 즐겁겠어요?

제 말대로 이탈리앵 극장에 놀러 가시겠다고 해주셔서 정말 감사드려요. 뭘 공연하나요? 알아는 보셨나요? 저는 여행 중에 음악 연주도 하고 게임도 했는데, 동행하던 아주 신앙심 깊은 우체부가 제게 설교하기 시작했고 중간에 쉴 때는 대미사곡의 일부를 노래하기도 했지요. 그는 꼭 데샤르트르 선생님처럼 노래했어요. 그가 신나서 떠들어댈 수 있었던 것은, 물론 상대가 화를 낸다고 해도 꿈쩍도 안 할 사람이긴 하지만, 대포 소리도 듣지 못할 정도로 귀가 먼 사람이었기 때문이지요. 그래서 저는 그가 계속 말하고 노래하도록 내버려 두고 속으로 어머니와 현재 그리고 미래의 친구들을 생각했어요. 생각을 하다 보면 결국 어머니께로 돌아오곤 했지요. 제게 항상 용기와 위로를 주는 가장 좋은 방법이에요.

안녕, 어머니! 온 마음으로 포옹합니다.

편지 52

로잔, 플로레알 28일(1800년 5월)

사랑하는 어머니, 제네바에서는 참모단을 만나지 못했어요. 아마도 산을 넘기 위해 벌써 떠난 것 같아요. 어쩌면 벌써 넘었는지도 모르지요. 저는 그 뒤를 따라가고 있어요. 우리는 제네바에서 참모와 본부 소속 장교 6명으로 한 팀을 짰어요. 우리는 내일 아침 출발할 예정이고 제 생각에 생베르나르의 수도사들 집에서 저녁을 먹게 될 거예요. 지금 저는 로잔의 어느 집 식탁 모퉁이에서 편지 쓰고 있어요. 이곳은 난리도 아녜요. 행정관은 오늘 아침 떠났는데 행정기관은 여전히 있지요. 이제 저는 진짜로 저 유명한 생베르나르산을 보게 될 거예요. 페이도의 묘사들이 진짜 똑같은지 말해드릴게요. 수도사들이 정말 파리에서 케루비니의 작품을 노래한 것처럼 그렇게 노래를 잘하는 지도요.

안녕, 어머니! 온 마음으로 수천 번 입맞춤합니다. 그리고 이제 겨우 찾아낸 형편없는 침대에 가서 온종일 쌓인 피곤을 풀어야겠어요.

편지 53

베레스, 본부에서, 프레리알 4일

드디어 이곳에 왔습니다! 말도 타지 않고 산들을 넘고 끔찍한 사막을 건너 황폐한 마을들을 지나온다는 것은 정말 쉬운 일이 아니었어요. 저는 참모 본부보다 늘 한나절씩 뒤처졌는데 드디어 바르드 요새 앞에서 만나게 되었어요. 이탈리아로 들어가는 것을 막는 방해물이지요. 지금 우리는 피에몬테 절벽 한가운데 있어요. 저는 어제 도착하자마자 뒤퐁 장군에게 안내되었는데 저를 아주 기쁘게 맞아주셨어요. 저는 그의 참모부의 부관이고 오늘 아침 인가를 받을 거예요. 어머니께 먼저 서둘러 말씀드리는 것은 무슨 말을 해도 늘 걱정만 하시고 초조해 하시니까요.

드디어 이제 저는 굶어 죽기 딱 좋은 지방에 온 거지요. 참모 본부의 인물들은 3명을 제외하고는 모두가 아주 괴상망측해 보여요. 그래도 여기 온 후 하루 만에 저는 부관들과 장군님이 이곳의 누구보다 내게 친절하다는 걸 알게 되었어요. 저는 그 이유를 잘 모르겠는데 나중에 알게 되면 말씀드릴게요.

저는 생베르나르산을 넘었어요. 이 산에 대한 묘사들과 그림들은 실제 이 산의 웅장함을 다 표현해내지 못한 것 같아요. 어젯밤에는 산 아래 있는 생피에르라는 마을에서 자고 아침도 못 먹고 12킬로미터 정도 더 위쪽에 있는, 그러니까 얼음과 짙은 안개에 싸여 있는 수도원으로 떠났지요. 가는 길은 눈 속에 바위를 건너야 했어요. 나무 한 그루, 풀 한 포기 없이 한 걸음 옮길 때마다 동굴들과 낭떠러지뿐이었지요. 그러다 어젯밤의 눈사태로 길이 막혀 더는 갈 수도 없었어요. 우리는 몇 번이나 허리까지 차오는 눈 속으로 나동그라졌지요. 그런데 세상에! 이 모든 난관을 뚫고 연대는 어깨에 대포와 탄약 수송함을 지고 이 바위 저 바위를 오르고 있었어요. 그런 신념에 찬 행동, 고함소리, 노래 소리가 이루어내는 장관은 정말 상상을 초월하는 광경이었어요.

이 산에서 2개의 대대가 만났어요. 아르빌 장군이 지휘관이었지요. 그때는 장군님도 얼어붙은 것 같았어요. 수도원에 도착해서 처음 만난 사람이 바로 장군님이었지요. 저를 그렇게 높은 곳에서 보게 된 걸 매우 놀라워하셨어요. 추위에 벌벌 떨면서도 저를 친절히 맞아주시고 제가 명령에 불복종한 것에 대해 비난도 꾸중도 하지 않으셨지요. 아마도 다른 기회에 할 생각이었겠지만 그때는 오직 점심 식사만 생각하고 계셨어요. 제게 점심을 먹으러 오라고 하셨지만 저는 여기까지 함께 온 친구들을 떠나기 싫어 고맙다고만 말씀드렸지요.

수도원장이 베푼 검소한 식사를 하는 동안 우리는 수도원장과 이야기를 나누었어요. 그는 자신의 수도원이 유럽에서 가장 높은 마을에 있다고 했어요. 그리고 눈사태로 파묻힌 사람들을 찾아내는 덩치 큰 개들을 보여주었지요. 보나파르트가 한 시간 전에 이 개들을 쓰다듬었다고 했어요. 그래서 저도 망설이지 않고 보나파르트와 똑같이 했지요. 그리고 수도원장에게 이 수도원의 친절함에 대한 극이 상연되어 호평을 받았다는 이야기를 하니 그가 그 극을 알고 있다고 해서 깜짝 놀랐어요.

그와 다정하게 작별인사를 하고 우리는 28킬로미터를 걸어 내려와 피에몬테의 아오스타 계곡으로 왔지요. 노새에 짐들을 싣고 40킬로미터를 걸었어요. 아오스타에 도착해서 저는 르클레르 전차를 보기 위해 행정관의 성으로 달려갔지요. 그런데 그곳에서 처음 만난 사람이 보나파르트였어요.[37] 저는 그에게 저의 임명에 대해 감사를 표했지요. 그러자 그는 제 말을 끊더니 제가 누구냐고 물었어요. 제가 "삭스 장군의 손자입니다."라고 답하니, 그는 "아, 그래! 아, 좋군요! 어느 부대에 있지요?"라고 물어서 제가 "제 1추격대대입니다."라고 하니, 그는 "그래요! 그런데 그 부대는 여기 없는데 참모부 부관인가요?"라고 해서 제가 "네, 장군님."이라고 하니, 그는 "좋아요 잘 됐군요. 만나서 반가웠어요."라고 했지요. 그리고 그는 등을 돌려 나갔어요….

다시 말씀드리지만 저는 정말 운이 좋아요. 아마 일부러 하려고 해도 이보다 더 잘할 수는 없었을 거예요. 저는 단번에 참모부 부관이 된

---

37 〔역주〕 나폴레옹 보나파르트를 말한다.

거예요. 보나파르트의 인가로 그 망할 놈의 석 달을 기다리지 않고도 말이에요. 어머니 편지를 확실하게 보내시려면 '본부의 보충부대 참모부관 시민 뒤팽'에게라고 써주세요. 그러면 잘 도착할 거예요.

우리 앞에 있는 요새[38] 때문에 지금 이탈리아로 진격해 들어가지는 못하지만 우리는 돌아 들어가 본부를 이브레아에 세우기로 했어요. 그곳에서는 훨씬 나아질 거예요. 왜냐하면 이곳에서는 식량 배급도 반밖에 안 주는데 제 식욕은 반으로 줄어들려 하지 않으니까요. 파리에서 저를 투실투실하게 먹이시길 잘하셨어요. 이곳에서는 그럴 만한 사람을 찾아볼 수 없으니까요.

안녕, 어머니! 따뜻하게 포옹합니다. 이 새로운 이별이 다른 이별보다 덜 힘들길 바라요. 이제 이별도 오래지 않을 것이고 곧 좋은 끝을 보게 될 테지요.

편지 54

혁명력 8년 프레리알(날짜 미상)

오! 드디어, 드디어 이곳에 왔습니다! 이제 한숨을 돌릴 수 있게 됐어요! 어딘지 아시겠어요? 밀라노예요. 이런 식으로 가다간 곧 시칠리아에 당도할 것 같습니다. 보나파르트는 존경할 만한 참모 장교들을 더 민첩한 전위대로 만들어 버렸어요. 그는 우리를 산토끼처럼 민첩하게 뛰도록 만들었습니다. 얼마나 잘된 일인지! 베레스에서부터 우리는 한순간도 쉴 수 없었지요. 그리고 어제 드디어 우리는 이곳에

38 바르드 요새.

도착했고 저는 이 틈에 어머니께 편지하고 있습니다. 위에 말한 베레스를 출발한 후 이제 제대로 행군을 따라잡을 거예요. 이탈리아로 진군하는 데 최대 방해물인 바르드 요새에 대해서는 이미 말씀드렸었지요. 보나파르트는 도착하자마자 공격을 명령했지요. 그는 여섯 부대를 사열하며 이렇게 말했어요.

"정예병들이여, 오늘 밤 저곳에 올라가야 합니다, 그러면 요새는 우리의 것입니다."

그리고 얼마 후 그는 바위 끝에 자리를 잡고 앉았고 저는 그를 따라 그 뒤에 자리를 잡았지요. 모든 대대의 장교들도 그를 둘러쌌어요. 루아종은 적이 포탄 공격을 해대고 우리가 기어오르지 못하도록 모든 공격을 해대고 있는데 바위를 기어오르는 것은 불가능하다고 강하게 반대를 했지요. 보나파르트는 그 말을 들은 척도 하지 않고 정예병들에게 다시 돌아와 요새는 너희들의 것이라고 말했지요. 새벽 2시에 공격명령이 떨어졌는데 요새는 본부로부터 8킬로미터나 떨어져 있어서 저는 명령을 받을 수도 없었어요. 그래서 저는 제 동료들과 함께 베레스로 돌아가 저녁 식사 후에 모두에게 인사를 하고는 아무 말 없이 다시 바르드 요새를 향해 출발했지요. 사람들은 삼나무로 덮인 거대한 바위들로 둘러싸인 긴 계곡을 통해 요새에 도착했지요. 어두운 밤이었어요. 산속의 고요함 속에 오직 흐르는 격류 소리만 요란했어요. 그리고 요새의 대포 소리가 멀리서 아련하게 들려왔지요.

저는 민첩하게 전진했고 포탄 소리가 점점 더 분명하게 들려왔지요. 곧 부대의 불빛이 보였고 저는 작전 지역에 들어서게 됐어요. 두 명의 군인이 바위 뒤 불 앞에 누워 있었지요. 뒤퐁 장군님이 분명 지휘 장교와 함께 있을 거란 생각에 베르티에 지휘관님을 보지 못했냐고 물었지요. 그중 한 명이 몸을 일으키더니 "여기 이 사람이 바로 베르티에 장군이에요."라고 말했지요. 저는 제가 누구이며 누굴 찾아왔는지 말했어요. 그러자 그는 뒤퐁 장군님이 있는 곳을 말해주었고 저는 바르드 마을의 다리 위에 있는 뒤퐁 장군님을 찾아갔지요. 그는 명령만 기다리는 정예병들과 함께 있었는데, 저도 그들 틈에 있다가 그가 고개를 제 쪽을 돌렸을 때 인사를 건넸어요. 그러자 그는 너무 놀라 이렇게 말했지요.

"명령도 없이 걸어서 여기까지 온 건가요?"

"장군님께서 허락해주시기만 한다면요…."

"아주 제때 왔군요! 공격이 시작될 테니 아주 제때 온 거요."

군인들은 요새 아래로 6개의 총과 군수품들을 옮겨 갔지요. 장군님의 부관들이 그 일을 했고 저도 걸어서 그들을 따라갔어요. 마을 중간쯤 갔을 때 세 발의 포탄이 한꺼번에 날아왔어요. 우리는 문이 열린 집으로 들어갔고 포탄이 터진 것을 본 후에 다시 우리 길을 계속했지요. 돌아올 때는 항상 수류탄과 포탄이 우릴 방어해주었어요. 공격은 쉬지 않고 계속됐지요. 우리는 마지막 참호까지 기어올랐지만 적이 바위들 사이로 던지고 굴리는 포탄과 폭탄, 너무 짧은 사다리들, 또 잘못된 작전들로 모든 것이 실패로 돌아갔어요. 우리는 패해서 후퇴했지요.

다음 날 아침 우린 이브레아로 향했어요. 우리는 요새를 돌아가 기어올랐지요. 군인들과 말들이 바위틈을 지나 좁은 길로 올랐는데 그곳 주민들도 감히 노새를 타고 오르지 못하는 곳이었어요. 그런데 우리 중 어떤 이들은 뛰어오르기까지 했지요. 보나파르트의 말 한 마리는 이때쯤 다리가 부러지기까지 했어요. 요새가 내려다보이는 어떤 곳에서 보나파르트는 멈춰 서서 방금 우리가 후퇴했던 작은 요새를 아주 화가 나서 노려보았지요. 엄청나게 힘든 전진 후에 우리는 드디어 평지에 도착했어요. 그리고 제가 여전히 말도 타지 않고 걸어가고 있는 것을 보고 뒤퐁 장군이, 어젯밤 저의 태도가 마음에 들었던지, 그의 말 중 하나를 타라고 했지요. 저는 그의 부관들과 보나파르트와 베르티에 장군의 부관들과 함께 전진했지요. 이 멋진 행진 가운데 뒤퐁 장군의 부관 한 명이 이렇게 말했어요.

"여러분, 뒤퐁 장군님의 참모들 30명 중 뒤팽 씨만이 그제 밤에 와서 아직 탈 말도 없으면서 지금 장군님과 요새를 공격하러 와 있습니다. 다른 사람들은 여전히 자고 있는데 말이에요."

이제 말씀드리지만 처음 봤을 때부터 이 참모라는 집단은 완전히 오합지졸들이었어요. 그리고 거기 부관이란 인물들은 모두 진짜 어디 소속도 없고 또 자질도 뭐 하나 뛰어난 것이 없는 자들이지요. 우리 8~10명은 그래도 다른 데보다는 나은 사람들이고 서로 친한 편이지요. 참모부는 갈수록 나아지고 있어요. 멍청하고 아둔한 놈들은 가면서 다른 일을 하게 두고 가니까요. 라퀴에는 제가 아주 특권을 누린다고 했다는데 그건 거짓말이에요. 우리는 전투 부관들과는 전혀 다른 대접을 받지요. 우리는 뭘 전달하는지도 모르면서 늘 전달병들처럼 뛰어다녀요. 우리는 장군님들과 어울리거나 식사를 하지도 못하지요.

이브레아에 있을 때 저는 계속 전진하다가는 내 말을 얻지 못할 거란 생각이 들었지요. 저는 걸어서 전진 부대 쪽으로 갔어요. 어젯밤 말들을 다 가져갔거든요. 제 12기병연대의의 한 장교가 15루이에 말을 하나 넘겼는데 파리에서라면 30루이는 했을 거예요. 이 말은 헝가리 야생마인데 적의 대위의 것이었지요. 회색 얼룩무늬가 있는 말이에요. 다리는 정말 섬세하고 비교할 수 없을 만큼 아름답지요. 그런데 성질이 아주 사나워요. 놈은 모르는 사람은 무조건 물고 오직 주인만 탈 수 있지요. 저는 정말 가까스로 올라탈 수 있었어요. 이놈은 정말 프랑스에 봉사하고 싶어 하지 않았어요. 먹을 것을 주고 쓰다듬어주고 달래서 겨우 타게 되었지요. 하지만 처음 며칠 동안은 격분해서 뒷발질은 하고 마구 물어댔지요. 한번은 누가 올라타니 처음에는 얌전했는데 갑자기 바람처럼 달리기 시작하고 노루처럼 뛰어올랐지요. 제 말 두 마리가 도착하게 되면 이놈을 팔 수 있을 것 같아요.

우편물이 드디어 도착했네요. 안녕, 어머니! 짧은 포옹으로 편지를 마칩니다. 안녕, 안녕.

14. 마렝고 전투

내가 만약 나의 아버지 이야기를 계속한다면 아마도 독자들은 내가 나의 이야기를 너무 미룬다고 생각할 것 같다. 하지만 내가 처음 이 책을 시작할 때 말했던 것을 다시 상기시켜야 할까? 많은 독자가 기억하지 못할 것 같아, 다시 같은 얘기를 반복하자면, 나는 처음 이 책을 기획할 때부터 얘기했던 것을 다시 말하고 싶다.

모든 존재는 서로가 연결된 삶을 살고 있다. 그래서 다른 인간의 삶과 동떨어진 자기만의 삶을 보여주려는 사람은 풀 수 없는 수수께끼만을 제공할 뿐일 것이다. 이러한 연결은 자식, 부모, 그의 과거 또는 현재의 친구들 그리고 동시대 사람들을 서로 비교하게 되면 더욱더 분명하게 드러나게 된다.

나로 말할 것 같으면 (여러분들도 모두 마찬가지지만) 내 생각, 나의 신념, 나의 분노, 또 감정 같은 나의 본능들은 내 눈에도 너무 신비로워서 나는 그것을, 이 세상에서는 결코 설명할 수 없는 어떤 우연에 의한 거라고 생각할 수밖에 없을 것이다. 만약 나라는 개인이 이 우주의 책에 기록되기 전 내 앞에 있었던 페이지들을 읽지 않는다면 말이다. 이 개인적 사실들은 그 자체만으로는 어떤 의미도 어떤 중요성도 가지고 있지 않다. 그것들은 전체적인 삶의 한 부분이 되었을 때만 가치를 갖는다. 그러니까 모든 인류의 개인성 속에 녹아들 때만 말이다. 그랬을 때 그것은 역사가 되는 것이다.

이렇게 누구도 반박하지 못할 당연한 진실 외에 나는 이질적인 조합들이 미치는 지대한 영향에 대해서도 말했었다. 이것 또한 다른 것 못지않게 너무나 당연한 진리이다. 나는 이러한 이질성이 어떤 절대적 운명을 만들어낸다고 결론 내리지 않았고, 여전히 그 생각은 변하지 않았다. 하지만 이것은 우리 삶에 강력한 영향력을 미치기 때문에 우리는 여전히 완전히 자유로운 존재는 될 수 없다. 같은 본능, 같은 성향이 다른 결과물을 만들어낼 수 있다. 왜냐하면 우리가 겪은 삶은 우리 앞에 산 사람들이 지나온 삶과 전혀 다르기 때문이다.

또 이런 생각을 해볼 필요도 있다. 그러니까 모든 성향은 설사 위험한 것이라고 해도 선善을 향해 갈 수도 있다는, 폭력적인 본능도 교육과 환경에 따라 잔혹함도 될 수 있고 용감함도 될 수 있다는 것을 말이다. 마찬가지로 따뜻한 성품도 좋게는 헌신이 되지만 나쁘게는 나약함이 된다. 수많은 요소와 이 요소들 간의 끝없는 조합들, 이것이 우주의 모든 것들을 지배하는 변하지 않는 법칙이고 이 법칙을 생각하지 않고 우리는 아무것도 이해할 수 없다. 인간의 이성이니 양심이니 하는 것들은 결국 때로는 합쳐지고 때로는 갈라지는 요소들의 양극단 사이 균형과 조화를 찾아내는 것이다. 이것이 우주를 창조하는 하나님의 행위이다. 이것이 우리 자신에게 작용하는 인간적 논리이다.

이런 생각에서 나는 나의 부모님들의 이야기를 하지 않고 이해시키지도 않으면서 나의 삶을 이야기할 수 없음을 분명히 하고 싶다. 이것은 전 인류의 역사에서뿐 아니라 개인의 삶에서도 필요한 이야기이다. 대혁명이나 제정시대에 대한 어떤 한 페이지를 읽을 때 그전의 이야기들을 다 알고 있지 않으면 당신은 혁명과 제정시대에 대해 아무 것도 이해할 수 없다. 또 대혁명이나 제정시대에 대해 이해하려면 당신은 인류의 모든 역사를 알아야만 한다. 나는 여기서 미시적인 하나의 역사를 이야기한다. 모든 인간은 자기만의 역사 이야기를 가지고 있다. 그러니까 나의 40년 이야기를 하자면 나는 거의 100년에 걸친 이야기를 보듬어야 한다.

이렇게 하지 않고는 나의 기억들을 다룰 수가 없다. 나는 제정시대와 왕정복고 시대를 살아왔다. 하지만 나는 초기에 너무 어려서 내 눈앞에서 실제로 일어난 일들이 어떤 의미인지 이해할 수 없었다. 때로는 설득되기도 하고 또 때로는 부모님들의 인상에 대한 반응을 통해 이해했을 뿐이다. 부모님들은 옛 왕정 시대와 대혁명을 지나왔다. 그들이 준 인상들 말고 내 느낌은 너무나 막연해서 내 삶의 초기에 대해 가지고 있는 기억이라는 것이 진짜 그런 것인지 의심스럽다. 어쨌든 이 첫 번째 생생한 기억들은 너무나 중요해서 우리의 삶이란 결국 그 인상들이 만들어낸 혹독한 결과물인지도 모른다.

나의 아버지 이야기

나의 젊은 병사가 바르드 요새를 떠나는 데에서 이야기를 그친 것 같다. 그의 상황을 다시 상기시키기 위해 나는 이브레아에서 아버지가 조카인 빌뇌브의 르네에게 보낸 편지 중 같은 사건들에 대해 이야기한 몇 부분을 인용하려고 한다.

하지만 우선 21살이던 나의 아버지가 어떻게 친구이며 동료이며 더욱이 나이도 한두 살 더 많은 조카를 갖게 되었는지를 설명하려고 한다. 뒤팽 드프랑쾨이유는 나의 할머니와 결혼할 당시 62살이었다. 그런데 그는 부유 양과의 첫 번째 결혼에서 낳은 딸이 하나 있었는데 그녀는 뒤팽 드슈농소의 조카인 빌뇌브와 결혼해서 두 아들 르네와 오귀스트를 낳게 된다. 나의 아버지는 그들을 마치 친형제처럼 사랑했다. 조카들은 나이 어린 아저씨라고 아버지를 놀렸고, 아버지는 그들에게 아저씨라고 으스대며 놀았을 것이 분명하다. 그런데 상속에 대한 문제가 집안의 이리에 밝은 사람들 사이에서 문제가 되었다. 르네는 이 사건에 대해 나에게 이렇게 말했다.

"그런 인간들은 이때를 기회로 삼아 우리에게 소송을 걸게 하면서 자기들 잇속을 차리려고 들었지. 문제는 집 한 채와 뒤팽 드슈농소 부인의 손자인 로슈포르르로부터 나의 사랑하는 모리스가 물려받게 되는 3천 프랑이었어. 모리스와 내 동생과 나, 우리는 그런 작자들에게 이렇게 답했지. 우리는 서로 너무나 사랑해서 무슨 문제든 다투고 싶지 않다. 싸우고 싶으면 너희들끼리 싸우라고. 그들이 그렇게 했는지는 모르겠지만 어쨌든 우리 가족 문제는 그것으로 끝이 났지."

이 3명의 젊은이들은 분명 착하고 돈에는 무심한 청년들이었다. 하지만 그 시절이 우리 시대보다 더 품위 있었던 시대였던 것도 사실이다. 공포정치의 폐해 속에서도, 무정부주의적 사상의 혼란 속에서도 혁명의 고통은 그들의 영혼에 고귀한 기사도적 기품을 남겨주었다. 사람들은 고통을 감내했고 사람들은 그저 자신의 재산을 빼앗는 데 익숙해졌고 또 그것을 아무 생각 없이 되찾게 되는 데도 익숙해졌다. 불행과 위험은 구원을 향한 시련이라는 말이 맞는 말 같다. 인류는 편하고 물질적 쾌락을 즐기는 중에는 이기주의라는 악을 제거하기에 아직 충분히 순수하지 않다. 오늘날 유산 싸움에서 친척끼리 서로 얼싸안고 검사들을 비웃으며 싸움을 끝내는 것을 보는 경우는 거의 없다.

이브레아에서 아버지가 큰 조카에게 쓴 편지에서 아버지는 생베르나르의 길들과 바르드 요새 공격에 대해 쓰고 있다. 다음에 언급하는 편지는 이 아름다운 순간들을 얼마나 즐겁고 순수한 마음으로 지나고 있는가를 보여준다.

> 나는 참모 본부가 있는 절벽과 가까운 바위 아래로 갔지. 장군에게 가서 인사하고 자리를 잡은 다음 보나파르트에 대한 존경을 표시했지. 그날 밤 그는 바르드 요새 공격을 명령했어. 나는 나의 장군님과 함께 공격했지.[39] 탄환들과 폭탄들과 유탄들과 포탄들이 사방에서 우레와 같은 소리를 내며 터져대면서 우릴 공격했지만 나는 상처 하나 입지 않았어.
>
> 우리는 바위들과 계곡을 통해 요새를 돌아갔지. 보나파르트도 우리와 함께 기어올랐어. 몇몇은 절벽에서 구르기도 했지. 드디어 우리는 평원으로 내려오고 그곳에서 다시 싸우기 시작했지. 한 기병이 아주 아름다운 말을 가져와서 나는 그 말을 샀어. 그래서 지금 그 말을 타고 있지. 전쟁에서는 정말 필요한 일들이야. 오늘 아침에는 전방 부대에 명령을 전달했는데 가는 길에 시체가 즐비했지. 내일이나 오늘

---

39 "함께 공격했지."라는 표현은 참 재미있는 표현이다. 이 행동은 자기 말도 없는 상황에서, 명령을 받은 것도 아닌데 그저 좋아서 자발적으로 한 행동이었다.

밤 아주 큰 싸움이 있을 거야. 보나파르트는 참을성이 없고 그저 전진하려고만 하지. 거기에 우리도 무조건 복종이고 말이야.

우리는 아름다운 시골을 황폐하게 했어. 피와 살육과 유린이 그 뒤를 따랐고. 우리가 가는 길은 죽음과 폐허로 점철되었어. 우리는 주민들을 보호하고 싶었지만 오스트리아인들의 완강함은 우리에게 포격을 멈출 수 없게 했지. 나는 처음에는 신음했지만, 곧 망할 놈의 정복욕과 명예욕이 나를 사로잡아 초조하게 싸우며 더 빨리 전진하기만을 바라게 되었지.

친구야, 생베르나르를 지나면서 내가 너를 얼마나 그리워했는지 아니? 너는 얼마나 즐거워했을까! 길들은, 그걸 길이라고 할 수 있다면, 밤에 떨어져 내린 눈사태로 막혀 있어서 1보 전진하고는 3보 후퇴해야 했지. 매 순간 귀까지 쌓인 눈 속으로 들어가야 했어. 수도원에 도착해서 수도사들이 주는 점심을 먹었지. 그들의 너무나 고상한 태도가 감동적이었어…. 그들은 내게 덩치 큰 개를 보여주었는데 그놈은 정말 동물 중 가장 아름다운 모습과 가장 보기 좋은 자태를 하고 있었지. 내가 예뻐해 주었더니 아주 좋아하는 것 같았어. 마침내 수도사들과 개들과 우리는 아주 좋은 친구가 되어 헤어졌지.

만약 자신이 자기 삶을 선택할 수 있다면 나는 나의 사랑하는 조카들과 함께 살고 싶어. 아침부터 저녁까지 그들을 괴롭히고 지루한 충고와 연설을 끊임없이 해대면서 말이야. 전쟁과 정복들보다 더 멋진 이 소망을 꼭 이루고 말 거야. 그걸 기다리는 동안 나의 친구야, 나는 너를 포옹한다. 다시 말하지만, 너에 대한 나의 뜨거운 우정은 지금 이 시련의 시간과 결핍과 모든 속된 생각들, 게다가 폭탄들과 탄환들까지 모두 견디게 하고 있다는 걸 알아주길 바라.

편지 55

모리스가 그의 어머니에게 보낸 편지

스트라델라, 프레리알 21일

우리는 미친 듯이 뛰어다니고 있어요. 어제 우리는 포라는 마을을 지났고 적을 섬멸했지요. 저는 너무 지치고 늘 말 위에서 힘들고 어려운 일들을 떠맡고 있어요. 곧 일들을 처리하고 여유가 생기면 자세하게 설명해드릴게요. 오늘 저녁은 이만 어머니께 포옹과 사랑을 드리며 편지를 마쳐야겠어요.

편지 56

가르델로탑의 본부에서

혁명력 8년, 프레리알 27일

역사가들이여, 펜을 들라. 시인들이여 페가수스의 등에 오르라. 화가들이여 붓을 준비하라. 기자들이여 마음껏 상상의 나래를 펴라! 이렇게 아름다운 기사는 다시는 없을 것이다. 어머니! 저는 제가 본 것을 그대로 말씀드리겠습니다.

몬테벨로의 영광스러운 승리 이후로 우리는 23일 보게라에 도착했지요. 다음 날 우리는 새벽 6시에 그곳을 떠나 우리의 영웅을 따라 오후 4시에 산기울리아노 평원에 도착했어요. 우리는 그곳에서 싸워 승리하고 적을 보르미다에 있는 알렉산드리아의 벽 아래까지 몰아냈어요. 밤이 와서 각자가 흩어져 영사와 지휘관은 가르델로탑의 농가로 자러 가고 우리는 땅 위에서 먹지도 못하고 잠이 들었지요.

다음 날 아침, 적의 공격이 시작되어 전투장에 갔는데 이미 싸움이 한창이었어요. 전선은 길게 두 줄이었는데 대포와 총소리가 귀청을 찢었지요! 예전에 이렇게 강한 포병은 보지 못했어요. 9시경에 대살육이 시작돼서 마렝고에서 가르델로탑으로 가는 길에는 후퇴하는 부상병들과 그들을 데려가는 군인들이 두 줄로 늘어섰지요. 이미 우리는 마렝고에서 밀려났어요.

오른쪽은 적이 포위하고 있었고 적의 포병들은 서로 엇갈리며 포를 쏘아대고 있었지요. 포탄이 사방에서 비처럼 쏟아졌어요. 참모 본부가 집합했는데 포탄 하나가 뒤퐁 장군 부사관의 말 배 밑으로 지나갔지요. 다른 포탄은 내 말의 엉덩이를 스치고 지나갔고요. 또 포탄 하나가 우리 가운데 떨어져 터졌지만 아무도 다치지 않았지요. 어쨌든 우리는 어떻게 하면 좋을지 논의했고, 지휘관은 부대 왼편으로 저와 친한 라보르드라는 부사관을 보냈지요. 하지만 100걸음도 가지 않아 그의 말은 죽었어요. 나는 스타벤라스 부사관과 왼편으로 갔지요. 가면서 우리는 제 1용기병이 둥글게 편성되어있는 걸 보았어요. 지휘관은 우리 쪽으로 슬프게 다가오며 우리에게 함께 있는 12명을 보여주면서 아침에 있었던 50명 중 남은 자들이라고 말했지요. 그가 말하는 동안 포탄이 내 말의 코 아래로 지나갔고 말은 놀라 내 위로 죽은 것처럼 쓰러졌지요. 나는 재빨리 그 아래로 빠져나왔어요. 나는 그가 죽은 줄로 생각했는데 다시 일어나는 걸 보고 놀랐지요. 하나도 다치지 않았어요.

나는 다시 말에 올라 부관과 왼편으로 갔지요. 그런데 그쪽은 후퇴하고 있었어요. 우리는 최선을 다해 전열을 가다듬으려고 했지요. 하지만 겨우 정비를 하면 왼편으로 더 많은 도망병들이 미친 듯이 달려가는 것을 보았어요. 장군은 제게 그들을 멈추게 하라고 했지요. 하지만 그것은 불가능한 일이었어요. 나는 보병들, 기병들, 짐들과 말들, 수송 마차 그리고 포병대와 함께 부상당하고 버려진 부상병들이 뒤죽박죽으로 있는 것을 보았어요. 끔찍한 비명이 들리고 먼지로 인해 한 치 앞도 보이지 않았지요. 이런 극한 상황 속에서 나는 길 밖으로 몸을 던지고 앞으로 뛰어나갔어요. "정지!"를 외치면서 말이지요. 나는 계속 뛰었어요. 지휘관 한 명, 장교 한 명 볼 수 없었지요.

나는 머리에 상처를 입고 말에 끌려가는 젊은 콜랭쿠르를 만났어요. 마침내 나는 부관 하나를 만났지요. 우리는 혼란을 멈추게 하려고 최선을 다했어요. 어떤 병사들은 칼로 위협하고 어떤 병사들은 칭찬했지요. 왜냐하면 절망에 빠진 사람 중에도 용감한 사람이 있기 마련이거든요. 나는 말에서 내려 전열을 가다듬고 편대를 둥글게 만들었어요. 그리고 두 번째 편대를 만들려고 했지요. 그런데 두 번째 편대를 시작하자마자 첫 번째 편대는 도망가고 있었어요. 우리는 다 포기하고 지휘관을 만나러 달려갔지요. 우리는 보나파르트가 후퇴하는 것을 보았어요.

2시가 되었고 우리는 이미 지고 있었어요. 12문의 대포 중 빼앗기지 않은 것은 모두 부서졌어요. 모두가 망연자실하고 사람도 말도 모두 완전히 기진맥진해 있었지요. 길에는 부상병들이 가득했어요. 그리고 저는 이미 포강과 티치노로 다시 돌아가 적진 마을을 가로질러 가야 하는 걸 알았지요. 이런 슬픈 생각을 하는 중에 어떤 위안의 소리가 들려와 우리의 용기를 북돋아주었어요. 드세와 켈레르만 부대가 13문의 대포를 가지고 온 거예요. 우리는 다시 힘을 찾고 도망병들을 멈추게 했지요. 부대가 도착하고 모두가 자기 자리로 돌아갔어요. 우리는 적을 몰아세웠고 이번에는 적들이 도망갔지요. 사기충천했어요. 우리는 웃으며 자기 자리를 지켰지요. 우리는 8개의 깃발과 6천 명의 군인들, 2명의 장교, 20문의 대포를 빼앗았고 나머지 것들은 오로지 밤이 우리의 분노로부터 그들을 가려주었지요.

다음 날 아침 멜라스 장군은 휴전 교섭 사절을 보냈어요. 우리는 그를 우리의 농가에서 군악대의 음악을 연주하며 맞았어요. 그는 휴전 협정서를 들고 왔지요. 그들은 우리에게 제노바, 밀라노, 토르토나, 알렉산드리아, 아퀴 테르메, 피치게토네, 그러니까 이탈리아의 일부와 밀라노의 일부를 넘겨주겠다고 했지요. 그들은 패배를 인정했어요. 우리는 오늘 알렉산드리아에 있는 그들의 집으로 저녁 먹으러 갈 거예요. 휴전은 결정되었지요. 우리는 이 명령을 멜라스 장군의 성에 보냈어요. 오스트리아 장교들은 내게 와서 뒤퐁에게 자기들을 잘 부탁한다는 이야기를 해 달라고 했지요. 사실 그것은 너무나 즐거운 일이었어요.

오늘 프랑스군과 오스트리아군은 이제 하나가 됐지요. 신성로마제국 장교들은 그런 명령을 내려야 한다는 것에 분개했어요. 하지만 그래 봤자지요. 그들은 졌으니까요. 승리자여 전진하라! 오늘 저녁, 아침에 함께 전투했던 스타벤라스 장군이 평화협정을 체결하기 위해 왔는데 그는 저를 보고 너무 마음에 든다고 하면서 제가 정말 멋지게 잘 싸워주었고 뒤퐁 장군도 그것에 대해 잘 알고 있다고 했어요. 실제로 어머니, 저는 정말 온종일 총탄 아래에서 말 그대로 강철처럼 버텼지요. 부상병은 셀 수 없이 많았고 또 대포로 당한 부상이라 살아 돌아온 사람은 거의 없었지요. 어제 그중 몇 명을 본부로 데려왔는데 오늘 아침 마당은 시체들로 가득했어요. 마렝고 평원은 8킬로미터 정도의 땅에 시체가 가득했지요. 썩은 냄새가 진동하고 열기로 숨이 막힐 지경이었어요. 우리는 내일 토르토나로 가요. 저도 이제 살게 됐어요. 여긴 먹지 못해 죽을 지경인 데다가 악취가 지독해서 이틀도 더 견디기 어렵거든요. 아! 얼마나 끔찍한 광경인지! 시간이 지나도 도저히 익숙해지지 않네요.

그렇지만 우리는 모두 희희낙락하고 있어요. 전쟁이란 이런 거 같아요! 지휘관의 부관들은 정말 멋지고 저를 아주 좋아하지요. 이제 아무 걱정하지 마세요. 어머니, 이제 평화가 왔으니 편히 주무세요. 이제 우리는 우리의 월계관 위에서 쉴 일만 남았으니까요. 뒤퐁 장군은 이제 곧 저를 중위로 임명할 거예요. 이 말을 하는 걸 잊을 뻔했네요. 며칠 전부터 제 일은 잊고 있었으니까요. 그의 부관이 부상을 당했기 때문에 임시로 제가 그 일을 하게 될 거예요.

안녕, 사랑하는 어머니! 너무 피곤해서 이제 짚더미 위로 자러 가야겠어요. 온 마음으로 포옹합니다. 이제 곧 가게 될 밀라노에서 더 긴 편지를 쓸게요. 보몽 삼촌에게도요.

편지 57

부용 호텔의 보몽 시민에게

파리, 말라케강 변

토리노, 혁명력 8년 메시도르 … 일(1800년 6월 혹은 7월)

탕, 펑, 으악, 따다다! 전진! 장전! 후퇴! 포대! 졌다! 이겼다! 알아서 도망쳐! 오른쪽으로 돌격, 왼쪽으로 돌격, 가운데로 돌격! 돌아와, 멈춰, 출발, 서둘러! 포탄 조심! 질주! 머리를 낮춰! 탄환이 날아온다 …. 시체들, 부상병들, 잘려나간 팔다리, 포로들, 장비들, 말들, 노새들, 울부짖는 소리들, 승리의 함성, 고통의 신음소리, 앞을 가리는 흙먼지들, 숨 막히는 열기, 고함소리, 혼란스러움, 끔찍한 싸움판 ….

사랑하는 삼촌! 한마디로 말해 이게 마렝고 전투에 대한 분명하고 뚜렷한 저의 표현이에요. 이 전투에서 삼촌의 조카는 아주 건강하게 돌아왔지요. 포탄이 쏟아지는 사이를 말과 함께 쓰러지고 넘어지고 하면서 말이에요. 15시간 동안 오스트리아군의 30문의 대포와 20개의 곡사포와 3천 개의 소총의 먹이가 되면서 말이에요. 하지만 모든 것이 그렇게 끔찍했던 것만은 아니에요. 왜냐하면 지휘관이 제가 침착하게 도망병들을 다시 모은 것을 좋게 보아서 마렝고 전투에서 저를 중위로 임명했으니까요. 그래서 저는 이제 한 줄로만 된 계급장을 달게 되었지요.

이제 명예와 월계관에 덮여서 멜라스의 집에서 저녁을 먹고 그의 알렉산드리아성에서 우리의 명령을 전달한 후에 우리는 프랑스 정부의 특수 장관으로 임명된 장군님과 토리노에 돌아왔지요. 그리고 우리는 아오스타 백작의 성이 있는 피에몬테에 명령을 주고 말들과 마차들과 공연, 멋진 식사 … 가 그 뒤를 이었어요. 뒤퐁 장군은 현명하게도 참모들 모두에게 휴가를 주어서 단지 두 명의 부관과 저만 곁에 두고 있었지요. 그래서 저는 본부에서 유일한 부관이 되었어요. 별로 중요한 일도 없어서 저는 부엌에서 사람들을 만나 일 처리를 하는데, 저는 '밥 먹을 때' 말을 제일 잘하는 것 같아요. 제국도 이런 식으로 지혜롭게 잘 다스려지고 있는 거지요.

불행하게도 이제 전쟁은 끝이 났어요. 몇 번의 전투만 더 치렀더라도 저는 장군이 되었을 텐데 아쉬워요. 하지만 용기를 잃지는 않았어요. 어느 아침인가 일들이 또 얽혀서 새로운 도전을 하며 잃어버린 시간을 만회할 수 있을지도 모르니까요.

삼촌! 편지를 자주 보내지 않는다고 나무라지 말아주세요. 하지만 우리의 전진과 우리의 정복, 승리가 나의 모든 순간을 다 가져가 버렸어요. 그러니까 앞으로는 좀 더 자주 편지할게요. 그건 힘든 일이 아니에요. 그저 제 마음이 시키는 대로 하면 되니까요. 제 마음은 항상 삼촌을 향해 있답니다. 온 마음으로 포옹합니다.

부용 씨에게 저의 존경을 보냅니다. 모리스

빌뇌브의 조카들에게 쓴 마렝고 전투에 대한 세 번째 편지는 "그래서 잘 들어봐, 나의 조카들아"라는 말로 시작한다. 아버지는 다른 사람들에게 쓴 편지에는 없는 몇 가지 상황을 적고 있다.

"너희들이 존경하는 이 삼촌은 겨우 스쳐 가는 총알을 피하고 또 다른 총알에 넘어지고 말은 놀라 나뒹굴며, 가슴에 상처를 입고 피가 났는데 한 시간쯤 뛰어다니고 나니 피가 멈췄지. 그리고 난 죽지 않고 살아났는데 그건 내 잘못이 아니야.

전쟁이 얼마나 비참한지는 자세히 설명하기에는 너무 길단다. 하지만 불타는 전쟁터에서 아무것도 먹지 못하고 3일을 견뎌야 하는 걸 상상해 보렴. 가르델로탑에서 우리 1,400명 군인을 위해 있는 거라곤 겨우 우물 하나뿐이었단다."

편지는 이렇게 끝난다.

"나의 사랑하는 친구들, 모두에게 23번의 키스를 보낸다. 나의 존경을 부인들께 전해주길 … ."

편지 58

파리, 포부르 생토노레, 빌레베크가 1305번지, 뒤팽 시민에게

토리노, 혁명력 8년 메시도르 10일(1800년 6월)

승리자에게 영광과 명예를! 뒤퐁 장군님은 밀라노를 떠나 프랑스공화국 특수장관의 자격으로 토리노로 가셔서 피에몬테 정부를 조직하는 일을 맡으셨어요. 떠나시면서 모든 참모를 떠나보내서, 말씀드린 것처럼 참모부는 아주 초라하기 짝이 없지요. 이제 두 명의 부관과 저뿐이에요. 그래서 이제 우리가 최고이니 아주 왕처럼 편안하게 지내고 있지요. 여기 도착해서 저는 중위 임명장을 받게 되었어요. 뒤퐁 장군님이 지휘관에게 명령해서 그가 손수 만들었지요.

"뒤팽 시민을 마렝고 전투의 중위로 임명한다."

세상에, 정말 멋진 날짜지요! 이제 한 걸음만 더 올라가면 대위예요. 누군가 어머니께 말한 것처럼 10년씩 기다릴 필요는 없어요. 저

는 밀라노에서 아주 좋은 상태의 말을 받았어요. 얼마나 멋진지 사람들이 모두 놀랐지요.

어머니께 제 편지를 전해줄 사람은 세상에서 가장 멋지고 사랑스러운 친구예요. 포병처럼 용감하고 사냥개처럼 집요한 녀석이죠. 그는 전쟁터에서 기병대장으로 임명되었어요. 라보르드라는 친구인데 베르티에의 부관이고, 마렝고 전투에서 자기가 타고 있던 말이 죽었던 그 친구지요. 그는 영사를 비롯해 모든 장군의 사랑과 인정을 받고 있어요. 제게도 아주 잘해주고 최선을 다해 도와주는 친구지요. 그를 잘 대해주라고 어머니께 굳이 부탁드리지 않아도 잘 해주시리라 생각해요. 이제 저는 모든 부관들의 지시에서 벗어나 오로지 혼자서 모든 걸 제 마음대로 다 하고 있어요.

어제 우리를 배반했던 이탈리아 사람들은 오늘은 우리를 너무나 치켜세우고 칭송하며 굽실거리고 비굴하게 행동하고 있어요. 세상에서 가장 비겁한 인간들 같아요. 그들은 우리가 극장에 들어갈 때 프랑스 노래나 프랑스 국가를 연주해주면 우리가 아주 좋아할 거라고 생각하지요. 하지만 그들이 그것을 좋은 마음으로 연주한다면 제 손에 장을 지지지요.

어머니가 파리에 좀 더 머무시면 좋겠어요. 뒤퐁 장군님이 며칠 뒤에 그곳에 가실 거라고 하고 저도 따라가게 될 거거든요. 전쟁터에서 돌아와 바로 어머니를 품에 안게 되면 얼마나 행복할까요. 다행히 어머니는 그런 전쟁이 있었는지도 모르셔서 걱정할 틈도 없었지만 말이에요. 토리노에서의 우리의 위대함과 빛남에 대해서는 더 말하지 않겠어요. 오히려 저는 어머니와 함께할 파리의 작은 방에 대해 말하고 싶어요.

라보르드가 떠나려고 하네요. 이제 안녕. 키스를 보냅니다.

편지 59

토리노, 혁명력 8년 테르미도르 10일

어머니, 저는 이미 우리가 주르당의 명령으로 토리노로 이동할 거라는 걸 알고 있었지요. 장군님은 이동에 대한 자세한 정보를 위해 모랭과 저를 그제 밀라노의 마세나 장군에게 보냈었어요. 그리고 오늘 밤에 우린 아주 만족스러운 답을 가지고 돌아왔지요. 마세나 장군은 우리를 아주 환대한 후에 뒤퐁 장군에게 만약 자신이 밀라노를 떠나게 되면 친구로서 흔쾌히 받아들일 것이고 부대에 편성될 거라고 전하라고 했어요. 결국 마세나 장군이 저녁을 먹을 때 말한 것처럼 만약 다시 전쟁이 시작된다면 우리는 대대를 지휘하기 위해 가게 될 것이지요. 그렇게 되면 제 일도 완벽히 해결되겠지요.

저는 지금처럼 전투와 명예욕에 사로잡힌 적이 없었던 것 같아요. 생각해보면 전쟁을 하지 않는다면 우리는 정말 쓸모없는 사람들이지요. 만약 우리가 사람을 죽이지 않는다면 사람들은 우리에게 칼을 왜 차고 있고 유니폼을 뭐 하러 입고 있느냐고 물을 것만 같아요. 그리고 우리는 사회에서 가장 무용한 존재로 보이겠지요. 하지만 100대의 청동대포와 100개의 부대가 우리의 영토를 침범하게 되면 사람들은 즉시 우리에게 복수해줄 것을, 보호해줄 것을, 프랑스의 영웅이 될 것을 외치겠지요. 우리는 마치 우비 같은 존재예요. 그러니까 비가 올 때는 사용하지만 날씨가 좋을 때는 잊히는 존재지요.

밀라노는 처음에 지나갈 때와는 딴판이었어요. 이곳은 더는 앞날을 알 수 없어 두려움에 떠는 곳이 아니었어요. 거리도 이제는 황폐하지 않고 주민들도 두려움에 떨고 있지 않았지요. 모든 것이 풍요롭고 화려하고 즐거웠어요. 정원들은 마치 파리의 대로처럼 빛나고 매일 밤 4줄의 마차들이 돌아다니고 있었지요. 무도회는 훌륭하고 밀라노에서나 파리에서나 망명 귀족들은 평화의 공기를 마시며 환희를 만끽하고 있었지요. 대극장에서는 파이시엘로의 〈세비야의 이발사〉가 공연되고 있었어요. 정말 즐거웠지요. 음악선생으로 가장한 알마비바가 노래하는 부분은 정말 매혹적인 멜로디였어요. 바실리오를 침대로 보내는 5중창 장면은 정말 끝내주는 화음이었고요. 가수들이 아름다운 하이라이트 파트로 가기 전에 대충 넘어가는 그 지루한 서창부와 줄거리를 얘기하는 부분들을 사람들이 어떻게 견디고 지나가는지 이제 알 것 같아요.

돌아왔을 때 장군님은 우리의 여행에 대해 길게 물으셨지요. 우리를 맞이하는 사람들은 기쁨을 이기지 못하고 있었어요. 사람들은 우리가 오는 도중 암살당했다는 소문을 퍼뜨리고 있었어요. 사실 길은 너무나 위험했지요. 그리고 우리가 지나가기 전날 2대의 마차가 공격받아서 약탈당했고 1명의 우편배달부가 죽었어요. 모랭과 저는 아주 철저하게 준비했지요. 우선 우리 마차는 오픈된 사륜마차라 적이 오는 걸 볼 수 있고 아주 높아서 길과 마차들을 잘 감시할 수가 있었지요. 게다가 우리는 각자 탄환 2개가 장착된 소총과 2개의 피스톨과 칼을 차고 있었어요. 이렇게 준비하는 것은 정말 필요한 일이었지요. 부팔로라에서 우체국장은 우리에게 말을 주면서 아주 망설였지요. 우리가 공격받을 거라고 하면서.

때는 밤 11시였어요. 우리는 그의 걱정은 아랑곳하지 않고 무작정 떠났지요. 한 시간쯤 달렸을 때 오른쪽 왼쪽으로 길가 덤불을 열심히 보고 있는데 좁은 길로 나오는 남자들이 보였지요. 나는 즉시 일어나 그들에게 총을 겨누었고 모랭도 그렇게 했어요. 그리고 우리의 침착한 모습에 두려웠는지 그들은 나타나자마자 사라졌지요. 그들은 꽤 잘 조직된 놈들이었지만 아직 싸움에 훈련된 놈들은 아니었어요. 아주 부자인 지방에서는 주민들이 강도일 수 있다는 걸 사람들은 잘 모르는 것 같아요. 그들은 그 마을의 농부거나 주민들이지요. 심지어 그들은 옆집을 공격하기도 해요.

제가 편지를 오랫동안 쓰지 않았다고 뭐라 하시는 데 저는 이해할 수가 없네요. 어머니께 편지를 쓰지 않고 27일을 보낸 적은 없는데요. 저는 전투 바로 다음 날도 편지를 썼어요. 어쨌든 다시 말씀드리는데 제 걱정은 하지 마세요. 제게 나쁜 일은 절대로 일어나지 않아요. 그건 분명한 원칙이에요.

안녕, 사랑하는 어머니, 사랑하고 온 마음으로 포옹합니다. 나의 진정한 친구 데샤르트르에게도 키스합니다. 제가 편지를 쓰지 않는다고 화내지 않으면 좋겠어요. 저는 겨우 어머니께 편지 쓸 시간밖에 없고 어머니께 소식을 전하는 것이 곧 그에게 쓰는 거지요. 나의 소중한 하녀에게도 키스합니다. 잊지 않았다고 전해주세요. 르푸르니에의 주소를 보내주세요. 어머니께서 편지로 알려주지 않으면 저는 알지도 못하고 알 수도 없으니까요.

편지 60

혁명력 8년 프뤽티도르 … 일, 밀라노(1800년 9월)

사랑하는 어머니! 편지를 쓰지 못한 지 한참 되었네요. 하지만 토리노에서 마지막 체류기간 동안 일이 너무 바쁘고, 처리해야 할 일들이 너무 많았지요! 밀라노에 도착하자마자 뒤퐁 장군님과 여러 곳을 방문해야 해서 지금껏 어머니께 소식을 전할 수가 없었어요. 장군님은 여전히 저를 아주 아껴주시지요. 어머니의 편지도 분명 한몫했을 거예요. 저는 장군님의 모든 일정과 모든 일에 동참하고 있어요.

장군님은 드쿠쉬와 메를랭을 토리노에 두고 오셨지요. 떠나는 날 저녁에 장군님은 제게 드세 장군에게 보내는 기념물을 파리로 가져가도록 챙기라고 명령하셔놓고는 제가 잠자리에 들고 한 시간쯤 뒤에 저를 다시 깨워서는 장군님도 함께 파리에 가겠다고 하셨어요. 저는 아주 편한 마음이었지요. 왜냐하면 어머니도 파리에 없는데 20대의 마차를 끌고 파리에 며칠 머물러 가는 것은 아주 멍청한 고역이었을 테니까요.

장군님은 사령관이 되셨어요. 부대 오른편 날개의 1만 8천 명 군인을 통솔하시지요. 브륀은 오늘 장군님과 함께 연대 열병식을 했지요. 그리고 우리는 내일 저녁 볼로냐Bologne로 떠날 거예요. 그리고 모데나, 레지오Reggio,[40] 피아첸차를 지나갈 거예요. 비록 다른 사람을 따라다니는 길일지라도 제가 얼마나 많은 곳을 다니는 젊은이인지 아시겠지요. 제 말과 부하들은 장군님의 말과 부하들과 함께 토리노에 있

40 〔역주〕 위치로 보아 레조넬 에밀리아(Reggio nell'Emilia)로 추정된다.

다가 볼로냐에서 만나게 될 거예요.

여기서 우리는 마차를 타고 외출하거나 저녁을 초대하거나 하면서 보내고 있어요. 프랑스 장관인 페티에의 집에서 아주 멋진 연회를 베풀고 있지요. 저녁이면 우리는 궁전이나 아주 멋진 극장에 가요. 굉장한 디바 여가수와 테너 가수가 있는 곳이지요. 발레는 아주 형편없지만 무대 배경만큼은 굉장해요. 한마디로 즐겨야 할 의무감에서 저는 최선을 다해 즐기려고 노력하고 있어요.

밀라노는 아주 멋있는 곳이에요. 하지만 이곳을 떠나는 것도 아주 좋은 일이지요. 모든 것이 다 아름답고 좋지만 두 달 동안 즐기기만 하는 건 두 달 동안 잠만 자는 것처럼 저의 진급에는 도움이 되지 않지요. 전쟁터에서 두 달은 저를 대위로 승진시켜 줄 테지만 말이지요. 또 젊을 땐 이곳저곳을 뛰어다니고 여행해야지요. 이건 텔레마코스 시대부터41 이어온 전통이지요.

안녕, 사랑하는 어머니!

이제 짐 싸러 가야 해요. 온 마음으로 포옹합니다.

---

41 〔역주〕 그리스 신화에 나오는 오디세우스의 아들로, 아버지를 찾아서 세계를 떠돈다.

2부

나의 어린 시절

1800~1810

Histoire de Ma Vie

1. 점령지에서

편지 1

이탈리아의 부대 "자유, 평등"

오직 하나이며 나뉠 수 없는 프랑스공화국의 혁명력 8년

볼로냐의 본부, 프뤽티도르 17일

뒤퐁 사령관이 부대 우안 참모 부관 뒤팽 시민에게

친애하는 뒤팽, 이 편지를 받는 즉시 베르첼로Bercello에[1] 가길 원하네. 가서 크레모나에서 포강까지 어떻게 지나가야 할지에 대한 정보를 수집하도록. 베르첼로 행정부에게 연대 우안에 속한 부대가 도착할 거라고 전하고 구아스탈라 행정부에도 이 말을 전해서 그들이 군대의 필요한 것들을 준비하도록 하게. 아직 규모가 어느 정도일지는 결정되지 않았지만, 양편에 2천 명 정도가 될 걸세.

보르고 요새의 언덕까지 강을 따라가게. 그리고 산베네데토까지 계속 가면서 자세하게 배들의 숫자와 위치 그리고 다른 통과 수단들에 대해 정보를 수집해오게.

또 강 왼편에 있는 오스트리아군의 위치와 병력을 알아보게. 보르고 요새나 다른 곳에 배다리가 있는지도 확인 바라네. 그들 군대의 전체 위치 파악과 망루에 주둔한 부대 병력에 대해서도 알아 오게.

이 정보들을 빨리 수집한 후에 볼로냐로 돌아오거나, 혹 내가 그곳

1 〔역주〕 브레셀로(Brescello)로 추정된다.

에 없으면 내 본부로 오도록.

오스트리아군이 공격할 기미가 있는지 알아보는 것이 급선무인데 혹시 그쪽에 정보원이 있다면 즉시 내게 보내주기 바라네.

그럼 이만, 우정을 담아

뒤퐁

P.S. 아마도 이 편지는 파르마에서 받게 될 걸로 생각되네.

편지 2

모리스가 그의 어머니에게 보낸 편지

볼로냐, 프뤽티도르 24일

사랑하는 어머니께 장군님의 편지를 보내는 것은 저의 침묵에 대해 용서를 구하고자 하는 것이 아니고(사실 저로서는 용서를 구할 일도 없다고 생각합니다) 어머니께서 늘 염려하시고 걱정하시는 것을 좀 덜어드리려는 생각에서입니다. 편지에서 보시는 것처럼 저는 아주 인정받고 신임 받는 병사입니다. 6명의 부관 중에 제게 그 중요한 임무를 맡겼는데 그런 일은 절대로 아무에게나 맡길 수 있는 것은 아니지요. 제가 어떤 임무들을 수행하고 어떤 정신 상태에 있었는지 아셨으니 만족하실 거라고 생각합니다. 하지만 그걸로 밀라노에서 한 달간 편지를 못 한 것도 용서가 될까요?

아! 어머니는 어쩌면 그렇게 정확하게 예견하셨는지! 제가 한마디도 하지 않았는데도 제가 그 망할 놈의 카푸아에 있었던 것을 느낌만으로 짐작하셨지요! 제발 너무 많은 것을 물어보지 마세요. 쓰는 것보다는 말하는 것이 더 쉬운 일들이 있지요. 뭘 원하시는 건지! 저는 지금 감정이 풍부한 나이이고 감정대로 사는 것이 저의 죄는 아니지요. 저는 취해 있었지만 괴로워하기도 했어요. 그러니 저를 용서해주시고 제가 기쁜 마음으로 의무에 충실하려는 의지로 가득 차 밀라노를 떠났다는 걸 기억해주세요. 조금 후에 제가 아주 냉정하게 다 말씀드릴게요. 왜냐하면 벌써 분주하게 임무를 수행하는 가운데 정신이 평온을 되찾은 것 같으니까요.

저는 최선을 다해 장군님의 명령을 실행했어요. 3일 동안 모든 전선을 돌아보았지요. 그리고 어제 돌아와 그날 저녁때 바로 드린 보고가 장군님의 마음에 들었던지 그냥 그대로 지휘관들에게 전달되어 아주 기뻤지요. 저는 그저 기계처럼 임무를 수행한 것은 아니에요. 전투의 움직임과 생각을 이해할 수 있는 전쟁을 사랑해요. 그것은 마치 체스판에서 이기는 편과 같지요. 불쌍한 병사들에게는 단지 저속한 우연의 장난일 뿐이겠지만요. 사실 다른 귀족들 세계에서 저와 가까웠던 사람들은 전쟁을 이렇게 이해하고 아는 기쁨을 알기보다는 그저 멍한 권태로움 속에 삶을 영위할 따름이었지요. 그들을 위로할 수 있다면 나는 그들을 동정하고 그들의 고통을 나누겠어요. 하지만 그런 게 무슨 소용인가요! 제가 그동안 배운 대로 온 힘을 다해 지키려는 나의 조국에 제 작은 머리와 팔다리로라도 빚을 갚아야 하지 않을까요?

제가 그 죽음을 너무 애석해하는 저의 영웅 들라투르 도베르뉴 씨도 저와 같은 말을 하셨지요. 그는 저도 그와 같은 애국자라고 하셨어요. 저의 야망과 어머니의 두려움을 아시면서도 말이지요. 저는 결코 너무나도 인상적이었던 그의 겸손함을 잊지 못할 거예요. 평생 그는 저의 우상으로 제 마음속에 살아 있을 거예요. 오만함은 어떤 아름다운 행위라도 망치기 마련이지요. 소박함과 겸손한 침묵이 더욱 더 그의 가치를 더하게 하고 사람들로부터 사랑받게 하지요. 세상에 그런 장군님이 이제 없다니요! 장군님은 자신에게 걸맞은 영광스러운 죽음을 맞았어요. 이제 더는 그를 욕하지 마시고 저와 함께 그를 그리워해요!

어머니는 모든 영웅을 미워한다고 하셨지요. 저는 아직 영웅도 아니니 지금은 괜찮지만, 영웅이 되려 하면 막으실 건가요? 만약 영웅이 되려 하거든 저를 사랑하지 않으시겠다면 포기하고 어머니 정원 밭에 가서 월계수 대신 배추나 심겠어요. 하지만 저는 너무 큰 야망을 품고 있으니 저의 이 야망에 어머니도 익숙해지시길 바랄 뿐입니다. 그리고 제가 이것에 대해 용서를 구할 방법도 찾아보겠습니다.

저는 파르마 공작의 영지를 통과했는데, 꼭 1788년도에 있는 듯했습니다. 백합꽃 문양들, 무기들, 옛 시종들의 제복, 팔 아래 낀 모자, 붉은색의 신발 굽. 세상에 그런 것들은 이제 아주 우스꽝스럽게 보였어요. 사람들은 우리를 무슨 이상한 동물처럼 바라봤지요. 어떤 공포와 부끄러움과 증오가 섞여 있는 그들의 눈빛은 아주 코믹했어요. 그들은 모두 파리의 왕당파들에게 어떤 편견과 잘못된 생각과 비겁한 감정들을 가지고 있었지요. 우리의 사랑스러운 전쟁 요원 중 한 명은 그곳에서 가장 큰 저택에서 밤을 보냈는데 그곳에서 사람들은 온통 공작 가족의 가계에 대해서만 얘기를 나누더라고 했지요. 그래서 자기도 농담으로 공화국에 병역 의무를 다하고 있는 삭스 장군의 손자가 지금 이 도시에 있다고 했더니 모인 사람들이 모두 공포의 비명을 지르며 경악했다는 거예요. 그리고는 더는 그것에 대해 이야기하지 않으면서 이 청년 앞에서 자기들의 혐오감을 내색하지 않았다고 해요. 나는 그저 웃었지요.

파르마에서 미술 아카데미와 파르네스가 과거에 유행했던 과장된 취향으로 지은 거대한 극장을 보았어요. 공연을 안 한 지 2세기가 넘어 거의 폐허가 되었지요. 하지만 여전히 멋져 보였어요. 볼로냐에서는 산피에트로 갤러리를 보았고 이탈리아에서 가장 아름다운 컬렉션 중 하나를 보았지요. 라파엘로, 귀도, 게르치노와 카라치의 가장 멋진 작품들이 있었어요. 피사의 탑도 보았는데 높이가 140피트고 9피트 되는 받침대 위에 불쑥 솟아 있었지요. 그리고 사람들이 누군가가 그렸다고 믿는 성 마돈나 그림판도 보았어요. 볼로냐 사람들은 마리아를 숭배하고 있어서 80킬로미터 반경에서 일어나는 좋은 일들은 다 그녀 덕이라고 생각하고 있었지요. 사람들은 아펜니노산맥의 첫 번째 봉우리 위에 그녀를 위한 멋진 성당을 지었지요. 너무나 아름다운 갤러리를 지나 4킬로미터 반 정도를 가면 성당이 나타나지요. 커다란 아케이드가 규칙적으로 늘어서 있는데 돈 많은 개인들이 천국에 가려고 지었다고 해요. 그래서 이곳은 건축가들의 투기 장소가 되었지요. 그들은 아케이드를 지어서 비싸게 되팔았고 돈 많은 자들은 죽은 후 신의 자비를 얻기 위해 무조건 구입했지요. 참 눈물 나는 얘기예요!

이 모든 고전적이고 종교적인 아름다움 외에도 볼로냐의 너무나 기막힌 대형 소시지의 맛을 잊을 수는 없지요. 그것을 보내드릴 수가 없어서 저는 대신에 옥으로 된 장식품을 하나 구입했어요. 오래된 것은 아니지만 제 눈에는 아주 멋져 보여요. 주르댕 씨처럼[2] 무슨 의미인지는 잘 모르겠지만요.

안녕, 사랑하는 어머니! 편지에서 저에 대한 사랑도 써주시고 야단도 쳐주세요. 그래야 더 긴 편지를 받을 테니까요. 어머니의 편지는 늘 짧게만 느껴지네요.

편지 3

볼로냐, 혁명력 9년 방데미에르 9일(1800년 10월)
슈농소의 시민 르네 드빌뇌브에게
앙부아즈를 거쳐

나의 친애하는 친구들, 나의 사랑하는 형제들에게 소식을 전하지 못한 채 한 달 반이나 지나다니! 정말 상상조차 할 수 없는 이상하고 용서할 수 없는 일 아닌가? … 하지만 너그러운 마음으로 이 불충한 자의 하소연을 들어줄 수 있다면, 나의 사랑하는 르네여, 나의 불행한 이야기를 들어보게.

뒤퐁 장군은 오른편 부대의 지휘관으로 임명되었지. 우리는 밀라노를 떠나 우리 본부로 향했고, 반쯤 갔을 때 장군님은 포강의 올리오 하구에서부터 키에자와 민치오 하구까지 오스트리아 군대 정찰을 보냈지. 나는 최선을 다해 임무를 완수했지. 나는 적의 병력과 위치에 대해 아주 자세한 정보를 가지고 볼로냐로 돌아왔어. 장군님은 나의 보고서를 지휘관들에게 보냈고, 다들 나의 정보에 따라 공격 작전을 짰지. 나도 소대 하나를 지휘해야만 했어. 공격은 용감하고 멋졌지 … . 아마 나에 대해 말하는 것을 들을 수 있을 거야!

---

2 〔역주〕 몰리에르의 연극 〈서민 귀족〉(*Bourgeois gentilhomme*)에 나오는 인물.

… 휴전은 곧 끝나고 나는 오스트리아군을 공격하려는 마음으로 불타올랐지. 우리는 볼로냐에서 포강에 있는 작은 마을인 구아스탈라로 갔어. 휴전을 끝내는 날, 우리는 적의 정찰병을 보게 되었고 장군은 모든 지휘관에게 우리가 전쟁 중임을 천명했지. 우리의 공격은 바로 다음 날 실행될 예정이었어. 우리는 명령을 기다리고 있었지. 마침내 명령문이 도착했을 때 내 가슴은 마구 뛰었고 나는 속으로 말했지. 드디어 내일이다! 벌써 신문에 내 이름이 나는 걸 보는 것 같았고 기쁨으로 날아올랐지. 드디어 봉투를 개봉하고 읽는 순간! … 천만에! 내용은 망할 놈의 휴전을 연장한다는 거였어.[3]

이때부터 우리는 물에 부리를 처박고 있어, 때로는 평화에 때로는 전쟁에 설레면서 이 모든 기다림을 지루해하면서 말이야.

엄마 말씀이 네가 겨울을 파리에 가서 보낼 거라고 하시던데, 만약 그때 우리가 전투하지 않으면 나도 파리에 가서 너를 꼭 껴안아 줄게. 숨 막혀 죽지 않게 조심하는 게 좋을 거야. 왜냐하면, 나는 너를 너무 좋아해서 그냥 대충 인사할 수는 없거든. 그래서 내가 내 힘껏, 내 사랑만큼 너를 꼭 안으면 너는 죽은 목숨이지.

안녕, 사랑하는 나의 르네! 너와 오귀스트를 포옹하고 르네 부인과 오귀스트 부인과 쿠르셀의 사랑하는 어머니께도 나의 존경을 전해줘. 어머니의 표현대로라면 그녀에게 이 기병이, 과장된 말일지 모르

---

3 때는 코벤젤과 보나파르트가 뤼네빌에서 협상하던 때였다. 보나파르트는 좋은 조건을 갖기 위해 전투를 다시 재개하겠다고 위협했으나 코벤젤은 좋은 관계를 유지하며 이런저런 핑계로 겨울이 오기만 기다렸다. 겨울이면 우리 부대의 전진을 멈출 수 있을 거라 생각하며 말이다.

지만, 그에게 보여주신 어머니의 친절을 한시도 잊은 적이 없다고 전해줘. 또 나의 귀여운 조카 엠마에게도 포옹을. 내가 소란스럽게 자네 집에 들어갈 때 놀랐던 것처럼 내 소식을 듣고 분명 또 놀라겠지. 무정하게 잊지 말고 편지해.

편지 4

피렌체, 혁명력 9년 방데미에르 26일(1800년 10월)

모리스가 어머니에게

우리의 멋진 출전은 공격을 위한 것이지요! 우리는 멋진 젊은이들로서 휴전을 막 끝내 버렸어요. 3일 만에 우리는 토스카나와 아름답고 사랑스러운 피렌체를 탈환했지요. 소마리바와[4] 그의 유명한 부대와 무장한 끔찍한 농부들은 우리가 들어서자마자 도망쳐 버렸어요. 우리는 그저 열린 문으로 쳐들어간 거지요.

지휘관인 뒤퐁 장군님과 함께 우리는 정찰병으로 아펜니노산맥을 넘어 지금은 아르노강 가에 늘어선 올리브 나무와 오렌지 나무와 레몬 나무와 야자수 아래서 달콤한 휴식을 취하고 있어요. 한편 반란을 일으킨 토스카나 사람들은 아레초에서 빠져나가 우리 아군의 지휘관 중 한 명인 모니에 장군을 궁지로 몰았지요. 하지만 이제 막 우리가 대포를 지원해서 모든 것이 끝이 날 거예요.

피렌체에 입성할 때처럼 코미디 같은 상황도 없을 거예요. 소마리바는 우리에게 몇 명의 협상단을 보내서 봉기한 농부들을 무장해제

4 〔역주〕 오스트리아 기병 장교이다.

시킬 테니 우리에게 진입을 멈추라고 했지요. 하지만 우리가 계속 피렌체로 전진해 들어온다면 성벽 위에서 자결하겠다고 했지요. 말은 그럴 듯했지만 우리는 그의 맹세와 협박에도 불구하고 계속 전진해 나갔어요. 피렌체에서 얼마 떨어진 곳에 이르러 뒤퐁 장군님은 자블로노브스키 장군을 기병 한 명과 함께 보내 정말 적들이 지키고 있는지 알아보게 했지요. 나는 할 일도 없고 해서 자블로노브스키 장군을 따라갔어요. 우리 4명은 훈련받은 대로 손에 칼을 들고 빠른 구보로 달려 나갔지요. 하지만 아무런 저항도 없이 우리는 마을로 들어섰고 저지하는 사람도 아무도 없었어요. 길 한쪽에 오스트리아 흉갑기병이 좀 남아 있어 칼싸움을 하려고 했는데, 오스트리아 장교가 우리에게 다가와 모자를 벗고 자기들은 순찰병인데 마지막으로 철수 중이라고 했지요. 그 말에 우리는 무기를 내리고 그에게 가서 얼른 아레초까지 후퇴한 부대와 합류하라고 친절하게 말해줬어요.

우리는 큰 광장까지 갔는데 정부 의원들이 와서 예를 표했지요. 우리는 가장 아름다운 곳에 있는 가장 아름다운 궁전에 본부를 차렸어요. 그리고 뒤퐁 장군님께 돌아갔지요. 이렇게 우리는 승리의 입성을 했고 이렇게 한 도시를 점령한 거지요.

그날 저녁 바로 오페라가 공연되고 우리는 가장 좋은 자리로 안내되었고 사람들은 가장 좋은 마차를 보내주었어요. 우리는 주인이 되었지요. 다음 날 이제 요새 두 개를 공격해야 했는데 각각의 요새에 18문의 대포와 한 개의 곡사포가 있었어요. 우리는 그곳 지휘관 두 명에게 모든 군수품을 싣고 갈 만큼의 마차를 보내겠다고 했지요. 이런 끔찍한 통고에 놀란 그들은 당장 항복해서 이제 우리는 두 요새의 주인이 되었어요. 이런 어처구니없는 승리들은 우릴 너무 웃겼고 마치 오스트리아가 우리 편이 된 건가 하는 생각이 들 정도였지만 그건 아니었어요.

그들은 유명한 비너스 조각상과 니오베의 가장 아름다운 딸들 조각상을 리보르노로 가져갔지요. 오늘 아침에는 미술관에 갔는데 어마어마하게 많은 오래된 조각품들로 가득했어요. 모두가 다 대단했지요. 저는 유명한 토르소와 조개껍질 속의 비너스와 반수신 조각과, 머큐리와 로마의 황제와 황비들의 조각을 보았어요. 이 도시는 아름다운 건물들과 걸작들로 가득했지요. 다리들과 강변 산책로들은 파리처럼 약간 산만한 듯 보였지만 아주 아름답고 풍요로운 계곡 속에 있었어요. 아름다운 별장들과 레몬 나무들과 올리브 나무 숲만이 즐비했고요. 아펜니노산 속에서 방금 나온 우리에게 이 모든 것이 얼마나 아름다웠던지요!

이런 식이라면 모든 것이 잘될 것 같아요. 하지만 오스트리아 군대가 공격해 온다면 우리는 페라라 쪽으로 가게 될 거예요. 그러면 우리는 이 아름다운 곳을 벗어나 포강의 삭막한 강가로 돌아가야겠지요.

어머니, 보시다시피 저는 아주 잘해 나가고 있어요. 저는 뒤퐁 장군님을 결코 떠나고 싶지 않아요. 장군님도 저를 원하시고요. 저는 함께 지내는 사람들과도 우정과 애정을 나누며 살고 있어요. 장군님은 3명의 부관을 데리고 있는데 세 번째 부관이 간부의 아들인 메를랭이지요. 그는 우리 부대 대위인데 보나파르트의 부관으로 함께 이집트 전투에 참전했었지요. 그의 여동생은 우리 부대의 한 대령과 결혼했었는데 그 대령은 결혼 후 바로 죽었지요. 보나파르트는 연대장만 부관으로 둘 수 있어서 보충부대가 돌아올 때 그를 우리에게 보냈지요. 그는 아주 멋진 녀석이에요. 저는 장군님의 속달우편 담당 장교로 함께 지내고 함께 살고 있어요. 그리고 점점 더 아주 어렵고 급박한 임무를 맡을 만큼 신임을 얻고 있어요. 우리 본부에는 몇 명의 장교들이 있지만, 그들은 우리와 함께 살고 있지 않아요.

우리 동료들은 메를랭과 모랭과 드쿠쉬와 위원장 동생인 바르텔미와 조르주 라파예트와 저예요. 제일 친한 사람은 조르주 라파예트지요. 그는 아주 매력적이고 똑똑하고 솔직하고 마음이 따뜻한 청년이에요. 그는 11기병 연대의 소위이고 30명의 기병들을 지휘하지요. 우리는 정말 말 그대로 신나는 모임이에요. 라파예트 부인과 그의 딸은 지금 슈농소에 있어요. 친척관계인 우리는 당연히 더 친하게 되었지요. 어머니도 그곳에 한 번 가시면 좋겠어요. 여행하시면서 기분전환을 좀 하셔야 해요.

가엾은 어머니! 노앙에서 저도 없이 그렇게 계시는 것은 너무 우울해 보여요. 이 생각 때문에 저도 우울하네요. 어머니가 우울하지만 않으시면 저는 제일 행복할 것 같아요. 라파예트와 나는 전쟁이 끝나면 아주 아름다운 만남을 주선할 계획을 세우고 있지요. 우리는 우리의 사랑하는 어머니들과 슈농소에서 만나 함께 즐기며 그동안 우리 때문에 불안해하셨던 것들을 위로해드릴 거예요. 우리는 전쟁과 학살을 겪고 나서도 이렇게 인간적인 마음을 잃지 않았답니다. 저는 조르주와 어머니에 대한 이야기를 많이 해요. 그도 자기 엄마 얘기를 많이 하고요. 그의 어머니가 얼마나 좋은지 몰라도 어머니가 비교도 되지 않을 만큼 훨씬 더 좋을 거예요. 데샤르트르 선생님도 마찬가지지요. 그리고 이제 노앙의 군수님이시니 고개 숙여 인사드리고 온 마음으로 포옹합니다.

모리스

2. 결박당한 포로

편지 5

로마, 혁명력 9년 프리메르 2일(1800년 11월)

지난번에 편지(피렌체에 두 번째로 돌아가서 쓴 편지)를 쓰고 이틀 후에 뒤퐁 장군님은 교황님과 나폴리의 지휘관에게 편지를 전하라고 저를 로마로 보내셨지요. 저는 동료 중에서 파리 출신이고 장군님 친구인 샤를 이스라는 사람과 길을 떠났어요. 우리는 36시간을 걸어 로마에 도착했지요. 사람들은 프랑스란 이름만 들어도 분노할 거라고 겁을 줬지만, 프랑스 군복을 입은 군인 두 명이 적진 속을 걸어 들어오는 것을 그저 기겁하며 바라볼 뿐이었지요.

이 영원한 도시에 우리가 들어오는 모습은 아주 코믹했어요. 사람들이 떼를 지어 우릴 따라다녔지요. 만약 우리가 그런 사람들에게 돈을 받았다면 우린 아주 떼돈을 벌었을 거예요. 사람들은 너무 신기해하면서 거리마다 우리를 따라다녔지요. 우리는 로마 사람들이야말로 세계 최고의 시민이란 생각을 했고 그들의 적의는 단지 나쁜 관리들이 부당하게 돈을 뜯어내기 때문이라고 생각했지요. 우리를 대하는 그들의 태도는 아주 친절했어요. 교황님은 눈에 띄게 분명한 태도로 우리에게 우정과 관심을 표해주셨고 이제 오늘 아침 우리는 아주 만족스럽게 부대로 돌아가려고 하고 있지요. 우리는 옛것이건 요즘 것이건 볼만한 것들은 다 보았어요. 특히나 등반을 좋아하는 저는 성 베드로 성당의 돔을 기어 올라가기도 했지요. 다시 내려왔을 때 사람들이 말하길 영국 사람들은 모두가 로마에 오면 다 그렇게 한다고 말하더군요. 나도 그렇게 하길 잘 한 거란 생각이 들었어요.

안녕, 사랑하는 어머니! 이제 마차에 타라고 부릅니다. 안녕 로마여! 온 마음으로 너를 안는다.

편지 6

볼로냐, 혁명력 9년 프리메르 5일(1800년 11월)

지난번 편지 쓸 때 제가 아주 신중했던 것을 느끼셨겠지요. 저는 편지가 30분 후에 정부 요인에 의해 검열받을 거라고 생각했는데 곤살비 씨가 우리에 대한 믿음과 우정으로 있는 힘껏 우리에 대한 감시를 막아주었어요. 우리는 편지 2통을 전하러 로마에 간 거였지요. 하나는 교황에게 정치범들을 석방해 달라는 것이고, 두 번째 것은 나폴리 부대 지휘관에게 정부가 뒤마 장군과[5] 돌로미외 장군을 우리에게 돌려주게 하라는 것이었지요. 만약 거절하면 우리의 총검이 가만있지 않을 거라고 하면서 말이에요. 우리는 단지 편지를 전달하러 왔을 뿐인데 사람들은 우리가 자코뱅들을 일으키고 무장시키려고 왔다고 생각했어요. 그래서 임무를 수행하는 동안 사람들은 우리에게 두 명의 나폴리 장교를 붙여주었고 그들은 우리에게 존경을 표하는 거라는 핑계를 대면서 우리를 그림자처럼 따라다녔지요. 우리 주변을 둘러싼 함정과 감시는 점점 더 강화되고 있었어요. 사람들 사이에서는 이제 프랑스군이 쳐들어온다는 말도 안 되는 소문이 퍼지고 나폴리에 있던

5 알렉상드르 뒤마의 아버지.

사르데냐의 왕은 곧바로 시칠리아로 도망쳐 버렸지요.

정부 장관들은 로마에서 우릴 보고 겁에 질렸어요. 당신들이 암살당할까 두려우니 군복을 벗고 다니는 게 좋겠다는 말로 우릴 계속 위협했지요. 우리는 어떤 경우라도 군복을 벗지는 않을 거라고 말했어요. 또 암살이라면 우리가 더 전문이니 누구든 오기만 하면 먼저 죽게 될 거라고 말해주었지요. 그들은 우릴 더 겁주기 위해 밤에 우리 문 앞에 아주 웃기는 긴 칼을 찬 군인들을 세워놓기도 했어요. 우리가 보기에 모든 것은 다 웃기는 코미디 같았고 우리는 나폴리의 왕으로부터 답신이 오기를 초조하게 기다리고 있었는데 지휘관인 다마스 씨는 계속 올 거라는 말만 되풀이했지요. 우리는 12일 동안 기다렸고 이 시간 동안 결국 우리의 품위 있는 행동으로 우리는 어디서든 환영받는 사람들이 되고 말았어요.

우리는 모든 대사들을 방문하거나 초대했고 오후에는 교황을 방문했지요. 거기에서 저의 멋진 제복과 역시 기병인 동료의 제복이 톡톡히 한몫을 했지요. 교황님은 우리가 들어가면 바로 자리에서 일어나 우리 손을 잡고 우리를 양옆에 앉혔지요. 그리고 우리는 비가 온다거나 날씨가 좋다거나 하는 이야기들을 아주 심각하고 재미있게 나누었지요. 15분쯤 후에 우리 나이와 이름과 계급에 대해 말한 후에 경례를 했고, 그는 다시 우리 손을 잡고 우정을 나누자고 했고, 우리는 친절하게 그러자고 대답했지요. 그리고 우리는 양쪽 다 아주 만족해서 헤어졌어요. 그때 헤어지지 않았다면 나는 아마 우리 둘 모습을 보며 폭소를 터뜨렸을 거예요. 우리 둘 다 아무것도 아닌 기병 둘이 교황님의 오른쪽 왼쪽에 무게 잡고 앉아 있는 꼴이 웃겨서 말이에요. 만약 강도

만 하나 있었다면 진짜 골고다 언덕의 십자가 같았다니까요.[6]

다음 날 우리는 랑티 공작 부인에게 소개되었지요. 아주 대단한 사교계였어요. 저는 그곳에서 노기병 베르니스를 만났고, 다마스 장군의 부관인 젊은 탈레랑을 만났지요. 베르니스 씨와도 다시 만나 파리와 사교계에 대해서도 이야기를 나누었지요. 이 두 사람과의 관계는 로마의 남녀 모두에게 아주 좋은 인상을 주었어요. 이것으로도 그들은 우리가 이 영원한 도시에 불을 지르러 온 강도들이 아니라는 것을 알게 된 것 같았지요.

우리가 아주 넉넉하고 여유롭게 지내는 것도 그들이 우리를 무시하지 못하는 이유 같아요. 뒤퐁 장군이 프랑스의 위신을 세우라고 돈을 아주 넉넉하게 주셔서 우리는 아주 아낌없이 쓰고 있어요. 우리는 마차와 집과 말을 가지고 집에서 연주회를 열고 멋진 저녁 식사를 대접하지요. 우리는 왕족보다 더 귀한 대접을 받고 있어요. 이 모든 유쾌한 일들을 위해 우리는 한 푼도 남기지 않고 받은 돈을 다 쓰고 돌아왔어요. 이번 같은 경우 나라를 위해 크게 봉사한 것도 아닌데, 로마 사람들은 우리를 위대하게 바라보고 가난한 사람들은 우리의 너그러움에 큰 감사를 표했지요. 가난한 사람들에게 자선을 베푸는 거야말로 왕자 같은 즐거움이고 어쩌면 가장 기쁜 일이지요.

이곳 대신은 우리에게 로마에서 가장 권위 있는 유물학자를 보내 우리가 모든 진귀한 것들을 감상하도록 하는 세심함까지 보여주었지

---

6 〔역주〕 골고다 언덕에서 예수가 십자가에 못 박힐 때 그 옆에 강도도 함께 십자가에 못 박힌 것을 빗대어 하는 말이다.

요. 유물이 얼마나 많던지 얼이 빠질 정도였어요. 우리가 가지고 있는 모조품들의 실제 진품들과 오래된 폐허들이 분명 우리의 감탄을 자아낼 거라고 생각하는 것 같았지만, 솔직히 그런 것들에는 별 흥미를 느끼지 못했어요. 로마의 오래된 폐허들보다는 차라리 성 베드로 성당이 더 좋았지요. 하지만 에제리 요정의 동굴이라든가 로마시대 용감한 기병이었던 호라티우스 코클레스가 싸웠다는 다리를 보는 건 흥미로웠지요.

결국, 다시 전투가 재개되었다는 소식으로 우리의 황홀한 체류도 끝이 났지요. 우리는 다마스에게 우리 군대로 복귀하고 싶은 열망 때문에 나폴리 왕의 답신을 더는 기다릴 수 없다는 편지를 보냈어요. 그리고 우리는 감시자인 두 명의 나폴리 장교와 길을 떠났고 그는 우리 측 전선까지 와서야 우릴 떠났지요. 다마스는 아주 우정 어린 작별인사를 하면서 우리의 방문에 대해 감사의 뜻을 표했어요.

우리는 3일 밤 3일 낮을 걸려 볼로냐에 도착했지요. 지금 말을 묶고 있는 동안 어머니와 잠시 얘기하고 있어요. 뒤퐁 장군님은 포강의 반대편에 계시는데 내일은 장군님 곁으로 갈 거예요. 지금 나는 우리가 베네치아로 가길 원하고 있는데 그것은 우리의 승리에 달린 문제지요. 제 생각에 사방이 모두 적인 것 같아요. 마렝고 전투 이후 우리의 이름은 그들에게 공포가 되었지요. 반면에 또 어떤 이들은 휴전할 거란 얘기도 하지만, 아직 군대는 어떤 공격도 하고 있지 않지요.

사랑하는 어머니! 어머니와 함께 로마를 보지 못한 것이 못내 아쉬워요! 아름다운 것을 볼 때마다 어머니 생각이 나지요. 그리고 어머니와 함께하지 못한다는 생각을 하면 즐거움도 반감돼 버려요.

안녕, 사랑하는 어머니! 온 마음으로 어머니를 가슴에 안아봅니다. 이제 마차를 타야 해요. 항상 어머니와 대화하고 싶어요. 볼로냐에서 카살마조레까지 쭉 어머니 생각만 하며 가겠어요.

데샤르트르 선생님께도 입맞춤을. 그에게 제가 호라티우스와 베르길리우스가 살던 집의 폐허와 키케로의 조각상을 보았다고 말해주세요. 나는 그 위대한 혼령들에게 이렇게 말했지요.

"데샤르트르 선생님과 여러분들에 대한 많은 이야기를 했었지요. 여러분들의 대단한 책들은 '공부하라, 그리고 꿈꾸어라!'라는 말보다 그 이상의 큰 감동을 주었답니다."

거대한 식물원도 사랑하는 선생님을 생각나게 했어요. 멍청한 학생으로 꽃잎이나 줄기, 수술 같은 것에 대해 관심도 없었지만, 어쨌든 저는 그곳에서 진정한 친구였던 선생님을 떠올렸지요. 아직도 선생님은 양배추들을 많이 심으시나요? 제 방의 하녀에게도 온 마음으로 힘껏 포옹한다고 전해주세요.

편지 7

아솔라, 혁명력 9년 프리메르 29일(1800년 12월)

어머니, 어머니와 즐거운 대화를 나눈 지 너무 오래되었네요! 어머니는 분명 "그게 누구 잘못이지?"라고 물으실 테지요. 하지만 제 잘못이 그리 크다고는 생각지 않습니다. 우리가 아솔라에 온 이후로 우리는 적들의 위치를 알기 위해 동분서주해야 했지요. 겨우 부대로 복귀하면 다들 시끌벅적하게 떠들며 밤이 될 때까지 소리를 지르며 뛰놀아서 아주 기진맥진해서 잠자리에 들게 되지요. 그리고 다음 날이면 같은 일들이 또 반복되고요.

어머니는 저를 나무라시며 일찍 자야 한다고 하시겠지만, 만약 군인이 되어 보시면 아시겠지만 군인들은 일이 끝나 지치면 흥분상태가 되지요. 우리 일의 특성상 위험 앞에서는 아주 냉정하게 되지만 말이에요. 임무가 끝나면 우린 완전히 미쳐 버려요. 또 그렇게 긴장을 풀어야만 하고요.

그런데 저만 아는 아주 좋은 소식이 있어요. 저와 아주 친한 모랭이 제게만 살짝 귀띔해주었고 장군님도 방금 부관 임명장의 하사품으로 노란 깃털과 금빛 술이 달린 멋진 붉은 스카프를 주면서 확인해주었지요.

드디어 제가 뒤퐁 장군님의 부관으로 임명되었다고 합니다. 그러니까 이제부터는 편지 쓰실 때 이것을 명시해주세요. 그러면 더 빨리 받을 수 있으니까요. 새 법령으로 장군님은 3명의 부관을 둘 수 있고 이제 저는 아주 멋지고, 명예롭고, 사랑받는 자리를 차지하게 되었어요…. 네! 정말 사랑스럽고 매력적인 어머니 같은 여성으로부터 사랑받는 저로서는 지금 이곳에 어머니만 계신다면 더할 나위 없이 행복할 것 같습니다…. 그건 너무 많은 걸 바라는 것이겠지요!

지금 이곳에서는 뒤퐁 장군님과 와트랭 분단이 만나서 매일 밤 야회를 여는데 그곳에는 너무나 아름답고 젊고 빛나는 와트랭 부인이 별처럼 빛나고 있지요. 하지만 그녀는 아니에요! 더 따뜻하게 빛나는 별이 제게 있지요. 제가 잘 설명을 안 해서 아마도 짐작만 하셨겠지만, 밀라노에서 제가 사랑에 빠졌던 것은 아시지요. 그녀로부터 사랑받는다고 생각했다가 또 그렇지 않다고 생각하면서 정신을 차릴 수가 없는 가운데 그곳을 떠났고 더는 생각하고 싶지 않았었죠.

그 매력적인 여자가 지금 이곳에 있어요. 우리는 거의 대화도 나눈 적이 없지요. 겨우 서로를 좀 바라보았을 뿐이거든요. 저는 천성적으로 그런 사람이 절대 아닌데 괜히 좀 화난 사람처럼 굴었어요. 그녀도 심성이 곱고 열정이 넘치는 여자지만 제 앞에서는 괜히 우쭐댔어요. 오늘 아침 식사 중에 멀리 대포소리가 들려 장군님은 빨리 말을 타고 무슨 일인지 알아보라고 하셨지요. 저는 일어나 계단을 구르듯 내려와 마구간으로 달려갔어요. 그런데 말에 타려는 순간 돌아보니 제 뒤에 그 여인이 얼굴을 붉힌 채 부끄러운 듯 서서는 저를 두려움과 애정이 가득한 눈길로 바라보고 있었지요…. 저는 당장 달려가 목을 끌어안고 싶었어요. 하지만 뜰 한가운데서 그것은 불가능한 일이었지요.

저는 그저 손을 내밀어 악수하고 저의 품위 있는 말에 올라탔지요. 그놈은 늠름하고 당당하고 멋지게 한 바퀴 돌더니 길 위로 돌진했지요. 저는 곧 소리가 난 장소로 갔어요. 그리고 우리를 공격했던 오스트리아군이 물러나는 걸 확인했지요. 저는 장군님께 보고하러 돌아왔는데 그녀는 여전히 그곳에 있었어요. 아! 저를 얼마나 반갑게 맞아주던지! 저녁은 얼마나 즐겁고 사랑이 넘쳤는지! 그녀는 얼마나 내게 자상했던지!

그날 저녁 생각지도 않게 우연히 저는 그녀와 둘만 있게 되었지요. 다른 사람들은 모두 낮의 힘든 행군으로 지쳐서 모두 잠자리에 들었고요. 저는 기다리지 않고 그녀에게 제가 얼마나 사랑하는지를 고백했지요. 그녀는 눈물을 흘리며 제 품에 안겼어요. 그리고 그녀는 붙잡는 저를 뿌리치고 자기 방으로 돌아가 버렸지요. 저도 따라가고 싶었지만, 그녀는 간곡히 제게 혼자 있게 해 달라고 애원하고 또 애원했지요. 저는 사랑하는 사람으로 순순히 그 말을 따랐어요.

날이 새면 바로 말을 타야 하기 때문에 저는 지금 자지 않고 오늘 제가 느꼈던 감정들을 어머니와 나누고 있지요. 어머니의 8장이나 되는 편지는 얼마나 다정하던지요! 어머니 편지를 읽는 것이 얼마나 즐거운지요! 사랑받는다는 것, 이렇게 좋은 엄마와 친구들과 아름다운 애인과 약간의 명예와 아름다운 말과 또 나가서 싸울 적이 있다는 것은 얼마나 행복한 일인지! 이 모든 것 중에 가장 좋은 건 사랑하는 어머니지요.

르네가 파리로 돌아오면 자기 집에 있으라고 간곡하게 부탁하는 편지를 보냈어요. 그는 어머니 편지에 아주 반한 것 같아요. 안 그럴 사람이 누가 있겠어요? 오 하나님, 어머니는 얼마나 좋은 분이신지요!

안녕, 사랑하는 어머니! 4시 종이 울리네요. 장군님이 깨워 달라는 시간이지요. 이제 어머니를 떠나 장군님 방으로 가야겠어요. 안녕, 천 번의 입맞춤을 보냅니다. 데샤르트르 스승님께도 군수직도 수행하지 못할 만큼 격한 입맞춤을 보낸다고 말해주세요. 제 방 하녀에게도.

모리스

그런 순간이 있다. 행복과 신념이 정점에 이르는 순간 말이다. 그 다음은 그것으로는 충분치 않은 듯이 의심과 슬픔이 우리 영혼 위를 구름처럼 덮어 버린다. 아니면 운명이라는 것이 원래 점점 어두워지는 거여서 우리는 기쁨으로 당당히 기어 올라갔던 비탈길을 다시 천천히 내려오도록 저주받은 걸까?

처음으로 이 젊은이는 변하지 않는 어떤 열정을 느끼게 된다. 방금 열정적으로 장난스러운 말투로 설명한 이 여자, 어쩜 샤노아네스나 다른 여자들처럼 잊어버릴 수도 있었을 이 우아하고 사랑스러운 여자는 이후 그의 인생 전체를 차지하게 되고 그를 자신과 싸우게 하고 그에게 삶의 마지막 8년의 모든 고통과 행복과 절망과 영광을 맛보게 한다. 이 순간부터 이 순진하고 착한 마음, 그때까지 모든 외적인 감동과 넓은 박애 정신과 미래에 대한 맹목적인 믿음과 국가를 향한 애국심으로부터 나오는 야망에 열려 있던 이 마음, 또 거의 유일한 열정과도 같은 효심으로 가득 차 있던 그의 마음은 갈가리 찢어졌다. 도저히 양립할 수 없는 두 개의 사랑 사이에서 말이다.

행복하고 자신감에 찼던 그의 어머니, 오직 이 사랑으로만 살아온 그의 어머니는 여자들에게는 너무나 자연스러운 질투심으로 괴로워하고 부서진다. 그것은 자신의 삶에서 자식 사랑만이 유일한 사랑이었던 여자에겐 너무나 고통스럽고 아픈 감정이었다. 그녀가 결코 고백한 적이 없지만, 분명히 존재했던 이런 내면의 고통은 모든 여자의 마음속에 공통된 감정인데, 그 고통은 쓰디쓴 편견을, 존경할 만한 편견을 만들어내게 된다. 이것에 대해서는 긴 이야기를 시작하기 전 좀 더 설명하고 싶다.

하지만 그전에 밀라노에서 젊은 남자가 꿈꾸었던, 그리고 아솔라에서 정복하게 되는 이 매력적인 여자, 할머니와 함께 같은 시기에 앙글레즈 수녀원에 갇혀 있던 이 프랑스 여자는 바로 다름 아닌 나의 어머니 '소피-빅투아르-앙투아네트 들라보르드'이다. 나는 세례명 3개를 모두 적었는데 왜냐하면, 그녀의 파란만장한 삶 속에서 그녀는 그 이름을 하나씩 하나씩 갖게 되기 때문이다. 이 3개의 이름은 그 시대를 상징하는 이름들이기도 하다. 그녀가 어렸을 때는 사람들이 앙투아네트라는 이름을 좋아했다. 바로 프랑스 왕비의 이름이다. 제국 정복 시기에는 승리라는 빅투아르라는 이름이 당연히 가장 선호하는 이름이었다. 그녀와 결혼한 후 아버지는 엄마를 꼭 소피라고 부르셨다. 겉으로 보기에 모든 것이 우연인 것 같은 인생 중에 아주 사소한 이런 것들은 모두 의미 있고 상징적이다(자연스럽기도 하고 말이다).

물론 할머니는 아버지가 비슷한 집안 여자를 만나기를 바라셨다. 하지만 직접 그렇게 말씀하시거나 쓰신 적은 없다. 할머니는 당시 세상 사람들이 말하던 잘못된 만남에 대해 별로 크게 마음 쓰시지는 않은 것 같다. 할머니는 특별한 경우를 제외하고는 출생신분을 별로 개의치 않으셨다. 재산에 대해서도 없으면 없는 대로 지내실 줄 아셨고 또 궁핍하고 개인적으로 몰수당했던 때를 겪으시면서 실익보다는 명예가 더 중요한 위치에 있는 아들의 씀씀이에 대해서도 어떻게 대처해야 하는지를 아셨다. 하지만 젊은 시절 물질적 어려움으로 비참한 삶 속에 던져진 한 며느리에 대해서는 괴로워하지 않을 수가 없었던 것 같다. 이것은 아주 넘어서기 힘든 미묘한 부분이었다. 아버지는 너무나 큰 지혜로 또 너무나 깊고 진정한 사랑으로 이것을 성큼 넘어설 수가 있었다. 할머니도 어느 날엔가는 결국 항복을 하고 만다. 하지만 우리 시대는 아직도 그 지점에 와 있지 않다. 이 시기에 대한 나의 이야기를 하기 전에 나는 아주 괴로운 이야기를 먼저 하지 않을 수 없다.

나는 결혼 전 어머니의 삶에 대해 별로 아는 것이 없다. 나중에 나는 어떻게 사람들이 조심스럽게 나를 위하는 척하면서 내가 몰라도 될 이야기들 또 사실도 아닌 이야기들을 했는지에 대해 말할 것이다. 하지만 그 이야기들이 다 사실이라고 해도 하나님 앞에 분명한 진실은 엄마가 아버지로부터 사랑받았으며 또 엄마는 분명코 그럴 자격이 있는 여자였다는 것이다. 왜냐하면 엄마는 죽을 때까지 아버지의 죽음을 애도하는 삶을 살았기 때문이다.

하지만 사람들의 가슴속에 파고들어 있던 귀족들의 습성은 혁명에도 불구하고 여전히 모든 관습 속에 남아 있었다. 정신적이고 사회적인 평등에 대한 교회의 기독교적 가치관이 이 사회의 법과 정신을 지배하기 위해서는 한참의 시간을 더 필요로 했다. 어쨌든 구속의 도그마는 속죄贖罪와 회복의 상징이었다. 우리 사회는 원칙적으로는 종교적 이론으로서의 이 원칙을 알고 있었지만, 실제 삶 속에서는 아니었다. 그것은 현실사회 속에서는 너무 위대하고 너무 아름다운 이야기였다. 그런데도 우리 가슴속 깊이 내재한 이 신성한 것은 실제 개인적 삶에 있어 귀족들의 차가운 법칙들을 무시하게 했다. 더 많은 형제애와 더 많은 평등과 긍휼을 품고 더 많은 정의와 기독교 정신을 가지고 사회가 저버리고 내버린 존재들을 사랑하라고 우린 늘 그렇게 말했었다.

그런 사회적 정죄淨罪는 너무나 어처구니없고 신 앞에 두려운 것이었기 때문이다. 게다가 이 사회는 위선적이고 선과 악이라는 기본적인 질문에 대해서 대답할 수 있는 사람은 아무도 없었기 때문이다. 위대한 혁명가인 예수는 어느 날 우리에게 굉장한 한마디를 했다! 바로 백 명의 의인이 흔들리지 않는 삶을 사는 것을 보는 것보다 한 죄인이 돌이킨 삶을 사는 것이 더 큰 기쁨이라는 말이다. 내 생각에 돌아온 탕자 이야기는 그저 단순한 우화가 아니다. 하지만 여전히 귀족적 미덕이란 게 존재했고 너무나 의기양양한 특권층의 그런 도덕기준은 젊은 날의 방황을 속죄할 수 있다는 것을 인정하지 않았다.

부유한 환경에서 자라 수녀원에서 귀하게 교육받고 하녀들의 동경에 찬 시선 속에서 온실 속 화초처럼 귀하게 자란, 그래서 이 세상 속에서 아주 신중하게 아무 문제없이 평온하고 자신에 찬 그리고 다른 사람들의 간섭을 받지 않는 그런 삶을 사는 여자는 노력하지 않아도 다른 사람들에게 모범이 되고 좋은 선례를 남기는 현명하고 절도 있는 삶을 살게 된다. 그런데 내가 틀릴 수도 있다. 왜냐하면 만약 그녀가 기질적으로 열정을 타고났는데 이 사회가 그 열정과 능력을 발휘하게 하지 않는다면 아마도 그녀는 이 사회에 반항하지 않는 삶을 사는 것이 더 힘들 것이다.

그래서 이런 똑같은 이유로 이 세상에 가진 것이라고는 오로지 미모뿐인 한 가난하고 버려진 여자아이가 순진했던 젊은 날에 그 모든 유혹과 함정에 빠질 수밖에 없었던 것에 대해 죄가 없다고 할 수 있지 않을까. 사회의 존경받는 여인이라면 우리가 사는 이 세상에서 그녀에게 가슴을 크게 열고 그녀를 위로하고 죄를 씻겨주고 그녀를 그녀 자신과도 화해하도록 해야 할 것 같다. 남보다 더 낫고 더 순수하다는 것이 만약 선을 더 고양시키고 미덕을 더 전파시키지 않는다면 대체 무슨 소용이란 말인가? 하지만 이런 걸 나는 본 적이 없다! 이놈의 세상은 현명한 여자가 그렇지 못한 여자에게 손을 내밀고 그녀와 가까이하는 것조차 금한다. 이 세상은, 이 거짓된 세상의 이른바 예의범절이라는 것과 도덕이라는 것은 얼마나 파렴치한지! 자신의 명예가 실추될까 봐 순수한 여자들은 죄 있는 여자들로부터 눈길을 돌리고 만약 그녀가 손을 내밀면 이 거짓된 도덕과 거짓된 의무의 집단사회는 그녀로부터 그들의 도움의 손을 거두어들일 것이다.

나는 '가짜 미덕'과 '가짜 의무'라고 했는데, 그녀들은 진짜로 순수한 여자들이 아니며 방황하는 여자들보다 훨씬 존경받을 만한 그런 여자들도 아니기 때문이다. 이들은 여론을 형성하는 좋은 사람들의 집단이 아니다. 그런 건 모두 꿈일 뿐이다. 사교계의 여자들은 대부분 길을 잃고 방황하는 사람들이다. 모두가 그걸 알고 모두가 그렇게 고백하지만 아무도 그들을 욕하지 않고 그런 파렴치한 여자들의 뺨을 때리지도 않는다. 그리고 그들은 정작 그들보다 죄가 없는 여자들을 모욕하고 그들의 뺨을 때린다.

할머니는 자기 아들이 나의 엄마와 결혼하려는 것을 알았을 때 절망에 빠졌다. 할머니는 아마도 자신의 눈물로라도 이 결합을 파기하고 싶었을 것이다. 하지만 차갑게 그녀를 거부하는 것은 할머니의 이성이 아니었다. 그것은 그 이후를 걱정하는 엄마의 마음에서였다. 할머니는 아버지가 전쟁터에 가서 겪을 위험과 힘든 고통을 염려한 것처럼 이 무모한 남녀의 결합이 가져올 폭풍과 갈등을 두려워했다. 또 할머니는 어떤 사회 계층으로부터 아들이 받을 비난이 두려웠다. 할머니는 뭐라 비난할 수 없는 삶을 살았지만 그로 인해 그녀가 어쩔 수 없이 속하게 된 이 오만한 사회 속에서 고통받으며 살아왔기 때문이다. 하지만 할머니는 곧 깨닫게 된다. 선택받은 사람들의 쉬운 날개짓은 열린 공간 사이로 모든 것을 뚫고 곧바로 날아오를 수 있다는 것을. 그리고 할머니는 아들의 여자를 따뜻하게 받아들이고 그녀를 사랑하게 된다.

하지만 엄마로서의 질투는 남아 있어 결코 평온할 수는 없었다. 이 사랑스러운 질투가 죄라면 오직 신만이 그것을 벌할 수 있을 것이다. 왜냐하면 여성에게 가혹한 그런 질투심을 모르는 존재는 오직 신뿐이기 때문이다.

아솔라에서부터, 그러니까 1800년 말부터 내가 태어나는 1804년까지 나의 아버지는 사랑하는 엄마와 뜨겁게 사랑하는 여자 사이에서 죽도록 괴로워했다. 그러다가 1804년 그토록 여러 번 엄마 때문에 헤어지려고 했던 이 여자와 결혼을 한 후에야 의무를 다했다는 생각에 마음의 평온함을 가질 수 있었다.

아버지의 내적 갈등을 때로는 동정하며 또 때로는 감탄하면서 되짚어보기 전에 나는 프리메르 29일, 앞서 언급한 마지막 편지를 할머니께 쓰던 아솔라에서의 아버지에 대해 다시 이야기를 해보려고 한다. 이 날짜는 당시 군사적으로 대단한 사건 중 하나가 있었던 날짜인데 바로 민치오 전투이다.

코벤젤은 여전히 뤼네빌에서 조제프 보나파르트와[7] 협상 중이었다. 이때 제1통령은[8] 대담하고 전격적인 공격으로 빈 왕궁의 우유부단한 태도를 일소하고자 모로가 지휘하는 라인강 부대에게는 인강

---

7 〔역주〕 나폴레옹의 형이다.

8 〔역주〕 제1통령은 나폴레옹을 말한다.

을, 브륀이 지휘하는 이탈리아 부대에게는 민치오강을 넘어 공격하도록 했다. 며칠 사이에 두 개의 전선이 이동하게 된 것이다. 모로는 호헨린덴 전투에서 승리를 거두었다. 이탈리아에 있던 군대도 좋은 장교들과 군인들 덕분으로 오스트리아 군대를 후퇴시키고 전쟁을 끝냈다. 적들은 반도에서 쫓겨 나갔다. 하지만 어디에서나 늘 그랬던 것처럼 군대는 영웅적으로 싸우면서 몇몇 장교들의 개인적 열정과 기지로 지휘관의 잘못된 작전을 만회시키기도 했지만, 브륀에 의해 행해진 작전은 아주 개탄스러운 것이었다.

여기서 나는 공식적인 역사 수업을 할 것이 아니라 전쟁사로 뛰어난 역사학자 티에르의 이야기를 들려주려고 한다. 이 부분에 대한 그의 이야기는 아주 선명하고 자세하고 성실하다. 그의 이야기는 그 상황에서 실수가 아닌 범죄를 저지른 이 장군에 대한 아버지의 비난을 잘 입증해줄 것이다. 브륀은 자기 부대의 일부를 포기하면서 구원부대도 보내지 않고 수적으로 훨씬 우세한 적과 싸우도록 그냥 내버려두었다. 그의 그런 방관은 오로지 자기애 때문이었다. 뒤퐁 장군님이 오직 뜨거운 열정으로 만 명의 군사를 이끌고 강을 넘는 것이 불만족스러워 그는 쉬셰가 그에게 구원병을 보내는 것을 방해했다. 뒤퐁 장군은 3만 명의 오스트리아군과 영웅적으로 싸웠음에도 전멸할 상황에 놓였다. 만약 쉬셰가 브륀의 명을 어기고 구원병을 보내지 않았다면 오른쪽 날개 부대는 전멸했을 것이다. 장군의 이 용감함, 어쩌면 어리석음 때문에 수천 명의 생명을 구하고 나의 아버지가 자유로울 수 있게 된 것이다. 용감하게 너무나 자신의 수호별을 믿은 까닭에 (이것은 당시의 미신으로, 굳이 보나파르트를 흉내 내지 않더라도 군인들은 자신에게 운명적인 수호별이 있다고 믿었다) 아버지는 오스트리아군에게 잡혔고, 이것은 전쟁 중 부상보다 더 끔찍한 일이며 특히 명예와 영광에 취한 젊은이에게는 죽음보다 더한 치욕이었다.

흥분되고 초조한 밤을 지새우고 아침에 격정적인 감정에 빠진 후 이것은 고통 속에 깨어나는 순간이었다.

아버지가 할머니께 "사랑받는다는 것, 이렇게 좋은 엄마와 친구들과 아름다운 애인과 약간의 명예와 아름다운 말과 싸울 적이 있다는 것은 얼마나 행복한 일인지!"라는 편지를 쓴 것은 바로 그 전날 저녁 격한 감정이 휘몰아치던 때였다. 하지만 아버지를 행복하게 하는 그 적과 바로 그날, 잠시 후 싸울 거라는 말은 하지 않았다. 아버지는 편지를 마치며 어쩌면 마지막이 될지도 모를 다정한 작별인사를 한 것이다. 할머니께는 그저 정찰하러 곧 말을 타러 나갈 거라고 하면서 말이다. 그 전날뿐 아니라 그날도 힘든 하루를 보낸 후에 오로지 사랑과 전쟁을 갈망하며 아버지는 그날 한숨도 잘 생각을 하지 않은 것이다. 아버지에게 그리고 모든 사람에게 그 순간 삶은 너무나 충만하고 강렬했다!

같은 날 밤, 아버지는 사랑하는 조카 르네 드빌뇌브에게도 좀 더 소상히 편지를 썼다. 이 편지에서 아버지는 이 전투가 당시 역사의 특별한 한 사건이 될 거라는 건 꿈에도 알지 못한 채 아주 여유로운 심정으로 편지를 쓰고 있다. 아주 길게 조카를 위해 로마에서 산 옥석에 대해 설명하면서 서투른 일꾼이 옮기다가 부서뜨려 같은 종류의 장식품을 사서 곤살비 추기경을 통해 보내겠다고 약속하고 있다. "나는 그 추기경과 아주 친하고 교황님과는 더 친하단다."라고 말하면서 말이다.

그러고 나서 현재 자신과 군대 상황을 설명하고 있다.

"지금은 새벽 2시인데 2시간 후에 우린 말에 오를 거야. 우리는 온종일 부대를 정비했지. 우리는 모든 포병을 전진배치하고 이제 날만 새면 공격을 시작할 거야. 아마도 너는 이날 29일에 대해 듣게 될 거다. 모든 부대가 총공격하는 날이니까…. 벌써 안뜰에서 장군님의 말들에 안장을 얹는 소리가 들리네. 이제 어머니께 쓰는 편지에 작별을 고하고 나도 내 말에 안장을 얹을 거야. 그러니 나의 사랑하는 친구여, 이제 작별을 고하고 우리를 기다리는 크로아티아 군대와 왈라키아[9] 군대와 달마티아 군대와 헝가리 군대와 또 다른 연합부대를 만나러 가야겠다. 아주 멋진 축제의 날이 될 거야. 우리는 12문 포대 8쌍을 가지고 있는데 네가 그 굉장한 폭음들을 들을 수 없어 안타깝구나! 아마 너도 무척 좋아할 텐데 말이야.

이제 르네 부인과 쿠르셀 부인에게 나의 인사를 전해주렴…. 사랑하는 친구야, 다시 만나 함께 지내자는 너의 제안은 얼마나 고마운지! 나는 기꺼이 너의 제안을 받아들일게, 그러면 파리에 있는 동안 매일 너를 볼 수 있을 테니 말이야. 그런 행복한 시간이 오겠지, 우리가 웃고 함께 지내는 것 말고는 다른 일은 할 게 없는 그런 행복한 순간 말이야! 사랑하며 다정한 입맞춤을 보낸다."

다음 날 그는 적의 손아귀에 포로로 잡힌다. 전쟁터를 떠나며 승리의 기쁨에 더해 이제 곧 프랑스로 돌아가 엄마와 친구들을 만날 생각

---

9 〔역주〕 오늘날의 루마니아를 말한다.

에 들떠 있는 동료들을 뒤로하고 아버지는 홀로 길고 고통스러운 길로 추방되어 걸어가게 된다. 이 일로 아버지는 사랑하는 여인과도 떨어지게 되고 할머니를 끔찍한 절망 속에 빠뜨리게 된다. 1794년 이후로 삶의 고통도 외로움도 속박도 회의도 잊고 살았던 그에게 이 일은 평생 영향을 주게 된다. 아마도 이때 그의 내면에 결정적인 변혁이 일어난 것 같았다. 이때부터 그는 겉으로 보기에도 덜 유쾌한 사람이 되었을 뿐 아니라 내면적으로도 더 진중하고 진지한 사람이 되었다. 전쟁의 소용돌이 속에서 '위대한 승리'에 대한 것도 잊혀 갔다. 그는 포로 생활 중의 그 힘든 정신적 공백 상태 가운데 자기 생각과 어울리는 자신만의 운명적 이미지를 되찾은 것이다. 위대한 열정의 열기를 식히는 것은 오로지 위대한 고통뿐이다.

편지 8

파도바, 혁명력 9년(1월)

사랑하는 어머니, 아무 걱정하지 마세요. 모랭에게 어머니께 편지해 달라고 부탁했으니 지금쯤은 제가 포로로 잡힌 것을 아시겠지요. 지금 저는 파도바에서 그라츠로 가고 있어요. 뒤퐁 장군님이 벨가르드에게 제가 잡힌 그날 아침 바로 저의 석방을 요구했으니 이제 곧 풀려나게 될 거예요. 지금은 더 드릴 말씀이 없네요. 하지만 곧 저의 석방 소식을 알려드릴 수 있길 바라요.

안녕, 어머니 온 마음으로 포옹합니다. 데샤르트르 선생님과 제 방 하녀에게도 안부 전해주세요.

아버지는 할머니를 위로하기 위해 이 짧은 편지를 보냈지만, 포로 생활은 이 편지에서 말한 것보다 더 길고 힘들었다. 아버지로부터 편지를 못 받은 두 달 동안 할머니는 어쩌면 남자들은 상상도 할 수 없고 또 견뎌낼 수도 없을 그런 고통을 겪었다. 이런 방면에 있어 여자들의 생리는 믿을 수 없을 정도로 대단하다. 아마도 사람들은 그 고통이 어느 정도인지 또 그것을 이겨내는 힘이 어느 정도인지 상상조차 할 수 없을 것이다. 이 불쌍한 어머니는 한순간도 잠을 잘 수도 없었고 오직 물만 먹으며 버텼다. 사람들이 음식을 가져오면 오열을 아니 절망스러운 비명을 질렀다.

"내 불쌍한 자식은 지금 굶어 죽어 가고 있는데! 어쩌면 지금 죽었을지도 모르는데 나보고 먹으라는 말인가요?"

또 그녀는 더는 잘 수도 없었다.

"내 아들은 지금 땅바닥에서 한 줌도 안 되는 지푸라기 위에서 잘텐데 … . 어쩜 상처를 입었는데 상처를 처맬 천 조각 하나 없는지도 모르지 … ."10

방을 둘러봐도 소파를 봐도 벽난로를 봐도 주변의 좋은 것들은 다 할머니를 더 절망적이게 할 뿐이었다. 할머니는 사랑하는 아들이 겪을지도 모르는 고통들을 더 과장해서 상상했다. 지하 감방에 묶여 맞거나 힘든 노동에 기진해서 길가에 쓰러진 모습을, 또 몽둥이로 맞아 다시 일어나 힘든 몸을 질질 끌고 가는 모습을 상상 속에서 보았다.

데샤르트르는 할머니를 즐겁게 하기 위해 무진 애를 썼다. 하지만

---

10 할머니 말은 맞았다. 하지만 당시 할머니는 이 사실을 절대로 알 수가 없었다.

할머니는 아무 반응도 없는 데다가 둘 다 소동을 일으키는 기질의 사람들이 아니라 급기야는 선생님까지 우울해져서 저녁때 둘이 카드놀이를 하는 장면은 슬프기까지 했다. 둘은 뭘 하는지도 모른 채 카드를 돌리고 있었고 누가 이기는 것에도 관심이 없었다.

마침내 방토즈 말에 생장이 한걸음에 집으로 돌아오는 일이 생겼다. 아마도 그의 평생에 우체국에서 집으로 돌아오는 길에 술집을 들르지 않고 돌아오기는 처음이었을 것이다. 또 자기와 거의 같은 나이로 늙어가는, 늘 태평스러운 말에 박차를 가해 달리게 한 것도 평생 처음이었을 것이다. 승리에 찬 그의 호들갑에 할머니는 떨리는 마음으로 그에게 달려가 다음과 같은 편지를 받았다.

편지 9

코넬리아노, 혁명력 9년 방토즈 6일(1801년 2월)

드디어 적들의 손아귀에서 벗어났어요. 저는 살아 숨 쉬고 있습니다. 오늘은 제게 자유와 행복의 날입니다! 혹시 어머니를 다시 볼 수 있을까, 혹시 어머니를 품에 안을 수 있을까 하는 생각에 괴로워했는데, 이제 모든 괴로움은 다 사라졌습니다. 지금, 이 순간부터 저의 관심은 오로지 어머니를 다시 만나는 것뿐입니다. 제가 겪은 불행들은 설명해 드리기가 너무 길어요. 짧게 말씀드리자면 잡혀 있던 두 달 동안 계속 카린티와 카르니올레 광야를 걸어 보스니아와 크로아티아 국경까지 갔지요. 그런데 갑자기 너무나 기쁘게도 우리를 온 순서대로 돌려보내기 시작했어요. 그래서 제일 마지막에 잡혀 온 저는 제일 앞서 나오게 됐지요.

지금 저는 프랑스의 두 번째 주둔지에 왔는데, 거의 석 달도 넘게 구경도 못 했던 침대와 가구들을 쓰고 있어요. 왜냐하면 잡히기 한 달 전부터는 옷도 벗지 못한 채 잤고, 잡히고 나서는 잘 곳이라곤 짚더미뿐이었으니까요. 군에 돌아와서는 뒤퐁 장군님과 전우들을 만나려고 했어요. 하지만 민치오 진격 건으로 우리가 알 만한 사람이 질투심에 그를 소환해 버렸지요. 그래서 와트랭 장군을 찾았어요. 장군님의 부대 친구들 중 한 명인데 어느 때나 제게 무척 잘 해주었지요. 그런데 그도 안코네로 떠나고 없었고 그곳은 지금 제가 있는 트레비소로부터 400킬로미터는 떨어진 곳이에요.

뒤퐁 장군님이 내 말들과 짐들을 다 가져가신 것 같아 이제는 모니에 장교에게 가는 수밖에 없어요. 그는 분명 어머니께 돌아갈 수단을 취해줄 거예요. 그래서 저는 그가 있는 볼로냐로 가려고 합니다. 석방되기 전까지는 말할 수 없었지만 이제 약속대로 돌아갑니다. 자유로운 몸이 돼서 이제는 누구의 비난도 받지 않고 어머니 곁으로 갈 수 있다니 너무 기뻐요! 아주 황홀한 기분이지요. 그런데 습관적으로 슬픔에 젖어 있어 기쁨을 만끽할 수 없네요. 내일은 트레비소에 갈 것이고 어떻게 돌아갈지는 그곳에 가봐야 알 수 있을 거 같아요.

안녕. 사랑하는 어머니! 이제는 걱정도 말고 슬퍼하지도 말아요. 오직 뵐 날만 기다리며 작별인사 드립니다. 데샤르트르 선생님과 제 하녀에게도 안부 전해주세요. 가여운 데샤르트르 선생님을 본 지도 너무 오래되었네요.

편지 10

파리, 혁명력 9년 제르미날 25일

페라라에서 밀라노까지 오는 중에 우여곡절 끝에 오른쪽 날개 부대 전우 중 한 명인 와트랭을 만났어요. 그가 어렵게 도와준 덕에 조르주 라파예트와[11] 함께 길을 떠나게 되었지요. 우린 4번이나 꼬꾸라지고, 길도 험하고 말들과 마차도 형편없고 강도들도 들끓었지만[12] 결국 어제 아침 건강히 파리에 도착했어요.

조카들과 삼촌과 장군님도 벌써 만났고, 모두 저를 너무나 뜨겁게 반겨주었어요. 하지만 어머니가 안 계시니 마냥 기쁘지는 않았어요. 빌레베크가를 지날 때 저는 우리가 살던 집을 바라보며 슬퍼했지요. 어머니가 더는 그곳에 계시지 않는다는 생각에 가슴이 저려 왔어요. 조국으로 돌아와 어머니와 친구들에게 돌아간다는 것이 꿈만 같았지요. 이렇게 행복한데도 저는 우울하기만 해요! 왜 슬픈 걸까요? 모르겠어요! 어떻게 설명할 수 없는 감정이에요. 아마도 어머니를 빨리 보고 싶은 마음 때문이겠지요.

도착하는 날 아침에 뒤퐁 장군님을 찾아갔는데 안 계셔서 5시에 다시 가니 다른 장군들과 함께 둘러앉아 계셨어요. 제가 들어가자 자리에서 일어나셨고, 우리는 서로를 꼭 부둥켜안고 기쁨의 눈물을 흘렸

---

11 〔역주〕 미국 독립전쟁에도 참여했으며 프랑스 혁명 중 온건파의 리더로 '두 세계 영웅'이란 별명으로 불렸던 유명한 라파예트 공작이 있는데, 조르주 라파예트는 그의 외아들이다.

12 당시 프랑스의 도로는 모든 종류의 살인자, 마부들, 사기꾼, 탈영병, 모든 정당, 특히 왕당파를 거부하는 사람들로 들끓던 때였습니다.

지요. 모랭은 기뻐서 날뛰었고요. 저녁을 먹는 동안 장군님은 제 공적을 치하하시며 저에 대한 칭찬을 입에 침이 마르도록 하셨지요. 거실로 자리를 옮기면서 우리는 서로 또 부둥켜안았어요. 그렇게 많은 고난과 작전들 후에 전우와의 감격스러운 만남은 너무나 숨이 막히게 감동적이었지요. 전우들 사이에서는 정말 끈끈한 뭔가가 흐르고 있었어요. 우리는 수천 번이나 죽음을 함께 건넜고 서로의 피가 흐르는 것을 보았으며 서로의 우정과 용기에 대한 믿음을 가지고 있었지요. 우리는 진정한 형제들이었고 명예가 저희의 어머니였지요.

하지만 제게는 제가 더 사랑하는 더 다정하고 더 자상한 어머니가 있지요. 저는 그 어머니를 위해 모든 소원을 빌고 장군님과 제 친구들이 저를 칭찬할 때도 제일 먼저 그 어머니를 떠올립니다. 저는 당장이라도 달려가 어머니를 품에 안고 싶어요. 하지만 보몽 삼촌 말이 어머니가 곧 오실 거라고 하네요. 또 페르농은 빌레베크가에 어머니가 계실 곳을 구해 놓았다고 하고요. 퐁스 말이 어머니의 경제 사정이 오실 만하다고 하니 빨리 오세요. 사랑하는 어머니, 아니면 제가 달려가겠어요.

뒤퐁 장군님은 제가 여기 남아서 모든 저명인사들에게 저를 소개할 수 있기를 원하시니 누구 말을 들어야 할지 모르겠어요. 만약 어머니가 곧 오실 수 있다면 일거양득일 텐데요. 그러니 빨리 대답해주세요. 아니면 제가 출발하겠어요. 어머니와 조국과 친구들 그 모든 소중한 것들을 다시 만나는 순간은 얼마나 황홀한지!

어머니는 제가 우리나라를 얼마나 사랑하는지 모르실 거예요. 자유를 잃었을 때 그 자유의 가치를 얼마나 뼈저리게 알게 되는지, 조국을 멀리 떠나 있을 때 얼마나 조국에 대한 사랑이 솟아나는지 모르실 거예요. 파리의 모든 사람은 이런 단어들에 아무런 느낌이 없는 것 같아요. 그들은 오직 인생과 돈을 사랑하는 사람들 같아요. 저는 어머니 덕분으로 생명의 가치를 알게 되었지요. 저는 이미 너무나 많은 사람이 그 가치를 알지도 못한 채 제 곁에서 죽어 가는 것을 보았지요. 그래서 저는 이 삶에서 죽음으로 가는 변화를 아무것도 아닌 것처럼 바라보았지요. 하지만 어쨌든 그런 깨달음도 모두 어머니께 바치고 싶어요.

이제 페르농이 어머니를 위해 구한 집에 갈 거예요. 지금 한창 어머니를 맞이할 준비를 하고 있지요. 저는 지금 오직 그 생각뿐이에요. 온 마음으로 포옹합니다.

편지 11

(날짜, 장소 미상)

마담 ***에게

아! 저는 얼마나 행복하고 또 불행한지요! 무슨 말을 하고 어떻게 행동해야 할지 모르겠어요. 나의 사랑하는 빅투아르! 내가 아는 건 오직 당신을 뜨겁게 사랑한다는 것뿐이에요. 그런데 당신은 너무나 높은 위치에 있는데 나는 전쟁터에서 한밑천 마련하기도 전에 대포 한 방으로 삶을 날릴 형편에 있네요. 대혁명으로 재산을 모두 몰수당한 어머니는 저를 뒷바라지하기에도 힘드시고, 저는 지금 포로에서 풀려나 헐벗고 옷을 사 입을 돈도 없어 어느 집 자식이라기보다는 굶어 죽기 일보 직전에 있는 모습이네요. 하지만 이런 나를 당신은 사랑해주었지요. 그리고 너무나 헌신적으로 당신의 지갑을 내게 열어주었어요. 대체 당신은 뭘 한 거지요? 나는 또 어쩌다 그걸 다 받은 것인지? 곧 갚을 거란 확신이 있었지만 나는 당신이 나를 속이면서까지 그렇게 해준 것에 대해 너무나 고통스러워하고 있어요. 지금 당신을 나무라는 것이 아녜요. 아니 당신을 나무라다니 그런 일은 앞으로도 있을 수 없지요!

하지만 당신이 결혼하지 않았다는 것을 알았다면 그리고 당신 재산이 당신 것이 아니란 것을 알았다면 … . 아니 지금 내가 무슨 말을 하는 건지도 모르겠네요. 그건 당신 것이지요. 당신을 사랑하는 사람이 당신에게 준 것이니까요. 하지만 그 사람이 어떻게 생각할까를 생각하면 … . 하지만 그는 오래 그 생각을 할 수 없을 거예요. 나는 그를 죽여 버릴 테니까! 결국, 내가 미쳐 버렸군요. 당신을 너무나 절망적으로 사랑해요. 당신은 자유고 언제든 원하면 그를 떠날 수 있어요. 당신은 그와 행복하지 못하고 당신이 사랑하는 사람은 바로 나지요. 당신은 나를 따라오길 원했고, 모든 부와 안정적인 삶을 떠나 나의 이 보잘것없는 삶에 당신의 운명을 그저 맡기려고 했지요.

네, 나는 알아요. 당신이 얼마나 자부심이 강하고 독립적이며 욕심 없는 사람인지. 그것 말고도 나는 당신이 얼마나 매력적인 여자인지 또 그래서 내가 얼마나 당신을 갈망하는지 알아요! 하지만 나는 아무것도 해결할 수가 없네요. 나는 당신의 그렇게도 큰 희생을 받아들일 수 없고 앞으로도 결코 당신을 힘들게 할 수는 없을 거예요. 그리고 나의 어머니, 어머니가 나를 부르셔요. 그리고 나는 어머니를 만날 날만 손꼽아 기다리고 있어요. 하지만 동시에 당신을 잃는다는 생각에 다시 고개를 돌리게 됩니다!

하지만 결정을 해야겠지요. 그래서 부탁인데 아직은 아무것도 결정하지 말아요. 너무 급하게 일을 마무리하려고 하지 맙시다. 잠시 어머니 곁에 가 있겠어요. 그리고 곧 당신께 빌린 돈을 보내드릴게요. 화내지 마세요. 나는 이걸 제일 먼저 갚고 싶어요. 만약 당신 결심이 여전하다면 우리 파리에서 만납시다. 하지만 그때까지 잘 생각해봐요. 하지만 내 생각은 말아요.

안녕, 당신을 너무나 사랑해요. 지금 너무 슬퍼서 차라리 크로아티아 사막에서 아무런 희망 없이 당신을 생각하던 때가 그리울 정도입니다.

편지 12

파리, 혁명력 9년 플로레알 3일(1801년 4월)

노앙의 뒤팽 부인에게

월요일에 출발합니다. 드디어 어머니를 뵈러 가요, 사랑하는 어머니를 품에 안으러 갑니다! 너무나 기뻐 가슴이 터질 것 같아요. 편지들과 답장들이 오가는 시간들은 정말 참기 힘들었어요. 저는 그것들을 기다리다 보내 버린 아까운 시간들이 너무나 후회스러워요. 파리는 벌써 지겨워졌어요. 이상하게도 얼마 전부터 저는 아무 데도 가지 않고 있어요. 노앙에 가서 어머니 곁에서 그곳의 평화를 즐기고 싶어요. 지금 제겐 그것이 필요해요. 제 친구들, 메를랭과 모랭과 드쿠쉬도 떠났어요. 이제 장군님만 혼자이시지요.

차출에 대해서는 아직 결정되지 않았어요. 하지만 무슨 결정을 하건 민치오 전투의 영광은 잊지 못할 거예요. 우리 부대의 명예가 바로 이 피투성이의 월계관 위에 있지요. 평화를 지키기 위해 그곳에서 죽어간 수많은 용맹스러운 장교들과 군인들이 무덤에서 나와 그 비겁한 비방꾼들을 향해 부끄러움을 알라고 복수할 거라고 소리쳐야 할까요? 그 지휘관이[13] 우리 용감한 병사들을 죽게 내버려둔 그 잔인한 무관심을 얼버무리기 위해 그 주변에 있는 사람들이 뭐라 하는지 아세요? 제가 일부러 잡혀서 적들에게 지도와 부대 이동로를 알려주었다는 거예요. 뒤퐁 장군님과 전우들이 마침 그곳에 있어서 단번에 놈들의 거짓말을 바로잡아주었지요.

제가 자꾸 늦어지는 것이 제 사랑이 식어서라고 생각지 말아 주세요. 오, 사랑하는 어머니, 그건 정말 말도 안 되는 소리예요! 그냥 제가 해결하기 힘든 문제가 있고 또 곳곳에 갚아야 할 빚이 있다고 생각해주세요. 제가 가지고 있던 26루이 돈을 오스트리아 놈들에게 다 빼앗기고 돈도 한 푼 없고 옷도 없이 1,200킬로미터를 걸은 후 옷도 사고 다시 프랑스로 돌아오기 위해 친구들과 동료들에게 돈을 꿀 수밖에 없었음을 이해하시겠지요. 이제 하나님 감사하게도 다 갚았어요.

하지만 모든 일에 행운이 따랐던 제게도 재수 없는 일이 있었지요. 우리 부대에 부관 하나가 보상금을 300루이씩이나 받았다고 해요. 다 나눠준 후에 도착한 제게는 빚뿐이었지요. 전쟁에서 모든 걸 다 겪고 있어요. 하지만 보세요. 저는 어머니를 파산시키지도 않았고 돈도 가능한 한 아주 적게 썼지요.

---

13 브륀(Brune) 장군.

안녕, 사랑하는 어머니! 이제 짐을 싸고 출발하는데 마음은 이미 그곳에 가 있어요. 온 마음으로 어머니를 포옹합니다. 데샤르트르 선생님과 제 하녀를 본다고 생각하니 얼마나 기쁜지요! 모리스

3. 모리스와 빅투아르

나의 부모님의 세례명을 통해 몇 개의 낭만적인 사건들에 대해 이야기하는 것을 독자들이 양해해주길. 이것은 정말 소설의 한 장면 같은 이야기이다. 다른 것은 진짜로 일어난 사실들이라는 것일 뿐.

모리스는 1801년 5월 초 노앙에 도착했다. 만남의 기쁨을 나눈 후 엄마는 놀란 눈으로 아들을 바라본다. 이탈리아 전투는 스위스 전투보다 그를 더 변화시켰다. 그는 더 크고 더 마르고 더 강하고 더 창백했다. 그는 처음보다 손가락 하나는 더 큰 것 같았다. 21살에는 드문 일이다. 아마도 오스트리아인에 의해 강제로 했던 행군 탓인 것 같았다.

처음 얼마 동안 어머니와 함께 나눈 기쁨과 환희의 순간이 지나자 사람들은 그가 깊은 상념에 젖어 우울한 생각에 빠져드는 것을 종종 발견하곤 했다. 그리고 어느 날 라샤트르를 가더니 생각보다 오래 있다 돌아온 다음, 그다음 날도 핑계를 대고 다시 가더니 그다음 날도 또 다른 핑계를 대고 갔다. 그리고 그다음 날 그는 엄마에게 슬픔에 싸여 불안한 마음으로 고백을 했다. 빅투아르가 그를 만나러 왔다고. 그녀는 모든 이해관계를 떠난 진정한 사랑을 위해 모든 것을 떠나고 모든 것을 버렸다. 그녀는 의심할 바 없는 사랑의 증거를 보여주었고 그는 감사와 애정에 취해 있었다. 하지만 그의 어머니가 이 관계를 너무나 싫어했기 때문에 그는 자기 생각을 속으로만 삼키고 마음속 애정도 깊이 감추어야만 했다. 전에 한 번 있었던 이런 스캔들이 이 작은 마을에서 다시 일어난다면 어머니가 얼마나 큰 충격을 받을지 걱정되어 그는 빅투아르를 설득해서 파리로 돌려보내겠다고 약속했다. 하지만 그는 그녀도 그 자신도 설득할 수 없었다. 곧 그녀를 따라가 만나겠다고 했지만 그것도 힘들었다. 그는 엄마와 애인 사이에서 선택해야 했고, 둘 중 하나를 속이거나 절망에 빠뜨려야 했다.

불쌍한 어머니는 아들이 다시 나라의 부름을 받는 순간까지 그를 데리고 있을 거라고 믿었다. 그리고 그 순간은 아직 멀었다고 생각했다. 왜냐하면 유럽 전체가 평화를 원하고 있었고 그것이 당시 보나파르트의 생각이기도 했으니까. 빅투아르는 모든 것을 버렸고 돌아갈 배들을 모두 불태웠다. 그녀는 이제 더는 어떤 행운도 행복도 바라지 않았다. 그녀가 바라는 건 오직 더 이상은 내일을 기약하지 말고 과거를 후회하지도 말고, 지금 현재 방해 없이 사랑하는 사람과 함께 사는 것뿐이었다.

하지만 전쟁 중에 그렇게도 흐느끼고 그렇게도 울며 괴로워했던 어머니를 만난 지 며칠 만에 이 잘난 아들은 그녀를 떠날 수가 있는 걸까? 또 빅투아르가 그에게 너무나 뜨거운 헌신을 보여주는 이때 그녀에게 어머니의 괴로움을, 시골 지방 귀족의 분노를 말할 수 있을까? 그리고 그녀를 마치 용서치 못할 행동을 한 꽃뱀처럼 돌려보낼 수가 있을까? 여기에는 두 가지 사랑 사이의 갈등뿐 아니라 두 가지 의무 사이의 갈등도 있었다.

그는 먼저 어머니를 안심시키기 위해 모든 걸 농담처럼 얘기했다. 그건 잘못된 거였다. 그는 어머니를 진지하게 위로하거나 설득했어야만 했다. 하지만 그는 어머니가 받을 충격이 두려웠고 또 너무나 확실한 엄마의 질투심이 두려웠다. 이번에야말로 제대로 질투할 대상을 만난 것이다.

이 상황은 정말, 한마디로 말해 해결 불가능이었다. 그런데 친애하는 데샤르트르의 엄청난 실수는 이 난관을 끝내 버렸고 이 젊은이를 수렁에서 구해냈다.

뒤팽 부인에 대한 존경심으로, 또 자신은 알 수 없는 남녀 간의 사랑에 대한 경멸로, 또 관습에 대한 존중으로, 이 가여운 도덕군자는 일을 단번에 크게 터뜨려 이 상황을 한 방에 끝낼 수 있는 불행한 해결 방안을 생각해냈다. 날씨 좋은 어느 날 그는 제자가 눈을 뜨기 전에 노앙을 떠났다. 그리고 라샤트르의 테트 누아르 여관으로 갔다. 그곳에는 젊은 여자 여행객 한 명이 아직도 단잠에 빠져 있었다. 그는 자신을 모리스 뒤팽의 친구라고 소개했다. 얼마가 지난 후 급히 옷을 입은 손님이 그를 맞이했다. 빅투아르의 아름다움과 우아함에 잠깐 놀라긴 했지만 그는 특유의 어색한 태도로 인사를 하고 마치 심문을 하듯 말을 이어갔다. 그 모습이 너무 웃기고 또 그가 누군지도 몰랐던 젊은 여인은 처음에는 부드럽게 얘기했지만, 그다음에는 농담하듯 대꾸하다 마침내 그를 머리가 돈 사람으로 생각하고 웃음을 터뜨렸다. 그러자 그때까지 판사처럼 말하던 데샤르트르는 화를 내면서 그녀를 엄하게 욕하고 모욕했다. 꾸지람은 협박으로 변했다. 보호해줄 사람도 하나 없는 여자를 모욕하는 것이 비겁한 짓이란 것을 알아차릴 만큼 그의 머리는 섬세하지 않았고 그의 마음도 따뜻하지 않았다. 그는 그녀를 모욕했고 화를 냈고 그날 당장 파리로 떠나라고 하면서 당장 짐을 싸지 않으면 경찰을 부르겠다고 했다.

빅투아르는 두려워하지도 않았지만 참지도 않았다. 그녀는 이 도덕군자를 비웃으며 되받아쳤다. 그녀는 즉시 침착하게, 화가 난 데샤르트르의 더듬거리는 말투와는 대조적으로, 진정한 파리의 딸답게 톡톡 튀는 말솜씨로 아주 멋지고 똑 부러지게 그를 문밖으로 쫓아내면서 문을 닫아 버리고는 열쇠 구멍 사이로 그날 당장 떠나겠다고 소리쳤다. 하지만 "모리스와 함께"라는 말을 덧붙였다.

이런 무례한 태도에 머리끝까지 화가 난 데샤르트르는 잠시 생각하다가는 분을 이기지 못하고 중대한 결정을 했다. 그는 경찰서장과 또 무슨 일을 담당했는지는 알 수 없지만 그의 친구 중 한 명을 찾아갔다. 어쩌면 경찰을 부른 건지도 모르겠다. 테트 누아르 여관은 순식간에 경찰들로 포위됐다. 마을 전체는 갑자기 혁명이 다시 일어났다고 생각하고 그게 아니라면 적어도 중요한 인물을 체포하는 거라고 생각했다.

데샤르트르의 말만 듣고 온 이 사람들은 공격을 위해 행군하며 무슨 폭도들이라도 만나러 가는 듯 행동했다. 걸어가면서 그들은 서로 이 적들을 마을 밖으로 몰아내기 위한 방법들을 모색하기도 했다. 그래서 먼저 신분증을 요구하고 없으면 당장 마을을 떠나라고 하고, 아니면 감옥에 넣겠다고 협박하기로 했다. 만약 신분증이 있으면 아무거나 규칙에 어긋나는 것을 대고 아무 트집이나 잡기로 했다. 데샤르트르는 머리끝까지 화가 나서 그들의 사기를 더 불태웠다. 그는 군대를 불러야 한다고도 말했다. 하지만 군대까지 동원할 필요는 없다는 결론에 이르렀다. 경찰관들이 여관에 들어섰고 아름다운 이 여자 손님을 좋아하는 여관집 주인의 만류에도 불구하고 그들은 침착하게 하지만 신이 나서 계단을 올랐다.

그들이 문 앞에서 반항할 경우를 대비한 3단계 검문을 진짜 했는지는 나도 모르겠다. 하지만 분명한 건 그들이 어떤 저항도 받지 않았다는 거다. 그리고 데샤르트르가 설명한 그 마녀의 소굴에서 그들이 발견한 건 아주 작고 천사처럼 예쁜 여자가 팔을 드러낸 채 흐트러진 머리를 하고 침대 가에 앉아 울고 있는 모습이었다.

이 광경을 보고 도덕군자님보다 화가 덜 난 경찰관들은 일단 안심하고 그다음에는 마음이 풀어져서는 결국 그녀를 동정하게 되었다. 내 생각에 그들 중 한 명은 그 몹쓸 여자에게 반해 버렸는지도 모른다. 아니면 모리스가 그녀에게 완전히 빠져 버린 것을 이해하게 되었을 것이다. 그들은 아주 예의를 갖춰, 아니 아주 정중하게 심문을 시작했다. 그녀는 완강하게 대답을 거부했지만, 그들이 데샤르트르의 모욕적인 태도와는 다르게 그녀 편을 들면서 데샤르트르의 말을 막고 마치 아버지처럼 그녀를 대하는 것을 보고 마음을 진정시키고는 부드럽게 대답하기 시작했다. 매력적이고 대담하며 신념에 찬 그녀는 아무것도 숨기지 않았고 이탈리아에서 모리스를 만나 사랑에 빠졌고, 그를 위해 자기를 보호해주던 어떤 부자를 떠났다는 것도 설명했다. 그녀는 장군을 버리고 중위를 사랑한 것이, 돈을 버리고 사랑을 택한 것이 뭐가 죄냐고 물었다. 경찰관들은 그녀를 위로하고 데샤르트르에게 자신들한테는 그녀를 벌 줄 어떤 권리도 없다는 것을 알린 후에, 데샤르트르에게 그만 물러날 것과 그녀에게 자진해서 마을을 떠나줄 것을 부드럽고 정중하게 말하도록 했다.

데샤르트르는 실제로 자리를 떴다. 아마도 모리스가 사랑하는 사람을 향해 달려오는 말굽 소리를 들었는지도 모른다. 이후 모든 것은 모리스와 함께 부드럽게 다 해결되었다. 하지만 선생의 비열한 행동에 대해 분개한 모리스를 진정시키기는 쉽지 않았다. 처음 화가 났을 때 그가 선생을 찾아가 무슨 짓을 했을지는 하나님만이 알 일이다. 어쨌든 선생님은 어머니가 위험할 때 그녀를 구해준 충실한 친구였고 그의 인생의 친구였으니까. 이번에 저지른 이런 실수도 사실 그의 어머니와 모리스에 대한 사랑 때문에 그런 황당한 생각을 해낸 것이었다. 하지만 그는 모리스가 사랑하는 여자를 모욕하고 비난한 것이다. 모리스의 이마에 식은땀이 흐르고 눈이 빙글빙글 돌았다.

"사랑, 너 때문에 트로이를 잃어버렸다."

다행히도 데샤르트르는 이미 멀리 있었다. 그는 모리스의 어머니에게 가서 평소처럼 딱딱하고 서툴게 그 못된 여자에 대한 첫인상을 끔찍하게 묘사하고, 앞으로 그 위험한 여자에게 눈멀어 붙잡혀 살게 될 젊은 청년의 미래를 이야기함으로 어머니의 근심을 더했다.

그가 분노와 몰염치의 마지막 작품을 완성하는 동안 모리스와 빅투아르는 이제는 친구가 된 경찰관들에 의해 조금씩 진정되기 시작했다. 그들은 이 젊은 커플이 아주 마음에 들었지만, 존경하는 어머니를 잊어버릴 순 없었다. 그들은 어머니 마음을 편안하게 할 의무가 있었고 또 어머니의 감정도 존중해주어야 했다. 모리스는 자기가 뭘 해야 하는지 그들의 애정 어린 설명을 듣지 않아도 잘 알고 있었다. 그는 그것을 여자 친구에게 이해시켰고, 그녀는 그날 저녁 떠나기로 약속했다. 하지만 경찰관들이 떠난 후에 둘은 며칠 후에 파리에서 다시 만나기로 했다. 그는 그럴 권리가 있었고 또 그래야 할 의무가 있었다.

그가 어머니께 돌아와 데샤르트르의 편을 들며 화를 내시는 모습을 보았을 때 할 일이 있었다. 제일 먼저 이 젊은 청년이 해야 할 일은 친구와 치고받는 장면을 피하기 위해 이곳을 떠나는 것이었다. 뒤팽 부인도 화가 난 두 사람이 무슨 행동을 할지 몰라 그것에 반대하지 않았다. 단지 너무나 자애롭고 그동안 너무 사랑받았던 이 어머니께 대드는 불효자식이 되지 않기 위해 어머니의 충고를 구하는 듯한 태도까지 취하며, 르블랑에 사는 조카 오귀스트 드빌뇌브의 집으로, 그다음은 쿠르셀의 또 다른 조카 르네 집으로 가서 이 고통스러운 마음을 진정시키고 와서 데샤르트르와의 괴롭고 격한 결별을 피해 보겠다고 했다.

"며칠 지나면 좀 진정해서 돌아올 거예요. 데샤르트르 선생님도 그럴 거고요. 그러면 어머니의 괴로움도 진정되고 이제 걱정하실 것은 없어요. 빅투아르도 벌써 떠났고요."

그리고 너무나 가슴 아프게 우는 어머니께 이렇게 덧붙였다. 빅투아르도 나름 마음의 평안을 찾았을 것이고 자기도 잊으려고 노력해 보겠다고. 그는 거짓말을 하고 있었다. 이 가여운 아이는. 엄마의 과잉된 애정 때문에 거짓말한 것이 이번이 처음은 아니었고 또 이것이 마지막도 아니었다. 하지만 어머니를 속여야만 하는 것은 그의 삶에서 너무나 고통스러운 일이었다. 그처럼 충실하고 정직하고 믿을 만한 사람도 드물었는데, 진실을 감추기 위해 자기 속에 있지도 않은 그런 과격한 일을 저질렀지만 너무나 서툴러서, 모든 걸 꿰뚫어 보는 어머니를 속이지도 못했다.

그래서 다음 날 아침, 그녀는 아들이 말에 오르는 것을 보았을 때 그가 어디에 가는지 안다며 슬프게 말했다…. 아들은 맹세코 르블랑과 쿠르셀에 간다고 맹세했다. 그녀는 더는 아들에게 파리에 가지 않겠다고 맹세시킬 수 없었다. 그녀 생각에 아들은 그런 맹세를 하지도 않을 뿐 아니라 하더라도 지키지 않을 것 같았다. 또 그녀는 자기에게서 멀리 있으면 아들이 이런 상황에서도 그가 줄 수 있는 모든 존경과 사랑을 자기에게 줄 것 같다고 생각했다.

그래서 나의 가여운 할머니는 죽을 것 같은 고통을 겨우 지나왔지만 또 다른 고민에 빠져 버렸다. 데샤르트르는 나의 엄마와의 대화 중 엄마가 했던 가시 돋친 말들을 할머니에게 일러바쳤다.

"나는 모리스와 꼭 결혼할 거예요. 만약 내가 당신 말처럼 돈과 지위를 바라고 이러는 거라면 당신의 모욕적인 언사가 틀린 걸 그걸로 증명해드리지요. 나는 그가 나를 얼마나 사랑하는지 알고 있지만, 당신은 그걸 모르잖아요!"

이때부터 결혼에 대한 공포가 할머니를 사로잡았다. 당시 그것은 정말 순진하고 두려운 상상이었다. 모리스나 빅투아르는 둘 다 그런 걸 모르고 있었다. 그래서 모든 일이 늘 그렇듯이 그 위험한 문제에 대해 너무 깊이 몰두한 나머지 엄마의 협박은 예언처럼 돼 버리고, 할머니, 특히 데샤르트르는 그걸 방해하기 위해 모든 힘을 다했다. 모리스는 약속한 대로 르블랑에 갔고 그곳에서 자기의 심정을 세세히 어머니께 편지로 썼다.

편지 13

르블랑, 혁명력 9년 프레리알(1801년 5월)

어머니, 많이 힘드시지요. 저도 그래요. 누군가가 진심에서 우러나는 좋은 의도라고는 하지만, 깊이 생각해 보지도 않고 우리에게 너무 큰 고통을 주었습니다. 지금 공포시대 후로 제 인생에서 가장 큰 슬픔을 겪고 있습니다. 이것은 더 깊고 어쩌면 처음 것보다 더 쓰디쓴 고통입니다. 그때는 불행했지만 우린 다툰 적도 없고 오로지 하나의 생각만, 하나의 목표만 가지고 있었으니까요. 하지만 오늘 우리는 여전히 마음은 하나인데 너무나 중요한 문제에 대해 서로 생각이 달라서 이렇게 서로 싸우고 있네요. 이것은 어머니와 저 사이에서 있을 수 있는 가장 큰 고통입니다. 그래서 데샤르트르가 지금처럼 중요한 시기에 어머니를 화나게 한 일에 대해 해명하고 싶습니다.

사랑하는 어머니! 어떻게 어머니는 이 일을 남자의 관점에서 보실 수가 있으세요? 남자들의 관점이란 물론 직선적이고 확실하긴 하지만 거칠고 감정적인 면에서는 색맹色盲처럼 정말 아무것도 구별해내지 못하지요. 저는 정말 이해할 수가 없습니다. 제 자신에게 수도 없이 질문해 보았지만 어머니께 제가 뭘 잘못한 건지 모르겠어요. 어머니에 대한 저의 사랑은 여전히 순수하고 다른 어떤 사랑보다 커서 어머니를 불행하게 한다는 것은 큰 죄를 범하는 것처럼 떨리고 황당한 일이지요.

한 번 더 생각해주세요, 어머니! 어떤 여자를 사랑하는 제 마음이 어떻게 어머니를 상처 주는 것이며 제 인생을 위험에 빠뜨려서 어머니를 힘들게 하고 어머니를 그렇게 울게 할 일인가요? 어머니는 지금 저를 마치 스스로 명예를 저버리려는 남자처럼 생각하시네요. 이미 ***양의 경우에도 어머니는 그 여자가 저로 하여금 인생에서 도저히 돌이킬 수 없는 실수를 하게 할 거라는 두려움에 떠시면서 괴로워하셨지요. 차라리 제가 문제나 일으키는 사기꾼이 되면 좋으시겠어요? 그래서 제가 순수한 마음으로 사람을 만날 때 카토의[14] 역할을 하면 좋으시겠어요? 저처럼 젊지도 않고 천성적으로 거의 죄를 지을 수도 없었던 데샤르트르 선생님에게라면 그럴 수가 있겠지요. 하지만 사실을 직시해 보세요.

저는 더는 아이가 아니고 어떤 사람이 좋은지도 잘 판단할 수 있어요. 물론 데샤르트르 선생님이 말하는 여자들도 좋겠지요. 하지만 저는 그런 여자들은 사랑할 수 없고 찾고 싶지도 않아요. 저는 넘쳐나는 힘을 주체 못 하는 바람둥이도 아니고 그런 여자들을 먹여 살릴 만큼 부자도 아니지요. 게다가 그런 저질스러운 표현들은 진실한 마음을 가진 여자에게 해서는 안 되는 소리지요. 사랑은 모든 걸 정화시키니까요.

사랑은 세상에 가진 것도 의지할 사람도 없이 던져졌다는 이유 하나로 천하다고 경멸당하던 사람들도 귀한 사람으로 만들지요. 그렇게 세상에 버려진 여자가 한 정직한 남자의 마음에서 위로를 받으려고 하는 게 어째서 죄인가요? 세상의 모든 즐거움과 모든 지위를 다 가지고 있는 사교계 여자들은 남편이 지겨워 정부情夫들을 만나는 마당에 말이에요? 어머니를 그렇게 힘들게 하고 괴롭게 한 그 여자는

14 〔역주〕 로마의 정치가로, 금욕주의를 부르짖으며 인본주의 문화를 거부했다.

자기를 사랑하는 남자를 떠났어요. 그녀에게 모든 부와 안락한 삶을 약속한 사람이지요. 하지만 그가 그녀에게 자기 이름을 주고 미래를 약속할 만큼 사랑했을까요? 아니요. 그녀가 그를 떠날 수도 있다는 것을 알았을 때 저는 그녀를 차지했다는 것에 대해 어떤 회한도 없었어요. 그런 사랑을 나눈다는 것에 부끄러워하기는커녕 저는 자랑스러워했지만 데샤르트르 선생님과 라샤트르의 귀하신 부인네들의 심기를 불편하게 했네요. 저를 욕하고 저에 대한 나쁜 소문을 퍼뜨리는 부인네들 중에는 제 앞에서 차마 그렇게 말할 자격이 없는 여자들도 있다는 걸 저는 알지요. 어머니가 지금 저의 사랑 때문에 이렇게도 슬퍼하시는데 제가 웃을 수만 있다면 정말 그런 사람들을 비웃어주고 싶습니다.

그런데 어머니는 뭘 두려워하시고 무슨 걱정을 하시나요? 언젠가는 저를 수치스럽게 만들 여자와 결혼할까 봐 그러시나요? 안심하세요. 저는 결코 부끄러워할 일은 하지 않을 테니까요. 저는 그녀를 믿어서 그녀와 결혼하려고 하는 거예요. 신뢰할 수 없는 여자는 진정으로 사랑할 수도 없지요. 게다가 어머니가 두려워하시는 것, 아니 오히려 데샤르트르 선생님이 두려워하시는 것은 근거도 없어요. 솔직히 지금까지 결혼은 생각해 본 적도 없었지요. 저는 그런 걸 생각하기에는 너무 어렸어요. 또 제 삶도 아내와 아이를 갖는다는 것은 생각할 수도 없는 삶이었고요. 빅투아르는 저보다 더했어요. 그녀는 벌써 어린 나이에 결혼을 했었는데 남편은 딸을 하나 남기고 죽었지요. 그녀는 딸을 정성을 다해 키웠지만 그녀에게 너무 큰 짐이었지요. 그녀는 살기 위해 일해야 했고 가지고 있던 의상점에서 열심히 일했어요. 그러니 그녀는 저처럼 가난한 인간과 결혼해서 얻을 것이 하나 없는 사람이지요. 단지 칼 한 자루와 별 볼 일 없는 계급장뿐인 저 같은 인간 말이에요. 또 오직 어머니 한 분만을 잘 모시기에도 급급한 그런 인간과 말이에요!

그러니 이제 잘나신 데샤르트르 선생님의 모든 짐작들이 얼마나 말이 안 되는지 아시겠지요. 또 어머니를 그렇게 힘들게 만드는 걸 좋아하는 걸 보니 그의 우정도 제대로 된 우정은 아닌 듯싶어요. 그의 역할은 반대로 어머니를 위로하고 안심시켜 드려야 하는 것 아닌가요? 그는 어머니를 너무 힘들게 하고 있어요. 그는 동화 속에 나오는 곰처럼 친구의 얼굴에 앉은 파리를 잡으려다 친구의 머리를 돌로 부숴 버리는 존재 같아요. 그에게 저 대신 이 말을 전해주세요. 우리가 친구로 남아 있길 원하면 제발 생각을 바꾸라고요. 아니면 우린 아주 힘들 거예요. 나는 그가 내게 한 어리석은 짓들은 용서할 수 있지만, 어머니를 괴롭게 한 것과 또 어머니에 대한 저의 사랑까지 의심케 한 것은 용서할 수 없어요.

게다가 사랑하는 어머니, 저를 그렇게 모르세요? 비록 제가 결혼 계획을 세우고 애타게 그것을 원한다고 해도 (예를 든 것이고 그렇지 않을 수도 있지만) 단지 어머니의 슬픔과 눈물만으로도 제가 그것을 단념할 수 있다는 것을 모르시나요? 제가 언제 어머니 생각과 기대에 반대되는 일을 하는 걸 보셨나요? 그것은 불가능한 일이에요. 그러니 편히 주무세요.

오귀스트와 그의 부인은 저와 2, 3일 더 함께 있고 싶어 해요. 저에게 너무나 잘해주시지요. 그냥 말뿐이 아니고 진정한 사랑과 우정으로 대해주고 있어요. 그들은 정말 행복해요. 서로 사랑하고 어떤 야망이나 계획도 없고 … 또 어떤 명예욕도 없지요! 사람은 한 번 그 같은 술을 마시게 되면 그냥 물은 마실 수가 없지요.

안녕, 사랑하는 어머니! 조금 후에 어머니를 위로하러 가겠어요. 그동안 2, 3일 더 존경스러운 조카의 지혜로운 충고와 진중한 생각들을 듣게 해주세요. 저는 조카의 말을 잘 듣는 맘 좋은 아저씨지요. 저는 데샤르트르 선생님의 설교보다 좀 더 따뜻한 충고가 필요해요. 그리고 노앙과 라샤트르의 분위기가 지금 저는 싫어요.

온 마음으로 포옹합니다. 그리고 어머니가 생각하시는 것보다 훨씬 더 많이 사랑합니다. 모리스

편지 14

아르장통

사랑하는 어머니, 생각지도 않게 르블랑에서 하루 더 머물고 이제 아르장통에 있는 친구 세볼의 집에 왔어요. 그런데 이 친구도 제게 이틀 더 머물라면서 망설이는 제게 소리를 질러대네요. 아! 어머니, 지난 3년간 저의 삶이 얼마나 변했는지요! 정말 이상하게 느껴져요. 저는 악기 연주를 했고 여기 있는 내내 아주 멋진 연주를 했지요. 그런데 세볼이 어찌나 열정적으로 음악을 좋아하는지 계속 연주를 할 것 같아요. 그는 나보다 제 바이올린을 더 반기는 것 같아요. 그리고 다른 일들은 생각지 않기로 했어요. 연주하면서 만사를 잊으려고요.

그런데 오늘은 악기 연주가 저를 열광시키기보다는 슬프게 하네요. 저는 이 평화가 두렵고 오히려 저도 알 수 없고 설명할 수도 없는 열

정을 가지고 전쟁터로 돌아가고 싶어요. 하지만 어머니를 또 멀리 떠나며 또 다시 슬픔을 드리게 될 거란 생각도 했어요. 이 생각이 전투와 전쟁터에서 제가 맛볼 즐거움을 사라지게 했지요. 어머니는 슬퍼하시고 고통스러워하실 테고 저도 그럴 테지요. 그럼 이 세상에는 제가 느낄 행복이란 없는 것일까요? 저는 곰곰이 제 자신에 대해 생각해 보았는데 정신 나간 사람처럼 저는 행복을 까맣게 잊고 있었던 거였어요. 다시 그 생각이 들자 저는 망연자실했지요. 저는 전쟁터를 떠나서는 기쁠 수도 뭔가에 열광할 수도 없다는 것을 깨달았어요. 이런 감정을 깨닫게 되자 모든 것들이 다 재미없어졌지요. 그것을 잊을 수 있게 하는 건 오직 어머니의 사랑뿐이었어요. 그런데 잠깐만이라도 저는 그 전쟁터의 행복을 잊을 수가 없네요!

군대가 행진하는 걸 보고 무기들이 덜커덕대는 소리를 들으면 저는 마치 미친 사람 같아요. 우리 같은 베테랑들은 자기들을 미치게 만드는 것을 보면 더 미쳐 날뛰게 되는 사람들과 똑같지요. 오늘 저녁에도 연대 하나가 지나가는 것을 보고 그랬어요. 저는 제 바이올린을 번쩍 들고는 던져 버렸지요. 군대의 북이 울리고 트럼펫이 울릴 때는 하이든이고 모차르트고 다들 안녕이에요! 저는 저의 무기력함에 한숨이 나왔지요. 저는 거의 분노로 통곡했어요. 오 하나님, 제 삶의 휴식은, 제 젊은 날의 기쁨들은 다 어디로 갔나요?

곧 뵈어요, 어머니! 어머니 품으로 위로받으러, 평안을 찾으러 갈게요. 데샤르트르 선생님도 안녕히. 이곳에서 선생님은 농사에 대해 박식한 사람으로 또 지독하게 연주를 못 하는 걸로 소문나 있네요. 온 마음으로 어머니를 포옹합니다. 그리고 저의 가엾은 하녀, 그녀는 제게 돌을 던지지 않겠지요. 그녀만큼은! 그녀가 어머니를 안심시키고 위로하길 원해요. 그녀 말을 들으세요. 다른 어떤 사람보다 옳은 생각을 하고 있으니까요.

할머니의 따뜻한 편지 한 통은 모리스가 며칠간 따뜻한 가정으로 돌아오도록 했다. 데샤르트르는 그를 아주 우울하고 거만하게 맞이했다. 그리고 그에게 다가갈 수 없음을 느끼자 등을 돌리고는 정원사에게 가서 상추에 대해 한바탕 야단을 쳤다. 15분쯤 후에 오솔길에서 제자와 마주치자 모리스는 불쌍한 도덕군자님의 눈에 눈물이 가득한 것을 보았다. 모리스는 데샤르트르의 목을 끌어안았다. 둘은 아무 말도 못 한 채 서로 끌어안고 울고는 서로 어깨동무를 하고 벤치에서 기다리고 있는 할머니께 왔다. 할머니는 둘이 화해한 것을 기뻐하셨다.

하지만 빅투아르가 편지를 보내왔다! 당시 그녀가 자신의 생각을 제대로 표현할 수 있을 정도로 글을 쓸 수만 있었다면 그것이 최선의 방법이었다. 하지만 빅투아르가 받은 교육이라곤 1788년 한 늙은 수도사가 불쌍한 아이들에게 공짜로 교리문답을 읽고 외울 수 있도록 한 것이 다였다. 결혼하고 몇 년 후에 쓴 몇 통의 편지에 대해서는 할머니조차 그 편지의 솔직함과 우아함과 재치를 칭찬하셨다. 하지만 지금 내가 이야기하는 그 당시, 그 알 수 없는 횡설수설, 너무나 터질 듯해서 어떻게 표현 방법을 찾을 수 없었던 그 감정들을 이해할 수 있는 건 오직 사랑하는 남자뿐이었다. 그는 빅투아르가 절망에 빠졌으며 버려졌으며 배반당했고 잊혔다고 생각하는 것을 알았다.

그는 다시 쿠르셀로 여행을 가겠다고 이야기했다. 이것은 또 새로운 두려움이었고 새로운 눈물이었다. 하지만 그는 떠났다. 그리고 프레리알 28일 그는 쿠르셀에서 다음과 같은 편지를 썼다.

편지 15

쿠르셀, 프레리알 28일(1801년 6월)

어머니, 어제 저녁 저는 합승마차를 타고 아주 힘들기는 했지만 아주 빠르게 이곳에 도착했습니다. 그것은 아주 슬픈 여행이었어요. 어머니의 고통과 눈물이 여행 내내 저를 한숨짓게 했지만 제 가슴은 계속 제가 잘못한 게 없다고 말하고 있었지요. 왜냐하면 어머니가 제게 요구하시는 것이 어머니를 사랑하란 것인데, 저는 어머니를 무척 사랑하고 있으니까요.

어머니의 눈물! 어머니를 그렇게도 행복하게 해주고 싶었던 제가 그런 눈물을 흘리게 하다니요! 그런데 어머니는 왜 그렇게 괴로워하시는 건가요? 제가 잘못됐다는 건 있을 수 없는 일이에요. 그 여자는 제가 자기와 결혼할 거라는 것을 생각해 본 적이 없어요. 왜냐하면, 저 자신도 그것에 대해 생각해 본 적이 없으니까요. 그녀가 데샤르트르에게 한 말은 화가 나서 그런 것이고 그가 그녀에게 한 모욕에 비하면 그건 아무것도 아니지요. 조용히 기다리셨다면 결코 아무 일도 일어나지 않았을 거라고 얼마나 더 말씀드려야 할지 모르겠네요. 저는 그녀를 조용히 돌려보낼 수도 있었어요. 왜냐하면 그녀가 라샤트르에 있는 것이 (물론 모르셔야 했겠지만) 어머니에게 얼마나 잔인한 고통인지 알기 때문이지요. 하지만 이제 일이 이렇게 됐으니 이제부터는 절대로 제 애인을 눈앞에 보여드리지도 또 저의 연애 사건을 말씀드리지도 않겠어요. 그런 것들이 이제는 고통이 될 것 같습니다.

저는 지금껏 제게 일어난 모든 것 또 제가 느끼는 모든 것을 어머니께 다 말씀드리곤 했는데 이제 어머니께 비밀을 가져야 한다니요! 데샤르트르가 망친 이번 일로 이 얼마나 큰 형벌인가요? 자, 이제 더는 그 얘기는 말기로 해요. 저는 그와 헤어질 수 없고 세상에 무슨 일로도 어머니와 헤어질 수 없으니까요. 그는 절대로 자신의 잘못을 고치지 않을 테니 그를 이해하고 우리 모두 어떤 경우에라도 서로 사랑하기로 해요.

이곳에서 저는 숲과 강변을 뛰어다니고 있어요. 이곳은 정말 천국이지요. 너무들 따뜻하게 저를 맞아주고 있어요. 르네는 아내와 어떤 공원 섬에 있었는데 저를 보러 배를 타고 왔지요. 물 위에서 나눈 우리의 포옹은 얼마나 격정적이었는지 배가 뒤집힐 뻔 했다니까요.

안녕, 사랑하는 어머니! 곧 만나요. 괴로워하지 마세요. 저를 계속 사랑해주세요. 어머니가 행복하지 않으면 저도 행복하지 못하다는 걸 명심해주세요. 어머니의 고통이 저의 고통이니까요. 온 마음으로 포옹합니다.

편지 16

파리, 메시도르 7일(1801년 6월)

말씀하신 것처럼 파리에는 한나절밖에 있을 수 없어서 잠깐밖에 머물 수 없었어요. 저는 보몽 삼촌과 장군님을 보았지요. 저의 애마 파멜라는 내일 노앙으로 떠날 거예요. 장군님은 내일 리무쟁으로 떠나실 거고요. 보름 후에 돌아오실 때는 노앙으로 해서 오시겠다고 하셨으니 어머니가 뵐 수 있도록 해 볼게요. 오늘 아침에는 우디노를 만났는데 그는 우리보다 좀 더 유리한 위치에 있어서 샤를 이스를 좀 충동질해서 제게 대위 계급을 받아주길 기대하고 있어요. 그리고 또 화친조약을 맺으러 이곳에 와 있는 곤살비 추기경을 만날 때 입을 예복을 맞추기 위한 약속이 있어요. 그는 여기 오기까지 많은 고심을 했다고 하는데 아마도 로마를 떠나 여기까지 오는 길은 마치 기요틴을 향해 걸어가는 길이었을 거예요. 로마에 대사로 같이 갔던 샤를 이스는 여기서 벌써 추기경을 뵈었는데 아주 반갑게 맞아주었다고 해요.

그러니, 어머니, 어머니가 말도 안 되는 짓이라고 여기셨던 이번 파리행은 결코 제 인생에 치명적인 것도 아니며 오히려 아주 도움이 되는 여행이지요. 어머니 돈도 한 푼 쓰지 않으면서 말이에요. 코벤젤 씨가 제게 돌려줘야 할 26루이에 대해서는 아직 아무 말도 듣지 못했어요.

안녕, 어머니! 곧 어머니 곁으로 돌아갈게요. 그리고 하늘이 도와준다면 대위가 돼서 돌아가겠지요. 괴로워하지 마세요. 제발. 그리고 이 아들의 사랑도 절대 의심하지 마시고요.

모리스의 파리 체류는 메시도르 중순까지 이어졌다. 여러 가지 핑계를 대면서 말이다. 곤살비 추기경 방문, 위원회로부터 26루이를 돌려받는 일, 그가 원하지도 않고 생각도 없는 승진을 위한 약속들, 어깨를 다친 말, 7월 14일의 축제 … . 이런 것들은 다 사랑을 감추기 위한 뻔한 핑계에 불과했다. 그는 거짓말을 할 줄 몰라서, 이 가여운 아이는 때로 이런 탄식을 뱉어내기도 했다.

"어머니는 저를 위해 모든 걸 떠나고 저를 위해 모든 걸 다 버린 한 여자를 사랑하길 원치 않으시는 건가요! 그건 말도 안 되는 거잖아요! 어머니 말을 좀 해 보세요. 어머니를 위해 자기 일자리를 버린 하녀에게라도 이렇게 냉담하실 수가 있나요. 제가 그렇게 마음씨 곱고 진실한 여자에게 그렇게도 무정해야 하는 건가요? 아니요, 어머니는 늘 그렇게 말씀하지 않으셨잖아요!"

"제발, 더는 괴로워하지 마세요, 어머니, 어머니를 더는 불행하게 할 생각은 없으니까요. 그것은 생각만 해도 괴로운 일이에요."

"무슨 생각을 하시는 거예요. 제가 이제 엄마를 사랑하지 않는다고요! 어떻게 그런 생각을 하실 수 있어요? 자식의 어머니에 대한 사랑이 그렇게 금방 사라져 버릴 수 있는 건가요? 그건 짐승만도 못한 인간들에게나 있을 수 있는 일이지요."

이렇게 애통함과 고통의 심연深淵 속에 빠져 있던 세 사람에게 새로운 사건이 터졌다. 다음 편지는 짧지만 이 사건 전반에 대한 것을 말해준다.

편지 17

파리, 메시도르 30일(1801년 7월)

*** 씨는 정말 미친놈이고 웃기는 인간이지요. 방금 아저씨와 함께 이 인간과 언쟁을 했지요. 그리고 이 인간이 엄마를 괴롭히기 위해 쓴 편지를 받으셔도 괴로워하지 않으셔도 되요. 그는 제게 했던 말도 안 되는 치욕스러운 욕들에 대해 사과했으니까요. 만약 어머니께 저에 대한 비방을 늘어놓으려는 그런 비열한 짓만 하지 않았더라면 저

는 그저 웃고 넘겼을 거예요. 저는 이런 일이 일어날 줄 알고 있었지요. 그리고 우리의 괴로움을 끝내줄 이 순간이 언제나 오려나 기다리고 있기도 했고요. 마침내 저는 생각했던 것처럼 *** 씨와 담판을 짓게 되었고, 이제 오늘 어머니는 그동안 제게 했던 모든 중상모략들이 처음부터 끝까지 다 잘못됐다고 시인하는 말을 직접 듣게 되실 거예요. 또 그는 빅투아르가 제게 빌려준 돈도 보름 뒤에 제가 빅투아르에게 주어서 그녀가 다시 그에게 갚았다는 것도 인정했지요. 그리고 저와 함께 쓴 비용들은 별 볼 일 없는 다이아 반지 하나로 대신하기로 했고요. 그 반지는 그가 욕을 하며 난리 치기 전에 이미 돌려주었지요. 이 인간은 오늘에야 자기가 화가 나고 질투가 나서 그런 것이며 자기가 잘못했고 다시 시작할 생각은 없다고 고백했지요. 저는 그렇게 믿고 있어요!

안녕, 어머니! 내일 떠납니다. 더는 괴로워하지 마세요. 편지로 모든 걸 밝혀드리겠어요. 편지를 읽으시면 어머니의 아들이 그런 불명예스러운 일을 할 아이가 아니라는 것을 아시게 될 거예요. 제가 그[15] 같은 인물인지는 모르겠지만 여기에 마농 레스코 같은 여자는 없습니다. *** 씨에 대해서는 생각하시는 것이 맞아요. 하지만 더는 제게 모욕 주는 일은 없을 거예요. 이제 여기서 더는 처리할 일은 없어요. 그렇게도 바라던 이 평화에 진정으로 헌신했던 자들에게 상황은 그리 호의적이지 못하네요. 마찬가지로 진짜 헌신했던 장군들에게도 상황은 마찬가지예요. 모로와 마세나도 브륀과 마찬가지로 제자리로 돌

---

15 〔역주〕 소설 《마농 레스코》에 나오는 인물로, 사랑에 빠져 인생을 망친다.

아갔어요. 모두 아주 큰 변화와 승진을 기대하고 있지요.

그런데 국가는 진정한 애국자들을 지키기보다는 정부의 적들의 비위를 맞추기에 급급한 것 같아요. 분명한 건, 국가를 배신하고 음모를 꾸민 인간들이 더 크게 설치고 있다는 거예요. 두고 보면 알겠지요! 하지만 상관없어요. 저는 프랑스를 위해 봉사했고 제가 이 한 몸 바치고 싶은 것도 오직 프랑스니까요.

안녕, 사랑하는 어머니! 온 마음으로 사랑합니다. 어머니께 진정으로 잘못하기보다는 차라리 죽겠어요!

보몽으로부터 뒤팽 부인에게

파리, 메시도르 30일

사랑하는 누님, 걱정하지 마세요. 모든 게 다 잘 됐으니까요. 모리스가 심성이 따뜻한 아이란 건 모두가 알고 있었지만 그렇게 냉철하고 일 처리에 완벽하며 예의범절에 대한 생각도 또래 아이들보다 훨씬 강해서 자기 자신의 행동거지에 대해 그렇게 조심스러운지는 몰랐어요.

저는 결투 장소에 참석했었지요. 제가 이런 쪽으로 좀 알고 있어서 모리스는 똑똑하고 유쾌한 동료 친구들보다 제가 더 적합하다고 생각한 모양이에요. 저는 둘이 해명하는 자리에 솔직히 크리스천의 마음으로 참석하지는 않았어요. 왜냐하면, 그 ***라는 장군은 아주 겁쟁이라 나는 우리 조카에 대해 전혀 걱정하지 않았거든요. 결투는 그냥 언쟁을 벌이는 것으로 끝났는데 *** 씨도 그게 더 만족스러운 것 같았어요. 사실 모든 것은 그에게 불리하게 돌아갔고 그도 그것을 인정했지요.

그는 아주 바람둥이였는데 모리스가 없는 동안 저는 둘 사이를 다시 되돌려 놓을 생각이에요. 왜냐하면 그 여자도 그에게 다시 돌아가는 것이 모리스와 불장난을 하는 것보다 더 행복할 테니까요. 하지만 이 연애에 대해 염려하시는 것은 신중하게 잘 하시는 거예요. 그녀는 매력적이고 영특하고 진실한 여자 같지만 어쩌면 그것이 더 위험한 요소지요. 마음을 편히 가지세요. 제가 지켜볼 테니. 모리스는 어머니를 아주 사랑하니 계속 지켜보시면 일을 잘 마무리하실 수 있을 거예요. 하지만 불안한 마음을 내보이기보단 감추시는 게 더 나을 것 같아요.

우리 젊은 영웅은 아쉽게 생각하지만, 이곳에서는 평화를 기다리는 것 말고는 아무 일도 없어요. 지금 여기서 모든 걸 지배하고 있는 위대한 영웅은 우리에게 평화를 가져다줄 모양이에요. 그가 간신배들을 피할 수만 있으면 좋으련만, 간신배들이 너무나 많네요!

안녕, 사랑하는 누님! 저는 공작 형님이 별로 마음에 들지 않아요. 모리스는 저에 대해 아주 잘 말해주었지만, 이곳에도 음모꾼들이 있어 우리 사이를 이간질하지요. 데샤르트르에게도 인사 전해주세요. 누님도 항상 안녕하시길 ….

고드프루아 드 B

보몽 할아버지는 전에 사제였고 보르도 대주교의 보좌였으며 베리에르 양과 부용 공작 사이의 아들이었으며 튀렌의 손자였고, 들라투르 도베르뉴의 친척이었다. 그는 아주 똑똑하고 감수성이 예민한 사람이었다. 젊은 사제 시절에는 아주 빛나고 폭풍 같은 삶을 살았다고 한다. 그는 아주 잘생기고 유쾌하며 기병대장처럼 용감하고 《문예연

감》의[16] 시인처럼 강하면서도 부드러웠다. 다시 말해 따뜻하지만 성마른 기질도 있는 사람으로 천성이 예술가였다. 만약 다른 환경에서 태어났다면 공디Gondi[17] 같은 인물이 될 인물이어서 젊은 시절에는 그를 흉내 내기도 했다고 한다.

폭풍 같은 삶에서 물러난 후 혁명 뒤에 그는 조용한 삶을 영위했고 왕당파 연합군과는 관계하지 않았다. 그는 그런 단체들을 약간 경멸했지만 혐오까지 한 것은 아니었는데, 자기가 그들보다 잘나서 그런 것도 아니었다. 그리고 그때부터 한 여자가 그의 삶을 지배했고 그를 행복하게 해주었다. 그는 항상 할머니의 충실한 친구였고 나의 아버지에게는 친구 같은 분이었다.

하지만 방금 읽은 편지에서 본 것처럼 이 잘나신 사제님도 당시 지체 높으신 분들과 다르지 않은 정신 상태를 가지고 있었다. 오늘날 사람들은 더는 그런 생각은 하지 않는데, 그것은 단지 우리가 지체 높은 사람이 아니기 때문이다. 차이는 그것뿐이다. 보몽 할아버지는 냉정하면서도 뜨겁고 완고하면서도 한없는 동정심을 가진 사람이었다. 그는 빅투아르의 그 우아한 신분 상승을 막는 것을 너무나 당연한 일로 생각했다. 그리고 그녀가 막 부수고 나오려는 그곳으로 그녀를 다시 돌려보내는 것이 마땅하다고 생각했다. 그는 에피큐리언의 가벼운 냉소로 '그녀는 가난한 모리스를 따라가느니 차라리 부자로 즐기

---

16 〔역주〕 18세기 프랑스에서 나온 시 잡지이다. 샤토브리앙 같은 시인들이 폭풍 같은 시를 썼다.

17 폴 드공디(Paul de Gondi, 1613~1679), 레츠의 추기경이며 《회고록》(*Mémoires*)의 저자이다.

며 사는 편이 더 나을 거야. 모리스가 그녀를 잊고 이 소설 같은 결말을 부추기지 않는 것이 그가 가정을 버리고 어머니와 불화하는 것보다 낫지. 내가 지켜봐야겠어. 이 여자아이는 흥미롭군. 내가 좋은 충고를 해 줘야겠어.'라고 생각했다. 그리고 그는 세상 사람들이 믿는 대로 행동했고 그것은 사회가 추구하는 이상과는 너무나 먼, 개인적 이득을 위한 것일 뿐이었다.

그는 결코 나의 아버지의 열정을 부추기지 않았지만 그 열정을 효과적으로 사라지게 하지도 못했다. 그리고 모리스가 빅투아르와 결혼했을 때는 그녀를 딸처럼 대했고 그녀를 할머니에게 가까이 가게 하려고만 했다.

모리스는 테르미도르 초(1801년 7월 말)에 노앙에 와서 연말까지 머물렀다. 엄마와의 싸움을 그만두기 위해 빅투아르를 잊으려고 결심한 걸까? 그런 것 같지는 않다. 왜냐하면, 그녀가 파리에서 그를 기다리고 있었고 다시 만났을 때는 사랑이 더 불타올랐기 때문이다. 하지만 이 넉 달 동안 그들의 편지는 찾을 수가 없다. 물론 당시 둘 사이의 편지는 감시되고 있었기 때문에 어쩌면 사람들이 없애 버렸는지도 모른다.

지난 몇 년간의 역사를 설명했던 것처럼 방금 나의 아버지의 편지를 통해 보았던 1801년을 한 번 회상해 보자. 그러면 사회 전체가 어떻게 개인의 삶에 영향을 미쳤는지 볼 수 있을 것이다.

혁명력 9년은 역사가들은 그렇게 정의내리지 않지만 실제로 공화국의 마지막 해였다. 이 해의 시작부터 보나파르트에 대한 암살 시도는 그에게 자신이 얼마나 중요한 사람인지를 깨닫게 했고, 자신의 위험에 대한 생각뿐 아니라 자신의 권력 그리고 자기 운명에 대해서도 이상한 신념을 갖게 했다. 그의 왕성한 상상력이 가져다준 미신 같은 생각들은 끝날 줄 모르고, 어디서 시작됐는지 모르는 끝없는 의심과 과대망상으로 그는 그것을 자신의 운명으로 여겼고 그의 오만한 영혼은 불타오르는 야망의 밑거름이 되었다. 그때까지 프랑스의 영광은 그와 우리 모두에게 하나의 종교가 되었다. 그는 브뤼메르 18일 이른바 '정부'라는 개념을 끝낼 수도 있었다. 그리고 오직 자기 자신만을 위해 했던 모든 것들을 그대로 하게 할 수도 있었다. 하지만 암살 시도 이후 그는 그동안 본능적으로 믿었던 신념, 즉 자신이 운명적으로 프랑스의 살아 있는 권력이 될 수밖에 없다는 것에 대한 확신이 없었다. 그는 한 개인으로 인류 전체를 대변하려 했고 오직 자기 자신만을 믿었다. 그의 수호별은 자신의 의지였고 그에게 신은 오직 자기의 머리였다. 이런 점에서 무슨 상징과 같은 그의 말 속에 숨겨진 뜻을 파악할 수 있는 자는 오직 그 자신뿐이고 프랑스는 그것을 알 수도 이해할 수도 없었다.

하지만 조금씩 프랑스 또한 마찬가지의 느낌 속에서 자기 자신에 대한 믿음을 잃어버리고 더는 보나파르트를 믿지 않게 되었다. 아니, 오히려 모든 사람은 보나파르트처럼 오직 자기 자신만을 믿게 되었다. '조국'이라는 말은 그 의미가 변형되었다. 그것은 더는 공동의 이익을 지켜주는 수호자가 아니었다. 이것은 각자의 이익을 보장해주는 것이었다. 아직도 불평등이 만연한 우리 사회에서 공동의 이익은 물질적 부유함보다 더 중요한 위치를 차지하고 있었다. 이것은 명예이며 자유였다. 인간이 원하거나 기다려야 하는 것이 아니라 이상적인 사회에 있어야 할 가장 기초적인 것이며, 사회가 꿈꾸는 이상을 실현하기 위한 출발점이었다. 모든 사람이 이와 같은 위대한 승리를 마음에 품고 노력할 때 인류 평등의 날은 밝아오는 것이다. 이것은 여전히 추상적이었지만 추상적인 인간들의 영혼을 지배하고 생각을 고양하면서 점점 커지고 있었다.

하지만 개인들의 이익은 사실 전혀 반대의 것을 만들어내고 있었다. 이런 원리로 만들어진 정부는 모든 사람을 만족시킬 수 없었다. 왜냐하면, 너무나 다른 사람들이 모여 있는 데다가 인간의 신분과 태생은 원래부터 다르다는 식의 생각들이 그것에 반대하는 사람들만큼이나 더 큰 이해관계를 만들고 있었기 때문이다. 넓은 땅을 불하拂下하는 등 눈에 보이는 공평한 행정으로 현혹하면서 모든 계급 사람들이 자기를 지지해줄 거라고 믿은 것은 나폴레옹의 착각이었다. 그는 비교할 수 없는 영리함과 굉장한 행동력과 기막힌 세밀함으로 이 일에 온 힘을 기울였지만, 서서히 지쳐가기 시작했다. 그는 자신의 운명에 수많은 사람의 운명을 연결시켜 자신의 지배를 도울 수 있는 영향력 있는 집단을 만들었다. 하지만 그는 그가 없어도 스스로 존재할 수 있는 새로운 사회를 만드는 방식은 알지 못했다. 그는 조국의 영광을 마치 대중들의 특권처럼 이용했다. 대중들은 그것에 너무나 열광한 나머지 곧 너무나 배은망덕하게 그것을 흔들어댔다. 1815년, 루이 14세처럼 자신이 곧 프랑스라고 믿었던 이 남자는 이제 자신이 프랑스가 버린 한 인간일 뿐이라는 걸 알게 된다.

나폴레옹이 실패한 것은 그가 천재가 아니어서도, 애국심이 없어서도 아니고 단지 사회적인 신념이 없어서일 뿐이다. 만약 새로운 사회를 만들어내려고 했던 것이라면 대체 그가 어디에 도달한 것인지 우리는 알 수 없다. 하지만 그는 그런 생각조차 해 본 적이 없다. 분명한 것은 끊임없는 노력으로 예전 사회를 다시 복구해내면서 그는 자신의 기막힌 머리를 쓸데없는 것에 소모했으며 그 자신조차도 그 정상에 서 있을 수 없는 그런 헛된 것을 만들어냈다는 것이다.

1800년은 영광스럽고 위대한 해였다. 그때 그의 능력은 최정상이었다. 하지만 1801년 그의 외교 관계는 타락하기 시작했다. 유럽 전체에 평화에 대한 요구는 충분히 무르익고 있었다. 각자의 이해관계가, 산업적인 탐욕이 그것을 요구했다. 그는 특별한 계층의 열망을 인류 전체의 열망으로 간주했다. 신념을 바탕으로 하는 전쟁은 소유를 나누거나 땅을 나누는 것으로 해결될 수 없었다. 여기서부터 보나파르트의 거대한 허영이 보이기 시작한 것이다. 그는 강자의 이익을 강자들과 함께 의논하길 원했다. 하지만 신념은 사라지고 없었다. 프랑스의 기치는 더는 대혁명의 기치가 아니었다. 프랑스는 단지 장사꾼에 지나지 않았다. 그것은 거대한 비즈니스였고 세계 전체와의 거래였다. 하지만 그 사업이 관계하는 것은 지배자들이지 결코 민중들은 아니었다. 민중들은 결과도 잘 모르면서 관심을 보였지만 그들은 자신들의 진짜 이익이 어디에 있는지 그 메커니즘도 모르는 자들이었다. 그래서 우리는 많은 협상과 협정 이후에 영국 산업이 손해를 보자 자국 국민들에게 겁을 줘서 평화협정 다음 날 다시 전쟁하게 만드는 걸 보았다.

게다가 그것은 2년도 가지 않았다. 너무나 공들였던 이 평화와 자신들의 이익만 추구하는, 근본적으로 부도덕한 협정문서는 즉시 그들의 정신을 타락시켰다. 힘으로 밀어붙인 모든 협상들이 다 이와 같았다. 국가는 잘못된 협상 때문에 피를 흘리는데 지배자들과 그들의 고객들은 다른 잇속을 챙기고 있었다.

이제 혁명력 9년 이야기만 해보자. 이 모든 역사적으로 위대하고 대단한 일들이 얼마나 헛되고 얼마나 부질없는 짓들이었는지 알 수 있을 것이다. 러시아 전제군주에 대한 공화국 장군의 낯간지러운 아부 탓에 보나파르트로 상징되던 혁명의 자부심도 작아졌지만 그 외에도 모든 일이 수포로 돌아갔다. 폴 1세가 우리의 영향력에 질투심을 느낀 노르 지역의 귀족에 의해 암살된 것이다. 우리가 교묘하게 중립 연대를 맺었던 것도 소용없었다. 영국은 아주 격렬하고 잔인하게 코펜하겐에서 맺은 연대를 깨 버렸다. 우리는 4월 초에 영국과 평화 협상에 들어갔다. 이 협상은 6개월이 걸렸다. 이 동안 우리는 한 인간의 천재적 발상으로 우연히 얻게 된 이집트도 잃어버렸다. 7월에 우리의 해군은 알헤시라스에서 불멸의 영광을 얻었다. 하지만 영광도 희생도 다 소용없었다. 스페인은 힘도 없었고 우리와 신념도 달라서 단지 왕자에게 이탈리아 영사로부터 왕관을 씌우는 게 목적이었다. 이것은 거래였고 장사일 뿐이었다!

8월 4일 우리 해군은 불로뉴 앞에서 넬슨의 소형 선단과 영웅적인 전투를 벌였다. 여기저기 피를 흘리며 용맹을 떨쳤고 물 위로 시체가 떠다녔다. 이 전쟁으로 우리는 우리의 승리와 연합군들에 대한 보호를 재확인할 뿐이었다. 원칙 같은 것도 없었다. 왜냐하면 적들은 언제라도 모든 계약을 파기하고 이행을 거부할 수 있을 뿐 아니라 예전에 우리의 피로 정복했었으나 이제는 적이 되어 버린 이집트와 우리에게 골칫덩어리가 되어 버린 몰타와 다시 연합해서 우리에게 대항할 수 있었기 때문이다.

우리는 유럽의 지배자들이 지배하고 있는 나라에 우리의 생각을 강요할 수도 없었다. 우리는 애초에 신념으로 그 나라들을 불렀지만 그들은 한순간 우리의 놀라운 모습에 감동하였다가는 곧 우리가 빠르게 과거로 돌아가는 것을 보고는 자기들의 잇속만 차리게 되었다. 이 나라들에도 우리나라처럼 혁명의 싹이 돋고 있어서, 아직 꽃이 피지는 않았지만 그 힘은 우리의 도움으로 자라나 자기 나라의 전제주의를 무너뜨릴 수도 있었다. 하지만 그들은 프랑스가 자신의 신념을 버리고 유럽의 어떤 폭군보다 더 힘세고 강력한 한 남자의 날개 아래 무릎 꿇는 것을 보았다. 그들은 더는 공화국의 형제애 따위는 믿지 않았고 전제 왕국의 경쟁상대로 다시 적의를 품게 되었다. 평화협정이 결국 이루어졌지만, 누구도 무기를 내려놓지 않았고 전쟁은 세계가 놀랄 만큼 여러 곳에서 계속되었다. 영국 사람들은 파리를 보러 오고 우리의 살롱은 그들을 받아들였다. 폭스는[18] 보나파르트를 만났다. 그러나 그들은 그들 사이에 크나큰 심연이 있음을 느낀다. 영국 사람들은 탐욕스러운 기질로 우리가 자기들에 비해 어린애에 불과하다는 것을 모두 알고 있었다. 그래서 고집스럽게 참고 기다리기만 하면 이 교활하고 책략이 난무하는 싸움에서 우릴 이길 것을 알고 있었다.

불쌍한 프랑스인들이여! 거기에는 우리의 길도 우리의 이상도 없

---

18 〔역주〕 영국의 정치인이다.

었다. 잘못된 시스템으로, 영광에 불타고 망할 놈의 승리에 들떠서 우리는 성급하게 허둥대고 있었다.

우리 각자는 보나파르트의 미친 듯한 추진력이 프랑스에 가져온 결과들을 그제야 감내하고 있었다. 가슴을 조이며 부풀 대로 부푼 야망을 품고서, 음모꾼들까지 이 상황을 즐기면서 바삐 움직이고 순수한 영혼들은 위대한 전쟁에 대한 망상을 깨워줄 어떤 일이 일어나길 슬프게 또 지루하게 기다리고 있었다.

그래서 무기력함에 지루해하던 나의 젊은 아버지도 새로운 전투 속에 다시 넋을 잃고 싶어했다. 망할 놈의 휴식도 더는 그를 행복하게 하지 않았다. 왜냐하면 일상적인 삶은 그의 모든 것을 얼어붙게 했기 때문이다. 우리는 곧 그가 분개하여 아주 냉소적으로 새로운 궁전의 음모에 가담하는 것을 보게 된다. 그리고 젊음과 열정과 이상을 주체하지 못하고 그의 삶은 뜨거운 사랑의 포로가 되고 만다.

그에게는 자신을 흥분시킬 수 있는 모험이 필요했고 힘들게 성취한 기쁨을 맛볼 수 있는 사건이 필요했다. 그는 평민의 딸과 결혼하게 된다. 그러니까 그 자신의 삶 속에서 비밀스럽게 공화국의 평등사상을 실현하게 된 것이다. 그는 자신의 가정 속에서는 귀족들의 관습, 그러니까 지난 세상에 대항해 싸워야 했다. 그는 자기 자신의 가슴을 찢었지만 꿈을 이루어냈다.

4. 1802년

노앙에서 엄마와 함께 여름의 끝자락과 가을을 다 보낸 후 모리스는 1801년 말경 파리로 돌아간다. 그는 예전처럼 정확하게 편지를 썼지만 더는 예전 같지 않았다. 어떤 마음의 토로나 편안함 같은 것은 사라지고 없었다. 편안한 것처럼 보이려는 부분도 있었지만 때때로 그것은 너무 억지스러워 보였다. 불쌍한 어머니에게 경쟁자가 생긴 것은 분명했다. 사랑의 질투는 그녀가 두려워하던 악행도 서슴없이 저지르게 했다. 혁명력 10년 첫 번째 편지에서 그는 특히 로슈포르 씨의 상속 문제에 대해서만 언급하면서 엄마에게 이 일을 장사꾼처럼 처리하지 말고 빌뇌브 가족의 충고대로 가능한 한 빨리 끝내라고 충고하고 있다. 왜냐하면, 이 분쟁에 대해 이해관계가 얽힌 사람들이 다른 충고들을 해댈 것이기 때문이다. 이 문제에 대해 자기와 같은 생각을 갖고 있는 엄마에게 감사하며 그는 이렇게 말한다.

"오귀스트는 어머니 편지에 감격했어요. 어머니가 일으켜 세우지 않았다면 그는 우유부단함과 조심성 때문에 절대로 끝을 보지 못했을 거예요. 그는 어머니에게 답장하기 전에 제게 어머니께서 모든 문제들을 너무나 점잖고 대범하게 처리해주셔서 자기는 그런 대접을 받아도 마땅하다는 말을 전해 달라고 했지요. 그게 또 사실이고요. 그와 그의 형은 우리에게 진정한 친구예요. 퐁스에게 일을 빨리 마무리해서 우리가 빨리 서명하고 끝내게 하라고 했지요. 이건 정말 코미디에요. 2년 전부터 사람들은 무슨 법정에 선 것처럼 우리에게 충고했지만, 우리는 웃고 함께 먹고 뛰어다니며 서로 여전히 사랑하고 서로를 이해하고 있으니까요.”

편지의 파편들

파리, 혁명력 10년 프리메르 14일

나의 장군님은[19] 뵈르농빌 보병대 시찰을 가신다고 해요. 그래서 우리는 이제 여기 파리에서 잘 먹으며 월급만 잘 받고 있으면 될 것 같아요. 그러니까 샹드마르스와 샹젤리제가 우리의 병영兵營인 거지요. 지휘관님과는[20] 잘 지내고 있어요. 어제는 저희 집주인이 마렝고 전투 작전에 대해 떠벌려서 아주 큰 환대를 받고 함께 식사도 했다고 해요. 그쪽으로는 아무 문제도 없어요.

사랑합니다. 하녀와 데샤르트르 선생님께도 안부를 ⋯ .

프리메르 28일

모레 아르덴으로 출발합니다. 그래서 장군님 집에서 아주 철저하게 떠날 준비를 하고 있어요. 말 그대로 병기창고가 되어 온통 단검과 총검과 쌍발 소총과 화약통들이 즐비했지요. 우리는 늑대와 멧돼지들을 날려 보낼 만반의 준비를 했지요. 새로 태어난 헤라클레스들인 우리는 괴물 같은 야만족들의 땅을 평정할 거예요. 파리와 달콤한 모든

19 뒤퐁 장군.
20 〔역주〕 나폴레옹을 말한다.

것들은 더는 우리의 용기를 꺾을 수 없고, 모두가 이 겨울 따뜻한 불가를 찾을 때 우리는 용기 있게 추위와 맞서 싸우러 떠납니다. 평화협정 같은 건 악마에게 던져 버리라고 하세요! 이 어지러운 때를 좀 더 잘 이용할 수는 없는 걸까요? 데샤르트르 선생님의 옛 친구들은 그가 군수 리본을 두르길 간절히 바라고 있겠네요.

니보즈 4일

어머니, 지금 제가 아르덴에 있는 걸로 아시겠지요. 저도 그렇게 생각했었어요. 그런데 장군님과 마차에 올라 '이랴!'를 외치며 막 떠나려는 순간 뭐라 장군님이 급히 다시 살롱으로 올라와 짐을 풀라는 전갈을 보냈지요. 통령이[21] 우릴 감시하고 있었어요.

오늘은 그 유명한 진군을[22] 기념하는 날이지요. 거의 모든 오른편 날개 부대들이 장군님 댁에 모였어요. 물론 시를 읊는 시간도 있었지요. 저는 한 뭉치의 엉터리 시를 써서 하인에게 식사 중간에 가져오게 했지요. 장군님은 급히 열어보고는 폭소를 터뜨렸어요. 지난 일들을 영웅적이지만 3류 코미디처럼 썼지요. 장군님은 그것을 큰 소리로 읽어 나갔고 다른 사람들도 맞다 틀리다를 따지며 복창을 했지요. 곧 사람들은 그것을 쓴 것이 저인 것을 알아채고는 제게 저의 시를 읊으라고 졸라댔지요. 저는 이미 읽은 것을 되풀이하지 않기 위해 같은 주제로 다른 시를 읊었고 사람들이 아주 열광했지요.

---

21 〔역주〕 나폴레옹을 말한다.

22 민치오 진군.

우리는 모두 테이블에서 일어나 노래하고 웃으며 거실로 들어가 서로를 얼싸안았지요. 제가 뒤퐁 장군님을 제일 처음 안았고요. 사람들 사이에서 진정한 평등과 형제애의 모습을 볼 수 있다면 바로 이때의 저희들 모습이 그랬지요.

우리는 이번 일요일 로디에 댁에서 코미디를 공연할 거예요. 르네는 이제 꽉 끼는 옷을 입지 않아요. 더는 유행이 아니거든요. 저는 검은 반바지를 가지고 효과를 내 볼 생각이에요. 우리 모두는 내일비트롤 댁에서 저녁을 먹을 거예요.

파리, 1802년 1월 5일

… 장군님은 아르덴으로 확실히 떠났고, 저는 이곳에 칩거하며 잘 적응하고 있어요. 제가 작곡을 배우는 제라르라는 선생님은 아주 대단한 대가시지요. 저는 골머리를 썩이며 배우고 있지만 예술의 신비한 세계에 입문하면서 큰 즐거움을 맛볼 수 있길 바라고 있어요. 매일 두 시간 반씩 레슨을 받고 있어요. 그리고 이제 1년 안에 오페라를 하나 써 볼까 해요. 제 머릿속에는 음률이 가득한데 이제 그것을 살려낼 방법들을 배우고 있는 거지요. 하지만 아직도 갈 길은 멀어서 제가 조급증을 내면서 피아노를 치면 장군님은 저의 오페라 작곡에 대해 미친 듯이 웃음을 터뜨리시지요. 장군님은 말하길 만약 제가 야유를 받더라도 부관에 대한 예의로 칼을 빼지는 말라고 하셨지요.

지난 며칠간 장군님과 저는 정말 늘 붙어 다녔지요. 장군님은 정말 진심으로 저를 대해주셨어요. 그는 주인 노릇을 하는 걸 싫어하셨지요. 제게 늘 사람들이 자기에게 접근하는 방식을 잘 모른다고 하시면서 어떤 식으로든 절대로 가까이 할 수 없는 부분이 있다고도 하셨지요. 그래서 그 순간 저는 진급 얘기를 꺼낼 수가 없어서 그냥 잠자코 있었어요. 그런데 장군님은 지휘관이[23] 돌아오면 큰 상급이 있을 거라고 생각하고 있었어요.

저는 행렬에 합류했고 우리는 모두 함께 아파트에 모였지요. 저는 그곳에서 이탈리아에 있던 보충대대의 모든 부관들을 만났어요. 모두 너무나 반갑게 저를 맞아주었지요. 우리가 너무 반가워 모두 한꺼번에 크게 소리치니 파리 지휘관인 모르티에 장군님이 와서 우리만 떠들고 있으니 제발 조용히 하라고 부탁할 정도였지요. 베르티에의 부관인 브뤼예르는 부대를 대표해서 말하길 이렇게 기쁨에 겨운 말들을 쏟아내니 이 순간이 가장 행복한 때라고 대꾸했지요.

사교계 … 에서[24] 최고로 사랑스러운 사람들 중에는 G … 와 M … 과 P … 가 있는데 이들은 내가 아는 사람들 중에 제일 예의 바르고 유쾌한 사람들이지요. 그들과는 한 시간 동안 아무 말 없이 있어도 서로의 뜻을 알 수 있어요. 맞건 틀리건 함께 모든 걸 결정할 수 있고, 완전히 마음이 통해서, 말로는 좋은 예절이라 하면서 실은 서로서로 흉내만 내고 있지요. 그러니 그중 한 명에 대해서 알면 나머지 사람들도 다 아는 것과 같아요.

어머니는 제가 사교계와 어울려야 한다고 하셨지요. 그럴 수도 있

---

23 보나파르트는 이때 리옹에서 이탈리아를 점령하고 있었다.

24 옛 시절의 가장 상류층 사교계인데 나는 이름을 적지 않고 이니셜도 바꾸었다. 그러니 나의 아버지가 비난하는 사교계가 어떤 곳인지 찾아봐도 소용없을 것이다.

겠지요. 어머니, 하지만 자기에게 걸맞지도 않은 그런 명성만 좇는 사람보다 더 어리석은 사람은 없는 것 같아요.

"인정받을 수 있는 사람이 되어라. 인형처럼 흉내만 내며 사는 건 너무 헛되고 어리석은 삶이다."

저는 그들에게 늘 이렇게 충고하지요. 하지만 저의 생각은 시대에 뒤떨어진 생각이고 그런 생각으로는 세상에서 성공할 수 없을 테지요. 어머니를 생각하면 더 높은 곳을 생각할 수 있을 것 같아요.

1월 18일

네, 마를리에르 부인은[25] 저를 라미에르 양과[26] 꼭 결혼시키려고 하지요. 그녀는 2만 리브르의 연금을 받는 아주 똑똑한 재원이고 게다가 아주 예쁘다고 해요. 어머니, 2만 리브르라면 그리 나쁜 것도 아니지요. 어머니에게 드리기 위해 그것을 받고도 싶네요. 하지만 그렇게 좋은 연금 조건에도 저는 결혼할 생각이 눈곱만큼도 없습니다. 머릿속의 행복한 계획들이 아주 하찮은 것들로 다 망칠 수가 있겠다는 생각이 들어요! 먼저 이 여자는 아주 신실한, 그러니까 신앙심이 깊은 여자지요. 어머니는 어머니의 종교관을 조롱할 며느리와 어떻게 함께 사시려고 하세요? 당장 결정할 문제도 아니니 제가 생각할 시간을 좀 주세요.

저는 초라한 가난뱅이인 것이 결코 즐거울 것도 없지만 담담히 받아들이려고 해요. 가장 진실하고 가장 순수한 기쁨은 결코 우리의 삶을

---

25 쿠스틴 재판에서 잡혀 기요틴에서 사형 집행된 라마를리에르 장군의 미망인이다.

26 이 사람은 앙제의 도지사인 위즘 씨와 결혼한 여자 같다. 그의 딸들은 나와 같은 수녀원에 있었다.

르죈 장군이 그린 마렝고 전투.

무너뜨리는 그런 종류의 기쁨이 아니라고 저는 생각합니다. 저의 작곡 선생님과 피아노만으로도 저는 사회에서 아주 즐기며 살고 있어요. 밤에 새벽 3시까지 음악 속에 묻혀 저를 잊을 때 저는 어느 무도회에 있는 것보다 더 행복하고 평안해요. 저는 화성학자和聲學者가 되려고 열심히 노력 중이어서 곧 성공할 거예요. 바이올린도 열심히 연습하고 있고요. 얼마나 바이올린 연주가 좋은지요!

저의 재정 상태는 그리 좋은 편은 아니에요. 퍼레이드에 가려면 머리끝부터 발끝까지 재정비를 해야 하지요. 하지만 아폴론의 아들이 될 운명으로 선택됐으니 만약 거지가 되면 그것도 운명이겠지요.

공연장에서 르죈을[27] 봤어요. 그는 마렝고 전투 그림을 그릴 때 온

---

27 르죈 장군은 역사물을 그리는 화가였다. 나는 연필로 그린 그의 아름다운 초상화를 가지고 있는데 그와 아주 똑같다.

파리를 뒤져 저를 찾아 헤맸다고 해요. 그는 그 그림에 저를 넣지 않으면 완성시킬 마음이 없었다고 해요. 어머니 숄은 곧 베리로 떠나는, 저는 잘 모르지만 믿을 수 있는 사람28 편에 보낼 거예요.

저는 몇몇 귀부인들과 친분을 나눴어요. 황송하게도 저를 아주 좋게 보신다는 에스켈베크 부인, 얼마 전 소설을 출간하신 플라오 부인, 하지만 저는 예의 없게도 아직 읽지 않았지요. 그리고 앙들로 부인이에요. 르네는 항상 가장 친한 친구이고요. 하지만 그는 술을 너무 좋아하는 흠이 있지요. 다행히 저에게까지 전염되지는 않았고요.

플뤼비오즈 3일

제가 살던 곳을 보러 갔는데 경기병이 20명쯤 살고 있었지요. 로랑 장군님은 시트가 30개밖에 없다고 불평하셨어요. 장정들을 늘 깨끗하게 살게 하는 건 쉬운 일이 아닐 거예요. 하지만 장군님께 장병들이 거기에는 자주 머물지 않을 테니 그런 일에 돈을 쓰는 건 다 낭비라고 말씀드렸지요. 사람들 말처럼 루브르의 화가들이 소르본에 가서 묵는다면 왜 그런지 곧 알게 되지요. 부인네들이 다 그쪽으로 갈 테니까요.

네, 저는 정말 열심히 공부하고 있어요. 하지만 선생님이 20번이나 수업을 받고 작곡을 배웠다고 했을 때 우리를 놀리는 줄 알았지요. 그런데 이렇게 어렵고 배우기 힘든 공부는 처음이에요. 지금 저는 전조轉調를 배우기 위해 불협화음은 뛰어넘었어요. 제가 얼마나 열심히

28 이 '믿을 수 있는' 사람은 숄을 잃어버렸거나 아니면 훔쳐갔다. 아버지가 모르는 사람인 것은 분명하다.

하는지 아신다면! 왜냐하면 시간이 없고 봄이 되면 떠나야 하기 때문이지요! 제 머릿속은 잘못된 5도 음정과 6도 음정과 3연전음 그리고 7번째 축약… 같은 것들로 가득 차 있어요. 꿈도 꿀 지경이에요.

어머니께 하늘을 맹세코 말씀드리는 데 V***는 일을 하고 있고 제 돈을 절대 쓰지 않아요. 어머니가 왜 그렇게 걱정하시는지 모르겠어요. 어머니께 돈을 받아 쓰는 주제에 이런 가난뱅이가 어떻게 여자를 건사할 수 있겠어요. 게다가 어머니는 그 여자를 잘 모르세요. 그저 데샤르트르 선생님 말을 들으실 뿐이지요. 그도 그녀를 모르기는 마찬가지예요. 제발, 어머니, 그 여자에 대한 말은 마세요. 또 싸우게 될 뿐이니까요. 어머니를 비난하느니 차라리 제 머리통을 쏴 버리고 싶어요. 어머니를 괴롭게 하는 일이 제게는 가장 큰 고통이에요.

오늘 아침 장군님이 100루이에 사신 르댕이라는 말을 탔어요. 아주 멋진 놈이지만 아주 악마 같은 놈이에요. 대로를 무슨 서커스 강아지처럼 뒷발로만 걸었다니까요. 하지만 우아한 척하는 녀석들을 따라하지는 않았어요. 그놈들은 불로뉴 숲속을 질풍처럼 달리다 파리처럼 나가떨어졌지요.

플뤼비오즈 4일

… 사랑하는 어머니, 수업료와 피아노 임대료를 다 보내주시겠다니 얼마나 감사한지요! 이제 노앙에 가서 아주 아름다운 하모니를 들려드리는 것으로 보답해드리지요. 다음 달쯤에는 제대로 곡을 쓸 수 있길 바라겠어요. **29** 뒤퐁 장군님이 곧 아르덴에서 돌아오실 텐데 제게 노루와 멧돼지를 보내시면서 모로 장군님께도 좀 보내라고 하셨지요.

내일은 조카 부부와 히긴슨 부인의[30] 대무도회에 갈 거예요.

파리, 플뤼비오즈 11일(1802년 2월)

세상에, 무슨 말씀이세요? 어머니가 아니면 이 세상에서 제가 누굴 사랑하겠어요? 제 편지가 전보다 다정하지 않다고 하시네요. 아니에요. 제 마음은 하나도 변한 게 없어요. 단지 어머니를 슬프게 한 후로 행복이 덜해진 것뿐이지요. 시골에만 계셔서 자꾸 우울해지시는 거예요. 어머니가 겨울은 파리에 와서 보내신다니 다행이에요. 우울한 생각들을 제가 모두 잊게 해드릴게요.

에스켈베크 부인 댁에서는 아주 대성공이었어요. 칭찬하는 소리들이 다 진짜라면 사교계 부인들은 제가 영국인 같은 분위기를 가지고 있다고 했지요. 좋은 칭찬이에요! 파리에는 아주 점잖은 영국인들이 많은데 사람들은 그런 분위기를 아주 좋아하지요. 저는 사람들을 좀 지루하게 하는 스타일인데 사람들은 그것을 점잖다고 여겨주네요. 반대로 젊은 처녀들은 어느 나라 사람이건 다 아름답고 경쾌해요. 저를 점잖다고 보는 건 아마도 제가 이런 화려한 사교계 매너에 익숙지 않기 때문이겠지요.

---

29 비트롤 씨는 어쩌면 너무 늦게 받은 이 음악 수업으로 이해할 수 없는 일이 생겼다고 내게 말했다. 아무것도 모를 때 아버지 머릿속은 아름다운 멜로디와 곡에 대한 생각들이 가득했었는데 그것을 표현하는 방식을 배운 후에는 상상력은 차갑게 굳고 자연스러운 천재성은 자신도 모르게 사라져 버렸다는 것이다.

30 〔역주〕 영국 귀족 부인, 평화협정으로 영국의 많은 사람들이 파리로 왔다.

이런 사교계에 대해 몇 말씀 드리자면 이 부인네들에게 두 명의 영웅이 있는데 노아유 집안의 샤를과 쥐스트 형제지요. 그들의 아버지는 샤를은 벨베데르의 아폴론을, 쥐스트는 안티노우스 황제를 닮았다는 말도 안 되는 소리를 하고 다니지요. 몇몇 아첨하는 여자들이 또 그렇게 말하고 다니니 샤를은 자기가 진짜 아폴론이라고 생각하는지 조각처럼 코를 하늘로 치켜들고 다니지요. 쥐스트는 안티노우스처럼 머리를 한쪽으로 기울이며 다니고요. 아마 제가 농담하는 거라고 생각하시겠지만 정말 사실이에요. 저는 이 이야기를 로르에게서 들었는데 그 집안의 대소사를 다 알고 있으면서도 아주 선하고 관대하게 처신하고 있었어요.

여기 잘난 젊은이들의 웃기는 행태를 다 말씀드리려면 끝이 없을 거예요. 영국 사람들도 다 느끼는 것 같아요. 그들이 이 나라의 그런 사소한 부분만을 보고 망토 아래서 비웃는 것을 보면 정말 화가 날 지경이지요. 또 다른 젊은이들은 어설프게 영국인들을 흉내 내려는 자들도 있는데 그건 정말 외국 사람들 앞에서 조국을 욕보이는 거지요. 어떤 반항심 때문인 것 같은데 가장 먼저 고개를 갸웃거리는 사람들이 외국 사람들이지요. 영국에서 군인이었던 젊은 귀족 청년들은 아주 열정적으로 제게 군대에 대해 질문해요. 그러면 저는 우리가 이룬 불멸의 공적들에 대해 신나게 떠들어주지요. 그들도 감탄하지 않을 수 없는 공적들이지요. 저는 특별히 그들에게 말하길 사교계에서 보고 듣는 것을 가지고 프랑스 국민 전체를 판단하지 말아 달라고 하지요. 우리의 국민성도 그들만큼이나 강하다고. 그들도 우리의 승리를 잊을 수는 없을 거예요. 어쨌든 이런 사교계를 나올 때 저는 늘 슬프고 지쳐요.

안녕, 사랑하는 어머니! 저의 목숨보다 어머니를 더 사랑해요. 시의원님께는 한 방 날려드리고, 제 하녀에게는 바느질하고 일할 때 쓸 골무를 보내주겠어요.

플뤼비오즈 24일

조카들과는 이제 모든 일을 끝냈어요. 집 말고도 이제 4만 리브르의 돈을 받게 되었어요. 세상에나! 그렇게 부자가 될 줄은 몰랐어요. 거기서 어머니께 곧 1만 프랑을 보낼 테니 페르농과 데샤르트르와 하녀에게 줄 돈도[31] 다 갚으세요. 지체하지 마시고 이런 작은 짐부터 벗으세요. 그동안 어머니는 제가 다 갚을 수 없을 만큼 더 많이 해주셨지요. 그러니 어머니 이 일에 대해 더는 왈가왈부하지 말아요. 아니면 어머니가 제 돈을 받으시도록 소송이라도 할 테니까요. 집에서 나오는 수입과 연금을 합해서 저는 7,840리브르를 받게 되었네요. 세상에나 너무 멋져요. 이제 절망할 이유는 없네요. 노앙의 수입을 합하면 우리 둘이 1만 6천 리브르의 연금이 생기네요.[32] 내년은 빚 없이 편하게 지낼 수 있겠어요! 정말 잘됐어요. 이제 어머니가 모든 근심에서 벗어나시게 되니 너무 행복해요. 빚을 다 갚으세요. 그래서 4만 리브르에서 반만 남는다고 해도 제게는 충분하니까요.

베랑제 부인께서 어머니께 부용 공작님의 부고를 전해요. 보몽 삼촌은 아주 슬퍼하셨어요. 둘이 싸우기는 했지만 정말 형제처럼 사랑

---

31 이들에게는 1792년 이후부터 월급을 주지 못하고 있었다.

32 아버지는 노앙의 수입에 대해서 너무 모르고 있었던 것 같다.

했거든요.

시험적으로 오케스트라를 위한 카드리유 춤곡을 만들어 줄리앙에게 들려주었지요. 그랬더니 그가 라브리슈 부인 댁의 무도회에서 그것을 연주해 대성공을 거두었어요. 그는 그 곡을 자기 곡들과 함께 취입하게 해 달라고 부탁했는데 저야 더할 나위 없이 좋다고 했지요. 베랑제 부인은 제게 그 곡 제목을 '엘리자'로 해달라고 했는데, 그 부인의 며느리 이름이에요. 라브리슈 부인의 무도회는 굉장했지요. 이번에는 제가 아주 우아하다고들 하더군요. 하지만 좀 곰 같다고. 그들은 문자 그대로 그렇게 말했어요.

파리, 방토즈 7일

그 결혼에 대해서는 이제 더는 생각하지 마세요. 마를리에르 부인은 어머니에게 그 여자가 나보다 더 좋은 사람과 약혼했다는 편지를 보내게 될 거예요. 제가 2주에 한 번씩 오는 마차를 놓쳐서인 것 같기도 하지만 사실은 그녀를 보지도 못했으니 저를 마음에 들어 했을지도 알 수 없는 일이지요. 어쨌든 상관없어요.

사실 요즘 제게 가장 큰 슬픔은 친구 중 한 명을 잃은 거예요. 귀스타브 드크노링이란 우디노의 부관인데 몇 번 말씀드린 적이 있어요. 저와 큰 튀르키예 파이프 담배를 같이 피우곤 했던 친구지요. 덴마크 대사인 아름펠 남작이 베푼 큰 연회에서 나의 불쌍한 크노링은 어떤 하노버 장교와 언쟁을 벌이고는 다음날 피스톨로 결투했다고 해요. 처음 30보 떨어져 6발을 쏜 후 크노링은 10보 간격으로 좁히자고 했다고 해요. 그런데 그때 반대쪽 사람이 쏠 차례가 돼서 그가 쏜 총에 가슴을 맞은 거지요. 만약 우리 중 하나를 증인으로 데려갔더라면 그런 불행한 일은 없었을 거예요. 피스톨은 결코 7발을 쏠 수가 없으니 분명히 무기를 바꾼 거지요. 그런데 그는 멍청한 호엔촐레른 왕자를 증인으로 데려갔고 왕자들이 하는 짓이란 모두 어리석은 행동들뿐이지요.

우리는 가여운 동료의 장례를 군대식으로 명예롭게 치렀어요. 용병대가 퍼레이드를 펼쳤고 척탄병 전투대가 관을 둘러쌌지요. 우리는 그를 라마들렌까지 따라갔고 그는 그곳에 묻혔지요. 고요한 중에 오직 트럼펫 소리가 신음처럼 울렸고 북소리만 우울하게 울려 퍼졌어요. 무덤 위에서 3번의 발포로 장례식을 끝마쳤어요. 그를 아는 모든 사람이 그의 죽음을 안타까워했고요. 마지막 전투를 우리 모두 함께했었거든요.

결국 뒤퐁 장군님은 돌아오셨어요. 모랭과 드쿠쉬와 나 세 사람은 장군님을 궁에 들여보내기 위해 분주했지요. 만약 가서 얼굴을 비치지 않으면 그에게 아무도 일자리도 주지 않을 것이고 그러면 우리 일에도 도움 될 게 없으니까요 ….

하인들에게 얼마를 줘야 하는지 말해주세요. 잊고 있었네요. 데샤르트르 선생님께는 귀를 한 번 비틀어주시고요.

방토즈 24일 (3월)

장군님은 갑자기 보나파르트와 아주 사이가 좋아졌어요. 보나파르트는 장군님을 찾아 불러서는 그동안 소원했던 것에 대해 조금 나무라신 후에 장군님을 2만 5천 명의 병사로 이루어진 제 2군단 지휘관으로 임명하셨다고 해요. 제 2군단은 아르덴과 룩셈부르크를 점령하고 있지요. 이렇게 우린 열심히 활동하고 있어요. 또 보나파르트는 덧붙이길 뒤퐁 장군님이 혹시 더 좋은 자리를 바라게 되면 자기에게 말해 달라고 했다고 해요

제 말이 도착해서 얼마나 좋은지 모르겠어요. 불로뉴 숲은 너무 아름답지요. 다시 새 길이 뚫려서 온종일 사륜마차와 수레들이 들락거리죠. 경비원은 그곳에 롱샹처럼 경찰을 두어야 할 정도예요. 혁명으로 모든 부를 없애 버린 지금에 와서 그런 걸 보는 건 거북스러운 일이지요. 사실 앙시앵 레짐 때보다 지금 호화스러움이 백 배는 더 한 것 같아요.

1794년 제가 파시에 추방되었을 때 불로뉴 숲의 그 고요함을 생각하면 지금 그곳에서 군중들에게 밀려다니는 제가 마치 꿈을 꾸는 것 같아요. 그들은 영국 사람들이거나 러시아 같은 외국 대사들인데 파리 사회가 사라지게 하고 싶었던 그런 화려한 부를 마구 거드럭대며 과시하고 있지요. 롱샹은 정말 휘황찬란할 거예요.

*** 공주는 곧 라트레무유 씨와 결혼할 거예요. 그는 지금 감시를 받는데 파리에서 결혼 공지를 발표했다는 이유로 감옥에 갇혀 있지요. 눈물에 젖은 공주는 푸셰를 찾아갔고, 간수도 감옥도 두려워하지 않았어요.

… 사랑하는 어머니, 제가 어머니의 장문의 편지를 더는 좋아하지 않는다는 말은 마세요. 지난 보름 전부터 어머니 편지가 좀 짧아진 것 같은데 제 삶에서 뭔가가 허전해진 것 같아요.

제르미날 5일

우리 제 2군단은 마른과 뫼즈와 아르덴도 담당하고 있지요. 우리는 12개의 요새와 8개의 기병연대, 3개의 반여단을 가지고 있어요. 이제 15일 후쯤 출발합니다. 프레데리크를 통해 모든 사람의 다리를 부러뜨린다는 그놈의 적갈색 말을 보내주세요. 우리가 그놈을 손 봐서 끝을 보면 아마도 생장 아저씨가 길들일 때보다 좀 더 고분고분해질 거예요. 이제 보몽 삼촌까지 제 결혼에 끼어들려고 하네요. 주위에 모든 고관대작들에게 절 선전하고 있어요. 그는 마치 보나파르트가 바르드 요새 앞에서 그랬던 것처럼 이 일에 전력질주하고 있어요. 너무 성급해하는 것도 채신머리가 없어 보일 것 같지만 솔직히 서두를 마음도 없어요.

지금 평화의 축포를 쏘고 있네요. 어머니들과 아내들은 좋아서 난리지요. 하지만 우리는 인상이 찌푸려지네요.

파리, 제르미날 23일(4월)

파리가 지루해지기 시작해요. 늘 같은 이유지요. 거드럭거리는 모습들, 허풍들, 어떻게 해서든 자기를 내보이고 관심을 끌려는 뻔뻔스러운 야망들. 통령도 도를 넘기면 마찬가지라고 생각해요. 평화협정 같은 건 여기서는 아무 느낌도 없지요. 사람들은 그런 것에는 관심도 없어요. 부자들은, 믿음이 좋은 사람들까지도, 주교에게 봉급을 주기 위해 세금을 올릴까 봐 전전긍긍하고 있지요. 전쟁부에서 1수도 받을 수 없는 군대는 파리의 주교 궁전을 정부 돈으로 장식해주겠다고 맹세했거든요. 위반하는 자들에게는 성베드로와 성바울의 화가 미칠 거라고 마치 면죄부에서처럼 협박하는 교황의 칙서는 보셨지요. 저로서는 별생각도 없고 아마 우리 모두 웃음거리가 될 거라고 생각하지요. 이제 노트르담에서 아주 큰 기념식을 할 텐데 우리를 위한 미사에 파이시엘로의 연주와 모든 군악대를 불렀다고 해요.

포르트 마요에서 아주 큰 점심 식사 파티가 있을 예정이지요. 파리의 예쁜 여자들은 다 올 거예요. 30개의 창 중 2개의 창 앞의 자리를 위해 1인당 1루이를 지불했다고 해요. 비롱가, 들레글르가, 페리고르가, 노아유가 같은[33] 명문가 출신 고관대작들만 올 거고요. 아주 멋진 파티겠지만 저는 정말로 가고 싶은 생각이 없네요!

파리, 혁명력 10년 제르미날 30일

신문에서 평화협정을 축하하는 축제에 대한 멋진 기사를 보셨겠지요. 저와 뒤퐁 장군님도 명령을 받고 파리에 있는 다른 장군들과 함께 승마 행렬에 동참했지요. 다들 꼭 매 맞은 개들처럼 모습을 드러냈어요. 우리는 파리를 행진했는데 군중들은 기념식 그 자체보다 군사 장비들을 보고 더 감탄을 자아냈지요. 우리는 아주 빛나고 멋진 모습이었고 저도 아주 굉장했어요. 저는 파멜라와[34] 머리끝부터 발끝까지 금으로 번쩍거렸지요.

교황의 특사는 마차를 타고 있었고 앞서 십자가가 다른 마차에 실려 있었어요.[35] 우리는 노트르담의 문 앞에 가서야 말에서 내렸어요.

---

33 이 이름들은 조롱하는 것이 아니니 언급해도 될 것 같다.

34 그의 말.

아주 호화롭게 치장한 아름다운 말들이 성당 주변에서 앞발을 들고 서로 싸우려는 모습은 아주 신기한 광경을 연출했지요. 우리는 군가를 들으며 성당 안으로 들어갔어요. 그러다 갑자기 3명의 통령을 태우고 조용히 들어오는 닫집이 가까이 오자 군가는 멈췄지요. 그것은 아주 서툴게 비틀거리며 단 앞까지 갔어요. 통령을 태운 닫집은 마치 어느 여관집 침대 천장 같았지요. 4개의 형편없는 깃털 장식과 1개의 작은 술 장식이 달려 있었어요. 추기경의 것은 4배는 더 비싸 보였지요. 의자도 멋지게 씌워져 있었고요.

우리는 부아줄랭 씨의 연설을 한마디로 알아들을 수 없었어요. 저는 제 1통령 뒤에 앉은 뒤퐁 장군님 옆에 있어서 예식의 아름다운 광경들을 완전히 즐길 수 있었지요. 성당 가운데 있었던 사람들에게는 아무 소리도 들리지 않았고요. 성체배령 때 세 통령은 무릎을 꿇었어요. 그들 뒤에는 적어도 40명쯤 되는 장군들이 있었고 그중에는 오주로, 마세나, 막도날, 우디노, 바라게-힐리에, 르쿠르브 등이 있었지요. 의자에 앉아 누구도 움직이지 않았는데 아주 이상한 대조를 이루고 있었어요.

---

35 사절단의 관례는 금 십자가를 앞에 두는 것이다. 교황청이 이 종의 대표자들에게 위임하는 것은 특별한 권한의 표시이다. 카프라라 추기경은 그의 궁정의 견해에 따라 프랑스에서 숭배 행사가 가능한 한 공개적이고 외부적으로 이루어지기를 원했고, 관례에 따라 붉은 옷을 입은 장교가 말을 타고 금 십자가를 자기 앞에 옮길 것을 요청했다. 그런데 이것은 파리 사람들에게 보여주기가 두려운 장면이었다. 그래서 우리는 협상을 했고, 이 십자가를 사절보다 앞선 마차 중 하나로 운반하기로 합의했다(M. THIERS, Hiftoire du Consulat et de l'Empire, t. III, liv. XIV).

끝나고 나올 때 모든 사람은 자기 말에 오르고 자기들 자리에서 흩어졌기 때문에 열에는 연대들과 근위병들만 있었지요. 시간은 오후 5시 반이나 되어서 모두가 지루함과 배고픔으로 죽을 지경이었어요. 저만 해도 아침도 안 먹고 오전 9시에 열이 있는 상태로 말에 올랐지요. 지금도 열은 계속 나고 있어요. 저녁은 세볼의 집에서 먹었고 지금은 장군님 댁에서 편지 쓰고 있어요.

제 1통령의 주치의인 코르비사르의 진료를 받았는데 2~3일이면 여행도 할 수 있고, 본부 장군을 만나러 가기 전에 어머니를 뵈러 갈 수도 있을 거라고 했어요. 아마도 빨리 어머니를 보고 싶은 마음에 병도 빨리 낫는가 봐요.

군수님께 입맞춥니다. 군수 휘장과 사절단들과 함께 기념식은 아주 멋졌을 것 같네요. 36

파리, 플로레알 18일(1802년 5월)

사랑하는 어머니, 저는 수요일에 떠나서 만약 샤토루까지 말을 보내주신다면 노앙에는 금요일에 도착합니다. 이렇게 요즘 여행은 아주 빠르고 노앙도 더는 세상의 끝이 아니에요.

열을 내리게 하려고 갖은 짓을 다했지요. 코르비사르 씨를 또 부르기도 했는데 그는 와서 맥을 한 번 집어보고는 진찰은 5분 만에 끝내고 그

---

36 아버지의 이런 이야기를 어떤 편견으로 비난할 수는 없다. 그것은 역사가 증명하고 있으니까. 사람들은 가톨릭 예배의 회복에 무관심했고, 군대는 그것에 적대적이었다. 볼테르주의자인 귀족뿐 아니라 부르주아지들도 그것을 조롱하고 있었다.

다음에는 자기 일에 대한 얘기만 늘어놓고 매번 6프랑을 받아갔지요. 저는 또 데샤르트르에서 한 번 치료받은 적이 있는 민간요법 치료사도 보았는데 첫날은 구토제를 주고 다음 날은 까만 약을 그리고 그다음 날은 담즙처럼 쓴 차를 주었어요. 그는 나를 아주 죽이려는 것 같았지요. 아주 의도적으로 했으니까요. 하지만 어쨌든 저는 나았고 계속 고생하느니 한 번 고생하고 낫는 것이 좋다는 생각이 들었어요.

어머니는 드레스 하나만 부탁하셨지만 두 벌을 가져가요. 이 정도가 많은 것은 아니지요. 저는 금으로 온 몸을 둘러싸고 있으면서 어머니는 초라하게 입으시는 건 싫어요. 이 옷들은 제 취향대로 골랐어요. 모두 아폴린과 로르가[37] 추천한 거예요. 둘 다 이 방면에 멋쟁이들이지요. 데샤르트르 선생님으로부터 아주 멋진 편지를 받았어요. 선생님께, 선생님의 유식한 글체와 약사로서의 이론들과 환관으로서의 도덕관은 푸르소냐크 씨의 정신과 육체를 모두 잘 다룰 자격이 충분히 있다고 전해주세요.

어머니 집에 한 달 정도 머문 후에 모리스는 노앙을 떠나 2~3일 동안 파리에 머문 다음 샤를빌 장군에게 간다. 빅투아르도 곧 그곳에 가서 정착하게 된다. 데샤르트르가 강요한 맹세 따위는 아랑곳하지 않고 말이다. 데샤르트르는 알다시피 자기 제자와도 소원한 상태였다. 하지만 이 불쌍한 도덕군자는 낙담하지 않았다. 그는 계속 빅투아르를 간사스러운 여자로 생각했다. 또 모리스를 잘 속아 넘어간 젊은이

37 아폴린 드기베르와 로르 드세귀르, 르네와 오귀스트 빌뇌브의 부인들이다.

로 간주했다. 그리고 그의 잘못된 생각이 나의 아버지로 하여금 매일 자기 여자가 돈에 대해 사심 없는 여자라는 걸 더욱더 재확인하게 만들고 있다는 것을 몰랐다. 사람들이 그녀를 부당하게 대하면 대할수록 그는 그녀가 더 옳은 것으로 생각하고 더 가까워졌다. 데샤르트르는 이런 분위기 속에서 자기도 할 일이 있다는 핑계로 모리스를 파리까지 따라갔다. 혹시 그가 자기 근무지로 가지 않고 그곳에서 머물지 않을까 걱정하면서 말이다. 동시에 할머니는 계속 아들에게 결혼하라고 성화였다. 그런데 이런 조바심은 젊은이로 하여금 자유에 더 목마르게 했다. 그래서 결국 사랑하는 여자로부터 그를 떨어뜨려 놓으려는 모든 시도들은 그의 운명을 더 재촉할 뿐이었다.

파리에서 제자와 함께했던 짧은 체류기간 동안 데샤르트르는 한순간도 제자를 떠나서는 안 된다고 생각했다. 하지만 이것은 영광스럽고 거친 전쟁터를 거쳐 이제는 산전수전 다 겪은 어른이 된 젊은 병사에게 너무나 때늦은 선생 노릇이었다. 나의 아버지는 착했고 이것은 나중에 편지에서 다 알게 될 것이다. 또 마음속으로는 가정교사 선생님에 대한 애정을 가지고 있었다. 그래서 정말 그에게 무례하게 굴지는 않았지만 여전히 자기를 야비하게 감시하려는 선생님을 속여 먹고 싶어 하는 어린 학생 같았다.

어느 날 아침, 그는 둘이 함께 지내는 숙소를 빠져나와 팔레 루아얄로 가 빅투아르와 함께 점심을 먹기로 했다. 그런데 둘이 만나 빅투아르가 아버지의 팔짱을 끼자마자 데샤르트르가 마치 메두사처럼 그들 앞에 등장했다. 하지만 모리스는 담대하게 그들 사이에 끼어든 이 스파이를 향해 웃으며 함께 셋이 식사하자고 제안했다. 데샤르트르는 승낙했다. 그는 삶을 즐기는 사람은 아니지만 좋은 포도주는 마다하지 않았고 아버지는 그에게 맘껏 마시도록 했다. 빅투아르는 아주 영악하고 부드럽게 그를 놀려 먹었고 디저트를 먹을 즈음에 선생님의 마음은 약간 풀어져 있었다. 하지만 헤어질 때 아버지가 애인을 집까지 데려다주고 싶어 하자 데샤르트르는 절망에 빠져 슬프게 자기 호텔 쪽으로 갔다.

애인이 와서 집을 얻고 정착하기 전까지 샤를빌은 아주 우울한 도시였던 것 같다. 그녀는 그곳에 아주 싼 집을 하나 얻었다. 그리고 아직 결혼식을 올리지 않았지만 비밀리에 아버지와 결혼한 것으로 행세했다. 이때부터 둘은 더는 헤어지지 않았고 서로 부부처럼 지냈다. 이제는 돌이킬 수 없는 사이가 되어 버린 둘 사이에서는 여러 아이들이 태어났지만 한 명을 제외하고는 모두 죽었다. 그중 한 아이는 내가 태어나고 2년 뒤에 죽었다.

나의 할머니는 이런 사실을 하나도 모르고 있었다. 결혼식 후에도 몰랐으니 말이다. 가끔 데샤르트르는 가까이서든 멀리서든 그 둘을 감시했는데 걱정스러운 일이 발견되면 즉시 할머니께 보고하곤 했다. 모리스와의 대화는 잠깐 위안을 주긴 했지만 둘 사이의 상황을 변화시키지는 않았다.

이제 몇 개의 편지가 더 있다. 만약 내가 아주 고상하고 즐거운 편지들만 옮기려 한다면 나는 하나도 빠뜨리지 않고 다 올릴 것이다. 하지만 나의 목적은 한 인간의 깊은 내면과 한 개인의 감정에 대한 사회의 저항을 말하려고 하는 만큼 나는 많은 부분을 생략할 것이다.

샤를빌, 메시도르 1일(6월)

우리는 또 다시 깃털 장식, 금장 장식을 하고 멋진 명마들을 타고 행진했지요. 수아송과 랑(장 프랑수아 데샤르트르의 고향이지요)까지 저희 얘기들이 자자했어요. 하지만 그렇게 멋지고 명예로운 행진에 우리의 정열을 쏟기보다 차라리 초라해지길 택하겠어요. 이곳도 라샤트르만큼이나 사람들이 호기심도 많고 말도 많아요. 장군님은 벌써 몇 번 연애를 하고자 시도하셨지만 스당과 메지에르와 샤를빌 이 세 곳에 소문이 날 것 같으면 한 여자에게 두 번 다시 말을 걸지 않지요.

장군님은 여전히 멋지고 용감하고 능력 있는 분이지만 결단력이 부족하고 속 좁고 하는 일이라곤 아무것도 없지요. 그래서 우린 진짜 아무것도 할 일이 없어요. 본부장 드쿠쉬는 늘 뭔가를 끄적이고 있어요. 모랭은 봉투를 접었다 폈다를 계속하지요. 장군님은 나갈까 말까를 고민하면서 자기 말은 3시간씩 문 앞에 서 있게 하세요. 이게 매일 우리의 일과지요.

매번 제가 지팡이로 뭘 할지 이제는 제게 물을 수 없는 제 방 하녀에게 안부 전해주세요…. 제게 위로가 되는 것은 이렇게 평화로운 시절이 어머니를 좀 더 자주 보러 갈 수 있게 하겠다는 생각뿐이지요.

스당 근처 벨뷔에서, 메시도르 11일

우리는 계속 끈질기게 스당 입구에 있는 지본 꼭대기에 진을 치고 있어요. 들판과 사냥을 좋아하는 장군님은 이곳이 아주 구미에 맞아서 우리는 좋지도 않은 날씨에 들판과 숲속을 아주 진이 빠지게 뛰어다니고 있지요. 피아노가 있어 그것이 저를 좀 위로해줄 수 있겠지만 자리에 앉자마자 다시 뛰어나가야 하지요.

샤를빌, 메시도르 16일(7월)

우리는 4일 전 이곳에 돌아와 다시 시골 사회의 소란스러움 속에 파묻혔어요. 이 소란스러움이란 카드게임 테이블 주위에서 4시간에 한 에퀴를 따려고 난리를 치는 남녀들이지요. 저는 그곳에서 정말 입이 찢어지게 하품만 하고 있어요. 누가 그랬는지 저는 이곳에서 아주 바람둥이 젊은이로 소문이 났어요. 그래서 그 인상을 바꿔 놓아야 했고 지금은 아주 저를 곰처럼 바라보지요. 벨뷔에서는 덜 지루했던 것 같아요. 그곳에서는 피아노와 바이올린이 있었고 그것으로 저만의 깊은 동굴 속에 있을 수 있었지요.

이곳의 지루함을 달래기 위해 기르던 동물들을 다시 찾게 되었어요. 그중 마치 매처럼 주먹 위에 올라서는 아주 멋진 올빼미가 있지요. 아르덴의 바위에서 잡은 귀하신 몸이에요. 날개를 펼치면 7피트나 되요. 아주 악마처럼 사납고 무서운 놈이지요. 또 네 발 달린 놈으로는 여우 한 마리와 새끼 멧돼지와 노루 한 마리가 있는데, 이놈들은 우리를 강아지처럼 따라다녀요. 또 제가 데리고 있는 어린 늑대 한 마리도 있지요. 저는 그놈의 교육을 담당하고 있는데 이놈은 그런 건 아랑곳하지 않고 제가 부르기만 하면 부리나케 달아나지요. 하지만 어쨌든 매력적이고, 사납고, 교활한 이놈은 온종일 천적인 여우와 싸우지요. 이제 사냥개 몰이와 꿩 사냥 그리고 동물 싸움이 이곳에서의 왕자님의 즐거움이랍니다. 그러니 아무 걱정 마세요, 어머니!

부르주의 대주교님 말씀은 정말 재미있었어요. 교회의 귀하신 왕자님들께서 정부가 그들을 위해 큰 희생을 한 다음 날 바로 고개를 쳐드는 모습은 다들 예상하셨겠네요. 그들이 협박과 파문으로 우리에게 보답할 거라는 것은 예정된 순서였지요. 어머니 말씀이 옳아요. 장군님께 어머니 편지를 읽어드리니 아주 놀라는 눈치였지요. 사람들은 혁명 정부의 저속한 표현들, 잔인한 사상들, 계속되는 벌과 협박들을 비난하지만 이른바 평화와 긍휼의 종교 사도라고 하는 자들도 하늘의 분노로 우리를 협박하고 상처주네요. 만약 영원한 지옥불보다 더한 것으로 우릴 저주할 수 있다면 그들은 그걸 했을 테지요. 기요틴은 그저 어린애 놀이일 뿐이고 한순간의 공포고 고통일 뿐이네요. 불행하게도 그들의 상상력은 겨우 지옥 같은 것만 만들어냈을 뿐이네요. 그러니 사나운 동물들에 대한 저의 우정에 대해 걱정하지 마세요. 그들은 인간들보다는 더 부드럽고 순진하니까요.

샤를빌, 메시도르 27일

현실에서 위험스러운 일이 없어 가상의 위험을 찾다 보니 프리메이슨에 한 번 들어가 보게 되었어요. 어제 의식이 있었는데 제가 겪은 어둡고 신비한 이야기만으로 어머니를 충분히 즐겁게 해드릴 수 있을 것 같네요. 어제 과연 당신들이 나를 무섭게 할 수 있을까 하는 태도를 보이는 저를 보고 그분들은 최선을 다해 모든 무서운 방법들을 다 고안해내는 것 같았어요. 나를 구멍이란 구멍에 다 집어넣어 해골과 마주보게 하거나, 종탑에 기어 올라가게 해서는 아래로 떨어뜨리려고 하거나, 모든 환상들을 실제처럼 보이게 했는데 이것은 정말 감탄을 금치 못할 정도였지요. 정말 굉장하고 재미있었어요. 또 나를 우물 속에 내려

놓기도 했지요.

이렇게 온갖 방법으로 12시간을 괴롭힌 후 내가 여전히 멀쩡하게 싱글거리며 있자 그들은 못마땅해하며 제게 마지막 고난이 있다고 했지요. 그것은 밤에 저를 관에 넣고 못을 박고 횃불을 켜고 노래를 부르며 지하 납골당으로 데려가는 거였어요. 그 후 그들은 종을 치고 장송곡을 부르며 관을 구덩이에 넣고 흙을 덮었지요.

얼마쯤 시간이 지나자 어떤 손 하나가 제 신발을 벗기려고 하는 걸 느꼈어요. 저는 시신을 존중해야 한다는 생각을 일깨워주기 위해 발길질로 그를 떨어뜨려 버렸지요. 신발 도둑은 그런 저를 보고 제가 아직 죽지 않은 걸 알고는 이제 사람들이 와서 자신들만 아는 비밀을 나누어줄 수 있다고 했지요. 그리고 매장 전에 제게 유언해도 된다고 해서 제 14연대장에게 제가 묻힌 이곳을 줘서 경찰서로 사용할 수 있게 하겠다고 했지요. 나를 묶었던 끈은 제 4경기병대장이 목을 매달 때 쓰라고 주라고 했고요. 또 이 방에 있는 뼈들은 온종일 나를 데리고 지하로 지붕으로 끌고 다닌 어떤 친구가 갉아먹게 주라고 했어요. 저의 이런 감사의 말은 친구들을 웃게 했지요. 그래서 이 심각한 상황 중에 누군가 킥킥대는 소리를 내기도 했어요.

그런데 제일 웃겼던 건 모든 일이 다 끝난 후에 모랭이 제가 이 시련들을 겪어내는 모습을 보고 너무 놀란 어떤 녀석을 향해 격분한 거지요. 모랭은 자기 동료의 강단 있는 모습에 놀란 것 같은 그들 모습에 너무나 화가 나서 모든 사람에게 칼을 겨누려고 했다니까요.

샤를빌, 테르미도르 1일(7월)

우리 장군님의 상상력은 정말 독특해요. 저에 대해 그저 막연히 삭스 원수의 손자로만 알고 계셨는데 그것에 대해 아주 자세히 알고 싶어 하셔요. 또 어머니가 의회에서의 활동으로 알려져 있다던가 폴란드의 왕이 저의 선조라는 걸 알고는 얼마나 깊은 인상을 받으시던지. 하루에도 수십 번씩 제게 질문하시지요. 하지만 불행하게도 저는 이런 일에 관심이 없어서 그에게 저희 가족 족보를 말해줄 수가 없네요. 저는 외할머니 이름도 모르고 우리가 레벤하우프트 가문과 친척간인지 어쩐지도 알 수 없지요.

그러니 어머니께서 장군님의 공상을 좀 도와주는 뜻에서 이런 것들을 좀 알려주세요. 그는 나를 내무장관과 모로 장군과 막도날 장군의 추천서와 함께 독일로 보내고 싶어 해요. 위대한 인물의 유일한 후손으로 말이지요. 저는 너무 과장해서 허풍을 떨고 싶지도 않지만 뒤퐁 장군님이 일을 성급하게 추진하게 내버려 두고 싶지도 않아요. 장군님은 제 이름이면 대위가 되는 것이 마땅하다고 하시거든요. 그리고 제게 끊임없이 그 계급을 주려고 애쓰시지요. 저는 저 혼자서도 그 계급을 받기에 충분하다고 생각해요. 그래서 되는대로 내버려둘 생각이에요.

제가 예전에 누구의 도움도 받지 않으려 했던 것을 기억하시지요? 군인이 되기 전에 말이에요. 그때 저는 제 인생에 대한 아름다운 공상이 있었는데 성공하기 위해서는 용감하고 지혜로운 것으로 충분하다는 생각이었지요. 공화국이 제 안에 이런 미친 희망을 심어 놓았지요. 하지만 실제 그것이 어떤 것인가를 보자마자 저는 예전의 앙시앵 레짐이 하나도 변한 것이 없다는 것을 알게 되었지요. 누구보다 보나파르트가 겉으로 안 그런 척하지만 완전히 그 속에 사로잡혀 있지요.

운 좋게 빨리 성공한 콜랭쿠르 같은 남자들은 얼마나 높은 분들의 환심을 잘 샀느냐가 중요하겠지요. 하지만 저는 특별대우를 받으려고 대기실에서 기다리는 따위의 일은 하지 않겠어요. 하지만 친구가 저를 위해 제게 마땅한 것을 구해주려고 한다면 그것은 내버려둘 수밖에요.

데샤르트르 선생님으로부터 편지를 받았어요. 너무나 사랑스럽고 따뜻한 편지였지요. 이기주의와 어리석음에 대한 작은 도덕 강의였어요. 자신의 행동에 대해서 그렇게도 철두철미하게 희생적으로 자기 통제를 하는 사람은 제게 어떤 도움도 줄 수 없다는 걸 그는 정말 모르는 걸까요? 어떤 선입견 때문일까요? 그에게 그의 성당 참사원 같은 삶은 지금 내 나이의, 나 같은 상황에 있는 나 같은 성격과 나 같은 생각을 가지고 있는 사람에게는 어떤 영향력도 없다는 걸 말해주세요. 그런데도 저는 그를 사랑해요. 하지만 그가 결코 제게 어떤 영향력도 줄 수 없다는 걸 좀 알았으면 해요. 저도 곧 답장을 쓰겠어요. 친구로서 아주 솔직하게 쓰겠어요. 그가 어머니를 돌보고, 어머니의 충실한 동반자이며, 어머니 일을 돕고 정원을 가꾸고 좋은 과일을 먹게 하고 또 마을을 아주 잘 돌보고 있으니 그것으로 그의 모든 걸 용서하겠어요.

어머니, 너무 걱정하지 마세요. 장군님이 저를 싫어하실 리는 없어요. 아니요, 제가 먼저 대위 계급을 따려고 직접 나서지는 않겠어요. 어디 가서 아부하는 것은 정말 죽기보다 싫어요. 하지만 사람들이 나서줄 것이고 그러면 친구들의 열정과 우정을 저도 알게 되겠지요. 목숨보다 더 어머니를 사랑해요. 이 말을 한시도 잊지 마세요. 결코 의심도 마시고요.

데샤르트르 선생님께

샤를빌, 혁명력 10년 테르미도르 8일

제 일에 그렇게 관심을 가져주셔서 감사합니다. 선생님 같은 친구가 있다는 게 얼마나 감사한지요. 저의 모든 문제들에 보여주신 뜨거운 관심에 대해 어떻게 감사해야 할지 모르겠네요. 하지만 솔직히 털어놓고 말해서 어떤 점에서는 관심이 너무 지나치신 것 같습니다. 선생님이 저의 일들과 건강을 관리하고 계시니, 제 행위에 간섭할 권리가 없다는 말이 아닙니다. 하지만 그 권리는 사랑의 권리이지요. 그래서 비록 그것이 제게 상처를 줄지라도 그것을 감내할 수 있습니다. 이미 어떤 순간에 저는 그것을 보여드렸다고 생각하고 있고요. 그런데 그 열정의 불꽃이 선생님을 눈멀게 하고 있습니다. 그리고 모든 것을 비극으로 몰아가려 하고 계세요. 그러니까 잘못 보시는 거지요. 그래서 설사 선생님께 친구와 같은 우정을 가지고 있다 해도 저도 잘못을 범하고 싶지는 않습니다. 예를 들어 제가 30살이 되면 이미 애늙은이가 되어 버려 큰일을 할 수 없을 거라고 하시며 그 이유가 24살에 정부情婦를 가졌기 때문이라고 하셨는데 저는 하나도 겁나지 않아요. 또 완전히 바람둥이였던 제 할아버지인 대원수의 예를 드셨는데 저는 그런 바람둥이도 아니고 또 할아버지는 45살에 퐁트네이 전투에서 큰 승리를 거두셨지요. 또 말씀하신 한니발은 자기 부대를 이끌고 카푸아 전

투에 뛰어들지 않은 게 실책이었던 거지요.[38]

하지만 우리 프랑스인들은 여자의 품에서 나오면 그 어느 때보다 더 강해지고 용감해지지요. 저로 말하자면 매일매일 이 여자 저 여자를 찾아다니는 대신 오직 한 여자만을 사랑하니 누구보다 더 정숙하고 현명하다고 생각합니다. 고백하건대 저는 그런 일에 대해서 전혀 취미가 없습니다. 사실 그런 경박한 여자들에 대해 결론을 내리려면 저처럼 그런 여자들을 실제로 겪어보는 것이 필요하겠지요. 하지만 선생님은 그런 여자들이 어떤 사람들인지 또 그렇지 않은 진실한 '여인'들은[39] 또 어떤 사람들인지 구별 못 하시잖아요. 그러니 이제 그것을 가르쳐드리지요. 왜냐하면 군인 생활을 해봤기 때문에 일찌감치 그런 여자들을 알고 그런 생활을 청산할 수 있었던 거니까요. 그때 생활에 대해서는 많이 말씀드려 더는 그 이야기를 반복할 필요는 없겠지요. 하지만 계속 제가 사랑하는 여자를 비난하시니 저는 그녀를 위해 변명할 수밖에 없네요.

경박한 여자들은 자신들의 사랑을 거래하고 파는 여자들이고 유명한 사교계에는 그런 여자들이 많이 있지요. 그들은 명성이 자자하고 수많은 사람들이 그들 집을 들락거려요. 하지만 저는 그런 여자들과

---

38 〔역주〕 카푸아 도시가 로마와 싸울 때 한니발에게 도움을 요청하는 편지를 전달중인 군인의 애인이 그것을 밀고하는 바람에 결국 한니발에게 편지가 전달되지 못하고 카푸아는 로마 손에 넘겨진다. 그래서 데샤르트르는 여자를 조심하라고 했지만 모리스는 여자보다 전투에 뛰어들지 않고 카푸아를 배신한 한니발에게 패전의 원인이 있다고 말하는 것이다.

39 〔역주〕 여기에서 모리스는 철없는 여자는 fille로 진실한 여자는 femme로 구별하고 있다.

는 일주일도 함께 있을 수 없어요. 그러나 당신이 불행할 때 당신을 사랑해주었고 오히려 당신이 빛날 때 당신을 거부하며, 당신이 누더기를 입고 먹지 못해 죽어 갈 때 당신을 위해 헌신한 여자(내가 크로아티아에서 포로로 풀려났을 때 그랬지요), 당신을 사랑한 그 순간부터 완벽하게 정절을 지킨 여자, 또 당신이 작은 유산을 상속받아 돈 걱정을 덜어주려 했을 때 당신이 준 100루이 지폐다발을 화를 내며 당신 코앞에 던지고 발로 밟아 버리고 다시 모아서는 울면서 불에 태워 버린 여자…. 아니요, 죽어도 이런 여자를 그런 경박한 여자들과 비교해서는 안 되지요. 이런 여자는 성실하고 진실하게 사랑할 수 있고 모든 것으로부터 보호할 수 있는 여자지요. 그리고 그런 여인의 과거에 대해 그녀를 비난하는 자는 오직 그녀와 그녀의 사랑을 이용하는 비겁한 자뿐이지요.

하지만 아시다시피 빅투아르가 없었다면 저는 프랑스에 돌아올 수도 없었을 거예요. 의지할 것도 돈도 없는 젊은 시절에는 상황이 우리와 상관없이 우리 삶을 결정하는 일이 일어나지요. 특히나 약한 여자들은 그런 여자들의 약점을 이용해 그들을 유혹하는 남자들에 의해 쉽게 자기 삶을 잃게 되지요. 하지만 천국에 있는 성녀들도 온갖 유혹에 둘러싸이게 하고 그들을 불행의 나락 속에 떨어지게 해보세요. 그러면 당신이 지금 멀리해야 마땅하다고 생각하는 그 여자들과 똑같이 행동하게 될 거예요. 그러니까 선생님, 선생님이 틀리신 거예요. 선생님은 좋은 것이라고 하시지만 제게는 나쁘게만 보이는 그 충고에 대해 제가 하고 싶은 말이 이것이 다예요. 제발 제 어머니를 사랑하라는 충고는 하지 마세요. 그것에 대해서는 누구의 충고도 필요치 않으니까요. 저는 결코 어머니께 받은 은혜를 잊지 않을 거예요. 어머니에 대한 저의 사랑과 존경은 늘 한결같습니다.
안녕, 사랑하는 데샤르트르 선생님, 온 마음으로 포옹합니다. 제가 얼마나 사랑하는지는 누구보다 잘 아실 테지요.

모리스 뒤팽

모리스가 그의 어머니에게 보낸 편지
네, 어머니, 제 일에 대해서 어머니 생각처럼 슬픈 것이 아니라 그저 불만스러울 뿐이에요. 정치 상황에 큰 변화가 생겼어요. 우리에게 별로 좋은 상황은 못 되지요.40 분명 제1통령이 죽었을 때 드러날 모든 어려움을 다 일소시켜 버리긴 했지만 이건 분명히 옛 체제로 회귀하는 것이지요. 그리고 국가의 기능을 안정시킨다는 미명하에 결코 조용히 지나가지는 않을 거예요. 그냥 되어 가는 대로 두세요. 예전처럼 용감한 병사는 평생 병사로 살고, 간사한 놈들은 지휘관의 입맛대로 장교가 되는 그런 시절로 돌아가게 될 거예요. 곧 보시게 되겠지만 이런 식의 왕정복고는 그리 오래가지는 못할 거예요. 그래서 적어도 저를 위해서는 전쟁과 공화국의 대혼란이 더 나았다는 걸 아시게 될 거예요. 지금 제 위치는 그리 나쁘지 않아요. 전쟁 중에는 아주 멋지기까지 하지요. 왜냐하면, 우리는 완전히 적 앞에 노출되어 작전을 수행해야 하는 자리니까요. 하지만 평화 시에는 너무 바보 같아요. 우리 사이에서는 불명예스럽다고까지 말하지요.

---

40 종신 통령제를 말한다.

우리는 그저 힘센 하인들에 불과해요. 늘 장군의 변덕에 맞춰야 하지요. 나가고 싶어도 있어야 하고 있고 싶어도 나가야 하지요. 전쟁 때는 그것도 멋졌어요. 그때 우리가 복종한 건 장군님이 아니었지요. 그는 단지 조국의 깃발을 상징할 뿐이었지요. 그가 우리를 마음대로 한 것은 오직 공공의 안녕을 위해서였지요. 그래서 그가 "오른쪽으로 가라. 그래서 죽지 않으면 다시 왼쪽으로 가. 거기서 죽지 않으면 똑바로."라고 말해도 모든 것이 좋았어요. 그것은 국가에 봉사하는 것이고 우린 그런 명령을 기쁘게 받아들였지요. 하지만 평화 시에 그가 "나와 사냥하러 가게 말을 타라."거나 아니면 "어딜 가는데 호위하라."라고 하면 그런 건 정말 웃기는 일이에요. 우린 그의 변덕대로 따라야 하고 그때마다 우리의 자존심은 무너지고 정말 심각한 회의에 빠지지요. 뒤퐁 장군님은 아주 좋은 성격을 가지고 있지요. 어떤 장군도 그렇게 선하고 사교적일 수 없어요. 하지만 결국 그는 장군이고 우리는 그의 부관이죠. 우릴 하인으로 부리지 않으면 우린 그를 위해 할 일이 아무것도 없어요. 왜냐하면, 그것 밖에는 아무 할 일이 없으니까요.

본부장인 드쿠쉬는 엊그제 아주 굴욕적인 일을 당했지만 침착하게 참고 있지요. 장군님은 애인 집에 머물러 있으면서 그를 밖에서 3시간이나 기다리게 했지요. 그래서 그는 그곳에서 옴짝달싹하지 못하고 멍청하게 있어야 했지요. 모랭은 그런 건 아랑곳하지 않고 항상 누가 뭐라 하건 "그러면 뭐 어때?"라고 답하지만 저는 속으로 이렇게 말하지요.

'아무리 좋은 음식을 먹는다 해도 나는 그런 건 싫어. 세상없는 좋

은 보물을 준대도 난 그런 건 싫어.'[41]

저는 정말 제 부대로 다시 돌아가고 싶어서 유능한 행정관이며 혁신에 앞장서는 라퀴에 씨에게 이 문제에 대해 편지를 쓸 생각이에요.

저의 품격 있는 태도와 시련 속에서 보여준 용기 있는 행동들로 저는 이제 '동료'의 지위에 올랐고 이제 곧 '마스터'[42] 지위에 오르게 될 거예요.

벨뷔, 프뤽티도르 6일

우리는 숲과 바위 사이로 멧돼지와 암사슴이나 쫓아다니며 이리저리 허송세월을 보내고 있지요. 그러다 밤이 오면 주위에 있는 아무 곳이나 찾아 들어가요. 그리고 동이 트자마자 우리는 다시 행동을 개시해서 온종일 그 짓만 하다 개울가에서 수통도 채우고, 또 전나무 아래서 고기를 구워 먹을 때쯤에야 멈추지요. 바위들과 절벽들 위로 말을 타고 사냥할 수 없거든요. 걷는 것에는 자신 있어 하는 장군님도 혀를 내밀 정도로 힘들어하시지요. 처음에는 우리가 자기를 못 따라 올 거라고 생각하고 우리를 놀릴 생각에 즐거워했지만 이제는 우리를 데려온 걸 후회하는 것 같아요. 특히 저로 말할 것 같으면 크로아티아 시절의 다리를 다시 되찾아서 제일 민첩한 근위병들도 모두 제치고

41 〔역주〕 라퐁텐의 〈이리와 개〉에 나오는 부분이다. 너무 배가 고픈 이리는 살찐 개를 따라 가려 하지만 개의 목줄을 보고는 이런 말을 한다. 편하고 배 부르려고 자존심을 버릴 수 없다는 뜻이다.

42 〔역주〕 불어로 compagnon, maître인데 아마도 프리메이슨의 계급을 뜻하는 것 같다.

앞서 뛰지요. 저는 산을 구르듯 뛰어 내려가고 협곡을 기어오르고 덤불을 뛰어넘으면서 넘쳐나는 힘을 쏟아내고 있어요. 마치 전투라도 하는 듯 말이에요. 그래서 아르덴의 사냥꾼들은 저를 '브로카르', 그러니까 4살 된 어린 노루에 비유하는데 머리 모양 때문이 아니고 날렵함 때문이에요.

오늘은 쉬는 날이고 내일은 부용에서 멧돼지 사냥을 시작하지요. 진짜 웃기는 것은 점점 마르고, 시커멓게 변해 가는 장군님이 자신이 전혀 피곤하지 않다는 걸 보이기 위해 매일 밤마다 책을 읽고 쓰고 하는 거지요. 그게 다 그 '위대하신 분'을 따라 하기 위한 거예요. 참 쓸데없는 짓이지요.

샤를빌, 프뤽티도르 20일(9월)

드디어 어제 돌아왔어요. 아르덴의 광야를 가로지르기 위해 우리는 3대의 사륜마차와 2대의 이륜마차, 1대의 합승마차와 먹을 것과 부인들을 위한 침대를 실은 거대한 짐마차로 이루어진 일종의 카라반을 만들었지요. 왜냐하면 부인들이 4명 있었거든요. 걱정으로 허둥대는 장군님만 아니었다면 모든 것이 순조로웠을 거예요. 그런데 장군님은 새벽 4시부터 저녁 6시까지 사냥한 후에 32~40킬로미터 떨어진 곳에서 다른 사람을 만나기 위해 다시 길을 떠나길 원했지요. 그래서 즐길 틈도 없이 우리는 오밤중에 숲속을 헤매다 구덩이에 빠지기 일쑤였어요. 사륜마차에 타고 있던 4명은[43] 마차가 뒤집어져서

43 〔역주〕 이 중 한 명이 우리 엄마였는데, 엄마는 갈비뼈가 부러졌다. 아버지는 이

여전히 다리를 절고 있어요. 장군님은 뚜껑 없는 이륜마차를 타고 있었는데 힘들어도 힘들다는 말을 하지 않고 있었지요. 전쟁 중이었다면 이 모든 것이, 웃기게 보이는 일까지도 다 멋지고 다 위대하게 보였겠지요.

제일 화가 나는 일은 제일 먼저 앞장서 가야 하고, 다른 사람보다 이틀 더 먼저 도착해야 하고 2시간이나 너무 일찍 먼저 공격해야 하는 바람에 정작 사냥감을 놓쳐서 다른 사냥꾼들한테 늘 당한다는 거지요. 우리는 뭐 제대로 하는 것도 없이 허리가 휘어지게 뛰어만 다니고 있어요. 꼭 민치오 전투 때처럼 말이지요. 그때도 우리는 미친 듯이 밀려다녔는데 지금 여기는 아무런 의미도 없는 곳이에요.

다시 부대로 가고 싶다는 제 바람을 망상이라 생각하시는군요. 제가 더 자유롭고 싶어 한다고 나무라시네요. 아니에요, 어머니, 부대는 어디보다 자유가 속박되는 곳이지요. 하지만 저는 한 남자의 변덕의 노예이기보다는 국가에 대한 봉사와 의무의 노예이고 싶어요. 본부는 전혀 호의적이지 않지요.

뒤퐁 장군님은 다시 제자리로 돌아갔고 저도 막다른 길에 출구 없이 서 있어요. 대본부의 오만함은 아주 하늘을 찌를 듯하고 권력이 있는 듯 보이는 자들은 모두 멀리 보내 버리지요. 이런 새로운 분위기 속에서 모든 능력 있는 장군들은 서로를 경쟁자처럼 보게 되지요. 능력 없는 자들은 서로를 원수처럼 바라보고요. 그 주변 사람들은 모두 그들의 열정과 생각을 함께 나누는 자들로 간주되지요. 능력 있는

것을 아주 유머러스하게 표현하고 있는 것이다.

자들은 무슨 일을 하지 않아도 으레 좋지 않은 눈으로 바라보고요. 사람들은 그들의 시선, 비판을 두려워하지요. 심지어 (이건 제가 알기 때문에 말씀드리는 건데) 저처럼 노트르담 성당에서 성모를 조각한 큰 금속판이 들어올 때 무릎 꿇지 않았던 저 같은 어린 부관까지도 두려워하지요.

더 화가 나는 건, 행정관의 새로운 포고령 없이는 저는 다시 부대로 돌아갈 수 없다는 거예요. 바로 전에 받은 명령은 부관들을 부대로부터 데려오는 거였어요. 이제 새 명령을 받으면 그들을 재편성하겠다는 거지요. 이건 우리 모두를 협박하는 거예요. 모두가 라퀴에로부터 나온 생각이지요. 하지만 사람들은 저를 본부로 들여보낸 걸 비난하지는 않아요. 그렇게 하라고 충고한 건 제 1행정관과 라퀴에였는데 그들은 이 자리가 눈에 뜨이기에 아주 좋은 자리라고 했지요. 그런데 지금은 모든 상황이 달라졌네요!

샤를빌, 혁명력 10년 콩플레망테르 1일[44]

… 우리 지역으로 들어온 메츠의 주교님이 우리의 미친 듯한 사냥을 말리고 우리를 행렬에 참여시키기 위해 왔었지요. 그건 대주교가 있는 곳까지, 그러니까 대미사와 찬양이 진행되는 곳까지 멋지게 장식한 닫집을 따라가는 거였어요. 게다가 보좌신부의 설교까지 다 들어야 했지요. 오늘은 주교님께 우리가 대단한 저녁식사를 제공할 거예

---

44 프랑스 혁명력에서 기존의 365일에서 열두 달 360일을 빼고 남은 5일간의 연휴 중 첫날을 의미한다.

요. 그분은, 우리끼리 얘기지만, 저의 품위 있는 모습에 아주 홀딱 반하셨지요. 예수회 같은 품위에 말이에요. 왜냐하면 그는 제가 그 경건한 모습에 매료됐다고 분명 생각할 테니까요.

내일 동이 트기 전에 우리는 다시 사냥을 떠날 거예요. 세상에나, 피할 수 없는 일이니 이렇게 즐기게 되네요. 꼭 예전 어릴 때 노앙에 있을 때처럼 말이에요. 지금 저는 여기서 아주 능력자 중 하나로 인정받고 있고 제일 힘이 넘치는 자이지요. 우리는 방데미에르 1일에 돌아와서 메지에르와 스당 사이 평원에서 전쟁 게임을 벌일 거예요. 벌써 양편에서 포로의 숫자에 대해 의논하고 있고 아직 사상자 숫자에 대한 것은 결정되지 않았지요.

뒤로넬은 우리와 관계된 명령문을 아주 자세히 설명해주는 편지를 보냈어요. 정말 배은망덕과 불의 그 자체예요. 우리는 더는 우리 부대로 돌아갈 수도 없게 됐네요. 이제 장군들을 욕해 봤자 우리에게 더 좋을 것도 없지요. 그들을 떠날 수는 있지만 그러면 군인을 관둬야 하니까요. 우리는 주인을 바꿀 수도 없는 최악의 하인들이지요. 반대로 본부의 부관들은 자유롭게 잇속을 다 차리고 있지요. 정말 부조리한 일이에요. 그중에는 정말 대가를 치러야 할 놈들도 있을 거예요. 모든 것이 궁의 신임을 받는 것에만 초점을 맞추고 있지요. 간신배들도 이걸 놓칠 리가 없고요. 이미 그 싹을 보면 알 수 있지요.

5. 보나파르트

아버지 편지 이야기와 함께 나는 혁명력 10년에 있었던 중요한 두 사건에 대해 언급하지 않을 수 없다. 바로 교황과의 화친조약과 영구집권이다. 당시 많은 물의를 일으켰던 평화협정은 지금에 와서 돌이켜보면 그저 하나의 추억거리에 불과하다. 그것은 그저 지나가는 일로 여겨졌고 곧 사람들은 그런 일은 일어나지 않을 것으로 생각했던 것 같다.

게다가 보나파르트의 3가지 정책인 ① 평화협정, ② 교황과의 화친조약, ③ 영구집권은 모두 하나의 아주 개인적 생각에서 나온 것인데 처음 두 개는 모두 세 번째를 위한 준비단계에 불과했다. 평화협정을 통해 그는 부르주아들과 화해했다. 종교를 이용해 그는 옛 귀족들과 화해했고 또 대중의 존경과 신임을 받으려 했다. 그리고 대중을 안심시키기 위한 이 평화와 교황과의 화친은 절대 권력을 쟁취하기 위한 구실에 불과했다.

곧 그는 조약들을 강제로 깨고 다시 무기를 들고 독재정권을 유지하기 위해 나서게 된다. 그리고 곧 그는 교회로 하여금 자신이 잠시 두려운 척하긴 했지만 한 번도 교회를 존중한 적이 없으며 앞으로는 교회도 다른 사람들처럼 무릎을 꿇어야 한다는 것을 알게 했다.

입법부도 군대도 종교와 손잡은 정부를 원치 않았다. 부르주아들도 그 점에서는 더했다. 만약 그들이 자기들 신념대로 용기 있게 밀어붙였다면 그들은 종교 같은 것은 경멸적으로 던져 버렸을 것이다. 사실 교회를 뒤엎은 것도 그들이었는데, 그 방면에서 똑똑한 자들은 모두 루소나 볼테르의 제자들이었으니 말이다. 하지만 보나파르트는 유럽과의 평화를 약속하며 그들을 침묵하게 했다. 다시 말해 그들에게 산업 발전과 안전한 상거래를 약속한 것이다. 부르주아들은 원래 그랬던 것처럼 원칙을 저버리고 이윤 앞에서 동료들을 입 다물게 했다. 부대는 더 공개적으로 더 오래 분개하고 조롱했다. 하지만 제1통령은 군대 또한 계속되는 평화를 통해 얻게 될 그들의 이익을 부르주아들만큼이나 잘 이해하게 될 것을 알고 있었다. 그리고 다시 전쟁이 시작되면 그들은 불평 따위는 곧 잊어버리고 종교 같은 건 생각지도 않을 것을 잘 알고 있었다.

스스로 자랑스레 떠벌린 교황과 나폴레옹 간의 화친조약은 나폴레옹의 영광스러운 이력에서 가장 치명적인 실책이었다. 그는 너무나 자연스럽게 왕정복고의 위선적인 전제정치를 준비하고 있었다.

이것은 순전히 정치적 행위였다. 왜냐하면 제1통령은 가톨릭 신자도 아니었고 또 교황의 특사를 파리 성당에 맞아들이는 순간에도 조제핀과 가톨릭식으로 결혼식을 올리는 것을 거부했기 때문이다.

신성한 것에 대해 남에게 강요하면서 정작 자기는 하지 않는 것만큼 더 큰 모욕은 없다. 그것은 그것을 장난감처럼 갖고 노는 것으로 여기는 것이며 법으로 천명한 신앙과 그것을 받아들이게 한 인간들 둘 다를 경멸하는 것이다. 그것은 여자들과 아이들과 민중들을 위해 종교가 필요하다고 주장했던 무신론자들이 늘상 해오던 거짓말이었다. 자신들은 필요로 하지도 않는 종교를 강요하는 것 말이다.

분명히 신앙은 민중이나 여자들이나 아이들처럼 순수한 마음과 영혼뿐 아니라 모든 사람들에게, 국가의 수장들에게, 사회에, 공화국뿐 아니라 전제왕국에도 필요한 것이다.

더욱이 법을 정해 민중의 양심이 지적으로 또 정신적으로 가장 숭고한 것으로 존중하도록 하고 또 대중적으로 숭배하도록 해야 한다.

하지만 이런 종교는 믿음으로 성립되어야지 강제로 성립되는 것이 아니다. 자유로운 시도를 통해 성립되는 것이지 국가적 논리로 성립되는 것이 아니다. 어떤 인간도 자신도 이해하지 못하고 받아들이지도 못하면서 다른 사람에게 그것을 강요할 권리는 없다. 어떤 입법자도 사회가 그것을 거부하고 내치는데 그것을 법으로 강요할 수 없듯이 말이다.

이른바 신성하다고 하는 율법들은 신이 단지 어떤 특정한 순간에 인간에게 마지막 말을 하고는 침묵하고 있다고 하지만, 인류의 진보를, 다른 식으로 말하자면 계속되는 계시를 인정하지 않는 모든 종교는 결국 무너져 자기 자신의 폐허 속에 묻히고 말 것이다. 인간의 법도 그것이 인간의 마지막 지혜라고 주장한다면 결과는 마찬가지이다.

이와 같은 진실은 입법 과정에서는 잘 적용되었다. 보수 정치와 의회 정부는 혁명정신뿐 아니라 이것을 자신들의 가장 중요한 원칙으로 삼았다. 매년, 매 시기마다 법치주의 사회를 만들어 나가는 주체는 그 순간의 요구와 염려들에 따라 법을 폐지하고, 고치고, 다시 살리고 혹은 새로운 것을 창조해냈다. 이 원칙은 그러므로 결코 파괴되어서는 안 되는 것이다. 사회의 변화가 진정으로 잘 반영된 법은 최고로 실행될 수 있을 것이니까.

하지만 종교는 이런 원칙을 따르지 않고 오히려 불변의 원칙만 고수하면서 불관용만을 주장하였고, 그러자 논리적이고 진정성 있는 국가는 모든 종교를 버리고 한순간 무신론에 빠졌다. 그리고 이런 절망스러운 저항 후에는 고통스럽고 무관심한 회의주의가 뒤따랐다. 정부는 그래서 비이성적 환상에 빠져 종교의 힘과 현세적 권력 이 두 가지를 잘 구별하질 못했다. 그런 이유로 정부는 어느 순간부터는 교회로부터 구속받지 않고 과거의 성스러움과도 조용히 관계를 끊으려 했다. 그때부터 사람들은 프랑스의 왕과 장관들과 더욱이 우리를 대표한다는 위원들이 우리의 신앙에 대해 논의한다는 것은 매우 힘든 일이 될 것을 알았다. 또 교회 수장과 단지 정치적이고 법적 관계 외에 다른 관계를 갖는 일도 이제는 쉽지 않은 일이 될 것을 알았다.

하지만 지난 세기 동안 우리 역사에서 이 큰 문제를 제기하고, 진정한 법정이라고 할 수 있는 여론 앞에 그 문제를 다시 가져올 수 있었을 때는 바로 보나파르트가 교황과 화친조약을 맺을 때였다. 대혁명은 모든 걸 다 파괴했고 철학은 모든 걸 다 회의하게 했다. 공포정치의 무질서와 도덕 불감증 속에서 모든 건강하고 정직한 사람들은 만약 잘못된 종교적 원칙들을 거부하는 것이 합법이 된다면 이제 모든 종교가 사라져 버리는, 너무도 괴상하고 돌이킬 수 없는 병적 상황이 전개될 거란 걸 직감했다.

그렇다고 망연자실해서 그런 걸 자문해보지도 않고 우리 스스로도 몰랐느냐고는 묻지 말기 바란다. 만약에 법이 그들을 과거의 유령 아래 놓으면서 다시 혼을 빼놓는 대신에 그들에게 다시 자신을 돌아보고 생각할 기회를 주었다면 그랬을 수도 있다. 하지만 현실은 그렇지 않았다. 깊이 생각도 하지 않고 계속되는 역사의 거짓말들이 있는데,

티에르 씨에게 미안한 말이지만, 나는 그가 "대부분의 프랑스 사람들은 화친조약을 기쁘게 받아들였으며 보나파르트는 그 상황에서 어느 누구보다 더 능숙하고 적합했다."고 말했을 때 자신도 속이고 우리도 속인 거라고 생각한다. 그 문제에 대해서는 티에르 씨가 (이 비유에 화를 내지 않을 거라고 생각하는데) 보나파르트처럼 보고 생각했던 것 같다. 그는 국가 종교는 정치를 하는 데 있어 필요불가결한 요소라고 생각했다. 하지만 그 자신은 결코 종교가 없었다. 그래서 그는 10년 만에 처음으로 정통 교회의 고위 성직자가 파리 성당에서 고개 숙인 정치인들 머리에 손을 얹을 때 결코 좋은 마음으로 무릎을 꿇지 않았을 것이다. 그건 그냥 종교가 하나의 수단일 뿐이지 결코 그것을 존중하지 않는다는 것을 보이는 방식이었다고 말해야 할 것이다.

아니, 대부분의 프랑스인들이 종교를 갖느냐 갖지 않느냐는 이 큰 문제에 대해 관심이 없다는 것은 맞는 말이 아니다. 이것은 햄릿의 '죽느냐, 사느냐'처럼 극단적인 고통 속에 죽고 사는 문제였다. 사람들은 제 1통령의 포고령에 의해 프랑스를 다시 차지하게 된 로마의 행렬에 무심하게 인사를 건넨 것은 맞다. 사람들은 예상 못 했던 일이라 얼어붙은 듯 놀라서 눈이 휘둥그레졌지만 아직 자신에게 물어볼 시간이 없었다. 자신 안의 끔찍한 무신론적 생각과 싸우고 과거의 종교로 돌아갈 것인지, 아니면 현명한 이교도들과 대화할 것인지 혹은 당대의 생각 있는 사람들이 심각하게 주장하는 계몽주의로 돌아갈 것인지를 물어볼 시간 말이다.

사람들은 무덤에서 나온 유령을 보듯 그냥 지나쳤다. 전쟁 같은 것에는 물론 지친 것이 맞지만 정부에 대한 생각까지 포기할 정도로 그렇게 피곤으로 얼이 빠진 것은 아니었다. 또 모두는 각자 자신 안에 있는 신앙을 거부하거나 찾을 권리가 있었다. 이런 점에서 모든 신앙은 전적으로 같은 상황에 있었다. 가톨릭 종교만이 돌아갈 곳은 아니었고 프랑스인들은 가톨릭을 심각하게 받아들이지도 않았다. 단지 그것이 슬프고 냉정한 승리를 거두었을 뿐이었다.

그렇지만 공화국에서 제정帝政으로 넘어가는 이 마지막 날들은 비록 진보가 이긴 것은 아니지만 적어도 종교적 평준화에 대한 적개심이 사람들 정신 안에 뿌리를 내렸다는 걸 보여준 것은 아닐까?

아니, 분명코 너무나 무기력하고 황당하게 보이는 이 순간은 오늘날 그것이 보나파르트의 개인적 승리로 우리에게 보이는 것과는 사뭇 다르다. 모든 것이 해체되고 다시 시작되는 시기에 늘 그렇듯이 거기에는 특별한 삶의 요소들이 있었다. 이 시기 사람들이 겉으로 보기에 그저 생각 없고 눈먼 것처럼 보이는 것은 생각이 없어서가 아니었다. 반대로 그들이 결정을 못 내리고 게으르고 그들 자신조차 믿을 수 없었던 것은 생각이 너무 다양하고 많아서였다. 오늘날에도 우린 비슷한 위기에 있는 것 같다.

1798년부터 1802년까지는 특히 모호하고 혼란스러운 시기였다. 극단적 회의주의의 시대에 그런 것처럼 겉보기에 이상하지만 인간정신의 차원에서는 매우 중요한 법칙에 의해 사람들은 미신적인 것에 홀렸다. 각자는 당시 표현에 의하면 '운명의 선택을 받은 남자', '경이로운 남자'에게 자신의 운명을 맡기면서 자신의 문제로부터 벗어났다.

그래서 '그 경이로운 남자', '그 운명의 선택을 받은 남자'는 실은 놀랄 만큼 머리가 좋아서 다시 한번 사람들의 운명의 방향을 바꿀 수 있었지만, 도덕적 진실에 목마른 이 사회에서 어떤 역할을 해야 할지 잘 모르고 있었다. 그는 자신의 논리에 따라 사람들을 이용했는데 그 이론은 가장 세속적일 수밖에 없었다. 왜냐하면 오로지 그의 행위에만 집중하고 있었기 때문이다. 그는 근본적으로 새로운 사상에 의해 탄생한 국가는 한 인간이 만든 제국보다 더 위대한 일을 이루어낼 수 있다는 걸 보지 못했다. 또 만약 이 인간이 마음속에 어떤 신의 소명을 깊이 깨달았다면 자신의 모든 능력으로 종교적 개혁, 즉 프랑스의 진정한 진보로서의 종교적 개혁을 감행할 수도 있었을 거란 걸 알지 못했다.

당시 모든 프랑스인들의 가슴속에서 산발적이긴 하지만 힘 있게 잉태되고 있는 어떤 본능적 생각을 도와주기는커녕 그는 자신의 천재성을 오로지 그것을 짓밟고 없애버리는 데 사용했다. 그의 소명이 다시 혁명 전으로 돌아가는 것이 아니라 우리를 모든 것에 있어 앞으로 전진하게 하는 것이라는 것을 잊어버린 날 그의 그 똑똑한 지성은 구름속에 혼미해진 것이다.

어쨌든 혁명은 이 지경까지 왔다. 혁명은 무정부상태의 희미한 환상 속으로 사라져 버린 것이 아니라 폭력에 지치고 실수들에 눈 부릅뜨고는 너무 쉽게 없애 버린 과거들을 후회하며 보다 나은 미래를 희망하며 새로운 인간들과 보다 정제된 사상들과 함께 새로운 국면으로 접어들었다. 보나파르트는 질서를 원했고 그것은 맞는 말이었다. 하지만 행정가로서 그의 천재성을 단지 질서를 세우는 일에만 썼다면 공화주의 사상을 숨 막히게 하지도 않고 또 이념을 파괴하지도 않고 그걸 실현할 수 있었을 것이다. 그는 뭔가 형식적인 예배가 필요하다고 느꼈고 그건 맞는 생각이었다. 종교적 감정만으로는 부족했다. 지난 수 세기동안 그랬던 것처럼 혁명으로 예배를 파괴해 버린 후 신앙심은 더 강력해졌다. 지난 수 세기 동안 복음주의가 그렇게 영웅적으로 자신들 가슴을 짓밟는 거짓에 대항해서 싸운 적은 없었다.

분명 1750년의 인간보다 1800년의 인간들이 더 가치 있었다. 비록 그들이 더 많은 실수를 하고 죄악을 범했다고 해도 말이다. 그들은 더 계몽되었으며 더 열정적이 되었고 더욱더 이상에 가까웠다. 하지만 그들은 그들의 믿음에 대한 직관을 잃어버리고 있었다. 그들은 너무나 반항정신에 투철해져서 가슴과 머리에 가장 좋은 것은 복음으로부터 나온다는 것을 잊고 있었다. 이들은 때로는 자신을 무신론자라고 생각하든가 아니면 적어도 자연 종교를 믿는 순수한 데이스트라고[45] 여겼는데, 이때 이들의 마음과 행동은 초대 그리스도인들과 가장 흡사했다. 이런 이상한 상태는 오래 계속될 수 없었다. 사람은 오랫동안 자신을 속이다 보면 결국 믿음을 잃게 되기 마련이다. 아름다움이나 진리 그리고 선에 대한 어렴풋한 본능만이 인간이 필요로 하는 모든 종교나 도덕의 전부는 아니었다. 이런 본능은 인간들이 잃어버리고 파괴해 버린 예배의 원칙들에서 나온 결과에 불과했다. 그래서 사회 혁명으로 예식화된 진리가 다시 자연스럽게 뿌리를 내려야 하는 것은 바로 이런 아름다운 본능을 위해서였다.

보나파르트가 이해하지도, 이해하고 싶어 하지도 않았던 것이 바로 이것이었다. 그는 사상들을 다시 검증해 봐야겠다고 생각했다. 사상들은 신념에 의해 또 신념은 오로지 복종에 의해 제자리를 찾게 될

---

45 〔역주〕 볼테르의 데이즘을 신봉하는 자들을 말한다.

거라고 그는 생각했다. 그래서 예전의 계급제도를 존중하게 하려면 신부들의 도움이 필요했다. 그래서 잠시 새로워진 형태를 보여주고는 곧 예전으로 돌아가려고 생각했을 것이다.

어쩌면 보나파르트는 여기까지도 생각하지 않았는지 모른다. 또 교황 세우기로 눈가림하면서 유럽의 옛 왕국들에 대한 침략을 받아들이게 할 수단으로 생각했는지도 모른다. 예를 들면 공화국으로 만들어 버린 신실한 이탈리아나 교황의 도시들을 자기 황태자의 전유물로 만들어 버린 것처럼 말이다. 그는 특별히 프랑스가 비난하는 화친조약의 결과에 대한 생각을 경멸했다. 만약 대중들이 저항했다면 그는 어떻게 했을까? 대포로 쏘아 버렸을까?

그러니까 이렇게 제단을 다시 세운다고 종교가 복구될 수 있는 것일까? 이것은 차라리 종교에 마지막 공격을 가하는 것이 아닐까? 그래서 군대의 젊은이들조차 그런 연극에 대한 비판을 하게 한 것이 아닐까?

비판은 쉬우니 그렇다면 보나파르트가 프랑스인들에게 어떤 형태의 종교를 세웠어야 했는지 말해 보라고 사람들은 말할지 모른다. 아니 나는 말할 수 없다. 왜냐하면 나는 1802년도의 사람이 아니기 때문이다. 비록 지금 내가 이 시간 동시대인들과 기막힌 해결책을 생각해낼 수 있다 해도 그것은 반세기나 지난 그 시대에 적용될 수 없다. 모든 시대에는 자기만의 상대적 진리가 있는 법이다. 그리고 그 진리는 본질에서는 같을지라도 정신의 진보와 마음의 고양에 따라 형태가 수정되고 상징이 드러나고 적용범위가 달라져야 한다. 게다가 문제는 거기에 있지 않다.

나는 보나파르트가 새로운 신앙의 대변인이 되어야 한다고 생각지도 않고 그럴 수 있다고 상상할 수도 없다. 하지만 그가 비록 마호메트처럼 새로운 종교의 창시자인 동시에 전투적 규칙의 입법자까지는 아니더라도 당대의 앞선 사람들처럼 스스로 다음과 같이 생각할 수는 없었을까?

"기독교 교리는 여전히 가장 숭고하고 과거에 대한 가장 순수한 표현입니다. 어떤 성스러운 지성도 어떤 올바른 영혼도 그것을 거부할 수 없고 부인할 수 없습니다. 기독교 신앙을 지킵시다. 그것으로 옛 형식을 거부하고 싶지 않은 사람들이 쉽게 다가갈 수 있는 그런 예배가 되게 합시다. 하지만 가톨릭 성당은 어떤 점에서 진정한 기독교정신을 잃고 길을 잃었습니다. 성직자들의 정신은 위험해졌으니 그들의 권력에 제동을 걸어야 합니다. 그리고 이 제동이 단지 물리적인 것만은 아니고 사람들을 가르치고 그들에게 설교할 교리의 본질이 영적으로 하나 되어야 하니 가톨릭 성당으로 하여금 사회의 생명이 달린 문제들에 대해 선언하도록 합시다. 교황이 공의회를 열도록 강제하고 아니면 프랑스를 단념하도록 합시다. 이 모임이, 이런 엄숙하고 단호한 논의가 프랑스를 비롯한 세상 전체로 하여금 가톨릭의 전제주의를 단죄하고 복음을 새롭게 세울 빛을 발하도록 합시다. 그래서 결국 세상이 교황 체제의 신비주의적 교리들과 예수회파들과 다른 집단들이 어떤 것들이었는지 알게 합시다. 이런 정도의 논의는 나와 최고의 지성들이 할 만한 가치가 있는 것들입니다. 그것은 정말 필요한 것이고 피할 수도 없는 것입니다.

오! 그날이 나로 인해, 나의 능력과 하늘같이 넓은 나의 의지로 이루어지길! 만약 강한 영혼이 그리스도의 승리를 지지하지 않는다면,

만약 신부가 메시아를 넘어선다면, 만약 성당의 모호하고 모순되는 교리들로부터 분명하고 살아 있는 계시가 드러나지 않는다면, 만약 프랑스가 자신의 양심과 도덕성과 나라의 하나 됨을 결정할 이 숭고한 싸움에 관심을 갖지 않는다면, 만약 그와 같은 공의회가 국민들과 왕들과 성당 자신을 위해 살아 있는 진실을 향해 비약하지 않는다면 적어도 나 자신만이라도 나의 임무를 완수해서 진정으로 인류의 안녕을 위해 한 번 나서보겠습니다."

나폴레옹은 문제의 표면만 보았다. 그는 주교를 임명하는 일이나 신부들을 직접 다루는 일 같은 것에 집착했다. 그런 것은 단지 2차적인 일일 뿐이다. 문제는 악하고 불길한 생각들을 근절하고, 숨겨진 생각들과 비록 자신의 측근들에 의한 것일지라도 모든 정치적 음모들을 부수는 거였다. 그는 이것보다 더 큰 일도 해냈는데 만약 그가 마음속에 신앙심을 가지고 있었다면 이 일도 분명 해냈을 것이다.

지금 나는 가톨릭교회를 파괴해 버리자거나 프랑스에서 예배를 없애자고 말하는 것이 아니다. 가톨릭의 말씀과 형식이 잘못된 형태로 행해졌다고 하는 것도 아니다. 당시에는 그런 파격은 있을 수 없었다. 그것을 시도하기에는 아직 너무 이른 때였다. 하지만 인간이 사회에서 해야 할 진정한 의무를 정하고 교회가 그것을 어떻게 듣게 할지를 생각해야만 했다.

이런 논의는 가톨릭교회에서 자기들 멋대로 주해註解라 말하는, 즉 예전 설명에 대한 보충이라 여기는 그 알량한 원칙들을 양도하게 할 수도 있었을 것이다. 한번 옳은 길로 들어서면 그리스도의 종들은 관용과 사랑과 기독교 정신의 형제애로 교란자들이나 음모자들에 대항하는 노력도 해볼 수 있었을 것이다. 다른 말로 하면 모든 통제로부터 벗어나 모든 억압으로부터 자유로워져서 그들은 공화국이든 제정이든 왕정이든 모든 권력에 대항하는 영원히 비밀스러운 사회를 당당히 따르고 또 따라갈 것이다.

공의회를 통해 흥분한 가톨릭교회는 당시에 정말로 스스로 죽음을 택할 수도 있었다. 자신들 가슴속에 생명의 불씨가 없다는 것 말고 지구상에 어떤 또 다른 악이 있을 수 있을까? 그렇지만 교회는 다시 일어나 많은 종들이 프랑스에서 대혁명 초기에 견뎌낸 것처럼 너그러운 활력을 되찾을 수도 있었다. 교회는 또 다시 수 세기 동안 정의와 진리에 젖어 새로 태어날 수도 있었다. 샤토브리앙이 바로 나타나 그것을 시의 화환으로 장식하지 않았던가? 많은 학자들과 철학자들과 시인들, 또 신비주의자들, 세상 속에 많은 이교도들, 또 수많은 위대한 성자들이 대중들 속에 아무도 모르게 숨죽이고 있다가 그들로부터 뛰쳐나와 양심 있는 민중에게서 터져 나오는 모든 질문에 답할 수 있지 않았을까?

게다가 여전히 누군가에게는 완벽한 계시였으며 오늘날에도 여전히 그 종교가 계속 발전되길 바라는 많은 이들에게 큰 계시가 되는 가톨릭은 정의와 이성의 이름으로 단죄된 것일까? 천만에. 그 종교는 판결도 없이 단죄되었고 그저 고통 속에 던져졌다. 그래서 그것이 가지고 있는 진실은 여전히 큰 권위를 가지고 있고 그것이 가지고 있는 허위 또한 큰 영향력을 가지게 되었다. 종교란 자유롭고 결정적인 비판을 거치지 않고서는 다시 세워서는 안 되는 거였다. 비록 보나파르트가 사람들이 생각하는 것처럼 그것에 꽃 장식을 하고 그 무덤을 향기 나게 하면서 은근히 새로운 공격에 노출시키려는 의도는 없었다고 해도 말이다.

로베스피에르가 자기 머릿속에서 나온 생각대로 어떤 종류의 예배를 확립하려고 한 움직임, 곧 충분히 검증되지 않은 그런 움직임, 자기 자신에 대한 신중한 인식 없는 그 움직임은 그래도 순진한 움직임이었다. 그런 시도는 완전히 일시적이고 아무 효과도 없었다고 해도 민중의 머리로는 생각해 낼 수 없는 어떤 미묘한 흔적을 남겼다. 그것이 비록 세속적이었다고는 하나 그것은 미리 냉정하게 고안된 세속화는 아니었다. 그것은 위대한 존재에게 하는 야만인들의 제사처럼 순진무구한 거였다. 하지만 야만인들은 회의하지 않는다. 그들은 모든 것을 다해 신을 숭배해서 파리의 시민들은 1802년 노트르담 성당에서보다 1794년 샹드마르스에서 더 깊은 믿음을 보여주었다. 그렇다고 자코뱅들의 종교가 사도들의 종교와 비교될 수 있다는 것은 아니다. 하지만 그 사도들이란 작자들이 만지는 모든 것을 위선으로 더럽혔기 때문에 그들은 이제 알 수 없는 경멸로 인간을 단죄한 것이다.

교황과의 화친조약으로 나폴레옹은 서로 결별하였던 영적 권위와 세속의 권력을 다시 부활시켰다. 그 결과도 생각해 보지 않고 그의 권위를 위해서도 너무나 큰 이런 실책을 왜 한 것인지 나는 이해할 수가 없다. 로마 궁정과의 그 지루하고 고통스러운 협상과 특사들과의 거친 논쟁으로 그는 교황청이 자신보다 더 진실하지도 않고 더 신실하지도 않다는 걸 몰랐을까?

마침내 그가 교황에게 법적으로 인정된 이단異端 사제들을 축성하게 하는 그 치사한 승리를 끌어냈을 때 그것은 현실적 화해가 아니며 그는 곧 세속의 권력으로 종교적 저항들을 질식시키고 부숴 버려야 한다는 것을 몰랐을까? 공적 예배의 부활로 혜택을 받게 될 최고의 계급, 그러니까 옛 귀족들과 시골 민중들은 당연히 불만족한 성직자들의 영향을 받게 되고 핍박받는 교황을 순교자로 여기며 황제는 신앙 없는 폭군으로 생각할 거였다.

이와 같은 화친조약으로 조만간 필연적으로 왕정이 다시 세워질 것이었다. 대포 쏘는 법과 교회법을 공부하는 데 탁월한 지성을 발휘한 보나파르트는 교회의 영성에 대해서는 생각지 못했다. 그는 카프라라 주교를 만난 자리에서 자신의 박식함으로 그를 놀라 자빠지게 했고 성직 사회의 글들을 너무 쉽게 이해하는 것으로 또 놀라게 했다. 하지만 그 교황의 특사는 곧 그가 진정한 의미는 알지 못하며 이 끔찍한 궤변가가 멍청하고 고집 센 고위 성직자에 의해 놀아난 것을 알게 되었다. 교회가 실제로 이 싸움으로 진정한 의미와 진정한 영적 힘을 잃어버린 것은 사실이다. 하지만 세상 권세 위에 우뚝 서게 되었다고 생각하며 스스로 위안 삼았다. 그리고 이런 은근한 저항 그리고 나폴레옹의 실책으로 교회는, 이 위대한 인간의 추락 이후에 프랑스의 진정한 권력이 되었다.

새로운 세상에 대한 밑그림을 신속하고 계획적으로 그리고 있던 로베스피에르는 적어도 이런 암초는 피할 수 있었다. 그는 한순간 종교적 힘과 세속의 권력을 하나의 상징으로 합하고 싶어 했다. 그는 자신의 시스템의 첫 번째 주춧돌로 신관神官의 돌처럼 거친 돌을 하나 던졌다. 시간이 지나고 생각이 발전하면 이 돌 위로 종교와 사회가 하나로 합쳐질 그런 신전이 세워질 수도 있었다. 내 생각에 로베스피에르와 생쥐스트가 몇 년만 더 살아서 자신들의 시스템으로 지배했더라면 프랑스는 매년 정화되는 어떤 예식을 거행했을 것이다. 그리스도는 여전히 신성한 존재였다. 왜냐하면 대혁명은 예수 그리스도를 '상퀼로트 예수'라고 불렀으니까. 저속한 표현이긴 하나 당시의 살아 있는 진실을 보여주는 심오한 표현이기도 하다.

그러나 로베스피에르도 생쥐스트도 이런 큰일을 성사시킬 수 있는 인물들이 아니었다. 끔찍했던 시대 탓으로 그들의 이름이 더럽혀지긴 했지만 위대한 인물들이었던 이들은 적어도 그들이 지나간 흔적은 남겼어야 했다. 보나파르트와 함께 재빠르게 영광을 누렸던 인간들은 자코뱅의 이 위업을 계속해야 했고, 또 그렇게도 숭배했던 자코뱅을 부정하고 저주하는 대신 새로운 것에 대한 신앙을 가지고 진보의 법칙을 믿었어야 했으며 또 서로의 재능과 용기를 미래를 건설하는 데 사용했어야만 했다. 그랬다면 그 누가 알겠는가? 몇 년 뒤에 프랑스의 이 위대한 새로운 종교, 나폴레옹과 국가의 영웅주의가 전투에서의 승리만큼이나 소중한 승리로 간주한 그 종교가 교황과 협상을 벌일 수 있었을지? 하지만 교황은 1802년 아주 유능하고 오만한 단 한 사람의 지지 아래 신앙 없는 국가와 화해하고 만 것이 아닐까? 만약 이 인간이 열정적이고 뜨거운 믿음을 가진 한 국가의 편에 서서 자신의 철학적 원칙들을 율법처럼 지키며 예수의 이름으로 평등을 요구하고 잘못된 해석으로 민중을 숨 막히게 하는 교리들을 바로잡길 요구하고, 전 유럽을 진정한 공화주의와 형제애로 위협하고 교황으로 하여금 공의회를 열어 프랑스적 교리를 다시 논의하도록 해서 그것을 인류의 법정에 세웠다면 아마도 교황은 더 큰 두려움에 떨지 않았을까? 나폴레옹의 천재적 우월함과 그의 군대에 대한 두려움 때문에 성베드로 성당이 우리 양심과 영혼의 교회를 위한 관용의 칙령이라도 선포했을지 누가 알겠는가? 그것은 정말 기적의 순간이며, 설사 신의 방식이 아니라 악마의 방식에 의한 거라고 해도 그 화친조약은 또 하나의 기적이 아니었을까?

하지만 너무 멀리 갈 필요도 없다. 교회가 우리를 저주하고 내쳤던 거라는 생각이 더 그럴듯한 것 같다. 하지만 우리는 적어도 그때 인류를 향해 지금껏 보지 못했던 가장 위대한 변론을 했어야만 했고, 인간을 저버리지 않는 변론을 했어야만 했다. 이런 변론들이 없었던 것은 아니다. 그러나 종교적 무정부주의 속에서 서로가 귀를 틀어막고 하는 변론들은 영혼 없는 논쟁들이었다. 만약 그런 변론들이 순수하고 보다 광범위한 경쟁 속에서 행해졌다면 확신에 찬 빛나는 논쟁들은 역사에 없었던 흔적을 남겼을 것이다.

하지만 그것은 후스파46 시절로 돌아가는 것이며 종교전쟁을 다시 시작하는 것이며 볼테르가 꺼내준 그 야만으로 다시 빠지는 거라고들 말할 것이다. 아니다, 인류는 결코 출구가 없는 길로 다시 돌아가지 않는다. 교회는 저항할 수 없었을 것이다. 우리 사절들을 화형장으로 보낼 그런 세속의 권력이 없었으니 말이다. 우리와 싸워 승리할 그런 영적 권위도 없었다. 교회는 모든 것으로 저항해야 했고 근본부터 흔들어야 했다. 그러면 유럽의 옛 전제주의와의 뜨겁고 놀라운 싸움은 나폴레옹에 의해 금세 잊히긴 했지만 처음 시작 때처럼 종교적이고

46 〔역주〕 교회 개혁을 주장하다 화형당한 후스를 믿는 파다.

철학적 성격을 띠었을 것이다. 이런 악몽 같은 편견, 지금 내가 쓰는 이 종교나 철학 같은 용어에조차 적개심을 품고 서로 으르렁대는 그런 편견은 밝은 광명 천지 아래에서 사라졌을 것이다.

당시 시대정신이 교회가 주장하는 영원히 변하지 않는 정체성을 인정하지 않았다면, 프랑스인들이 자신들을 교권에 대항하는 철학자라고 계속 고집했더라면(그런데 이것은 있을 법한 이야기는 아니다. 왜냐하면, 1794년 그들은 하나의 종교를 기획했고 받아들였기 때문이다). 전투 속에 점점 더 커져갔을 이 철학은, 위험 앞에서 하나 된 모든 사람들의 가슴에 마치 조국 그 자체처럼 새겨진 이 철학은, 워털루에서도 죽지 않았을 그런 힘을 주었을 것이다. 공화국을 위해 모든 것이 파괴되는 너무나 헛된 길고 긴 싸움이 필요했듯이 제정을 위해서도 이런 싸움이 필요할 거라 생각하면서 말이다.

이런 것이 다 가능하려면 나폴레옹이 정복자도 아니고 회의주의자도 아니어야 했다. 당장의 행정 능력보다 더 높은 차원으로 깨어있는 천재여야만 했다. 그래서 그가 퐁텐블로에서 안녕을 고할 때 비록 다 맞는 말이었다고 해도 그는 "사람들이 욕하는 것처럼 내가 사람들을 경멸했다면 오늘 사람들은 내게 정당한 이유가 있었음을 알게 되었을 것이다." 같은 쓴소리를 내뱉지 말았어야 했다. 그랬다면 인간의 연대, 권리, 의무와 삶 속에서의 역할에서까지 우리의 하나 됨이 오늘날처럼 파괴되지는 않았을 것이다. 정부가 속으로 기피하면서도 겉으로 받아들였던 교권教權정치도 없었을 것이다. 그것은 영적 권위와 세속의 권위 둘 다를 동시에 없애 버리는 비정상적 괴물이었다. 우리의 종교와 사회의 결합, 우리의 영혼과 육체의 결합만큼이나 너무나 단순한 이 결합은 정신 속에 주입되고 법이 되고 관습이 되고 예술이 되고 모든 것 안에 있었을 것이다. 왜냐하면 당시 모두는 조국의 영광에 열광하고 있어서 조상도 없는 한 군주의 운명을 지켰던 것처럼 평등의 종교를 지키기 위해 외국 군대와 싸웠을 것이기 때문이다.

뒤를 돌아보고 위대한 정신이 없었음을 아쉬워하고 위대한 이의 나약함을 아쉬워할 수는 있다. 하지만 제대로 하려면 그를 뒷걸음질 치게 한 방해물이 무엇이었는지, 그가 자유롭게 판단할 수 없게 한 것이 무엇인지를 알아야 한다. 보나파르트는 사람들이 그를 보좌할 자격이 없다고 생각했다. 자신을 향해 기어오르는 사람들을 보며 생겨나는 이런 자연스러운 경멸은 나폴레옹의 큰 생각들을 작아지게 했다. 소란스러운 위원회와 쓸데없는 의회의 소동들에 대한 추억이 그를 구역질나게 했다. 이런 혐오감 속에서 신속하고 분명한 정신을 갈망하며 그는 영구집권을 위해 투표라는 방식을 상상해냈다. 그는 많은 사람이 장부에 찬성 사인을 하면 의회도 잠잠할 것으로 생각했다. 하지만 그는 잠시 뒤 이 방식이 대중적인 생각을 죽이고 수백만의 편견을 만들어낼 수 있다는 것을 알게 된다. 개개인의 투표는 모두의 투표가 아니다. 대중의 진정한 찬성은 사람들이 모여서 증명하고 질문하고 서로 양보하고 공공연한 논쟁을 벌여서 가족의 영향이나 개인적인 사소한 이해관계를 피할 수 있을 때에만 알 수 있는 것이다.

이기적인 이해관계가 불행한 대중과 결탁하여, 개개인의 성급한 투표는 자연스럽게 조국과 인간을 배반했고 그것은 결국 처음에 그랬던 것처럼 한 인간이 조국 그 자체가 되는 일을 가능하게 했다. 만약 나폴레옹이 제대로 된 의회 체제를 가지고 있었다면 그것은 그에게 훨씬 더 충성스러웠을 것이다. 왜냐하면, 그 체제는 그의 천재적이고 운명적인 걸음을 방해하지 않고 그를 권력에 취하지 않도록 했을 것이기 때문이다. 지금 국가의 수장은47 그것을 잘 알고 있었다. 그래서 아주 능숙하게 국가와 관련된 모든 잘못된 권력의 찬탈에 대해 제동을 걸었다. 필요에 의한 타협은 하나의 미망迷妄에 불과하며 그런 미망은 오래 지속될 수 없으므로 프랑스의 잘못된 대표기관은 어느 날 그것을 만든 사람을 배신할 수도 있는 거였다. 황제에게 순진하게 충성했던 대표들이 그랬던 것처럼 말이다.

현재까지도 의견이 분분한 사건들에 대한 나의 통찰들을 주제넘은 것이라고 생각하지 말기를 바란다. 이것은 모두의 권리이다. 어제의 역사가 바로 우리의 역사이기 때문이다. 나에게 이것은 나의 아버지의 역사이며 그래서 나의 역사이기도 하다. 그 시대에 대해 깊이 생각한 것은 아니지만 그 순간만큼은 진솔했던 아버지의 편지를 읽으며 아버지의 판단에 대해 내 나름의 생각을 하지 않을 수 없었다.

나의 아버지는 철학 교육을 받았음에도 자신을 철학자로 생각하지 않았다. 아버지는 모든 종교와 모든 교리에 대해 무관심했다. 그리고 자기 나이 또래 사람들처럼 특히 동시대 사람들처럼 아버지는 깊은 생각 없이 외적인 삶을 살았다. 그렇지만 그 가슴 깊이에는 당시 신세대 철학자들을 사로잡았던 진보적 기독교 사상에 대한 완전한 믿음을 가지고 있었다.

---

47 루이 필리프를 말한다. 이 글을 쓴 것은 1847년이다.

아버지는 30살에 돌아가셨다. 그래서 나의 희미한 기억 속에 그리고 아버지의 친구들의 따뜻하고 열정적인 기억 속에 아버지는 여전히 젊은이로 남아 있다. 그리고 지금 내가 나이 들어 늙어 가면서 나의 기억과 상상 속에 있는 아버지에게서 나는 현재 나의 아들의 모습을 본다. 내 아들은 벌써 내가 태어나던 총재 정부 말의 아버지 나이가 되어 가고 있다. 하루하루 아버지가 직접 쓴 삶의 기록들을 읽으면서, 특히 할머니와의 가족적인 대화 속에서 아버지가 살아 있다면 내게 주었을 그런 깊은 가르침을 보게 된다. 시간과 죽음의 큰 간격으로 나는 아버지의 편지를 보다 잘 이해하기 위해 아버지와 관련된 주변의 사건들을 좀 더 살펴볼 필요가 있었다. 아버지는 자신도 모르게 당시의 시대와 관련된 자신의 삶의 모든 시기들을 잘 정리하고 있다. 그리고 아버지의 저항은 농담처럼 표현되긴 했지만 나뿐 아니라 모두에게 아주 심오한 의미를 전달해준다.

아버지는 어린 시절부터 귀족 계급 제도 같은 것은 쓸데없는 허상이며 가난은 유용한 교육으로 생각했다. 대혁명으로 뼛속까지 고통을 겪고 너무나 사랑하는 자기 엄마가 단두대 칼날의 위협 아래 있었어도 그는 결코 대혁명의 근본이념을 저주하지 않았다. 아니 오히려 반대로 특권의 몰락을 지지하고 축복했다. 아버지는 자기 조국을 십자군처럼 사랑했고 전쟁과 영광을 철학에 의한 정신적 정복이라며 이렇게 소리쳤다.

"아! 어머니! 어머니의 철학자 친구들의 철학 덕분으로 회계 관리인의 아들인 내가 공화국에 봉사하는 군인이 되어 이렇게 칼끝으로 그 철학을 실현하게 될 것을 그들이 어찌 알았을까요?"

게다가 가난보다 더 큰 불행을 겪고 있던 한 불쌍한 소녀를 사랑한다는 것은 그것보다 더 순수하고 더 일관성 있고 더 크리스천다우며 더 철학자답다고 생각한다. 자신의 사랑이 그녀를 깨끗하게 할 것을 알았고 그래서 세상의 반대에도 불구하고 그녀 인생을 다시 세우기 위해 엄청난 고통과 싸운 아버지 모습을 본다.

또 나는 아버지가 자신이 사랑으로 낳은 자식들을 결혼에 의한 법적 자식으로 만들기 위해 할머니와 자신의 가슴을 찢으면서까지 자신의 가정을 존경하고 사랑한 아버지 모습을 본다. 이 모든 행동은 무신론자의 행동이라 할 수 없다. 아버지가 공식적인 예배에 대해 가볍고 경멸적인 표현들을 쓰고 있을 때도 나는 그 영혼 깊숙한 곳에 복음주의 신앙이 깊이 뿌리내리고 있음을 본다.

— 3권에서 계속

조르주 상드 연보

1804년

7월 1일 조르주 상드, 본명 아망틴 오로르 뤼실 뒤팽(Amantine Aurore Lucile Dupin)은 파리 15구 멜레가 15번지에서 모리스 뒤팽 드프랑쾨이유와 소피 빅투아르 들라보르드 사이에서 태어났다. 아버지는 폴란드 왕족의 피를 이어받은 귀족 출신이었고 엄마는 가난한 새 장수의 딸이었다. 양쪽 집안의 이 엄청난 계급 차이는 상드 인생 전반에 큰 영향을 미쳤으며 상드가 평생을 사회주의 운동에 헌신하게 되는 계기가 된다.

1808년

할머니 집이 있는 노앙에서 상드의 가족은 9월 16일, 아버지 모리스 뒤팽의 갑작스러운 죽음을 맞이한다. 집으로 돌아오는 도중 말에서 떨어져 목뼈가 부러지는 사고를 당한 것이다. 시어머니와 사이가 좋지 않았던 상드의 엄마는 딸의 미래를 위해 딸을 노앙에 남겨 놓은 채 파리로 돌아가고 이때부터 상드는 할머니의 엄격한 교육 아래 엄마를 사무치게 그리워하며 살게 된다.

1818년

1818년 1월 12일부터 1820년 4월 12일까지 상드는 수녀원 기숙사에서 생활했다. 할머니의 훌륭한 교육으로 루소, 볼테르 등이 집필한 많은 철학 서적과 문학 서적을 읽고 음악, 미술 방면에서도 상당한 일가견을 갖게 된 오로르는 어느 날 저녁, 늘 그리워하던 엄마의 천한 출신성분에 대한 할머니의 모욕적인 말을 듣고 점점 더 반항적으로 행동한다. 이에 할머니는 상드를 파리의 앙글레즈 수녀원 기숙사에 집어넣었다. 이곳에서 상드는 하나님을 만나는 신비한 체험을 하게 되고 신앙적 열망이 갈수록 뜨거워져 수녀가 되고 싶어 하자 할머니는 그녀를 결혼시키기 위해 노앙으로 데려온다.

1821년

12월 26일 상드의 할머니가 지병으로 세상을 떠났다. 할머니가 생전에 아버지 쪽 집안인 빌뇌브 가족에게 미성년인 상드의 교육을 맡겼지만 상드의 어머니는 오로르를 파리로 데려간다. 이 일로 오로르 엄마와의 접촉을 꺼리던 아버지 쪽 친척들과는 완전히 결별하게 된다.

1822년

18살 되던 해 9월 17일, 알고 지내던 집안의 소개로 카지미르 뒤드방(Casimir Dudevant)과 결혼해서 몇 년 후 아들 모리스(Maurice)와 딸 솔랑주(Solange)를 낳는다. 하지만 독서를 좋아하고 철학적 몽상에 빠지기 좋아하는 상드와 사냥만 좋아하고 책 같은 것은 쳐다보지도 않는 남편과의 결혼생활은 매우 불행했다.

1831년

상드가 살았던 베리 지역 출신으로 파리에서 활동하던 쥘 상도라는 작가를 알게 되고 남편과 합의하에 석 달은 노앙, 석 달은 파리에서 지내기로 하면서 파리 생미셸가 31번지에 집을 얻는다. 노앙의 집을 포함해 할머니로부터 유산으로 물려받은 모든 것은 결혼 후에 남편의 소유가 되어 상드는 파리 체류 시 남편이 주는 적은 돈으로 아이들과 궁핍하게 생활하게 된다.

1832년

5월 19일 상드는 쥘 상도의 이름을 딴 조르주 상드라는 필명으로 첫 작품 《앵디아나》(*Indiana*)를 출판하고 석 달 뒤에는 《발랑틴》(*Valentine*)을 발표하는데 이 두 작품으로 상드는 하루아침에 유명해진다. 재정상태가 좋아진 상드는 말라케강 변으로 이사한다. 이즈음 당시 유명한 배우 마리 도르발과 알게 된다.

1833년

6월 17일 〈양세계 평론〉 잡지사 편집장인 뷜로즈가 초대한 식사 자리에서 뮈세를 만나 연인이 된다. 둘은 함께 이탈리아 여행을 가는데 뮈세는 가는 동안 병에 걸린 상드를 내버려 두고 거리의 여자를 찾는 등 무책임한 행동을 한 데다 파리로 돌아온 뒤 질투로 폭력적이 되어 상드는 거의 도망치다시피 노앙으로 떠나며 이 연애사건을 끝낸다. 하지만 이 둘이 주고받은 편지는 한 권의 서간집으로 출판되어 젊은 연인들의 심금을 울린다. 헤어진 후 뮈세는 두 사람의 이야기가 담긴 《세기아의 고백》을 발표해서 상드에게 묵언의 용서를 구한다. 이 해에 상드는 《마테아》, 《한 여행자의 편지》를 출판한다.

중편 《라비니아》가 출간되고 얼마 후인 8월 10일, 《렐리아》 출판으로 엄청난 스캔들의 주인공이 된다. 이 작품에서 상드는 여자의 성적 욕망에 대한 의문을 스스럼없이 표출하고 있는데 이것은 당시로서는 상상도 할 수 없는 물음이었다.

1834년
뮈세를 통해 알게 된 천재 피아니스트 리스트로부터 라므네를 소개받아 그의 기독교적 사회주의 사상에 매료되었다. 상드는 사회주의에 입문하게 되고, 그에게 받은 영감으로 소설 《스피리디옹》을 쓰기 시작하고 《개인 비서》, 《레오네 레오니》를 발표한다.

1835년
문학적 조언자이며 친구였던 평론가 생트뵈브를 통해 또 한 명의 사회주의 사상가 피에르 르루를 만나 그의 기독교적 사회주의 이론에 크게 감명받는다. 상드는 자신의 사회주의 사상의 근본은 신앙심이라고 자서전에서 밝히고 있다.

1836년
2월 16일 남편이 관리하는 노앙의 재정상태가 점점 더 악화되자, 상드는 재판을 통해 남편과 별거한 후 어린 시절 추억이 가득한 노앙 집을 되찾고 아이들의 양육권을 갖는다. 그리고 이 재판에서 변호를 맡은 공화주의자 미셸 드부르주의 영향으로 사회주의 운동에 더 깊이 빠져든다.
리스트와 그의 연인 마리 다구를 통해 쇼팽을 처음 만나고 《시몽》을 발표한다.

1837년
말년에는 상드와 많은 갈등을 겪었던 상드의 엄마가 병으로 숨을 거두게 된다. 《모프라》와 《마지막 알디니》를 발표한다.

1838년

쇼팽과 연인관계가 된다. 상드는 쇼팽과 아이들을 데리고 스페인 마요르카 섬의 발데모사 수도원에 머무는데 백 년 만에 온 한파와 폭우 등으로 쇼팽의 건강이 악화되어 여행은 악몽이 된다. 또 기술 장인이 주인공인 《모자이크 마스터》를 발표한다. 신앙적 고뇌를 담은 《스피리디옹》(*Spiridion*)이 발표된다.

1840년

《프랑스 일주 노동연맹원》(*Le Compagnon du tour de France*, 이 책은 우리말로 《프랑스 일주의 동반자》로 번역되는 경우가 있는데, 책 내용을 보면 제목의 '*Compagnon*'은 단순한 동반자라는 뜻이 아니라 당시 프랑스 전역을 다녔던 노동연맹의 일원을 말한다)을 발표한다.

1841년

파리의 한 대학생이 주인공인 소설 《오라스》를 통해, 사회주의 혁명을 바라보며 상드 자신이 가지고 있던 고뇌와 갈등을 이야기한다. 같은 해에 《마요르카에서 보낸 겨울》이 발표된다.

1842년

버려진 고아 소녀가 그 어떤 귀부인보다 아름답게 성장하는 소설 《콩수엘로》(*Consuelo*)를 발표해서 귀족 집안이 아닌 누구라도 고귀한 품성을 지닐 수 있다는 사회주의 사상을 사람들 뇌리에 각인시킨다.

1844년

사회주의 운동에 깊게 참여하고 있던 상드는 9월 14일, 〈앵드르의 빛〉이란 잡지를 창간해서 그녀 자신도 많은 정치적인 글들을 싣는다.

1845년

《앙지보의 방앗간 주인》을 발표한다. 시골 방앗간 주인의 순박함을 통해 계급 타파에 대한 사람들의 생각을 깨운다. 또 《테베리노》와 《앙투안 씨의 과오》를 발표한다.

1846년

쇼팽과 함께 파리와 노앙을 오가며 그를 어머니와 같은 모성애로 돌보던 상드는 《루크레치아 플로리아니》(*Lucrezia Floriani*)를 출판했는데 여기에서 사람들은 이미 둘 사이에 사랑이 식었음을 알게 된다. 또 상드의 대표작 중 하나인 《악마의 늪》(*La Mare au Diable*)을 발표했는데 이때부터 발표되기 시작하는 상드의 전원소설은 너무나 풍요롭고 다채로운 어휘력과 아름다운 문장으로 훗날 초등학교 교과서에도 실리게 된다.

1847년

약혼 중이었던 딸 솔랑주가 갑자기 파혼을 선언하고 성격파탄자인 조각가 오귀스트 클레젱제(Auguste Clésinger)와 결혼하게 되는데, 막무가내로 돈을 요구하는 사위와 몸싸움까지 벌인 상드는 결국 딸 부부와 의절하게 되고 이때 솔랑주 편을 드는 쇼팽과도 사이가 틀어져 몇 년 후 결별하게 된다.

1848년

2월 혁명이 성공하고 제 2공화국이 세워지자 사회주의 사상가였던 상드는 파리에서 활발한 활동을 펼치며 여러 잡지에 관여하고 많은 정치적 글을 발표한다. 하지만 이해 3월 상드가 너무나 사랑하던 손녀, 솔랑주의 딸 잔이 6살 나이로 죽는데, 상드는 이 사건을 일생 중 가장 슬픈 사건 중 하나로 꼽는다. 전원소설 《사생아 프랑수아》를 발표해 아무 계급도 없는 시골 사람들의 아름답고 순수하고 희생적인 영혼을 그리고 있다. 이런 소설을 통해 상드는 계급타파뿐 아니라 기독교적 신앙도 설파한다.

1849년

5월 20일 마리 도르발이 죽고 10월 17일에는 쇼팽도 세상을 떠난다. 이때 상드는 "내 마음은 묘지가 되었다"라고 자서전에서 고백한다. 이때 아들 모리스가 조각가이며 극작가인 알렉상드르 망소를 소개한다. 당시 그의 나이는 32살이고 상드는 45살이었는데 망소는 상드의 마지막 연인이 되고 죽을 때까지 매우 충실한 비서 역할을 하게 된다.

1851년

나폴레옹 2세가 쿠데타로 황제의 자리에 오르며 제 2공화국이 무너지자 상드는 고향 노앙으로 칩거해 버린다. 전원소설《사랑의 요정》이 발표된다.

1853년

18세기, 상드가 살았던 베리 지역에 있었던 백파이프 장인들의 삶을 그린 역사 소설《백파이프의 장인들》을 발표한다.

1855년

상드의 자서전《내 생애 이야기》가 발표된다.

1857년

4월 30일 당대의 주요 작가들이 모이던 그 유명한 '마니가의 모임'에 여자로서 유일하게 초대된 상드는 이곳에서플로베르를 알게 되어 이후 죽을 때까지 편지로 긴 우정을 나눈다. 이 둘 사이의 편지는 한 권의 서간집으로 나와 있다.

1859년

상드는 뮈세가 죽은 후 그와의 관계를 그린 《그녀와 그》를 발표하는데 그 내용을 보고 격분한 뮈세의 형 폴은 자기 동생을 옹호하고 상드를 비난하는 《그와 그녀》라는 소설로 응수한다.

1865년

8월 21일, 상드의 연인이었으며 충실한 비서로 그녀의 마지막 행적들을 자세히 기록해 5권의 비망록을 남긴 망소는 결핵으로 상드보다 일찍 숨을 거둔다.

1873년

레지옹 도뇌르 훈장을 거절하며 장관에게 이런 편지를 쓴다. "그러지 마세요. 친구여, 제발 그러지 마세요! 저를 우습게 만들지 마세요. 정말로 내가 식당 아줌마처럼 가슴에 붉은 리본을 달고 있는 모습을 봐야겠어요?"
손녀딸들을 위해 《어느 할머니의 옛날 이야기》 1편을 발표한다.

1876년

《어느 할머니의 옛날 이야기》 2편을 발표한다. 6월 8일 오전 10시경 장폐색으로 몇 달간 고통받던 상드는 숨을 거두고 노앙의 자기 집 뒷마당에 묻힌다.

찾아보기

ㅂ~ㅅ

ㅇ~ㅈ

ㅊ~ㅎ

지은이 · 옮긴이 소개

지은이_조르주 상드 (George Sand, 1804~1876)

본명은 아망틴 오로르 뤼실 뒤팽 드프랑쾨이유이며 결혼 후 뒤드방 남작 부인이 된다. 1804년 파리에서 태어나 1876년 노앙에서 삶을 마쳤다. 19세기 프랑스 낭만주의 소설가이자 문학 비평가, 언론인이었으며 70여 편의 소설과 50여 편의 중단편과 희곡 그리고 많은 정치적 기사들을 남겼다. 귀족인 아버지와 평민인 어머니 사이에 태어나 계급적 갈등을 겪으며 사회주의 운동에도 깊이 관여했다. 여성의 권리를 위해 많은 글을 써서 페미니즘의 어머니로도 알려져 있다. 뮈세, 쇼팽과의 사랑으로 많은 스캔들의 주인공이기도 하다. 이혼제도가 확립되지 않은 시절 재판을 통해 이혼하고 파리와 노앙을 오가며 독립적인 생활을 했다. 리스트, 쇼팽, 들라크루아, 발자크, 플로베르, 라므네, 르루, 부르주, 루이 블랑 등 정치 문학 예술계의 영향력 있는 사람들과 교류하고 자신도 큰 영향력을 미쳤으며 공화주의자로 잡지를 창간하는 등 적극적인 정치활동을 펼치기도 했다. 말년에는 노앙에 칩거하며 아름다운 문장으로 유명한 전원소설을 쓰고 손주들을 위한 동화책을 쓰기도 했다. 러시아 혁명에 가장 큰 영향력을 끼친 사람으로 평가되며 유럽인들을 싫어했던 도스토예프스키는 상드만을 유일하게 존경할 만한 유럽인으로 꼽는다. 그녀는 말년에 문단의 여자 후배에게 후세 사람들에게 자신을 "여자로서의 삶이 아닌 예술가로서의 삶을 살았던 사람"으로 얘기해 달라고 고백한다.

옮긴이_박혜숙

연세대 불어불문학과를 졸업하고 동 대학원에서 〈조르주 상드의 몽상세계〉로 석사 학위를 받았다. 이후 미국의 오하이오대에서 두 번째 석사 학위를 받고 2001년에는 파리 소르본에서 〈조르주 상드 소설에 나타난 여주인공 유형〉으로 박사 학위를 받았다. 이후 모교인 연세대에서 학생들을 가르쳤고 현재 연세대 인문학 연구원 전임 연구원이며 프랑스의 상드협회(Les Amis de George Sand) 회원이기도 하다. 저서로는 《프랑스 문학 입문》(연세대학교 출판부), 《소설의 등장인물》(연세대학교 출판부), 《프랑스 문화와 예술》(연세대학교 출판부), 《프랑스 문학에서 만난 여성들》(중앙대학교 출판부), 《그녀들은 자유로운 영혼을 사랑했다》(한길사), 《프랑스 작가 그리고 그들의 편지》(한울) 등이 있으며 역서로는 《지난 파티에서 만난 사람》(빌리에 드릴아당 지음, 바다출판사) 외 다수가 있다. 현재 '영화로 보는 유럽문화'라는 유튜브 채널을 운영하며 주기적으로 영상 강의를 올리고 있으며 인문학 강사로도 활동하고 있다.